中国语言文学文库·典藏文库

吴承学　彭玉平　主编

喜剧心理学

潘智彪　著

中山大学出版社
·广州·

版权所有　翻印必究

图书在版编目（CIP）数据

喜剧心理学/潘智彪著. —广州：中山大学出版社，2019.2
（中国语言文学文库/吴承学，彭玉平主编. 典藏文库）
ISBN 978-7-306-06535-3

Ⅰ.①喜…　Ⅱ.①潘…　Ⅲ.①喜剧—文学心理学—文学研究
Ⅳ.①I106.3

中国版本图书馆CIP数据核字（2018）第296519号

出 版 人	王天琪
策划编辑	嵇春霞
责任编辑	刘学谦　李艳清
封面设计	曾　斌
版式设计	曾　斌
责任校对	姜星宇
责任技编	何雅涛
出版发行	中山大学出版社
电　　话	编辑部 020-84110283，84111996，84111997，84113349 发行部 020-84111998，84111981，84111160
地　　址	广州市新港西路135号
邮　　编	510275　传　真：020-84036565
网　　址	http://www.zsup.com.cn　E-mail：zdcbs@mail.sysu.edu.cn
印 刷 者	佛山市浩文彩色印刷有限公司
规　　格	787mm×1092mm　1/16　18.875印张　320千字
版次印次	2019年2月第1版　2019年9月第2次印刷
定　　价	76.00元

如发现本书因印装质量影响阅读，请与出版社发行部联系调换。

中国语言文学文库

编委会

主　编　吴承学　彭玉平

编　委（按姓氏笔画排序）

　　　　王　坤　王霄冰　庄初升

　　　　何诗海　陈伟武　陈斯鹏

　　　　林　岗　黄仕忠　谢有顺

总　序

吴承学　彭玉平

　　中山大学建校将近百年了。1924年，孙中山先生在万方多难之际，手创国立广东大学。先生逝世后，学校于1926年定名为国立中山大学。虽然中山大学并不是国内建校历史最长的大学，且僻于岭南一地，但是，她的建立与中国现代政治、文化、教育关系之密切，却罕有其匹。缘于此，也成就了独具一格的中山大学人文学科。

　　人文学科传承着人类的精神与文化，其重要性已超越学术本身。在中国大学的人文学科中，中国语言文学学科的设置更具普遍性。一所没有中文系的综合性大学是不完整的，也几乎是不可想象的。在文、理、医、工诸多学科中，中文学科特色显著，它集中表现了中国本土语言文化、文学艺术之精神。著名学者饶宗颐先生曾认为，语言、文学是所有学术研究的重要基础，"一切之学必以文学植基，否则难以致弘深而通要眇"。文学当然强调思维的逻辑性，但更强调感受力、想象力、创造力和语言表达能力。有了文学基础，才可能做好其他学问，并达到"致弘深而通要眇"之境界。而中文学科更是中国人治学的基础，它既是中国文化根基的重要组成部分，也是中国文明与世界文明的一个关键交集点。

　　中文系与中山大学同时诞生，是中山大学历史最悠久的学科之一。近百年中，中文系随中山大学走过艰辛困顿、辗转迁徙之途。始驻广州文明路，不久即迁广州石牌地区；抗日战争中历经三迁，初迁云南澄江，再迁粤北坪石，又迁粤东梅州等地；1952年全国高校院系调整，始定址于珠江之畔的康乐园。古人说："艰难困苦，玉汝于成。"对于中山大学中文系来说，亦是如此。百年来，中文系多番流播迁徙。其间，历经学科的离合、人物的散聚，中文系之发展跌宕起伏、曲折逶迤，终如珠江之水，浩浩荡荡，奔流入海。

康乐园与康乐村相邻。南朝大诗人谢灵运,世称"康乐公",曾流寓广州,并终于此。有人认为,康乐园、康乐村或与谢灵运(康乐)有关。这也许只是一个美丽的传说。不过,康乐园的确洋溢着浓郁的人文气息与诗情画意。但对于人文学科而言,光有诗情是远远不够的,更重要的是必须具有严谨的学术研究精神与深厚的学术积淀。一个好的学科当然应该有优秀的学术传统。那么,中山大学中文系的学术传统是什么?一两句话显然难以概括。若勉强要一言以蔽之,则非中山大学校训莫属。1924年,孙中山先生在国立广东大学成立典礼上亲笔题写"博学、审问、慎思、明辨、笃行"十字校训。该校训至今不但巍然矗立在中山大学校园,而且深深镌刻于中山大学师生的心中。"博学、审问、慎思、明辨、笃行"是孙中山先生对中山大学师生的期许,也是中文系百年来孜孜以求、代代传承的学术传统。

一个传承百年的中文学科,必有其深厚的学术积淀,有学殖深厚、个性突出的著名教授令人仰望,有数不清的名人逸事口耳相传。百年来,中山大学中文学科名师荟萃,他们的优秀品格和学术造诣熏陶了无数学者与学子。先后在此任教的杰出学者,早年有傅斯年、鲁迅、郭沫若、郁达夫、顾颉刚、钟敬文、赵元任、罗常培、黄际遇、俞平伯、陆侃如、冯沅君、王力、岑麒祥等,晚近有容庚、商承祚、詹安泰、方孝岳、董每戡、王季思、冼玉清、黄海章、楼栖、高华年、叶启芳、潘允中、黄家教、卢叔度、邱世友、陈则光、吴宏聪、陆一帆、李新魁等。此外,还有一批仍然健在的著名学者。每当我们提到中山大学中文学科,首先想到的就是这些著名学者的精神风采及其学术成就。他们既给我们带来光荣,也是一座座令人仰止的高山。

学者的精神风采与生命价值,主要是通过其著述来体现的。正如司马迁在《史记·孔子世家》中谈到孔子时所说的:"余读孔氏书,想见其为人。"真正的学者都有名山事业的追求。曹丕《典论·论文》说:"盖文章,经国之大业,不朽之盛事。年寿有时而尽,荣乐止乎其身,二者必至之常期,未若文章之无穷。是以古之作者,寄身于翰墨,见意于篇籍,不假良史之辞,不托飞驰之势,而声名自传于后。"真正的学者所追求的是不朽之事业,而非一时之功名利禄。一个优秀学者的学术生命远远超越其自然生命,而一个优秀学科学术传统的积聚传承更具有"声名自传于后"的强大生命力。

为了传承和弘扬本学科的优秀学术传统，从2017年开始，中文系便组织编纂中山大学"中国语言文学文库"。本文库共分三个系列，即"中国语言文学文库·典藏文库""中国语言文学文库·学人文库"和"中国语言文学文库·荣休文库"。其中，"典藏文库"（含已故学者著作）主要重版或者重新选编整理出版有较高学术水平并已产生较大影响的著作，"学人文库"主要出版有较高学术水平的原创性著作，"荣休文库"则出版近年退休教师的自选集。在这三个系列中，"学人文库""荣休文库"的撰述，均遵现行的学术规范与出版规范；而"典藏文库"以尊重历史和作者为原则，对已故作者的著作，除了改正错误之外，尽量保持原貌。

一年四季满目苍翠的康乐园，芳草迷离，群木竞秀。其中，尤以百年樟树最为引人注目。放眼望去，巨大树干褐黑纵裂，长满绿茸茸的附生植物。树冠蔽日，浓荫满地。冬去春来，墨绿色的叶子飘落了，又代之以郁葱青翠的新叶。铁黑树干衬托着嫩绿枝叶，古老沧桑与蓬勃生机兼容一体。在我们的心目中，这似乎也是中山大学这所百年老校和中文这个百年学科的象征。

我们希望以这套文库致敬前辈。

我们希望以这套文库激励当下。

我们希望以这套文库寄望未来。

2018年10月18日

吴承学：中山大学中文系学术委员会主任、教授，长江学者特聘教授
彭玉平：中山大学中文系主任、教授，长江学者特聘教授

目　录

绪言 ··· 1

第一章　西方喜剧心理学概述 ··· 3
第一节　早期的探索和积累 ··· 3
第二节　学派的形成和发展 ·· 11
第三节　异军的突起与方法的融合 ······································· 27

第二章　中国古代喜剧观 ··· 38
第一节　中国古代喜剧的一般特点 ······································· 38
第二节　中国古代笑论的精华 ··· 40
第三节　中国古代喜剧观形成的原因 ···································· 44
第四节　中国古代喜剧观之评价 ·· 46

第三章　喜剧笑的本质及心理机制 ····································· 51
第一节　现代情绪学说的启示 ··· 53
第二节　笑的本质及心理机制 ··· 60
第三节　喜剧性的笑 ··· 70

第四章　喜剧笑的情感结构 ·· 79
第一节　自我肯定的优越感 ·· 79
第二节　纯粹的生命感 ·· 81
第三节　清醒的理智感 ·· 84
第四节　强烈的道德感 ·· 88
第五节　包容万方的旷达心理 ··· 90

第五章　喜剧笑的客观情境 ·· 92
第一节　平行且矛盾的双重价值 ·· 93
第二节　突然的反转与骤降 ·· 99
第三节　轻松的超脱与和解 ··· 108

第六章　喜剧笑的心理情势 ……………………………………… 111
第一节　即时情势 …………………………………………… 113
第二节　远缘情势 …………………………………………… 125

第七章　喜剧笑的心理效应过程 ………………………………… 139
第一节　游戏心境的定向作用 ……………………………… 142
第二节　悬想期待的产生 …………………………………… 144
第三节　心理势能的蓄积 …………………………………… 147
第四节　在反转中的爆发 …………………………………… 149
第五节　反馈时的再加强 …………………………………… 153

第八章　滑稽与幽默 ……………………………………………… 156
第一节　喜剧范畴的划分标准 ……………………………… 156
第二节　滑稽 ………………………………………………… 171
第三节　幽默 ………………………………………………… 173
第四节　机智与讽刺 ………………………………………… 174

第九章　黑色喜剧 ………………………………………………… 179
第一节　从喜剧精神的实质看 ……………………………… 180
第二节　从喜剧感的性质看 ………………………………… 184
第三节　从喜剧观念的发展看 ……………………………… 189

第十章　维护身心健康的喜剧笑 ………………………………… 198
第一节　激发生命活力 ……………………………………… 199
第二节　培养乐观情绪和良好的心理适应能力 …………… 202

第十一章　作为幽默机制的喜剧笑 ……………………………… 208
第一节　作为防卫机制的幽默 ……………………………… 209
第二节　对现实的接受　对自我的超越 …………………… 213
第三节　与群体的一致　与他人的沟通 …………………… 216

第十二章　作为宣泄机制的喜剧笑 ……………………………… 223
第一节　卡塔西斯与冷漠 …………………………………… 223
第二节　移置作用 …………………………………………… 227
第三节　社会认同作用 ……………………………………… 228
第四节　习惯化作用 ………………………………………… 231

第十三章　促进社会化的喜剧笑 ……………………………… 235
　　第一节　作为社会化机制的喜剧笑 ……………………… 235
　　第二节　客观自我意识 …………………………………… 237
　　第三节　社会赏罚功能 …………………………………… 241

第十四章　作为道德教谕的喜剧笑 ……………………………… 247
　　第一节　道德心理结构 …………………………………… 247
　　第二节　美感与道德感相通　认识与情感相一致 ……… 249
　　第三节　寓教于乐与暗示机制 …………………………… 253
　　第四节　顺向调节与逆向调节 …………………………… 258

结语　喜剧人生观 ………………………………………………… 262
　　第一节　什么是喜剧人生观 ……………………………… 262
　　第二节　喜剧人生观与悲剧人生观 ……………………… 264
　　第三节　喜剧人生观与共产主义人生观 ………………… 268
　　第四节　喜剧人生观的心理学意义 ……………………… 270
　　第五节　喜剧人生观的培养 ……………………………… 273

参考文献 …………………………………………………………… 281

后记 ………………………………………………………………… 289

绪　　言

　　本书所要研究的"喜剧"，并不局限于作为一种具体艺术形式而在舞台上演出的戏剧。我们现在所面对的"喜剧"这一概念，是指当人们用美学的眼光来审视生活中和艺术中的情境时所发现的一切可笑性。也就是说，这里的"喜剧"是一个美学概念，是人类审美活动的一种重要形态，是人类审美经验的一个重要方面。

　　喜剧的美学特征是笑。没有笑就没有喜剧。研究喜剧也就是研究喜剧性的笑。所以，也可以称本书为《喜剧笑的心理学》。当然，并非所有的笑都带喜剧性。笑是人类表情的一种，是人类对外界刺激的应答。由于引起笑的外界刺激物的不同，笑也就有各种不同的分类。这主要可分为两类，一类是生理性的笑，一类是心理性的笑。

　　所谓生理性的笑，是指引起笑的刺激物是纯粹生物性的。它给予人们的是生物性的刺激，本身不附带、传递任何社会性信息。有一种被称为"笑气"的气体，化学名称为一氧化二氮，人闻了必笑无疑。人们发笑是由于这种气体从生理上刺激了人体的某一神经部位，引发了笑的机制。挠痒痒引起笑也是基于同样的原因。所有生理性的笑，都是机体对外界刺激物的一种应答行为，是生命力发泄的一种方式。并且，由于刺激物的纯粹生物性，它不会引起主体认识上的评价，它的生理作用只在于消除疲劳，维系免疫机制的正常运转。

　　与生理性的笑比起来，心理性的笑则具有多一重的原因，即刺激物除了其生物性外，也能引发人的某些心理活动，甚至有些刺激物是直接通过心理上的渠道引起笑的。所以，这种笑有可能在某种程度上体现出主体在认识上或情感上对刺激物的评价，是一种"观念上的搔痒"。为了分析的方便，我们根据这类观念的笑是否引起审美情感而将其分为两种，一种是非美感的笑，一种是美感的笑。前一种笑虽然也诉诸人的心理活动，并引起人的情感反应，有的刺激物甚至带有社会性意义，但它只是对象满足了主体的某些物质需要而产生的一种情感和情绪的反应。由于它停留在实用功利的水平上，且主体与对象在心理上也没有任何距离，所以，这种情感上的评价绝非审美的。如某些低劣的相声演员，为了生造剧场效果，不惜哗众取宠，以低级庸俗的噱头来取悦观众。这实际上与艺术相去甚远，不足为训。正如德国心理学家立普斯所说的："它始终和那种更庄重、更深刻的喜悦有区别，它始终是轻松的，内容是贫乏的、稀薄的、空洞的；而且它始终浮在表面，是一阵与心灵无关的痒痒。"[1]

与非美感的笑相区别，美感的笑则具有实在的社会原因及社会意义，在多数场合下不涉实用，所体现出来的情感主要是审美感。这种笑本身就是主体在审美上对客体（刺激物）做出的一种美学评价。这种笑就是本书所要讨论的美学意义上的喜剧性的笑。

既然喜剧性的笑首先是一种心理-情绪性的笑，要揭开喜剧性的笑的奥秘，就首先要从心理-情绪方面着手，借助于现代心理学家们所建立的情绪学说，在科学的基础上阐明喜剧性的笑的本质及其心理机制。

喜剧笑是审美情感的外现，那么，这种审美情感与其他形态的审美情感有何异同之处？它的结构是怎样的？引发这些情感需要具备什么样的主客观条件？它的动态过程如何？这都是摆在我们面前并迫使我们认真加以研究的问题。此外，结合喜剧艺术的创作和欣赏实践，我们还必须回答当代文学艺术向我们提出的重大问题：黑色喜剧算不算喜剧？它的审美价值何在？

大概没有谁会反对这一说法：生活离不开笑。但是，笑的功能究竟是什么？喜剧性的笑在审美上有什么价值？这却不是仅凭直觉就能解决的问题。除了要从美学的高度深入地考察人类本体的审美需要，我们尚需借助现代人类学、生理学、心理学诸学科的研究成果及研究方法，才能从中找到一个立体的多层面的答案。

是的，生活离不开笑。要想生活得更好，就要笑得更好。要想笑得好，就应该懂得笑、了解笑，尤其是应该研究最高层、最有价值的喜剧性的笑。但愿本书能为读者洞悉喜剧笑的秘密提供一丝照亮的微光，是所望焉。

---

[1] 立普斯：《喜剧性与幽默》，见《古典文艺理论译丛》第7辑，人民文学出版社1964年版，第82页。

第一章　西方喜剧心理学概述

什么是笑？这是一个古老而又常新、简单而又难明的问题。要探索笑的奥秘，就要回答下面的问题：人在什么情况下发笑？笑的时候人体内有什么生理、心理的变化？引起笑的客观环境有什么特征？笑有什么作用？诸如此类，都足够研究笑的理论家们伤透脑筋。几千年来，为揭开这个鲜为人知的心灵的奥秘，哲学家、美学家、艺术家、心理学家、生物学家、社会学家、人类学家们绞尽脑汁，试图为之提供一个精确无误的解答。他们因从事的专业不同，研究的角度也各有不同，所给出的回答更迥然不同。如果把这些林林总总、五花八门的理论都一下子呈现在人们的面前，也许我们的读者会感到震惊：笑，多么简单多么常见的一种现象，竟令历史上如此众多才华横溢、博学雄辩的鸿儒们费尽心力。难道笑真的如此复杂艰深、难以捉摸吗？不，在思想家面前，世上只有常见的事情，没有简单的东西。只有不求甚解的思想懒汉才会满足于"简单"。柏格森说得好：笑是悬在哲学沉思面前的一个辛辣的挑战。只有勇敢的探索者，才愿意涉足这一考验智慧与耐心的极地。

的确，只要我们翻开西方喜剧心理学的历史，映入眼帘的是一长串熟悉的名字：柏拉图、亚里士多德、康德、黑格尔、达尔文、弗洛伊德等，这是一群人类思想的精英。正是他们为解开笑的奥秘付出了创造性努力。他们的思想踪迹便是西方喜剧心理学的发展史。

第一节　早期的探索和积累

在西方美学史上，柏拉图不仅是最早的美学家，还是最早的喜剧心理学家。他最先见出喜剧欣赏中的笑不是单一情感的外现，它隐藏着复合的心理，喜剧美感与悲剧美感一样，都是快感与痛感的混合。柏拉图认为，一方面，"像愤怒，恐惧，忧郁，哀伤，恋爱，妒忌，心怀恶意之类情感"，都是"心灵所特有的痛感"，但另一方面，这些情感充满着极大的

快感,是夹杂着痛感的快感。他在《斐利布斯篇》中这样写道:

"你想到人们在看悲剧时也是又痛哭又欣喜么?"
"当然。"
"你是否注意到我们在看喜剧时的心情也是痛感夹杂着快感呢?"
"我还不大懂得。……"
"我们刚才提到的心怀恶意,你是否认为它是一种心灵所特有的痛感呢?"
"对。"
"但是心怀恶意的人显然在旁人的灾祸中感到快感。"①

看得出来,柏拉图之所以得出喜剧感是痛感与快感的混合的结论,是因为他认为喜剧感实质上是一种"心怀恶意"的情感。他这样具体分析喜剧欣赏中何以心怀恶意,为什么"心怀恶意一方面是一种不光明的痛感,另一方面也是一种快感":

我们耻笑朋友们的滑稽可笑的品质时,既然夹杂着恶意,快感之中就夹杂着痛感;因为我们一直都认为心怀恶意是心灵所特有的一种痛感,而笑是一种快感,可是这两种感觉在这种情况下同时存在。所以……在悲剧里和喜剧里,不仅是在剧场里而且在人生中一切悲剧和喜剧里,还有在无数其他场合里,痛感都是和快感混合在一起的。②

柏拉图的上述论述为后来的研究提供了两个很有价值的观点,并且成为某些著名笑论的滥觞。其一,柏拉图认为,从喜剧中得到快感是由于"心怀恶意",喜剧感是一种幸灾乐祸的快感,这正是后来霍布斯"突然荣耀说"的范本,本·琼生和莫里哀都提出过同样的观点。其二,喜剧性的笑之中不仅有快感,还有痛感,是多种情感的混合。这一观点在后世也有附和者。

另外,还须提到一点,即柏拉图不仅研究了喜剧感,还分析了喜剧

---

① 柏拉图:《文艺对话集》,朱光潜译,人民文学出版社1963年版,第294页。
② 柏拉图:《文艺对话集》,朱光潜译,人民文学出版社1963年版,第296~297页。

性。他认为,"滑稽可笑在大体上是一种缺陷",这种缺陷就是主体不能"认识自己",往往以为自己具有某种实际上并没有的优良品质。当然,并不是所有妄自尊大而不能认清自己的人都滑稽可笑。这得分为两类,一类有势力,另一类则没有。"有这种妄自尊大想法的人如果没有势力,不能替自己报复,他们受到耻笑,这种情况可以真正称为滑稽可笑,但是这种人如果有势力,能替自己报复,你就可以很正确地说他们强有力,可怕又可恨,因为强有力者的无知,无论是实在的还是伪装的,有伤害旁人的危险,而没有势力者的无知就是滑稽可笑的。"[1]

柏拉图这段话对后人的影响,不亚于前述两个著名的观点。黑格尔的"本质与现象相矛盾"、车尔尼雪夫斯基的"以假象伪装内在的空虚"都与柏拉图的"妄自尊大""不能认识自身"有关。此外,凡具有可笑性的东西必须是于人无伤害的,这一观点近则影响了亚里士多德,远则体现在哈沃斯的"传递论"中。

与柏拉图不同,亚里士多德更为强调喜剧感的愉快性质,喜剧感不能包含痛感。因此,他规定了喜剧对象必须是"比较坏的人",但这种"坏"不是指一切的恶,而是指有审美价值的"丑",其中一种是滑稽。这种丑作为审美对象,不能引起伤害,不使人感到痛苦。从美学史上看,亚里士多德对美感愉悦性质的规定及对"丑"的美学价值的推测,都是很有学术价值的观点。

西塞罗作为雄辩家,其主要兴趣在于挖掘作为幽默形式的语言的巧智。他把巧智分为两类。第一类是从话题中产生出来的幽默。最能使人发笑的话题是那些既不会引起强烈反感,也不会造成强烈的同情心的话题,所以,他要求使用巧智必须有节制,可以拿别人的恶习开玩笑,但不能攻击别人的不幸,否则,就会在听众那里引起同情心。同样,用巧智去抨击尽人皆知的恶棍,则只能引起强烈的反感。显而易见,西塞罗在这里强调的是要注意笑的情感强度,考虑到这一点,笑的对象就应有所限制。第二类是指语言的形式,这包括模棱两可、出其不意、一语双关、名字的离奇翻译、谚语或修辞、寓言、隐喻和讽刺。

在早期研究喜剧心理的作家中,昆提利安之所以占有独特的地位,是因为他是第一个试图对笑的心理功能做出解释的人。他认为,笑的作用是

---

[1] 柏拉图:《文艺对话集》,朱光潜译,人民文学出版社1963年版,第295页。

"在过度劳累之后,驱除忧郁带来的伤感,使心灵从紧张专注中松懈下来,更新心理能力和补充心理力量"①。昆提利安在这里提出了喜剧心理的另一面——笑的心理功能,从而在历史上开创了喜剧心理功能的研究。人们不仅重视对笑的本质的解释,也试图从其心理效果的角度寻找到一个答案。当然,限于当时心理科学的发展水平,昆提利安不可能全面、科学地论证这一问题。

文艺复兴时期及英国16、17世纪的文学批评主要是关注当代喜剧的道德功能。他们在批评当时喜剧的低水平的同时,坚持喜剧的惩治功能,其中最有代表性的是锡德尼和本·琼生。

锡德尼认为,喜剧的目的是显而易见的,并不在于引人发笑,"喜剧是对我们生活中的普遍错误的一种模仿。它以荒诞的形式出现,发挥惩罚的功能"。他不仅把握了喜剧的本质,还阐明了喜剧的功能。

从心理学角度看,最有意义的是本·琼生的观点。他认为喜剧是人类天性的一种夸张,它必须嘲笑人类的蠢行,而不是嘲笑犯罪。它的基本功能是改正错误而不是引起笑。本·琼生认为,"幽默"是指中世纪医学中的一种"体液",表示人的某一性格方面的发展超过其他方面的发展而构成了他的人格。因此,喜剧必须发挥一种类似于医学上的放血的功能,使某一过分发展的性格得以恢复正常,以免打破生命机能的平衡。所以,在宣泄功能上,喜剧与悲剧相仿,只不过它们所表现的题材不同罢了。

从上面我们已经看到,自柏拉图起,到本·琼生,都强调喜剧的教诲功能,都把喜剧的笑看作达到某一目的的手段。直到屈莱顿,才打破了传统,他断言,尽管喜剧可以是教诲性的,但喜剧的主要目的却在于使人发笑。笑本身就是目的。尽管屈莱顿的观点有偏颇之嫌,但他在和谐的合唱中奏出了一个不协和的音调,促使人们不得不认真地思考一下笑本身究竟有什么功能,喜剧的作用是否就在笑本身,抑或也在笑之外。

普遍认为,笛卡尔是第一个从心理学和生理学角度研究笑的专家。他认为,笑是高兴的主要特征。为了引起笑,这种高兴不能太强烈,而且必须与其他情感因素相混合,比如赞美、惊奇或敌意等情感。可以看得出,此一说源自柏拉图的混合情感说。笛卡尔的最大功绩在于他率先从生理学的角度描述了笑的发生过程:

---

① 转引自皮丁顿《笑的心理学》,潘智彪译,中山大学出版社1988年版,第95页。

笑是这样发生的：血液从右心室经动脉血管流出，造成肺部突然膨胀，反复多次地迫使血液中的空气猛烈地从肺部呼出，由此产生一种响亮而含糊不清的嗓音；同时，膨胀的肺部一边排出空气，一边运动了横隔膜、胸部和喉部的全体肌肉，并由此再使与之相联的脸部肌肉发生运动。就是这种脸部动作，再加上前述的响亮而含混的嗓音，便构成了人们所谓的笑。[①]

可以说，笛卡尔对笑的生理反应的探险在喜剧心理学的历史上是前所未有的。这一定义进一步拓展了笑的研究领域，使之推展到生理学的范畴，这样，就使笑的心理学研究找到了一块坚实的基石，有了科学实证的依据。

此外，笛卡尔还提出了一个非常有价值的观点。他认为，当我们认识到一个事物尽管对我们有威胁，但它对我们还不起作用的时候，我们就会取笑它。正如现代心理学家皮丁顿所说，这一观点完全可以阐发为一个全面的笑的理论。哈沃斯的"传递论"和彭约翰的"松弛说"都是抓住这一点而大做文章的。笛卡尔对笑的心理发生机制有着大胆的猜测。他强调了两点：第一，引起我们发笑的事物必须能对我们有所威胁。这就是说，笑的客体要在主体心理上引起足够的紧张，有足够的紧张就能产生恐惧之类的情感。这些情感在紧张维度上足以使其后的松弛产生快感。第二，这些威胁在事实上并不对我们造成伤害。从心理学角度说，笑是肯定性的积极情绪，它与伤害是不相容的。正如近代的哈沃斯所言，笑是安全感的外现，笑的前提是安全感。事物对我们有现实威胁时，我们绝不会发笑。一旦我们认识到这事物的威胁是虚假的，我们仍然把握着自身的安全，我们就会发笑。由此可见，笛卡尔所抓住的两个基本点无论从哪一角度看，都是喜剧心理学必不能忽视的。

在喜剧心理学历史上树起的第一座理论高峰是霍布斯的著名的"突然荣耀说"。这一说的核心即所谓"优越感"。霍布斯认为：

[①] 转引自让·诺安《笑的历史》，果永毅等译，生活·读书·新知三联书店1986年版，第42~43页。

> 有一种情感还没有名称，它的外部表征就是我们所称为"笑"的面容变化。它通常是快感，这种情感不是别的，就是"突然的荣耀感"，它来源于在与别人的弱点或自己的过去相比较时突然意识到自身的优越而产生的。引起笑的东西必须是新奇的、意想不到的。人们都不喜欢受人嘲笑，受嘲笑即受轻视。所以，不冒犯人的笑必须是对荒唐行为和人格中的弱点，并且是由大伙一起来笑。因为，笑另外一个人，就会使其余的人引起对自身的提防和省察。与此相反的情感是引起哭的"突然的沮丧"。这是一种突然的与自身的不和。因为没有人会为过去的笑料发笑，也不会为过去的灾祸而哭。①

霍布斯的这一理论在后世很有一批附和者，影响甚远。证之以现实生活中的笑，确实有很大成分是起始于"优越感"，或者说，许多情况下的笑都伴随有优越感。但是，霍布斯的理论忽视了两个重要的方面，或者说，他的理论有两个重要的缺陷。首先，"优越感"只能说明很大一部分的笑，但不能涵盖全部。生活中在很多情况下发出的笑纯粹是由高兴而引起的。这种笑不一定包含优越感。其次，优越感的产生在于两种比较，一是与别人比，一是与自己的过去比。无论属哪一种，笑都必须与人为的情境有关。其要旨在于我们于发笑之前，必须在无意中战胜了犯有过失的人。霍布斯在这里显然忽略了一种重要情况，那就是：有很多笑是与人的行为无关的。比如，笑气（一氧化二氮）引人发笑，吃饱之后的婴儿发出的笑，等等。

第一个站出来支持霍布斯的是爱迪生。他列举了很多事例来证明，笑都是起源于优越感的。爱迪生的独特贡献在于他进一步指出："根据一个人比其他人更为优雅的程度，他从人类社会的较低阶层或较高阶层中选择他的嘲笑对象。……一个愚笨的笑柄仅仅适宜于普通人的谈资，聪明的人需要的是能给予他们游戏，以对象的行为中的荒唐来激励自己。"② 爱迪生在这里抓住了笑的心理学之中的一个极为重要的原则，以前诸多学者为笑的原因争吵不休，就是因为他们没有注意到笑的对象因人而异，所以笑

---

① 转引自朱光潜《朱光潜美学文集》第一卷，上海文艺出版社1982年版，第264～265页。译文有改动。

② 转引自皮丁顿《笑的心理学》，潘智彪译，中山大学出版社1988年版，第101页。

的原因也因人而异。自从亚里士多德指出喜剧的对象是卑下的人以后，附和者居多，怀疑者寥寥。其实，一个时代有一个时代的喜剧对象，同一时代不同阶层、不同文化修养的人也有不同的喜剧对象。正如帕尼奥尔说的，"笑与笑者的身份相称。笑一向反映人的个性，告诉我，你对什么感到好笑，我就能说出你的为人"①。当然，爱迪生还没有明确地指出人们选取喜剧对象的根据何在、标准是什么。

另外，爱迪生还证实了洛克对巧智与判断的区分。洛克认为："巧智主要在于观念的集合，把它们与灵敏和变化结合起来，就能够从中找到任何一种相似性或和谐性，并由此而在想象中产生愉悦的情境和惬意的幻想。相反，判断则主要是在于另一方面的相互间仔细地区别开来的观念。可以从这些观念中找到最细微的区别，并由此而避免被相似性所误，由于近似而张冠李戴。"② 爱迪生则补充说："任何观念的相似，包括巧智，都必须使人高兴和惊奇，这才能引起笑。不仅是观念的相似能产生巧智，连观念的对立也能产生巧智、引起笑。关键是要引起惊奇感。"

正如米歇尔所说："在昆提利安之后的一千五百年间，喜剧与笑的问题被人们遗忘了。……直到16世纪，人类对笑的好奇心才又重新萌生。"上面我们提到的笛卡尔、霍布斯、爱迪生等人，就是在经过中世纪的沉寂之后站在当时科学发展的前沿水平上研究笑的卓有成就的学者。在他们之后，西方学者研究笑的文章、著作便源源不断，各派观点纷呈，使笑的心理学研究水平向前推进了一大步。学者们不再纯粹从道学家的角度来谈喜剧，也不局限于表面的考察，他们转而向笑的心理学和生理学进军。在德西夫里的《论笑的精神与生理原因》一书中记述了一段精彩的论争。德图什、孟德斯鸠和丰丹纳尔各执一端，互不相让，除了孟德斯鸠持有与霍布斯同样的观点外——孟德斯鸠认为笑源于一种对理智的滥用，即所谓的"虚荣心"，这正是后来霍布斯"突然荣耀说"之所由出——其余两人的观点都很有启发性。

德图什认为，既然"笑"是与"哭"相对立的表情，而悲哀是哭泣的原因，那么，喜悦也就必然是笑的原因。德图什强调说："我指的是经

---

① 转引自让·诺安《笑的历史》，果永毅等译，生活·读书·新知三联书店1986年版，第70页。

② 转引自皮丁顿《笑的心理学》，潘智彪译，中山大学出版社1988年版，第100～101页。

过推理产生的喜悦，由此派生出两大类笑：一类笑是纯粹的、天真的，是纯真的表情……另一类笑涉及恶习，开心与恶习杂而有之……"拿笑与哭相比较，通过悲哀而推知喜悦，这在喜剧心理学史上有过先例，这就是著名的古希腊《喜剧论纲》。正是通过套用亚里士多德的悲剧公式，《喜剧论纲》的作者认定喜剧"借引起快感与笑来宣泄这些情感"。德图什用同样的"对立推理法"指明笑的原因在于喜悦，这未尝不可。从现代心理学的角度来看，这不失为一种可取的研究方法。但德图什的结论却未免过于武断。首先，不仅很多种笑无须经过理智的推断，即使是喜悦本身，也往往是不期而至的，尤其是滑稽中爆发出来的大笑，一般都是不假思索的、无理性的。喜悦本身就应该分为两大类，一类是经过理性思考之后而产生的，另一类是满足了生命本能之后瞬即产生的。其次，究竟是笑引起喜悦还是喜悦引起笑，这在心理学上还未有断论，德图什未经任何证明，便断言喜悦引起笑，这未免有证据不足之嫌。

丰丹纳尔正是抓住德图什这一理论上的弱点，反诘道："如果笑是喜悦的必然结果，那么笑声就应该与喜悦同时发生，但事实上往往并非如此。"丰丹纳尔认为：笑是短暂地丧失理智的征兆。笑的时候，我们体内横膈膜的震动产生于身体功能的某种紊乱，这种紊乱如同一次轻微的精神病发作：每天，我们都要笑，而且无缘无故、不合时宜、无意识地笑，甚至为了一些令人苦恼的事情发笑，即狂笑。为了反驳德图什，丰丹纳尔已经走到了反理性的另一极端。不过，他所主张的无理性后来也有不少支持者。由于他们的观点暗示出笑的生物学原因及功能，所以也有其存在的价值。

与德图什稍有不同，哈特莱认为笑是高兴的表示，这种高兴来源于排除了一个小小的惊恐。哈特莱说："第一次大声发笑的原因也许是一种惊奇，它首先带来瞬间的惊恐，然后作为排除惊恐的结果便是瞬间的高兴。这与在排除了痛苦之后可观察到的愉快是一致的。"① 哈特莱的观察有比较普遍的意义，他强调笑的产生要在惊恐排除之后，即感到安全才能产生笑，这一观点在后来成为好几种理论的基础。但他没有解释清楚是否所有的笑都必须要有一个惊恐的过程。显然，这种因安全感而产生的笑只是笑的诸多原因中的一个。

---

① 转引自皮丁顿《笑的心理学》，潘智彪译，中山大学出版社1988年版，第102页。

哈特莱继续发展了爱迪生关于笑在不同的个体有不同的原因的理论。哈特莱认为，笑的原因因个人气质的不同而不同。有幽默气质的人，即使是面对严重的恶行，也有可能产生笑，从而使这些讨厌的东西在总体上受到指责。而轻易大笑的人则往往被表面的浅薄的相似性所迷惑。哈特莱进而通过探究笑的原因而阐明笑的功能。他认为，笑的最普遍原因是微小的过错或朋友间的小矛盾。笑就通过这种方式来发挥其社会功能，使人们做小小的社会调整，同时也引起个人的愉快。

自柏拉图开始，人们普遍认为喜剧笑的功能在于惩罚过失，这似乎已经变成一个理论的定规，只是到了罗素，才打破了这一传统。罗素坚持认为，从严格的科学角度来看，不管喜剧是否应该发挥惩罚的功能，道德的问题都应与我们对喜剧的研究无关。喜剧的功能只在于它是一种能引人发笑的社会刺激物。我们不能希望喜剧改变人们的恶习。因为在喜剧中受到嘲笑的只是一些已被社会责备的东西，而它鼓吹的恰恰是人们普遍喜欢的东西。它必须迎合观众的口味，不然它就难以在观众中站住脚。所以，不能指望喜剧在改变习俗方面有什么作为。因此，喜剧的本质不在于它有什么功用，而在于它能使人产生愉快。愉快本身足以说明喜剧的本质和功能。

自毕替提出了最早的唯理论之后，康德、叔本华、杜蒙德等人便继续加以发挥完善，使之形成了笑的研究之中影响颇大的一派——唯理派，而后来的斯宾塞、彭约翰、格利高里等人则相继提出了"超溢说""松弛说""游戏说"等，他们各自又都有一批支持者，于是，在喜剧心理学领域便形成了众说纷纭的局面。这是喜剧心理学在经过长期的探索和积累之后的必然现象。

第二节 学派的形成和发展

一、唯理论

我们首先介绍"唯理派"。

"唯理派"最著名的代表应该是柏格森，虽然在柏格森之前，已经有为数不少的学者坚持用唯理论的观点来解释笑。我们且先从毕替说起。

毕替认为，"笑源出于对两种或更多的不一致、不适宜、不协调的各部分或不协调的环境等的了解,而这一切都曾被认为存在于一个复合体或集合体之中,或者被认为是从心灵所关注着的独特的方式中获得其相互联系"①。要了解事物的相互联系,并察知其不协调,当然要依赖于理性的能力,所以,要能发笑,全在于理智的能力。这样,毕替就在笑的心理学中提出了最早的唯理论。

对唯理论的发展做出重大推动的是康德。他认为,笑是审美观念的游戏所产生的愉悦,而审美观念最终却什么也没有思考出来,它只有依赖其变化才能给出充满生气的愉悦。所以,笑虽然是由观念引起的,但却不是心灵的活动本身,不包含对事物的判断,它只是"生命机体进程的发展",是由于感觉到体力恢复平衡而得到的快感。在开玩笑的时候,游戏开始时,各种思想充溢全身,直至它们容许情感的表现进入。由于理解力突然停止在这一表现上,它不能从中找到所期待的东西,于是,我们就通过机体组织的颤动而感觉到身体松弛。正是这种在笑的时候产生的松弛使机体平衡得到恢复,从而对健康产生有益的影响。由此,康德得出一个著名的结论:"笑是一种情感,起源于紧张的期待突然转变为虚无。"他还特别强调,这种转变绝对不能是向期待的东西的实际对立面的转变,否则会造成悲剧。康德的这一观点其实早已在柏拉图和亚里士多德那里初见端倪,只不过康德对之加以较为详细周密的哲学论证。看来,在笑的过程中,有两个过程是任何人都不能忽视的,一是紧张,一是紧张之后的放松。当然,从不同的观点看,对紧张就有不同的解释。唯理派注意的是理智观念的紧张。

另一个唯理论大家是叔本华。他解释了康德的"失望说",认为笑起于期待的消失,而期待的消失则起于"观念"与观念所依附的"实体"之间的不协调:

> 在任何情况下,笑的原因都不外是突然知觉到观念与实体之间不一致,而这种不一致又是曾经在某种联系中彻底地思索过的。笑本身就是这种不一致的表现。它通常是这样产生的:两个或更多的实体通过一个观念来思考,观念的同一性被转移到对象(实体)身上。但是,对象在其他方面的不同却显得惊人地明显,这一观念仅仅是在某

---

① 转引自皮丁顿《笑的心理学》,潘智彪译,中山大学出版社1988年版,第106页。

一片面的观点看来才适用于它们。然而，观念与实体之间的不一致通常都是突然间才感知到的。……这种不一致越突出，滑稽效果就越强。所有的笑都是由这种自相矛盾引起的。①

朱光潜曾经举过一个很通俗的例子来说明叔本华的这种"失望说"：一个人听见衣橱里有声响，认为衣橱里的是老鼠（观念），把它打开来看，才知道藏在里面的是他的婶母（实体），他于是不由自主地发笑。其实，现代艺术中很多喜剧效果都是用这一手法促成的，也就是一般所称的"误会"。我国传统相声中，此法用得最为普遍、最为娴熟。

综观康德、叔本华诸人的观点，不难发现，他们都把自己的理论建立在"不协调"这一基本概念上，从而构成"唯理论"的总体笑论。所以，他们只关心喜剧情景的本质，只满足于对喜剧情景的分析，而没有考虑到喜剧情景与笑的心理有什么联系。康德未能说明为什么笑跟随在失落的期待之后，叔本华也未能解释清楚对观念与实体之间的不一致的感知与笑的心理机制有何种必然的联系。唯理论认为，任何喜剧性都是由于不协调，这是有道理的，但并不是所有的不协调都具喜剧性。唯理论者没有解释清楚什么才是"喜剧性"的不协调，这样，他们就无法找到笑的充分原因。

唯理论发展到柏格森时，便得到了最全面彻底的阐述。我们在下面将会看到，他的理论不仅是集前人之大成，更为重要的是他站在当时科学发展的前沿对笑重新进行了深入的研究。可以说，在现代有关喜剧心理学的研究中，没有谁能比他有更大的影响。

柏格森在他的《笑》一书中指出：滑稽是人类独有的特性。离开人的本性，就不存在滑稽。动物或无生命之物之所以令人觉得好笑，那仅仅是因为它使我们想起某些属于人的东西。很显然，这一观点是片面的，人们可以轻而易举地列出很多笑的例子，它们都不涉及人，也无须令人想起属于人的东西来才发笑。比如，看到动物的嬉戏而笑，就不一定非要意识到动物的嬉戏与人类行为有什么关系。此外，妙言巧语引起的笑也没有涉及人。

柏格森的理论最能体现其唯理性质的是他断言笑的必要条件就是不动情感，"笑的最大敌人莫过于情感"，笑来自单纯的理智，喜剧性要求一

---

① 转引自皮丁顿《笑的心理学》，潘智彪译，中山大学出版社1988年版，第110页。

种"心灵的片刻麻木"。当你作为一个旁观者,无动于衷地观察生活时,许多悲剧就会变成喜剧。柏格森的这一观点后来受到萨利的猛烈抨击。本来,心理上高度的情感紧张状态往往妨碍笑,笑必然产生在紧张之后,这一观点已普遍为人所接受。但柏格森为了强调理智,连最基本的情感因素都给否定了,这就使他在片面性上走得太远了,变成了毫无理由的夸张。众所周知,无论是歌颂性喜剧还是讽刺性喜剧,都必然表现出作者对主人公的情感态度。莎士比亚在塑造福斯塔夫这一形象时,讨厌、挖苦之情溢于言表。观众在嘲笑福斯塔夫的时候,也表现出同样的情感。

不过,柏格森在强调纯粹的理性时,他要求这种理性必须与别人的理性活动保持接触。换言之,我们的笑实质上是社会性的。笑须有回声,须有附和者。单独一个人很难发笑,笑要有同情的社会来推波助澜。可以说,这在柏格森的所有观点中是最有价值的。在此之前,尚无人从社会学或社会心理学的角度来研究笑。研究者顶多是从功能的角度把笑放到社会中来研究,而对笑的发生则不是从纯生命的角度,就是仅仅从个体心理发生的角度来进行研究。柏格森的这一观点给予我们一个很大的启发:笑的功能要从个体与社会相结合的角度来研究,笑的原因亦应作如是观。科学发展到今天,社会心理学已经日趋成熟,这更加为我们深入研究笑的原因及功能提供了坚实的基础,沿着这条路子,应该会有更大的突破。

柏格森通过一个简单的例子来阐明笑的原因:

> 有一个人在街上跑,绊了一下脚,摔了一跤,行人笑了起来。我想,如果人们设想这个人是一时异想天开,在街上坐了下来,那他们是不会笑他的。别人之所以发笑,正是因为他不由自主地坐了下来。因此,引人发笑的并不是他姿态的突然改变,而是这个改变的不由自主性,是某些笨拙。街上也许有一块石头,原该改变速度,或者绕过障碍。然而由于缺乏灵活性,由于疏忽或者身体不善应变,总之,由于僵硬或是惯性的作用,当情况要求有所改变的时候,肌肉还在继续进行原来的活动。这个人因此摔了跤,行人因此笑了。①

所以,柏格森认为,笑是一种社会的惩罚,旨在惩罚某些镶饰在生命

---

① 柏格森:《笑》,徐继曾译,中国戏剧出版社1980年版,第5~6页。

外表的机械性。社会不满足于仅在生活的重大严肃事件上才强迫它的成员服从，它在细小的事件上也要求这样。为此，社会就不能让他的成员仅仅在重大事件上保持与社会的一致，而要在那些细小的事情上以及在个人关系的调节上形成习惯性的简单的机械化。因为性格上、心灵上乃至身体上的任何机械化都有可能是一种反社会的怪癖的标志，都有损于社会。社会生活要求每个人都具有最高限度的弹性和处群的能力，这就必然不能容留这些机械的东西。这些机械的东西就是喜剧，笑就是对它的惩罚，使之得到改正：

> 当一个人感觉到自己可笑，马上就会设法改正，至少是设法在表面上改正。如果阿尔巴贡看到我们笑他的吝啬，虽不见得从此就改掉自己的毛病，至少总会在我们面前少暴露一些，或者用别的方式暴露出来。所谓笑能"惩罚不良风尚"，正是这个意思。笑使我们立即设法摆出我们应有的模样，结果我们有朝一日也就当真成了这副模样。①

柏格森的这一观点含有相当的真理性，尤其是在讽刺喜剧中。本来，喜剧的这一功能也被前人阐述过，而柏格森从社会心理学的角度加以概述，则显得更为深刻。当然，不能认为所有的笑都是惩罚性的。歌颂性喜剧引起的笑、婴儿吃饱后露出的笑都不能认为是惩罚性的。显然，尽管笑通常体现为一种社会惩罚的行为，但它的功能范围却比惩罚功能所容纳的还要广泛。

继柏格森之后，贝利尔对唯理论做出了最新的贡献。他是为数不多的对笑进行内省分析的研究者之一。他认为，仅仅是认识到或理解到不协调的情景，还不足以引起笑。其实，越穷于理解，越妨碍笑。但是，他同时认为，对喜剧情景必须要有一个"判断"，在知觉到情景与产生笑之间，必须要有一个虽然短暂但却明显的间歇，这就是把对情景的鉴赏与某种目的联系起来。任何一种目的都可以包含在对喜剧情景的鉴赏中，喜剧情景与所含的目的之间的关系既不是互相阻碍的，也不是互相促进的，而是毫不相干的。但是，贝利尔忘记了一点，不仅是滑稽情景，所有的思想都包

---

① 柏格森：《笑》，徐继曾译，中国戏剧出版社1980年版，第11页。

含有对情景与目的之间的关系的考虑。因此，他这样界定喜剧的本质就没有意义了。有意义的倒是贝利尔对笑的心理功能做出了解释。对情景与目的之间的不协调的鉴赏使我们直接面对一种环境状态，我们在其中不能"把经验的细节放到有序的背景上去"。由于心灵必须不断地调整自身以使之适应环境并由此而维护它的安全，它对不协调就必须采取某种情感态度以避免混乱，从而从该情景中抽离出来并表现出情景的价值。心灵的困惑由此得以免除。笑的时候总是伴有胜利感，因为在笑之中，我们已经战胜了无条理性，确信目的没有被打败，并且在不协调的情况下保存了我们自身。

由上可见，贝利尔对笑的过程的心理分析是细致的，如果不是用它统括所有的笑，那么，这一分析还是有一定道理的。它隐含了霍布斯的"优越感"，并从一个侧面为后来的"安全说"提供了心理学依据。当然，贝利尔限于当时的认识水平，只能从个体心理的角度来对笑进行内省分析，从而忽略了更为重要的另一面——从社会心理学的角度彻底地揭示笑的奥秘。所以，贝利尔未能认识到笑的社会-心理功能。

接近唯理论且不囿于唯理论的还有另一位伟大的学者，他就是黑格尔。黑格尔把可笑性与喜剧性严格地区分开来。他认为，可笑性是指：

> 任何一个本质与现象的对比，任何一个目的因为与手段对比，如果显出矛盾或不相称，因而导致这种现象的自否定，或是使对立在实现之中落了空，这样的情况就可以成为可笑的。①

有了"可笑"的前提，要能引起笑，就需要理智的力量。"笑是一种自矜聪明的表现，标志着笑的人够聪明，能认出这种对比或矛盾而且知道自己就比较高明。此外也还有一种笑是表现讥嘲、鄙夷、绝望等的。"②黑格尔的这种"认识到自身的聪明"与霍布斯的"优越感"稍有不同，前者是通过发现对象的实质而达到自身的肯定，是一种自得之感。后者是在比较中发现对象的低鄙，从而产生的优越之感。可惜的是，黑格尔未能详尽地说明这种自得之感如何引发笑的机制。也许，在黑格尔的知识结构

---

① 黑格尔：《美学》第三卷下册，朱光潜译，商务印书馆1981年版，第291页。
② 黑格尔：《美学》第三卷下册，朱光潜译，商务印书馆1981年版，第291～292页。

中还没有这一层。因为这需要丰富的心理学知识,单凭思辨是无法奏效的。另外,本质与现象、目的与手段的矛盾在社会生活和自然现象中比比皆是,不见得它们都是可笑的。比如河流上面的薄冰,其现象与本质就不一致。

此外,有必要在这里介绍黑格尔对喜剧性的规定。因为在喜剧心理学上,还没有谁对可笑性与喜剧性做过比较分析。黑格尔认为,可笑性不等于喜剧性,可笑性的主体应该引起痛感:

> 喜剧性却不然,主体一般非常愉快和自信,超然于自己的矛盾之上,不觉得其中有什么辛辣和不幸;他自己有把握,凭他的幸福和愉快的心情,就可以使他的目的得到解决和实现。……比较富于喜剧性的情况是这样:尽管主体以非常认真的样子,采取周密的准备,去实现一种本身渺小空虚的目的,在意图失败时,正因为它本身渺小无足轻重,而实际上他也并不感到遭受到什么损失,他认识到这一点,也就高高兴兴地不把失败放在眼里,觉得自己超然于这种失败之上。①

由此可见,可笑性与喜剧性的差别就在于主体如何对待那些微不足道的失败。喜剧性的来源就在于主体能以超然的态度对待失败,他有驾驭喜剧世界的信心,或者说,他有喜剧人生观。我们研究喜剧心理学,不仅是探明笑的心理原因及心理功能,借以指导喜剧的创作及欣赏,更为重要的是要通过对笑的本质的把握,培养出一种泰然处世的喜剧人生观。目的固然要执着,但失败也不要畏惧。乐于接受失败,以一笑置之,正是从心理上保证目的能够实现的一种手段。从这一角度看,黑格尔的思想不可谓不深刻,正是这一点奠定了他在喜剧心理学中的地位。而后来的"游戏说"虽然也与黑格尔的这一观点相接近,但他们似乎多了一些消极的人生观。

二、超溢说

前面所提到的诸家学说都是从心理学角度出发的,鉴于当时心理学发展的程度,还不可能为笑的研究提供足够的实验依据,所以,这些学说大

---

① 黑格尔:《美学》第三卷下册,朱光潜译,商务印书馆1981年版,第291~292页。

多具有猜测性质，缺乏厚实的科学基础。只有到了斯宾塞，才率先从生理变化和心理变化的关系上研究笑。唯其如此，他所提出的"超溢说"才具有广泛普遍的影响，形成独立的一派。

斯宾塞认为，神经体系中任何一部分精神力量的活动都必须通过下列几种途径跑出来：①与运动器官没有直接联系的其他神经的通道；②通向肌肉活动的运动神经；③通向内脏的传出神经。在第一种途径中，精神力量产生意识状态，而在后两种途径中，精神力量则在活动的产生过程中消耗殆尽。尽管精神力量可以从所有或其中一个途径中逃溢出来，但如果这三种逃溢的手段都被阻塞，则更多的精力就必须通过开启着的其他通道逃溢出来。相反，如果其中任何一个适宜为精神力量的逃溢提供通道，则其他的通道就不会被采用。斯宾塞的"超溢说"就是建立在这一神经学的基础上的。

他认为，笑可被各种情感引起，这些情感并不一定都是愉快的。通过笑所"超溢"出来的就是包含在这些情感状态中的过剩精力。由于这种超溢不受任何动机指引，所以，它们都顺着习惯所用的通道——语言器官的通道溢出。首先是口部筋肉，因为这里的筋肉最细小，便于运动。情感稍有变化，口部筋肉立刻就把它表现出来。然后是呼吸机制。情感兴奋时需要氧化血液较多，所以呼吸比较急促。如果这两个部位都不合适，过剩的精力就进一步溢进其他运动器官，使整个身体都颤动起来。对于由简单情感引起的笑，上述通道正好适用。至于由喜剧性引起的笑，则其解释稍有不同。喜剧性在本质上意味着不协调。这种不协调使某些过剩的精力无法进入其他神经路线的正常出口，只有通过引起笑的运动反应才能超溢出来。当然，这种不协调必须是"下行的"，即事件的发展达不到期待的水平，期大而得小，原来所准备的精力因无所用而有所剩。

斯宾塞的这一理论既有合理的地方，也有难以自圆其说的漏洞。首先，我们要肯定他从生理学的角度对笑进行了研究，试图为笑的心理学提供科学实证的基础。其次，我们应当承认，在笑的过程中，主体确实需要有其他行为所不需要的过剩的精力。尤其是喜剧性的笑，鉴于其审美的性质，应属于高层次的需要，没有足够的物质基础当然无从谈起。但是"超溢说"也有其理论上的难点。第一，斯宾塞未能说明为什么非要用笑这一特殊的行为模式来消耗过剩的精力。如果需要释放能量，为数众多的其他行为则可以更有效地达到这一目的。第二，如果以消耗能量为笑的目的，则笑的社会功能该怎么解释？第三，斯宾塞未能说明为什么不协调的喜剧矛盾非要引起笑的运动才能使过剩精力超溢出来。显然，生理学虽有助于揭开笑的奥秘，但纯粹生理学观点却不能解决笑的所有问题。

另一位支持斯宾塞的生物学家是达尔文。他主要是通过列举事例来证明"超溢说"。当小孩准备哭的时候，可能由于意想不到的事件，他反而笑了起来。很显然，这种笑也和哭一样使他感到满足，因为它起到了消耗过剩精力的作用。关于意外引起笑，达尔文还做了一个比喻：滑稽的东西可以产生类似于呵痒的精神作用。"要想产生肉体呵痒的感觉，必须使呵痒的身体部位完全出人意外；同样，在精神上，一件完全出人意外的事物、一种突如其来或者神秘的思想，就可以构成引起笑的滑稽事件。"[①]

与斯宾塞不同，达尔文还从生物学的角度研究了笑的其他功能。达尔文认为，笑的时候发出的声音是愉快的情感的表现。因为动物世界中，大部分的声音都是用来寻求异性或作为使同类相会合的手段。当然，也可以用笑来掩饰其他情感，例如，当被嘲笑时，或真或假的笑就混杂着轻视。笑的功能在这里是向冒犯者表明，他不过是使大家高兴而已。

三、松弛说

最先系统地阐述"松弛说"的是法国心理学家彭约翰。他认为，自由是笑的普遍原因，而自由在本质上是令人愉快的。在生命的过程中，我们的天赋自由往往受到各种各样的约束。一旦这些约束得到部分的放松，人就产生自由玩乐的情感，并通过笑把这种情感表现出来。所以，无论什么时候，只要事件的正常进程被打断并且不产生紧张感，笑就会出现。正因为这样，小孩比成年人更易发笑，成年人已经习惯于自然力的种种束缚，不容易为如许的新奇、古怪、神秘的东西所打动。此外，笑是一种没有外在目的的行为，它总是一种游戏的情感，是为自身的活动，所以，有目的的理性活动是不会产生笑的。这一观点已经接近"游戏说"，后当详论。

如果说彭约翰强调了可笑情景的客观特征——事件的正常进程被打断并且不产生紧张感，那么，格利高里则强调了笑的主体方面，尤其是笑与

[①] 转引自让·诺安《笑的历史》，果永毅等译，生活·读书·新知三联书店1986年版，第47页。

松弛感的关系。

格利高里认为，笑有很多种，有胜利的笑、嘲弄的笑、轻蔑的笑、优越的笑、自我庆幸的笑、游戏的笑、表示敬意的笑以及高兴的笑等。但如果把这些笑的基本特征归纳出来，使它们前后一致、相互连贯，则只有一种笑——松弛的笑。或者说，松弛是所有的笑的共同特征。笑的基本形式是"纯粹松弛的朴实无华的笑"。小孩从紧张状态中脱离出来时发出的笑就是一个例子。所以，笑的作用就在于消除为准备应付环境而在身体内部产生的精神的紧张和筋肉的紧张。如果没有笑的作用，这些多余的紧张就会塞满身体，影响身心健康。社会性的笑表示一种惩罚，其含义是冒犯者不值得被更严肃地对待。当然，笑不能过分泛滥发展，不适宜的幽默感会使人养成习惯性松弛，成为永久的闲散。当紧张而不紧张，这也不能适应社会生活的需要。

格利高里不同意搔痒是笑的基本因素。在格利高里看来，应当区分一般的搔痒与游戏的搔痒。不是所有的搔痒都能引起笑，如果在搔痒前有所警告，知道其准确部分，则有清除笑的可能。而游戏的搔痒则能引起笑，因为它能使人产生一种反应，这种反应是为逃避危险而习得的，现在被用于游戏中，它就产生了一种松弛感，所以能引起笑。

笑是愉快的，因为松弛本身是愉快的。但笑不是一般的愉快的表现，它仅仅是那些由松弛感带来的愉快的表现。

当然，很难断定社会生活对笑的产生有什么确切的影响，最明显的是社会影响着笑的习惯的传播和凝固。因为笑作为松弛的表现，特别适用于在某种社会情景中产生的心境，例如，取得胜利之后的笑和朋友间互致问候时的笑，这些笑已经在社会中凝固下来，成为习惯。但是，这并不等于说笑是从社会生活中产生出来的。在格利高里看来，社会仅仅是引起了那种纯粹的松弛的笑，并使之以共同的方式来表现这一情感。

除了上述两位学者秉持"松弛说"的理论外，杜威的理论也可算入"松弛说"之列。杜威认为，只有当心灵经过一段时间的疑惑，整一性突然来到时，愉快的情感才会产生，并通过笑表现出来。所以，笑是紧张状态的断裂，它作为一种反应类似于松弛的表现。但笑与松弛还是有所不同的。松弛"是兴趣正在进行时产生的。当缓慢而又持续的阵痛的观念处于其顶点时，松弛就产生了。而笑则产生于兴趣已成为结果——'核心'出其不意地突然显露出来。在前一种情况下，努力一直持续到它完成了某事，在后一种情况下，努力却被抑制，而积聚下来的能量就从似乎是外在的原因中释放出来"①。

此外，豪弗汀也认为，笑最先是作为一般的愉快的表现，然后，由于在人们的生存斗争中，自我保存发挥了主导的作用，笑就变成"自我保护本能"得到满足的特定表现。喜剧情景一般都包含着危机，自由的意识就从中爆发出来，所以，也可以说笑是释放感的表观。"自我保护本能"得到满足的伴生物就是胜利的轻松感和自由感。

上面简要介绍了"松弛说"的主要观点，不难看出，他们所揭示的笑的原因，可以用来解释很多笑的事实。贝恩说过："笑是严肃的反应。我们常觉得现实外界事物的尊严堂皇的样子是一种紧张的约束，如果突然间脱去这种约束，立即就觉得喜溢眉宇，好比小学生在放学时的情形一样。"②"松弛说"强调的是笑的心理状态必须先有紧张，然后是跟随在打断了这种紧张之后的愉快感。这正是笑的心理功能的由来。有张然后才有弛，一张一弛正是生命运动所需要，所以，笑是生命力强健的表现。从环境的约束中挣脱出来，无疑是笑的必要条件之一。这正是"松弛说"中的合理成分。但是，必要条件不同于充分条件，"松弛说"也犯了以偏概全的错误。

首先，"松弛"一词过于狭窄，不足以概括所有的愉快的笑。"松弛"所指的是既有的紧张感被愉快地打断，但并非所有的笑都要先有一个紧张的心理准备过程。当一个小孩因拿到食物而笑起来的时候，并没有显示出他曾经有过这种紧张状态。还是应该承认，笑有多种原因，紧张后的松弛仅仅是心理的笑的原因。

其次，生活正常进程的中断、紧张感的突然消除也不一定非产生笑不可。正如贝恩说的，五月飞雪可算是意外中的意外，但我们并不觉得其可笑。所以，我们还应该补充说，紧张后的松弛仅仅是笑的部分原因。

四、游戏说

"游戏说"类似于"松弛说"。"游戏说"的代表人物萨利认为，笑表示愉快，而笑的身体反应则进一步在机体内诱发生理上的异常欣快的状

---

① 转引自皮丁顿《笑的心理学》，潘智彪译，中山大学出版社1988年版，第123页。
② 转引自朱光潜《朱光潜美学文集》第一卷，上海文艺出版社1982年版，第247页。

态。被搔痒引起的笑不仅仅是反射行为的结果，它也包含一种更高级的心理因素，即知觉过程或感觉意义的分配。"神经质"的笑和跟随在长久而高度的精神紧张之后的笑是由于突然的松弛感。"高兴的笑"只有当高兴的意识突然增强时才会产生。它可能在两种情况下出现，一是紧张释除，二是愉快显著增加。但是，萨利所持的"游戏说"也有不同于"松弛说"的地方，这主要体现在确定笑的根本原因这一点上。笑是由于游戏心境的突然出现，它拒绝严肃地对待当前的事件。所以，"我们在发笑时和在游戏时的心境是根本相同的"①。笑与游戏并无二致。"我们笑新奇怪诞，就由于暂时故意不把事认真，不顾到事物的实际上的、理论上的乃至于美感方面的性质和意象，专拿它们当玩具玩，以图赏心娱目。"② 萨利还指出，游戏冲动的意义在不同的笑中也不同。笑的时候产生愉快感，是因为孩提时期的心理状态复苏了。孩提时期在本质上是一个自由无拘的时期，它影响着人的一生，具有重要的情感意义。所以，这种自由状态的复苏必能产生愉快，并用笑声表现出来。

萨利进而讨论了"可笑性"。他认为，游戏心境所诱发的笑不等于可笑性，"统一阐明事物的好几个可笑性及可笑因素的最有指望的方式是指出，这些可笑性和可笑因素都表明具有不足之处的事物的出现，如不能满足某些规范的要求，例如法律的习俗的要求。同时，这些不足之处必须要小到足以被视为无害的游戏"③。正因为笑是针对着某些有缺陷的人和事的，所以，笑能发挥惩罚的功能，"它能为我们以类似于游戏的姿态投身社会生活做好准备"。具体来说，笑有如下5个方面的社会功能：

（1）笑的感染力隐含"合唱"的功能，集体的笑能使大家团结一致。

（2）笑具有惩罚性的社会功能。

（3）笑能驱除敌意，防止不和。

（4）在任何社会中，笑都能"防止外人的沾染"。

（5）笑既可作为"内在的惩罚"，也可作为"外在的惩罚"，即笑者与被笑者都能在笑声中引起对被笑者的行为的警觉。

讨论到笑的艺术——喜剧时，萨利认为，喜剧有助于松开把我们捆向

---

① 转引自皮丁顿《笑的心理学》，潘智彪译，中山大学出版社1988年版，第132页。
② 转引自朱光潜《朱光潜美学文集》第一卷，上海文艺出版社1982年版，第276页。
③ 转引自皮丁顿《笑的心理学》，潘智彪译，中山大学出版社1988年版，第132~133页。

社会的绳索，并且它通过不断地向我们灌输一种容忍的人生态度，使我们处世能心安理得，从而对现存世界感到完全的满足。当然，我们在潜意识中仍然能晓是非、知善恶，只不过是受到游戏心境的抑制作用而没有在心理上产生矛盾罢了。

通过上面的介绍，我们已经可以看到，萨利对笑的原因的解释也逃避不了"松弛说"所遇到的难点。不难承认，游戏心境可以作为笑的必要条件之一，但不能作为所有的笑的原因，尤其是不能作为笑的唯一的原因。萨利理论中最有启发性的是他对笑的功能的讨论。他不仅强调了笑的心理功能，更强调从社会生活的角度理解笑的社会功能。他所概括归纳的5个方面的功能都是人们在适应社会生活的过程中必须正确地处理的问题，在此基础上理解笑的社会功能，无疑是奠定了喜剧艺术在社会生活中的地位。

同样是倡导"游戏说"，伊斯特曼与萨利又有所不同。萨利主要关注的是笑的社会功能，而伊斯特曼则着重于对游戏心理进行细致的分析。

伊斯特曼认为笑是愉悦的表现，它本身"不是拒绝的行为，而是接受的行为，不是痛苦，而是快乐"。最初的简单的笑仅仅是表示愉悦，随着自然界秩序的进化，笑就成为社会传递愉悦感的手段，其中包含幽默感。这种进化是通过体现"游戏式的痛苦"来达到的。"游戏式的痛苦"不仅没有使我们流泪，反而能引起我们的笑。因为在游戏中，愉快是最终目的，为了达到这一目的，它需要与痛苦共存。引人发笑的正是这种"开玩笑的痛苦"。喜欢这种"开玩笑的痛苦"是人的一种本能，正是这种本能产生了幽默感，它是"屈从于人类价值与宇宙的冷淡之间的矛盾的一种行为"。一方面，我们殚精竭虑地追求人的价值，希望世事恰如人意；另一方面，宇宙却对万事均无情可言，世事难以尽如人意。这样，本能就要求我们屈从于这一对矛盾，在坏的东西中引出好的结果，在失意中寻找乐趣，这种本能就是幽默。

伊斯特曼的这个学说已经暗含了弗洛伊德的"移除压抑说"。在弗洛伊德的全部精神分析学中，其要旨在解除心理的焦虑，方法之一便是幽默机制的运用。伊斯特曼的理论正是幽默机制的最全面的阐释。因此，我们可以说，伊斯特曼在对"游戏说"进行心理的分析时，便已说明了笑的心理功能。此外，伊斯特曼还从合群本能来说明笑的社会功能：

> 语言之外，笑是把社会联络在一起的最重要的媒介。它似乎是人类合群本能中一个要素，表示人不是甘于寂静躺在同类的身旁咀嚼的动物，表示合群是他的天然的活动，也是他的极大的快乐。微笑是普遍的欢迎信号，大笑是向碰到的朋友致敬礼，都是一种很确定的亲善的表示。①

如果要指出伊斯特曼理论中还有什么缺陷的话，则在于他未能解释清楚"游戏"与"严肃的反应"在本质上有什么区别。正因为他忽视了这一点，所以，他未能正确地指出在游戏活动中所谓的"开玩笑的痛苦"究竟是怎样的。我们知道，在日常生活中，痛苦是与笑无缘的，但在游戏的时候，例如，在欣赏悲剧的时候，即使是痛不欲生的，也令人有快感，这应作何解释？伊斯特曼未能给我们一个明确的答案。

此外，"游戏说"的倡导者们都未能划清幽默与游戏人生这两种不同人生观的界限。萨利主张拿生命开玩笑，伊斯特曼要求人们屈从于宇宙的淫威，这都不是积极入世的态度。还是格利高里说得好一些："幽默感不能泛滥，否则便使人养成习惯性的松弛闲散。"

五、移除压抑说

此说以精神分析心理学创始人弗洛伊德为代表。"压抑"在弗洛伊德的概念体系中有特定的意义。按他的说法，"压抑"是与"无意识"密切相关的。人类的行为都由无意识所控制，无意识领域潜藏着很多不为社会道德所容的本能冲动，这包括性本能和敌意本能。如果本能的东西长期被束缚在无意识之中，受到压抑，不能获得满足，就会引起焦虑甚至导致精神病的发生。所以，要维护生命力的正常运转、保持心理的平衡，就需要变换着法子使受压抑的本能从无意识中释放出来。

> 当一个人完全感觉不到抑制，因为在他身上不存在抑制的时候，他就会现出巧智。
>
> 巧智所产生的作用是不可扼制的，也是容易理解的：我们身上经常存在抑制的作用，而当我们听到巧智的言辞，抑制的作用就会骤然

---

① 转引自朱光潜《朱光潜美学文集》第一卷，上海文艺出版社1982年版，第277页。

解除，从而产生笑。①

弗洛伊德认为，巧智之所以能使人移除压抑，关键在于"心力的节省"。本来，要控制各种不为道德习惯及社会制度所容的本能冲动，需耗费大量的精神能量。巧智的作用就跟做梦一样，可以使这些冲动得到变相的满足。这样，一方面由于心理能量的释放而节省了精力，另一方面由于所用的巧智形式都是根据节省的原则的，可以节省精力，因此，这是双重的心力节省。弗洛伊德曾经以丑角为例说明这种双重的心力节省。丑角的举动一般都极为夸张，体力消耗过大，而内容则空洞无物，并不消耗多少心力。当我们在看到丑角的动作时，本来聚精会神、竭尽心力地理解他的内容，结果却节省了心力，于是发笑。这是第一重节省。另外，我们在笑丑角的空洞无能时，心里面会想到自己的优越，平时压抑在潜意识中的敌意本能就以笑的形式发泄出来，于是压抑暂时得以解除，受到约束的心理能力得到解放。这是第二重节省。

在弗洛伊德看来，巧智可分为两类，一类是为一定目的服务的"倾向巧智"，另一类是为自身的"无恶意巧智"。在无恶意巧智中，由妙语引起的愉快纯粹源自技巧，基本因素是第一重的心力节省。在倾向巧智中，则是移除压抑的第二重的心力节省。从节省心力的角度看，巧智与游戏极为相似。在孩童时期，我们往往用语言和思想做游戏，但这种游戏很快就被理性的判断所遏制。只有在巧智中，我们才有正当的理由回到顽皮而幼稚的心理状态，通过使游戏冲动的活动不受理性的约束影响而产生愉快。因此，我们可以说，巧智与游戏一样，没有其他的目的，它本身就是目的。

当巧智的技术被用于发泄某种本能冲动时，无恶意巧智就发展为倾向巧智。这主要有两种倾向，一种是用骂人的话来发泄情感的"敌意的倾向"，另一种是用猥亵的巧智来满足的"性欲的倾向"。在这两种倾向的巧智中，由于倾向的满足所产生的快感以及由于妙语技巧所带来的快感足以使人发出大笑。

弗洛伊德还用这种"心力节省"的理论来说明喜剧性和喜剧快感。

---

① 转引自让·诺安《笑的历史》，果永毅等译，生活·读书·新知三联书店1986年版，第63页。译文有改动。

他认为：

> 喜剧性的快感以及因此而得名的效果——笑，只有在两种消耗的差异不被利用而且能够显示出来时才会出现。假如我们一旦发现两种消耗的差异之后，就将这种差异移作别用，我们就得不到喜剧性的愉快效果，至多只能产生暂时的快感，而在这种快感中，喜剧性的各种特征是不会出现的。①

为了保证喜剧的愉快效果，不使对消耗的差异被移作他用，弗洛伊德还强调了喜剧性的主观条件：

> 产生喜剧快感最有利的条件，就是兴高采烈的心情，怀着这种心情，脸上就会"笑容可掬"。心情愉快，比起一般心理状态的消耗来说，几乎觉得一切事物都有喜剧性。其实，说笑话和喜剧性以及其他从心灵活动去获得快感的类似方法，不过是在精神倾向中缺乏这种快感时，从某一角度设法恢复兴高采烈的心情——舒畅欢乐的心情——的方法而已。②

从上面我们已经可以看出，弗洛伊德的"移除压抑说"是以无意识学说为基础的，是对"唯理论""松弛说""游戏说"的多方综合。"移除压抑说"能否成立完全决定于无意识学说的命运。现代心理学的研究已经证明，确实存在着一些不为意识所掌握的心理活动。从这一意义上说，弗洛伊德的无意识学说是有贡献的。但问题在于，弗洛伊德对无意识的内容的解释全无科学根据。他以泛性论说明无意识，似乎人的无意识全是一些不为社会所容的性欲冲动。这显然与事实不符，单以喜剧而论，人们往往被喜剧情景所逗乐，不假思索地发出无意识的笑声。但我们没有任何根据去说这些笑声发泄了什么性欲本能。阿巴贡是个既贪钱又好色的吝啬鬼，他之所以引人发笑，是因为他的行为处处以反社会的角色出现，再加上这些行为对社会的伤害又是如此微小以至于不值得严肃地对待，只有

---

① 转引自陈瘦竹《谈谈弗洛伊德心理分析学派喜剧理论》，载《文艺研究》1983年第5期。
② 转引自陈瘦竹《谈谈弗洛伊德心理分析学派喜剧理论》，载《文艺研究》1983年第5期。

报以笑声。另外,心力的节省不一定都引起笑。正如锡第斯说的:"在美感的活动中,经济学原则是完全不能适用的。这里的原则是'余力',不是'节省'。游戏的唯一目的都在表现余力。"人们为了笑,有时甚至不惜心力。从这方面说,弗洛伊德的说法还比不上"游戏说","游戏说"更为贴近事实。

上面我们分别介绍了5种较有影响的学说,它们既相互冲突,也相互渗透。可以说,它们从不同的角度为探明笑的奥秘投下了智慧的灵光。尽管它们距离真理还很遥远,但没有它们,后人更无法接近真理。

第三节 异军的突起与方法的融合

在喜剧心理学中,除了明显有阵营之分的各家学说,也有一些不落窠臼、独树一帜的研究者,可以说,他们是喜剧心理学研究中的异军突起。这些研究者的学说不但对各派理论的偏颇都有所补苴罅漏,而且为喜剧心理学的发展做出了开创性的贡献。

我们首先要介绍的是赫兹里特,因为他是第一个把笑与哭放在一起进行心理分析的研究者。赫兹里特认为:

> 人是唯一的有笑和哭的动物,因为他是唯一的能够发现事物是什么与事物应该是什么之间差别的动物。我们哭,是因为在重要的事情上有使我们的愿望受挫或超越我们的愿望的东西。我们笑,是因为我们在细碎琐事上的希望落了空。而眼泪,则是在人们还没有来得及去使他的情感适应环境的变化之前,心灵被某种突然而强烈的情感所压倒的一种自然而又不自觉的救助物。……可以把笑界定为:在人们还未来得及使他的信念与矛盾的外现相一致之前出现的、由纯粹的惊奇或对比引起的(在缺乏任何一种比较严肃的情感时),某种痉挛而又不自觉的行为。①

赫兹里特认为,哭与笑都是一种心灵的痉挛,其不同只在于所依附的情感。我们可以在小孩面前拍手引他笑,但如果我们拍得太响或离他太

---

① 转引自皮丁顿《笑的心理学》,潘智彪译,中山大学出版社1988年版,第108～109页。

近，则他就会哭。所以，哭与笑的交替全凭兴趣而定，而兴趣则依存于现象的变化。赫兹里特在解释笑的心理过程时，近似于"松弛说"：当精神高度集中增加到超出平常的强度，善与恶或事物与愿望的强烈对立足以引起感情的过分紧张时，它就成为可哀的或悲剧的。当集中的精神出乎意料地得到松弛或和缓，而且达到了低于平常的强度，它就成为可笑的。因为我们一系列的思想突然颠倒次序，使精神失去戒备，忽然获得趣味盎然的快感，而来不及或无意于做苦痛的思考。所以，"可笑性的本质是不协调，是一种观念与另一种观念的相脱节，或者是一种情感与另一种情感的相碰撞"。这样，赫兹里特就使自己与唯理论区别开来，他不仅注意到理性的不协调，也容许情感的冲突。虽然赫兹里特在总的倾向上接近于"松弛说"，但他的研究路子却是新颖的。从心理机制上看，笑应当与哭属同一反应模式的两个极端，如果能在总体上把握了这两种反应的共同特征，则笑的心理不难明了。这就是赫兹里特给我们的启发。

迈里南德曾提出过一种近乎"顿悟"的笑论。他认为，在笑的过程中，心理活动有两个阶段，首先是对事物矛盾的鉴赏，然后是认识到这些矛盾的微不足道。所以，可笑性的基本因素是这样的一种情景：从一个片面看，它是荒诞背理的；从另一片面看，它又是合乎自然的。这些可笑性情景之所以能引人发笑，是因为人类的心灵都有秩序的要求，凡是新认识的东西，都要放在熟悉的类别中，当某事件不能放进任何一个类别的时候，它就与我们所不熟悉的东西一起从心灵中跑出来。当我们在同一时间里认为一个物体属于两个相互排斥的类别时，我们的思维就会感到震惊，这就出现了荒诞。但是，如果从一个片面看似荒诞的东西突然被察觉出同属于一个熟悉的类别，这就由于重新认识到先前曾以为荒诞的对象的合理性而引起快感。笑就是这样产生的。由此观之，迈里南德的观点接近"唯理论"，尤其接近于叔本华。但叔本华强调的是突然认识到事物的不合理性，迈里南德则强调对合理性的突然了悟。

凯伦的观点很难归入上述的任何一个派别，但他的理论对我们却有相当的启发性。凯伦认为，笑的功能与审美的功能相近似，都是"直接地感受到环境的合适"。笑的行为就好像是尽力去拥抱和专注于周围的环境。凯伦认识到，人类的笑是一个进化的过程，所以，人类有各种不同的笑。最早的笑是吃饱之后的婴儿在重温他们的吸奶动作时的快感所产生的满足的笑。搔痒引起的笑是由于两个不同因素之间的本质冲突及兴奋。当我们的心理平衡遭到干扰而最终得以恢复时，它就以笑来作为标志。健康的笑通常也是由突然的刺激引起的。所以，引起笑的是事物的挫折的威胁。当我们认识到环境的完全合适时，我们就认识了美；同样，当我们认识到丑而这丑却不起作用时，我们就认识了喜剧性。凯伦得出的结论是他全部理论的精华：笑在本质上标志着对不协调的一种满意的调整。我们知道，"唯理论"只强调对不协调的认识，"游戏说"只强调在失意事中寻乐趣。而凯伦则摒弃了他们的理论偏见，一来承认喜剧情景的不协调，二来强调心灵的调整作用。这样，在理论的适用范围上，凯伦当然超越了前两者。

一般的研究者都认为，笑是愉快的，引起笑的情景也是令人愉快的，所以笑是愉快的表现。近代心理学家麦独孤则不同意这一观点。他提出的问题是：笑究竟为我们干了些什么？他认为，笑的情景是不快的，如果我们不为它们而笑，它们甚至会使我们不高兴。笑的作用就在于它使我们在不快的情景中产生异常欣快的心理状态，从而避免了忧郁的心绪。笑之所以能有此效用在于两个方面的途径，一是生物学的，一是心理学的：

> 它在生物学上的直接效果是刺激了呼吸和血液循环，升高血压，输送大量血流到大脑，正如我们在会心的笑之中所见到的红面。在心理学上，笑的作用在于打破思想的链条及持久不变的身体或精神的活动。①

麦独孤认为，引起笑的滑稽情景一般都包含了我们的伙伴的细微的不幸，如果我们不笑，由于同情心的作用，它就会在我们心中引起痛苦。所以，笑是一剂天赐的对同情心的解毒药，它使人能够灵巧地调整自己的同情心，以适应社会生活的需要，不致因为同情而受到诸多的压抑和痛苦。从生物学的角度看，麦独孤的观点是合理的，笑对个体生理-心理的影响恰如他所述的那样，一方面是活跃了生命力，另一方面是打断思想链条及持久疲乏的心力活动。这样的理解远比"游戏说"和"移除压抑说"合理。但是，作为社会心理学早期研究者的麦独孤却未能从社会心理的角度正确地说明笑的功用。很显然，笑的情景不一定都与朋友的不幸有关，笑

---

① 转引自皮丁顿《笑的心理学》，潘智彪译，中山大学出版社1988年版，第139页。

的对象既包含朋友，也包含敌人，所以，笑的情感中既可排斥同情心，也可容纳同情心。即使是因为笑朋友的不幸而滋长了同情心，这也是社会生活所需要的。人生活在纷繁的世界上，势必遍历磨难，遭遇诸多的不幸和压抑，想要逃避是不可能的。关键的是既要接受生活的现实，又要超然处世。所以，麦独孤因为惧怕社会生活的矛盾和不幸而要消除同情心，因为惧怕同情心的蔓延而强调笑的解毒作用，这就使他在对笑做出正确理解的情况下却得出错误的推论。

沃利斯的笑论是霍布斯的"优越说"与惩罚论的结合，但他的特色在于从人类学的角度来进行研究，所以值得在此一提。沃利斯认为，笑是体现和维持群体标准的手段，所以，笑一般会发挥惩罚的功能。例如，在某些澳洲原住民的入教仪式上，无论老教徒的行为多么荒唐古怪，新入教者都不准发笑。因为如果他笑了，那么他的笑即意味着他显得比那些老教徒优越。沃利斯还列举了很多原始社会的事例，说明原始人都是惧怕自己的行为显得荒诞可笑的。因此，沃利斯的结论是：笑的社会功能就是惩罚，但我们从中得到快感是出于优越感。尽管沃利斯的结论没有什么新的东西，尽管他未能说明笑如何体现和维护群体的标准，但他新开了一条研究路子，即从人类学的角度考察笑的社会功能，这无疑是一个很好的启迪。他应该在喜剧心理学中占有一席位置。

在喜剧心理学中，另一位独树一帜的研究者是杜普里尔，他与前人的不同之处正在于他宣称笑纯粹是社会学的问题，从而开辟了一条新的研究途径。

杜普里尔认为，笑的原因在于被笑者对发笑者的群体缺乏适应。有两种不同的笑，一种是表示接纳的笑，另一种是表示排斥的笑。最初的笑是开玩笑的表示。作为社会性的动物，人类在伙伴中获得了愉快，就用笑来表示。这种笑的功能就是证实社会群体的团结一致。随着社会的发展，笑之中加入了恶意的成分，于是，简单的表示友谊的笑就演变成表示排斥的笑。当一个社会群体其他人联合起来，排斥其中一两个群体成员时，这种笑就出现了。它总是意味着群体成员之间的对立，偶然也有惩罚的功能。

就杜普里尔而言，他的理论的价值不在于解释笑的社会原因和社会功能，而在于他所凭以解释笑的社会原因和社会功能的出发点——社会学。具体地说，杜普里尔未能说明为什么只有用笑才能表达社会的一致性，为什么笑能惩罚不适应社会的行为。这些都是因为杜普里尔片面地摒弃了心理学。如果他能在社会学与心理学相结合的基础上来研究笑，则后人就会省却很多麻烦。

"游戏说"曾经主张在失意中找乐趣，但如何去找，他们还是提不出一条切实的途径。威尔逊的观点正好弥补了上述不足。

威尔逊认为，幽默感是一种调整，其作用在于升华令人不快的情景：

> 幽默感通过把痛苦的体验上升到使心灵感到高兴而不是感到烦恼的水平，从而净化了痛苦，我们因而可以欣赏困难，尤其是在回忆中欣赏。事实上，这就是幽默感的全部意义、起源及目的。①

实际上，这亦是布洛后来提出的"心理距离说"在喜剧心理学领域的具体运用。

哈沃斯从社会功能角度考察了各种情景下所有形式的笑，并解释和糅合了前人关于笑的各派理论观点，论述了笑的社会根源和功能，提出了笑的"传递论"。

哈沃斯认为，从生理本质上说，人有一种本能的行为，当面对危险时，就会用一个深呼吸来准备迎接突变事件或做出任何一种充沛有力的体力行为。这种深呼吸的作用在于向肌肉供应足够的氧气以备急需。在生理学意义上说，笑就是这种深呼吸的副产品。如果笑不是本能的，那么它起码也是人类早期生活所需的一种条件反应：

> 在原始时代，人类必须警惕着那些包围在他们周围的很多危险。无论何时，一旦危险威胁着群体，它的成员就绷紧他们的身体，为应付可能的紧急情况而振奋起来。这是一种使人疲乏、消耗能量的状态。在所有这些情况下，群体需要有某种信号，以备第一个发现危险已经过去的人使用，这是一种节省的办法。……信号对于传达信息给群体的其他成员，以示危险已经过去，可以安全地休息，这就很有价值。……笑原来就是一种声音的信号，以告诉群体的其他成员，他们可以安全地松弛下来。……正如声笑是一切皆安全的声音信号，微笑

---

① 转引自皮丁顿《笑的心理学》，潘智彪译，中山大学出版社1988年版，第149页。

也是派生出来的表示同样意思的视觉信号。①

在做出笑的定义之后,哈沃斯用他的"传递论"诠释了几种笑的事实。他认为,首先,笑与高兴有同样的原因,都在于突然认识到安全。不是笑引起高兴,也不是高兴引起笑。人们之所以喜欢笑,是因为人体的构造喜欢在经历一段紧张之后到来的轻松。其次,笑是游戏的特征。因为游戏充满微量的恐惧和喜悦,而整个事件则是安全的,所以会产生笑。最后,违反社会习俗的东西之所以引起笑,是因为这些行为无关紧要,社会仍然是安全的。我们通过笑来发出信号,以表明我们的观点。总之,哈沃斯认为,他的"传递论"可以解释所有形式的笑。

由于哈沃斯是在糅合了前人的笑论之后得出的"传递论",这就同时形成了他的理论的长处和短处。一方面,他从各个方面来考察笑的原因和功能,既有生物学的解释,也顾及社会的、心理的因素。这当然可以避免研究方法的片面性。另一方面,他强使自己的"传递论"套用于各派学说,难免兼有各派学说的不足,例如,他认为紧张之后的松弛必引起笑,这就重蹈了"松弛说"的覆辙。更为突出的是,他未能认识到群居生活与社会生活的区别,原始人的群体还没有达到现代的社会生活的水平,笑在他们之间传递信息的意义不可与现代生活同日而语。在群居阶段,笑只在同类的两个成员间进行传递,而在社会生活中,笑就不完全是服务于这一目的了。

或许近代学者越来越清楚地认识到,从任何一个片面的角度都不可能解决笑的问题,他们逐渐摒弃了单一的研究方法,到了皮丁顿,已经是兼有哲学、人类学、心理学、生物学、社会学等几个方面的知识,他对喜剧心理学的研究可谓熔现代科学知识于一炉,为探明笑的奥秘又迈出了一大步。

皮丁顿在《笑的心理学》一书的前言中就声明:每一个社会行为都同时是生物的行为和心理的行为。所以,他的研究既不是纯粹的心理学,也不是纯粹的社会学。他致力于考察笑的原初行为的心理反应,并使之联系到其在社会中所起的功能。正因为这样,皮丁顿才避免了前人的片面

---

① D. Hayworth. "The Social Origin and Function of Laughter," *Psychology Review*, Vol. 35, No. 5, 1928, pp. 367 - 384.

性。可以说，皮丁顿所提出的"补偿论"是在当代科学发展的基础上对前人各种学说的新的糅合。

皮丁顿首先从生物学的角度研究初始的笑。他认为，笑的原初功能是儿女向父母传递一种自身舒适的信息。所以，笑在本源上是表达主体的一种状态，即他感到没有必要在现存时刻对机体做进一步的调整。

然后，从生物学的角度，皮丁顿发现，初级的笑与游戏心境之间确实存在着一个非常明显的联系。所谓游戏，是指一种为自身目的的活动，它的生物学功能在于为严肃的生命活动做准备而训练内在固有的习性。当然，游戏的这种目的是否能在实际上达到并不重要，因为它在游戏的过程中就可以轻易地改变。初始的大笑是由呵痒引起的，这种笑的生物学功能就在于向游戏伙伴表明其游戏心境的优势度，并用笑来证明这"全然是在开玩笑"。同样，由于情感都具有感染性和感应性，这种"游戏的心境"也就在同伴的身上诱发出来。当笑停止的时候，就是向游戏伙伴表明，游戏心境已经消失，游戏最好还是停下来。

接着，皮丁顿研究了进一步发展的笑的形式——滑稽。他认为，单凭内省不可能找到笑的根源，只有通过对滑稽情景的特征进行分析，才能找到正确的答案，当然，我们通过分析才揭示出的滑稽情景的特征不一定非要由发笑者认识到不可。滑稽情景的第一个特征是它们都包含有两个甚至更多的相互冲突的社会价值，这些价值都适用于该滑稽情景。滑稽情景的第二个特征是这些价值在本质上都必须具有社会性，都是社会约定俗成的，并且带有强制性。滑稽情景的第三个特征是滑稽不包含任何真挚的情感。

为了说明滑稽必然引起笑，皮丁顿首先考察了笑与哭的关系。他认为，笑与哭在心理反应方面有很多相似点，对哭的研究有助于解决笑的问题。哭最初是一种无条件反应，但很快就变为条件反应了，最常见的哭的诱因是不受欢迎的强制行为。随着进化的历程，哭表明儿女需要父母的注意和关怀，它表现的是一种依赖感和从属感。所以，哭所表现的心境恰好与笑相反，哭表明有重新调整的需要，而哭的人则无法做出这样的调整，所以，哭也表明了主体与客观（情感对象）之间存在着障碍。哭的社会功能就是表明个人需要重新组织他对群体其他成员的社会依附感。由此可见，哭本来是一种先天性反应，只具有生物学的功能，但在任何个人的生活中，由于自我意识的增长，哭也就进一步条件化了。人们懂得，他通过哭可以向其他人传递出他已经对某种情景采取了适应的社会态度，而他的社会群体正是希望他这样做的。于是，哭就成为一种"情感的专性表达"的手段。那么，笑是否也能在类似的方式下由于社会的影响而成为条件性反应呢？皮丁顿认为是能的。

然后，皮丁顿用三章的篇幅来讨论笑的功能。在喜剧心理学发展历史上，普遍的观点是喜剧的功能就在于通过使人们显出滑稽而惩罚他们的"蠢行"，笑是一种社会惩罚的力量。皮丁顿却不同意这一流行的看法，他认为：笑在很多方面都类似于社会惩罚，但它通常出现时却往往没有什么"惩罚"的存在。例如，由妙言巧语引起的笑就不涉及人，当然无从谈起对人的惩罚。皮丁顿的结论是：

> 社会赏罚总的说来有助于发挥宣泄或补偿的作用而不是制裁的作用。……我们没有必要在"赏罚"一词通常使用的意义上去把它归之于"惩罚"。我们发现，可以通过援引心理补偿的原理来理解原初的笑与滑稽的笑两者之间的关系。笑通过类似于"相反性质的夸张"来发挥其社会的功能。所有的滑稽情景都必定是对社会秩序的破坏，当然不是严重的破坏。笑是社会对滑稽刺激的恰如其分的反应。笑的本身证实了滑稽情景的完全令人满意的本质。它打断了所有的思想链条，并产生出一种身体上异常欣快的效果。这种反应表明社会成员对滑稽情景采取了适宜的态度。它的原初功能是避免任何一种对社会价值的干扰，而社会则依赖于人们对这种价值系统的认识来维系它的生存。我们把这一点称为滑稽笑的原初功能是有道理的，虽然它也发挥了其他的从属性功能。①

这就是皮丁顿对被自己称为"补偿论"的笑的理论的阐释。从这一理论出发，他研究了从补偿功能中派生出来的笑的其他附属性功能。

首先是笑在游戏活动中的功能。游戏的倾向是由社会制约的。社会也同时制约着伴随这些游戏活动的笑，有时候社会限制着游戏的笑，有时候社会又使笑与滑稽联系在一起，有时候则把它与性的本能结合起来。总之，社会通过制约笑来控制游戏的倾向。

---

① 皮丁顿：《笑的心理学》，潘智彪译，中山大学出版社1988年版，第89页。

其次，由于笑在本质上是满意的表示，所以，集体发出的笑能使人们结合在一块，维持社会群体的团结一致。当然，在某些习俗中，社会也通过禁止笑来维护社会的团结，以防止被嘲笑者的地位下降。

此外，笑还可以起到惩罚的社会性功能。当社会价值体系遭到伤害而又不值得更严肃地对待这种伤害行为的时候，社会就以笑来表示对这种行为的惩罚。

上述功能都是从笑的基本功能中派生出来的，不能因为功能的不同就认定笑有不同的种类。皮丁顿特别强调，只有一种笑。当笑发挥着从属性的功能时，它可能与不同的情感相混合，但这些混合进来的情感不能太强烈，否则就会排斥原来的满意合适的情感态度。

正如皮丁顿在他的专著的副标题中标明的那样，他所讨论的笑的心理学其实是"社会适应的研究"。可惜的是，他对社会适应的理解过于狭窄，其全部含义在于：滑稽的笑基本上是对一种不愉快情景的愉快的调整。他没有注意到，社会的笑还会引起一些不愉快的调整。从社会心理学角度看，笑是社会态度的晴雨表，它会迫使人们做出种种调整。愉快也罢，不愉快也罢，为适应社会生活，都得做出调整。

上面我们介绍的诸多学者，无不倾尽才华，孜孜以明笑的原因。凡研究喜剧心理学者，都以探明笑的原因为己任，历史上只有一个例外，那就是法国学者帕尼奥尔。他的《论笑》是一本新颖、巧妙而又幽默的著作，我们且在这里做一介绍。帕尼奥尔是一位出色的剧作家、小说家，他的笑论也多体现在所列举的具体例子中。他有两个观点是不同凡响的。他认为：

> 我看到，几乎所有的哲学家都断言，一个人感到意外时就会笑起来。对此，我远不如他们那样笃信。
>
> 下面我讲一个屠夫的故事：
>
> 有个屠夫和我住在同一条街上。屠夫刚刚听说他的老婆欺骗了他，勾搭上屠夫的一个朋友，名叫马丹，这人总喜欢穿一件漂亮的花格外套，戴一顶灰色的帽子。
>
> 当时我正靠在窗前，突然，我吓了一跳：远处，区长刚好经过，巧极了，这天他也穿了一件花格外套，戴一顶灰帽子。屠夫看到了区长的背影，理所当然地把他认作马丹先生。屠夫蹑手蹑脚地走上去，

然后狠狠地一脚踢到区长的屁股上。

区长大吃一惊，可他一点都没笑。屠夫看清这位穿花格外套的人不是自己的情敌，也大吃一惊，可这一惊也没有使他笑一笑。最后是谁大笑起来了？恰恰是我——对此事最不感到意外的人，因为我早就预料到了屠夫的这一脚。我是对别人的惊奇感到好笑。①

帕尼奥尔在这里一反前人旧说，以他的有说服力的例子证明了一个新的观点。在他以前的爱迪生、哈特莱、达尔文、赫兹里特等人都是主张惊奇说的，而且都把这种惊奇理解为发笑主体的心理动力。现在，帕尼奥尔之说补救了前人的片面性。

帕尼奥尔还有一个更具独创性的观点。他认为，笑有很多种，它有时是善意的，这就是积极、健康、令人舒适的笑；笑往往还是恶意的，这就是消极、无情、悲伤的笑，是复仇、鄙视、报复的笑。也许是因为看出笑的多种形式，帕尼奥尔才做出下面的结论：

笑……笑……笑，还有所谓的"笑的来源"！你一提什么来源，我就感到可笑。你认为它好比"电的来源"！而我，我认为任何举动本身都不可能是滑稽的，比如，一个小男孩把一枚保险别针插进鼻子，没有人看见了会笑。但是同样一个举动，倘若发生在一位议事司铎或者法院推事身上，所有听说这个消息的人都会认为滑稽透了……于是就笑啊、笑啊！

在自然界，根本不存在滑稽的来源。真正的滑稽的源泉，就是欢笑者本人……千万别像许多哲学家做过的那样，去研究人为什么笑。但是要尽量知道是谁在笑！②

的确，离开了发笑的人，自然界无所谓滑稽。笑是人的心理事实，当然要有主观的条件，所以不存在绝对的笑的原因。但是，人不会无缘无故

---

① 转引自让·诺安《笑的历史》，果永毅等译，生活·读书·新知三联书店1986年版，第69～70页。

② 转引自让·诺安《笑的历史》，果永毅等译，生活·读书·新知三联书店1986年版，第67～68页。

地笑，尤其是在喜剧欣赏中，总要见出一些什么来，观众才会不约而同地哄堂大笑。所以，笑也要有客观的条件。这正如审美一样，主客观条件缺一不可。帕尼奥尔独倡笑的主观性，一反前人专在客观条件上做文章的传统，在喜剧心理学上有纠偏补正之效，但他全然抹杀笑的客观条件，却又属矫枉过正，走到了另一个片面的极端。相比之下，倒是大诗人波德莱尔更为公允一些。波德莱尔说："作为笑的潜能，滑稽就在于笑者本身，绝不在被笑者身上。一个人跌了一跤，他绝不会对自己的跌跤感到好笑。"[①]是的，由滑稽、幽默或者其他喜剧性所构成的笑的客观条件充其量只是一种"笑的潜能"，它为笑的爆发提供客观的情势，你可以笑，也可以不笑。只有当笑的主体为这种客观情势驱动了笑的机制，它才能由潜能变成事实。喜剧家的本事不外乎制造种种笑的潜能。至于其能否实现，就要看剧场效果了。同样的剧本、同样的演员，其笑的潜能可谓相同矣，但在不同的演出场次，便有不同的演出效果，其潜能的实现大不同也。波德莱尔寥寥数语便能切中肯綮，可见其思想之敏捷深刻。"笑的潜能"是波德莱尔为喜剧心理学贡献的一个重要概念，不可等闲视之。

[①] 转引自让·诺安《笑的历史》，果永毅等译，生活·读书·新知三联书店1986年版，第68页。

第二章　中国古代喜剧观

严格地说，中国古代并没有系统的喜剧理论，因为中国古代没有"喜剧"这个概念。对"悲剧"与"喜剧"做出严格区分，首倡者是古希腊的亚里士多德。中国古代虽然没有喜剧概念，但并不等于没有喜剧、没有喜剧观。正如中国古代喜剧一样，中国古代喜剧观在世界美学史上独树一帜，有不容低估的地位，是世界喜剧理论中的一朵奇葩。总结、挖掘这一宝贵的文化遗产，使之为当今的喜剧创作和喜剧理论研究服务，是一件很有意义的事情。

由于中国古代没有系统的喜剧理论，要评价中国古代喜剧观，首先就得从具体的喜剧作品的分析入手，从中概括出中国古代喜剧的一般特点。其次，要从散见于古代文论及各类笑话集子中的"序""跋"里的只言片语归纳出古人对笑的见解。然后，还得结合我国古代文化背景、传统心理结构等因素，才能见出中国古代喜剧观的面目及其形成的多种原因。最后，通过与西方喜剧观的对比，我们就能比较有把握地对中国古代喜剧观做一个实事求是的评价。

第一节　中国古代喜剧的一般特点

喜剧在我国有着悠久的历史。其剧目之丰富当列世界之首，其独具特色，为世人所瞩目。本书拟以王季思先生主编《中国十大古典喜剧集》中所收剧目为例，从中粗略地概括出中国古代喜剧的几个主要特点。

一、在着力鞭挞、讽刺丑恶人物的同时，塑造出光彩照人的正面人物形象，是中国古代喜剧的重要特点

自亚里士多德严格区分悲剧与喜剧，提出喜剧的摹仿对象是比我们今天的人坏的人以后，西方喜剧创作史上鲜见以正面人物为主角的剧作。中国古代喜剧则不同，无论是喜剧人物的选择，抑或喜剧事件的采撷，都比

西方喜剧有更自由的天地。它可以写比我们坏的人，然而更多的是致力于塑造正面喜剧人物的辉煌形象。《西厢记》中的红娘、张生、崔莺莺，《救风尘》中的赵盼儿，《幽闺记》中的王瑞兰，《玉簪记》中的陈妙常，《墙头马上》中的李千金，等等，都是光彩照人的正面喜剧人物形象。再如《李逵负荆》中的李逵，就是一个正气凛然、爽朗可爱的喜剧人物形象。整个戏剧冲突都围绕着李逵对宋江的误会而展开。但李逵所引起的误会一方面固然是由于他性格的弱点——急躁鲁莽而造成，另一方面更为主要的是由于李逵有嫉恶如仇、见义勇为的英雄气质和憨直忠厚的性格。剧本通过对李逵一系列误会性动作的描写，既善意地对他的弱点致以幽默的微笑，又使人在笑声中肯定了李逵。这样，就成功地塑造了一个可敬可爱的正面喜剧人物形象。此外，关汉卿的《望江亭》也是以社会下层的普通妇女形象谭记儿作为喜剧主人公的。

二、喜剧不仅可以用于讽刺，也可以用于歌颂

正因为中国古代喜剧多以正面人物为主角，剧作家对他的主人公的态度就不是无情的讥讽，而是热情的颂扬，这是中国古代喜剧不同于西方喜剧的又一显著特点。

喜剧的特点是笑。西方美学家一般都注重笑的讽刺性，把笑看作鞭挞丑恶、匡正时弊的尖锐武器。这当然是喜剧的一个重要功能。但除此以外，喜剧还有另外一个功能——歌颂正义、赞美英雄。

中国古代有很多优秀的讽刺喜剧，完全可以同西方喜剧名作媲美，如《绿牡丹》《看钱奴》等，中国古代也有很多优秀的歌颂性喜剧，这是西方喜剧无法与之相比的，如《救风尘》。作者极尽笔墨，着力渲染赵盼儿的聪明机智、凛然正气。本来，作为一个身处社会最底层的妓女，赵盼儿属于亚里士多德所说的那种"卑贱"的人物，在喜剧中只能是讽刺、挖苦的对象。但是，在关汉卿的笔下，赵盼儿却成了被歌颂的人物。戏剧中引起的笑声不仅是对恶棍周舍的鞭挞，也是对赵盼儿聪明机智、玩弄敌人于股掌之上，凛然正气、救援朋友于危难之中的赞赏。

三、喜中有悲，悲喜相间

与中国古代悲剧悲中有喜、悲喜交错一样，中国古代喜剧也是喜中有悲、悲喜相间的。如《李逵负荆》中，假宋江抢走满堂娇、老王林痛哭

爱女的悲剧关目就是间插于李逵始则错怪宋江、继而知罪认错的一段喜剧性误会之间。《幽闺记》中的悲喜交错尤其突出。"抱羔离鸾"中催人泪下的场面与"洛珠双合"的皆大欢喜前后呼应。《玉簪记》中促试与追别的场面都是既有眼泪又有欢笑的悲喜相杂的情节。悲喜相间可说是中国古代喜剧的最突出的特点。

第二节 中国古代笑论的精华

在中国古代喜剧理论史上，并没有哪一位思想家或艺术家建立起自己的喜剧理论体系，他们的观点大多是散见于一般文论中或者是笑话专集的"序"和"跋"中。这些零星散落的喜剧理论见解比起洋洋大观的古代文论来，便显得是凤毛麟角了。如果要追问我国古代喜剧理论研究何以形成这样的局面，原因大概有两个：①正如喜剧艺术作品在中国古代社会中难以登上"大雅之堂"，喜剧理论也历来不为理论家所重视，从来没有谁在喜剧研究方面下的功夫如同他在其他"高雅"或正统文艺方面下的功夫多。究其根源，原因大概在于尽管乐观主义和喜剧意识在中国古代文化中占有明显的优势，但士大夫们多认为艺术的功用在教化，而嬉戏笑闹则离教化相去甚远，故不足道哉。其实，即使是流传下来的论及喜剧的观点，也多是把喜剧的功用尽量往教化上靠拢，以图为喜剧在教化的功用上争一席之位。但是，我们也很难找到一位敢在教化问题上把喜剧与悲剧相提并论的理论家。因为正统的思想道德观念要求人们做温良恭俭让的谦谦君子，对于那些揶揄、调侃，有失恭敬中正的喜剧之风，着实不敢恭维。②正如中国古代文论大多是从直接的鉴赏与批评入手的，中国古代喜剧理论也主要是停留在对具体作家作品的评论上，还处在现象描述的水平。理论家们似乎不屑于再上升到系统而抽象的理性思考上。因而他们难以建立起像锡德尼和本·琼生那样的自成体系的喜剧观。

但是，这并不等于说中国古代喜剧观没有自己的存在价值。恰恰相反，建立在光辉灿烂的中国古代喜剧艺术基础之上的中国古代喜剧理论以自己独有的特色为我们今天的喜剧美学研究提供了不可取代的参考价值。我们下面拟结合本书的研究范围，从喜剧的根源与条件、喜剧的作用与功能这两个方面来介绍中国古代喜剧理论家们的观点。

一、喜剧的根源与条件

在我国古代喜剧理论中，对喜剧笑的根源及条件研究最多的当推清代的陈皋谟。他在《笑倒》附录的《半庵笑政》中几乎建构起一套完整的喜剧理论，其中的"笑候"及"笑友"研究了笑的客观环境与主观条件。在"笑候"中，陈皋谟分别列出笑所需的环境气氛，这就是"淋雨恼人""炎伏""客舟""无宿处夜坐""月下""久旅将归""乍失意""偷闲"等。从上面所列，我们可知笑的原因乃主体需要从环境的羁绊下解放出来。当然，环境方面对主体的束缚不能过紧，上面所列诸多方面都只不过是引起主体的淡淡的愁闷而已。正因为其淡，才可以轻易地在笑声中把愁闷驱除出去。所以，这里除了强调环境气氛的重要意义以外，其实也蕴含了主体方面的条件。

至于"笑友"，陈皋谟列了"名姬""知己""韵小人""酒肉头陀""属意人""名优""羽流"等，他把这些人都列为发笑时的伙伴。这些人为什么可以成为"笑友"？笑为什么需要伙伴？陈皋谟没有直接点出，但我们从他所开列的名单中可以发现其真实所指。上面所列的这些人等不是知己就是游戏人生之徒。知己者气息相通，能知我心，能随我意，我笑其必笑。游戏人生者处处能笑，随遇开颜。处于这些人群中，只要我一发出笑声，必然四座皆应。所以，他们是与我一起发笑的应声随和者。而这些随和的笑声又能进一步增强我的笑意，使我笑得更开心。这正是笑需要伙伴的原因。

由此可见，陈皋谟已经猜到了笑的情绪感染性，并且把这种感染也作为笑的原因与条件。在西方喜剧理论中，有极具影响力的一派，那就是唯理派。他们的一个重要观点是喜剧欣赏与情感无缘，只需诉诸理智。中国古代喜剧理论却十分重视喜剧笑的情感内涵，要求欣赏中的情感相通，"若乃以放诞为风流，以刻薄为心术，而不含其讽刺之切、劝讽之取，则大失作者之本意矣"[①]；"若徒赏其灵心慧舌，谓此则工巧也，此则尖颖也，此则神奇变幻，匪所思存也"[②]。这里提出的"会意"实即唯理派极为反对的"同情心"。

---

① 清代的小石道人语。
② 清代的掀髯叟语。

二、喜剧的功用

中国古代文论历来重视艺术的教化作用，他们对喜剧的要求也不例外。

在中国诸多古籍中，已经可以看出古人对笑的社会功用的理解。"古之代国，不杀黄口，不杀二毛。于古为义，于今为笑。"① 这里指出了笑的对象是那些不合时宜的迂腐行为。《韩非子》在描述"守株待兔"时，也指出："兔不可复得，而身为宋国笑。"② 可见，笑之意义大矣哉！

汉代刘向在《说苑》中把俳优的讽谏意义讲得更为明确："夫不谏则危君，固谏则危身。与其危君，宁危身。危身而终不用，则谏亦无功矣。智者度君，权时调其缓急，而处其宜。上不敢危君，下不以危身。故在国而国不危，在身而身不殆。"这里对喜剧笑的功用说得再明白不过了。喜剧性的笑能权度情势、制造机宜，使欲谏之言恰处其缓急相宜之际。在笑声的庇护下，既能因谏而护国，又不致因谏而危身，真是两全其美之策。正所谓"将忠言藏在滑稽嬉笑中，使听者不觉得逆耳而乐于接受"③。司马迁在《史记·滑稽列传》中高度评价了古代俳优的讽谏功用："淳于髡仰天大笑，齐威王横行。优孟摇头而歌，负薪者得以封。优旃临楼槛疾呼，陛楯得以半更。岂不伟哉！"

南朝杰出的文论家刘勰把喜剧的功能则看得更宽一些。他在《文心雕龙》一书中专列了"谐隐"一章，详述笑的功用："古之嘲隐，振危释惫。虽有丝麻，无弃菅蒯。会义适时，颇益讽诫。空戏滑稽，德音大坏。"这里从正、反两方面强调了笑的作用，反对为笑而笑的"空戏滑稽"，推崇能"抑止昏暴""有益规补"的喜剧艺术。

清人石成金在《笑得好·自序》中把喜剧笑的劝诫功能说得相当透彻，与西方的喜剧理论比起来也毫不逊色。石成金写道：

> 予乃著笑话书一部，评列警醒，令读者凡有过愆偏私，朦昧贪痴

---

① 《淮南子·氾论》。
② 《韩非子·五蠹》。
③ 冯沅君：《古优解》，见冯沅君《冯沅君古典文学论文集》，山东人民出版社1980年版，第23页。

之种种，闻予之笑，悉皆惭愧悔改，俱得成良善之好人矣。

这里把笑的功能强调得有点神化。笑不但有道德劝诫的作用，而且能塑造人的性格。在笑声中，读者能把一切过度发展的私欲统统矫正过来。笑为什么有如此大的效能？石成金的看法是：

> 正言闻之欲睡，笑话听之恐后，今入之恒情。夫既以正言训之而不听，曷若以笑话怵之之为得乎？

这里把笑的心理功能看得相当透彻。一般的道德说教不能投合人的心理需要，不能引起受教育者的兴奋，只能令人昏昏欲睡。笑的艺术则有震荡心弦的功能。况且人皆爱笑，笑是人的生命本能所需。所以，笑的形式能令受教育者在兴高采烈之际愉快地接受了劝诫。

除了强调喜剧笑的教化作用外，中国古代喜剧理论也注意到笑的社会及心理功能。如明代江盈科在《雪涛谐史》中指出："仁义素张，何妨一弛，郁陶不开，非以涤性。"这里强调的是在"温良恭俭让"之外做点幽默的补充，在严肃的社会道德规范之外做点舒心活泼的松弛，以使人性全面平衡地发展。同时代的郭子章则强调笑的社会政治功能："批龙鳞于谈笑，息蜗争于顷刻。"[①] 前半句说的是政治讽谏作用，后半句则是指出了笑在社会生活中的调整作用。

更有甚者把笑看作生活中不可或缺的机制，如明代冯梦龙说：

> 或笑人，或笑于人，笑人者亦复笑于人，笑于人者亦复笑人，人之相笑宁有已时！……古今世界，一大笑府，我与若皆在其中，供人话柄，不话不成人，不笑不成话，不笑不话不成世界。[②]

这里已经把笑纳入整个人生观。当然，这里的笑既包括讽刺的笑，也容纳解颐的笑，总之，世界就是由形形色色的笑组成的。要想成其世界，不仅要能在别人身上发现笑，还要敢于笑自己身上的可笑的东西。只要世

---

① 《谐语·序》。
② 《笑府·序》。

界未走向没落，则这世上都充满了笑。当然，在落魄文人冯梦龙眼中，更主要的是饱含着眼泪的笑。

第三节 中国古代喜剧观形成的原因

掌握了中国古代喜剧的特点及古代笑论的精华，再结合我国古代文化背景、传统心理结构等因素，就能追寻到中国古代喜剧观形成的原因。

对人的情感的尊重，强调审美的娱乐性质，追求感官愉悦，是中国古代美学的普遍理想。孔子曾经说过："知之者不如好之者，好之者不如乐之者。"（《论语·雍也》）他是把内心情感的满足当作"仁"的最高境界，把"乐"看得比认知与爱好更为重要。荀子也有同样的看法，"夫乐者，乐也。人情之所必不免也。故人不能无乐。……使其声足以乐而不流，使其文足以辨而不諰，使其曲直、繁省、廉肉、节奏，足以感动人之善心，使夫邪污之气无由得接焉"①（《乐记·乐化》）。在这里，荀子把在感官上给人愉快看成一切艺术给人以教育作用的先决条件。必须先满足人们情感的需要，然后才能启人善心、斥弃"邪污之气"。清代著名戏曲理论家李渔也非常重视喜剧的娱乐性质。他在《风筝误》结束处用这样的诗句概括了他的喜剧观："传奇原为消愁设，费尽杖头歌一阕。何事将钱买哭声，反令变喜成悲咽。唯我填词不卖愁，一夫不笑是吾忧。举世尽成弥勒佛，度人秃笔始堪投。"由此可见，强调艺术必须诉诸感官愉悦，强调人的心灵的愉快和满足，是中国古代美学的传统。中国古代喜剧就是遵循了这一美学原则，把感官享受、审美娱乐放在第一位。

考察中国戏剧的发源起始，就可以发现，喜剧的产生原是为了统治者的娱乐。司马迁《史记·滑稽列传》中有详尽生动的记载。优孟衣冠、贱人贵马之讽都不过是为了讨帝王之一笑，正如焦循《剧说》中所言："优之为技也，善肖人之形容，动人之欢笑，与今无异耳。"当然，优伶的表演常含有讽谏之意，但这并不成为喜剧产生及发展的根本动机。而且这些优伶的讽谏若要发生作用，也必须先使帝王乐于观赏，使他在高兴之余发现自己的失误。《礼记·儒行》载："其过失可微辩，而不可面数也。"《诗经》亦有云："善戏谑兮，不为虐兮。"所以，中国古代喜剧首

---

① 郭绍虞主编：《中国历代文论选》（一卷本），上海古籍出版社1979年版，第21页。

先不是作为一种教化工具或认识工具而存在，它更强调娱乐性，以审美愉悦为前提，以娱乐性带教育性。因此，中国传统喜剧就不一定局限于描写"比我们今天的人坏的人"，也不是仅仅注重对"恶习"与"罪恶"的揭露和讽刺。它更强调的是对现实生活中美好事物的颂扬，以此来满足人们审美上的要求，而讽谏则寓于其中。

当然，中国古代喜剧中也不乏讽谏性的作品，"于嘻笑诙谐之处，包含绝大文章"（李渔）。但这又不同于西方那种专事讽刺、刻薄尖酸的喜剧格调。莫里哀那种猛烈抨击、辛辣揶揄的笔法，我们在《绿牡丹》《风筝误》等剧中是难以发现的。千百年来，"温柔敦厚，诗教也"，这已成为中国民族传统心理中固有的道德、伦理标准，也是民族审美心理结构中的一个重要成分。它不仅规范着人们的生活，还规范着人们的审美活动。以艺术的形式对人们进行教育，也不能采取过激的做法，一切都以"中庸"为宜。

中国古代喜剧中那种悲喜相间的特点就是来源于传统伦理道德中的"中庸之道"。"和为贵"是影响着整个中华民族传统文化心理结构的价值标准。以"和"为美是中国古代美学中一个极为重要的思想。从单穆公、孔子到《乐记》的作者，都不乏阐述这一思想的言论。"乐者，天地之和也"（《乐记》），"喜怒哀乐之未发谓之中，发而皆中节谓之和，中也者天下之大本也，和也者天下之达道也"（《中庸》），都把"和"看作宇宙的普遍法则。"乐而不淫，哀而不伤"，就是孔子对"中庸"原则在美学批评上的运用，并成为后来艺术家们信守的规条。在古代学者看来，真正能给人享受的艺术，其情感的表现应该是适度的。悲剧不能表现得过于悲惨而使人泪下如滂沱，喜剧也不能使人纵情大笑而不知自止。艺术切忌的就是"过"，因为"过犹不及"。因此，在创作上，艺术家就很注意悲、喜两种情感的相互调剂。如《幽闺记》中"抱恙离鸾"一出。本来，战火离乱，村野抱恙，已是令人潸然泪下的了。剧作者出于调剂情感的需要，便安插上庸医打诨那一段，出尽江湖骗子的丑，令人捧腹。这里的一喜一悲正合得上"乐而不淫，哀而不伤"的古训。

中国民族传统心理中的乐观主义精神最突出的体现不是在喜剧创作上，而是在悲剧演出中，尤其是在那种悲剧喜唱的关目里，而这一点又是使悲剧向喜剧转化的重要契机。

黑暗的封建社会充满了不平等。生活本身就是悲剧。充满正义感的剧作家往往能抓住生活的实质，把人民的疾苦在艺术里反映出来，诸如《窦娥冤》《琵琶记》等。但大多数的悲剧都有一个光明的尾巴，附上大团圆的喜剧结局。甚而至之，把悲剧敷演成喜剧，如《幽闺记》。究其原因，盖源自中国古代民族的乐观主义精神。关于这一点，王国维在《红楼梦评论》中曾经提及。他认为这是由于"吾国人之精神，世间的也，乐天的也。故代表其精神之戏曲小说，无往而不著此乐天之色彩，始于悲者终于欢，始于离者终于合，始于困者终于亨"。其实，中国古代哲学传统自孔子始就倡导一种实践理性的精神，以积极的人生态度和乐观进取的精神塑造了我国古代的文化心理结构。"知其不可为而为之""制天命而用之"就是这种乐观精神的体现。

在戏剧创作上，正是这种乐天达观的精神使不少悲剧插进了喜剧关目，也使不少悲剧有了光明的结局，更使不少悲剧的素材在艺术家的笔下演成了喜剧。《幽闺记》就是这样的产物。此剧表现的是处于兵荒马乱的年代中，一对蒙难男女颠沛流离、悲欢离合的生活经历。戏剧的冲突是追求爱情自由的王瑞兰与顽固坚持封建门第观念的父亲之间的矛盾。按理说，这是一个必然导致悲剧结局的严重而尖锐的戏剧冲突。实际上，戏剧中也淋漓尽致地表现了这一对与封建社会抗争的青年男女的离愁与幽怨。"抱羔离鸾"一出已基本决定了戏剧矛盾发展的悲剧结局。但由于作者的乐观主义精神，猛然扭转了戏剧冲突发展的方向，安排了蒋世隆金榜得中，天凑姻缘，来了个皆大欢喜的结局。这样一来，就根本改变了全剧的性质，一出悲剧变成了喜剧。所以，这种民族乐观主义精神不仅使悲剧添上亮色，也使喜剧呈现出悲喜交错的特点。

总的说来，注重喜剧的感官享受作用，重审美娱乐甚于艺术的教育性与认识性；信守"乐而不淫，哀而不伤"的中庸之道；"相信善有善报""乐天知命""充满自信心与乐观主义"等就是中国古代艺术家在创作喜剧时遵循的普遍原则，也是中国古代喜剧观形成的原因。

第四节　中国古代喜剧观之评价

与西方喜剧观比起来，中国古代喜剧观起码有下面两个长处。

一、拓宽了喜剧表现的题材天地，包容了更大范围的各式人物，丰富了喜剧欣赏的情感基调

西方喜剧自亚里士多德以来，便把喜剧定为"卑贱人物的写照"，囿于对"恶习"与"罪恶"的揭露，专于描写"比我们今天的人坏的人"，"它的因素是苦辣的幽默，严厉的愤怒；不作诙谐的微笑，而作刻毒的大笑，不以打油诗，而以讽刺来追击卑琐与自私"（别林斯基）。所以，有的研究者认为，西欧将喜剧效果的笑，更多地看作可笑、嘲笑、讥笑、冷笑。虽然中国古代戏剧史上也不乏这种"追击"式的"冷笑"喜剧，如《中山狼》《一文钱》之类，但中国古代戏剧家更多的是在此之外另辟蹊径，不仅包含了更多阶层的喜剧人物，还拓宽了喜剧表现的范围，更多的是"热笑"的喜剧。无论高贵与卑贱、崇高与鄙下，举凡世间的一切，人情世态、悲欢离合、民间神话、历史演义等，无不在喜剧作家的笔下搬演；市井勾栏、草莽英雄、公子王孙、幽闺千金，甚至君主朝臣，也都可以成为喜剧家笔下的人物。真正是"古今世界，一大笑府"。这样一来，喜剧就不仅仅是匡正时弊、抨击恶习的武器，"药人寿世之方，救世弭灾之具"（李渔），还是颂扬正义的赞歌。如《救风尘》，作者的着眼点并不仅仅在于鞭挞、讽刺市井流氓周舍，更为侧重的是热情颂扬了见义勇为、舍己救人的妓女赵盼儿。同样地，虽然《绿牡丹》对科场考试中的各种弊端进行了辛辣的嘲讽，揭尽假名士的画皮，但也以热情的笔触塑造了两对富有才学的男女青年，歌颂了他们的机警、聪慧。

总之，中国古代喜剧既有对"恶习"与"罪恶"的揭露，有"刻毒的大笑"，也有对正义与英雄的颂扬，有"诙谐的微笑"。从审美心理学角度看，中国古代喜剧所独擅的善意的笑、颂扬的笑恰好是对西方喜剧独尊"恶意的笑"的偏颇的一种补正。这就从情感质调的种类上丰富了喜剧美感的内涵，使欣赏者能够在更宽广的立面上领略艺术美感的丰富多彩。

二、"乐而不淫，哀而不伤"的美学原则更符合审美欣赏的心理规律

与西方喜剧比起来，中国古代喜剧更关注观众的心理需要。西方戏剧往往追求极端的戏剧效果，把观众的情感诱发到既强烈又具有勃发性的地

步。是悲剧就务必使观众泪下如注，非痛哭不收场；是喜剧则必须令人捧腹大笑，不笑倒不罢休。所以，在西方戏剧史上，悲剧、喜剧是截然分明的。

中国古代喜剧则不然。我们今天所称的"喜剧"只不过是因其喜剧成分浓重一些、笑的效果强烈一些罢了。古人创作时并没有明确的喜剧概念和悲剧概念，他们并不追求纯粹单一的喜剧效果或悲剧效果，没有"喜剧的一致"或"悲剧的一致"之类的框框。综观中国古代戏剧，往往是悲中有喜、喜中有悲，悲喜相间、互相映衬，乐而不淫、哀而不伤。这种悲喜交错的戏剧对观众欣赏心理来说，是最适合不过的。

我们知道，人的情感有两个衡量的指标，一是它的强度，二是紧张的水平。如果某一种情感在强度上超过了人的生理机体所能维系的水平，它就必然导致某些生理上的病变，使心跳、血压、内分泌等生理功能失常，甚至引起神经-精神调节性疾病。例如，极度的悲伤会扰乱心理的平衡，破坏各种循环系统的运行，造成皮质细胞的兴奋性的衰弱，使人灰心丧气、萎靡不振。

本来，笑是一种有益于生命机体的心理-生理运动。人在笑的时候，呼吸器官、神经、腹部、胸腔、肩膀等都处于适当的运动中，从而使隔膜、胸腔、心脏、肝、肺受到锻炼。开始笑时，人体的各器官处于紧张状态；笑声停止时，紧张解除，人体的肌肉就会比开始笑时放松得多，心跳、血压也会低于正常情况。这样的一张一弛能使人产生一种轻松和自由感，心理-生理的各种运动更为顺畅，生命力益显旺盛。但是，当笑超过了一定的限度，就会走向它的反面，对生理机能的正常运行起破坏作用。笑的迸发可以使人的脉搏跳动从每分钟60次增加到120次，血压骤然升高。过分的笑会使心脏、血管因承受不了如此激烈的运动而受损，正所谓"物极必反""乐极生悲"。《说岳全传》中的牛皋就是因笑而死的。看过《儒林外史》的人都知道范进中举的故事。在现实生活中，像范进这样由于过度高兴而得病甚至发疯的人，决不是绝无仅有的。所以，喜剧引起的笑一般来说是有益于身心的。但如果过于追求笑的效果，不注意"适可而止"，无限度地引人大笑，就会对心理-生理产生危害。中国古代喜剧家很懂得这一事物转化的辩证法，掌握着情感发展的"度"，以悲、喜两种相反的情感来互相调节，以降低情感的强度，使之恰到好处，更益于身心的健康。

按心理学上的解释，情感的强度越大，整个自我被卷入的倾向也越大。也就是说，整个自我为情绪所支配的倾向也越大。因为强烈的情感即激情是由于某种强烈的刺激作用在人的大脑两半球内引起的强烈的兴奋过程或普遍的抑制状态。它们必然要从原出发点上迅速而又广泛地向四周扩散开来，乃至控制人的全部身心，造成情绪的泛滥，使人的整个自我完全为情绪所支配。无论是悲剧还是喜剧，如果把观众的情感诱发到极端，则观众已经失去了看戏应有的距离。在激情的冲击下，他们的整个自我已失落于观戏之中，为引起的情感所支配，降低甚至失掉了理智的作用和自我控制的能力。这样，审美的情趣便荡然无存。因此，一味地把观众的情感推向激情的戏剧不仅不能陶冶人们的情性，还会造就一批不知自制、任由情感泛滥的狂放之徒。从这一角度来说，中国古代美学中的"有我"与"无我"之分，"出"与"入"之说，实在是有高明的地方。它正好抓住了审美欣赏中的心理规律，恰如其分地既使观众动情，又不至于忘乎所以。

再则，从锻炼大脑心理机能、满足人的情感发展需要的角度看，悲喜交错的喜剧也有其很大的优越性。

人的情感发展的需要是多元、多层次的。任何一种情感，只要保持在一定的强度之内，不超出规定的临界点，都是人的心理机能健康发展所应体验的。中国古代有所谓"七情六欲"之说，其实就是肯定了人的各种情感存在的合理性。但是，任何一种情感状态，如果在我们的心理上长期占据统治地位，就会形成一种"静力定型"，令人感到单调、疲劳、厌倦。喜剧欣赏也是如此。

我们知道，笑是一种剧烈的心理运动。如果一部剧作从一开始到终场都令人大笑不止，就难免使人感到疲倦。况且，没有起伏变化、交错递进，观众很容易对这种喜剧产生一种心理"适应"。心理学认为，所谓"适应"就是某种强度的刺激物长时间地作用于我们的有关分析器，从而使我们的这种分析器的感受性发生一定的变异。因此，为了不至于使人产生适应，并由此造成心理的逆反，有经验的艺术家往往能把握住欣赏者情感饱和的尺度，在悲与喜两种对立情感之间保持平衡，各有分寸。"一张一弛，文武之道也。"李渔就是这样的喜剧作家。他说："若是，则科诨非科诨，乃看戏之人参汤也。养精益神，使之不倦，全在于此，可作小道观乎？"显然，他深知观众心理学之奥妙，把握了情感需要与转换的辩证法。李渔的作品往往都是通过悲、喜两种不同质调情感的相互交错出现，使观众的情感运动得以调节，在整个欣赏过程中始终保持饱满的兴趣，获得最大的审美满足。

由孔儒学说长期滋养、影响而形成的中国民族性格特征与西方民族比起来，有一点很大的不同，就是知自制、不狂放。这一性格特征也影响着古代的喜剧观，规范着中国古代的喜剧创作。而古代喜剧作品的那种中庸而知节制的传统又影响着中国古代民族性格的形成，不断地塑造出具有中华民族特征的观众，正所谓艺术创造了欣赏者。就是这样的相互影响使中国古代喜剧深深地植根于人民大众之中，为人民大众所喜闻乐见。

第三章 喜剧笑的本质及心理机制

综观喜剧心理学发展的历史，我们可以看到，喜剧心理学的关键或核心问题是笑的问题。在一些喜剧论著中，笑甚至作为喜剧的代名词出现。西方喜剧史上众多理论家所做出的建树，就在于他们各人都对笑作出了自己的解释，并由此影响到他们的喜剧观念。笑在喜剧理论中之所以居于如此重要的地位，根本原因在于：①笑是喜剧的目的之一。本书后面将要讨论到，一切形式的笑，包括生理的笑、心理的笑，当然也包括喜剧引起的笑，都有裨益于人的身体健康，这本身就是作为审美形态之一的喜剧所要发挥的功能，而且，也只有喜剧才能发挥这一独有的功能。②喜剧的一切手段均以引人发笑为指归，不弄清楚笑的奥秘，就不能自觉地运用各种喜剧手法来发挥其功能。虽然笑不是喜剧的全部目的，但喜剧的目的却不能存在于笑之外，它只有通过笑才能实现。③可笑性的内涵包括了一切的喜剧性，喜剧性仅仅是可笑性的一个极为重要的方面。喜剧性是可笑性的特殊表现，喜剧性的特质蕴含在可笑性之中。不了解可笑性，就不可能了解喜剧性。所以，我们可以说，没有笑就没有喜剧，喜剧心理学的首要任务和理论前提就是研究笑的心理。

从前人的探索中，我们还可以看到，笑的问题可归结为4个方面：①笑的本质；②笑的根源；③笑的种类；④笑的功能。本书的任务，就是以现代心理学为依据，结合生理学、社会学、伦理学、人类学、美学等学科知识，对以上4个方面的问题做一尝试性探讨。

什么是笑？这问题好像有点不近情理，似乎是多余的一问，可细究一下，这却是一个不容易解答清楚的问题。历史上虽然有众多理论家做了辛勤的探讨，可至今还是一个谜。本来，笑是表情的一种，是某种情绪的外部表现。在日常生活中，人们凭自己的直观经验，便可以判定一个人的表情。那么，笑的外部表现是怎么样的呢？著名生物学家达尔文曾经这样描述笑的外观：

在发笑的时候，嘴多少被宽润地张开；嘴角向后牵伸得很厉害，同时也略微向上牵伸；上唇也略向上升。在适度的声笑的时候，特别是在满脸的微笑的时候，可以清楚地看到嘴角向后牵伸的情形来；……因为嘴角由于大颧肌收缩而向后和向上牵伸，还因为上唇的升起，所以双颊也就被向上提起。因此，在双眼的下面形成皱纹。……因为在声笑和满脸微笑的时候，两颊和上唇被强烈提升起来，所以鼻子就显得缩短起来，鼻梁上的皮肤起有细小的横皱纹，而在它的两旁则出现斜纵皱纹。通常露出上门齿来。形成了显著的鼻唇沟；每条鼻唇沟从鼻翼连通到嘴角处；……明亮而且闪闪发光的眼睛，也像嘴角和上唇后缩而因此连带出现皱纹的情形一样，是愉快或者喜悦的精神状态的特征。……在发生极度的声笑的时候，眼睛由于眼泪分泌过多而难以发光；可是，泪腺在适度的声笑或微笑时候渗出的湿润的水分，反而可以帮助眼睛获得光辉；……眼睛的明亮程度大概主要是依赖它们的紧张程度来决定的。而这种紧张程度则是由于眼轮匝肌的收缩和上提的双颊的压力而发生。……这种紧张程度的起源，显著地是在于：愉快的兴奋引起血液循环加速，因此使眼球里面充满血液和其他液体而紧张起来。①

当然，这些外部的描述还不能从本质上回答"什么是笑"的问题，因为它还没有揭示出笑到底是一种什么行为，它是生理的现象，还是心理的现象？抑或两者兼而有之？不回答这个问题，就不能在本质上弄清楚笑的真正内涵。笑的问题的彻底解决，必须借助于当代发展了的心理科学、生物科学及人类学等诸学科的先进研究成果。其中，现代心理学中的情绪研究为解答笑的问题提供了重要的启示，所以，我们首先要从现代情绪学说入手，然后才能具体地运用这些富有说服力、有实验根据的理论于笑的研究。

---

① 达尔文：《人类和动物的表情》，周邦立译，科学出版社1958年版，第128～130页。

第一节 现代情绪学说的启示

一、情绪的生理基础

较早尝试描述人类情绪心理的生理基础的是美国心理学家威廉·詹姆斯和丹麦生理学家卡尔·朗格。他们的理论合称为詹姆斯-朗格情绪学说。这一理论的核心内容是由环境激起的内脏活动引起人类情绪的产生。"情绪只是对一种身体状态的感觉;它的原因纯乎是身体。"不是因为人乐了,他才笑,而是人先笑了,他才感到快乐。詹姆斯对情绪做了如下的界说:

> 我认为,我们一知觉到激动我们的对象,立刻就引起身体上变化;在这些变化出现之时,我们对这些变化的感觉,就是情绪。……对于激动我们的对象的知觉心态,并不立刻引起情绪;知觉之后,情绪之前,必须先有身体上的表现发生。所以更合理的说法是:因为我们哭,所以愁;因为动手打,所以生气;因为发抖,所以怕;并不是我们愁了才哭,生气了才打,怕了才发抖。①

朗格认为情绪是一种内脏反应,是由于植物性神经系统和血管系统的活动产生变化的结果。如果没有身体的属性,情感就不可能存在。所以,人们笑是由于感到愉快,而愉快则是由于植物性神经系统的支配作用得到加强,血管活动受到扩张。

情绪的生理学发展到现代,有关神经系统的研究占据着主导的地位,研究者主要把精力放在自主神经系统、皮层下部位和边缘系统等中枢机制的研究上。

有一种学说认为,下丘脑是产生情绪的关键结构。下丘脑的一些核团已被认为在许多不同种类的情绪性和动机性行为中是主要的。激发情绪的刺激信息一般都传达到下丘脑,然后一者通向皮质,在那里形成情绪经

---

① 转引自 B. 蓝德编《西方心理学家文选》,唐钺译,科学出版社1959年版,第165~167页。

验，另一者到达肌肉和腺体，在那里发生情绪反应。由奥尔兹（J. Olds）和米尔纳（P. Milner）设计的用动物按压杠杆的实验已经证明边缘系统是产生情绪体验的中心，下丘脑、边缘系统及其临近部位存在着"快乐"与"痛苦"中枢，当刺激这些部位时，被试就会产生愉快的或不愉快的情绪。①

林斯利则认为，唤醒-动机机制是情绪产生的基础，而唤醒则是由脑干网状结构同间脑和边缘系统的相互作用所产生的。他认为，从外周感官和内脏组织传来的感觉冲动通过传入神经纤维的旁支进入网状结构，在下丘脑被整合与扩散，激活皮层下所经部位及皮层的兴奋状态。这种激活（唤醒）不仅能维持有机体的觉醒，还能引起情绪的兴奋。所以，人的情绪色彩和情绪反应在很大程度上依赖于网状结构的状态。

此外，帕佩兹、麦克莱恩、阿诺德等人也都对情绪的生理基础做了相当深入的研究。他们的理论证明：大脑皮层对情绪起调节机制的作用，皮层集中着各方面的刺激，它通过改变感觉输入而对情境进行评价以适合我们的期望；边缘系统参与情绪体验的产生；中枢各部位的功能是定位的，它们分别与积极的或消极的、温和的或激烈的情绪相联系，同时，各部位的功能又受皮层的整合；内分泌系统与自主神经系统和中枢神经系统之间的联系直接参与情绪活动。② 可见，情绪包括整个有机体内部器官和效应器的活动，神经过程和生化过程共同参与其中，这样才能实现神经系统各个水平上的整合。

巴甫洛夫及其弟子对情绪生理基础的看法主要是以无条件反射和条件反射为理论基础。巴甫洛夫认为：

> 在高级动物方面，连人类也包括在内，有机体和周围环境进行复杂的交互作用的第一阶段是最靠近大脑两半球的皮质下中枢及其复杂的无条件反射（我们的术语）、本能、欲求、激情情绪（各种通用的术语）。这些反射是由为数相当少的无条件的，也就是从出生就开始

---

① 参见克雷奇等《心理学纲要》下册，周先庚等译，文化教育出版社1981年版，第527~531页。

② 参见斯托曼《情绪心理学》，张燕云译，辽宁人民出版社1986年版，第9页。

发生作用的，外在的动因所引起的。①

他把皮质下的无条件反射中枢称为"情绪的（本能的）蕴蓄"。"情绪激动是在皮质的控制力减弱的条件下极其复杂的无条件反射（侵略性的，被动防御性的和其他的反射——皮质下中枢的机能）的优势和暴乱。"巴甫洛夫进而指出：

> 大脑两半球在建立和维持动力定型时的神经过程就是通常所谓的情感，……定型的建立过程，建立的完成过程，定型的维持及其破坏在主观方面就是各种各样的肯定性的和否定性的情感。②

> 苦痛的情感的生理基础，多半就在于旧的动力定型受到改变，受到破坏，而新的动力定型却又难于建立。③

根据巴甫洛夫的看法，笑一类的愉快情感的产生是由于动力定型得到加强。

二、情绪的认知学说

沙赫特认为，要探究人类情绪的奥秘，仅仅从生理基础上还不能说明问题，因为各种不同的情绪之间缺乏区分它们的明显的生理反应模式。所以，他主张从认知的观点来看待情绪问题，把认知因素看作情绪产生的原因。他的基本观点是：生理唤醒与认知评价之间的密切联系和相互作用决定着情绪。情绪是认知的、生理的、环境的3种因素的构成物。沙赫特认为，任何情绪都包含着向各方面扩散的交感神经系统的释放。情绪状态以交感神经系统的普遍唤醒为其特征，每种情绪状态在形式上都可能略有不同，通过引起情绪的情境和人们对这种情境的知觉，它就逐渐被识别并被确定了名称。所以，人们对各种情绪状态的称呼主要是认知的问题。如果一个人在生理上被唤醒但不能解释它的原因，他就按照他易于获得的认识

---

① 转引自杨清《心理学概论》，吉林人民出版社1981年版，第412页。
② 转引自杨清《心理学概论》，吉林人民出版社1981年版，第414页。
③ 转引自杨清《心理学概论》，吉林人民出版社1981年版，第414页。

来称呼这个状态并对它进行反应。所以，任何一种情绪状态都能根据个人及其所处的环境以多种方式去称呼。

另一位研究情绪的认知学说的心理学家是阿诺德。她在提出复杂的情绪生理学说的同时，更强调情绪的认知本质，强调活动评价对情绪的指导作用。她在20世纪50年代就提出，情绪与个体对客观事物的评估有联系。评估是情绪的决定因素，评估本身是被感觉到的行动倾向。她给情绪下的定义是：情绪是一种"接近被评价为好的（喜欢的）事物、离开被评价为坏的（不喜欢的）事物的感受倾向"，这种体验倾向被一种相应的接近或退避的生理变化模式所伴随。

对认知理论做出最新贡献的是曼德勒和伊扎德。曼德勒认为，情绪中包含着3个组成部分，即唤醒、认知解释和意识。唤醒是对自主神经系统活动的知觉。它起着维持体内平衡和寻求信息的作用，给情绪带来内脏变化的性质和强度。但它的存在却在很大程度上依赖于认知解释。认知解释由精神结构、先天反应和对自我知觉的评价构成。在认知解释和唤醒的双重作用下，情绪体验便在意识中出现。情绪三因素的运行是一个连续的反馈过程：环境刺激引起认知解释，认知解释引起唤醒知觉，唤醒知觉导致情绪体验，情绪体验导致知觉和对体验的评价，这又改变了原来的认知，如此循环反复以至无穷。①

伊扎德的理论是当今最为深入的对情绪的认知探讨。他对情绪过程所做的一般性分析如下：情绪包含3个相互关联的组成部分，即神经活动、面部-姿势活动和主观体验。此外，情绪还包含两个重要的辅助系统：网状激活系统和内脏系统，前者的作用在于放大或减弱情绪，后者为情绪准备场所并维持它的活动。情绪的一般过程通常是用认知系统和活动系统一起按整合的方式起作用。伊扎德还深入地描述了个人-环境和个人内部的过程。他指出，能够使情绪激活的因素有3种个人-环境的相互作用，即：①获得的知觉。它是通过受纳器和感觉器官的选择性活动而产生的。②要求的知觉。环境或社会事件要求予以注意（如基本的定向反射）。③自发的知觉。它由知觉系统固有的活动所产生。此外，能够激活情绪的还有5种个人的体内过程，即：①记忆。它能从获得（主动出现）、从要求（经提醒才出现）或自发地（来自先天的认知能力）产生。②想象。③面部-姿

---

① 参见斯托曼《情绪心理学》，张燕云译，辽宁人民出版社1986年版，第67~68页。

势活动或其他运动活动,它表现为一种习惯性行动、自发性行动或对适应性行为的运动反应。④内分泌和其他自主性活动。它影响着情绪的神经或肌肉的机制。⑤任何或所有的神经与肌肉的系统的自发活动。①

三、情绪的行为学说

心理学上的行为主义学派认为,情绪是一种反应,可以通过对情境的分析和动物的情绪反应或情绪行为之间的联系,客观地展现出情绪,确切地定义情绪概念。

行为主义创始人华生认为,情绪不外乎是身体对特定刺激发出的反应而已。刺激(例如面临危险时)可以引起身体的内部变化和相应的学会的外显反应。当然,"刺激"这一概念既不包含对情绪的有意识的知觉,也不包含来自内部器官的任何感觉。每一种个别的情绪都包含着一般身体机构中,尤其是内脏和腺体系统中发生的一些变化的特定模式。虽然华生认识到,所有情绪反应都包含着外显的运动,例如手臂和腿的运动,但是在他的概念中,内部反应仍然占优势。因此,情绪是内隐行为的一种形式,其中潜伏的内脏反应是很明显的,至少在某种范围内是这样的,如出现脉搏、呼吸、脸色等的变化。综上所述,华生认为情绪能用客观的刺激情境、外显的身体反应和内部的内脏变化来解释。② 行为学派对情绪的研究一般都采用经典条件反射和操作条件反射的方法。米伦森的研究模式就是通过一个经典性条件作用过程引起的情绪变化增加或抑制其他非情绪的行为。由此,他提出了一个表示所有情绪强度变化的三维"情绪坐标"系统。③(图3-1)

米伦森指出:

> 这三维体系是最原始、最基本的,它们的混合物便产生出各种更复杂的情绪。如积极的强化被消退而引起的泛化就是悲伤、失望或抑郁的来源,积极刺激与消极刺激相结合则会引起严重的情绪冲突,甚至引起神经症。人类的情绪之所以变复杂,是由于我们的过去经历及

---

① 参见斯托曼《情绪心理学》,张燕云译,辽宁人民出版社1986年版,第71～72页。
② 参见舒尔茨《现代心理学史》,沈德灿等译,人民教育出版社1981年版,第229页。
③ 参见斯托曼《情绪心理学》,张燕云译,辽宁人民出版社1986年版,第258页。

这些经历的支柱、即对它的强化也大量卷入到情绪反应中，从而成为引起我们情绪变化的原因。①

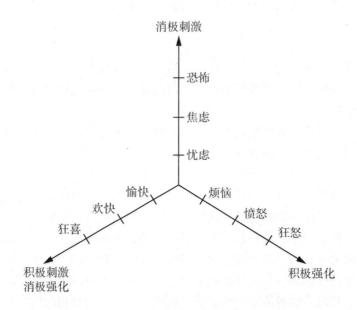

图3-1 三维"情绪坐标"系统

另一位行为派心理学家哈蒙德认为，情绪是有机体的一种中枢状态，它由习得的和非习得的刺激引起。非习得的刺激可能是奖赏或惩罚（或缺乏奖赏和惩罚）。习得的刺激是向非习得刺激发出信号的刺激，它通过经典性条件作用获得类似的性质。②

此外，莫勒也认为，情绪中枢状态是通过经典性条件作用，凭借着预示奖赏或惩罚的伴随信号而习得的。奖赏事件导致减弱过程，起着降低的作用（驱力减弱），惩罚事件导致增长过程，起着加强的作用（驱力诱导）。这些与愉快和痛苦相关，并且表现为习得性质的、激发着有机体的情绪状态。如果一个中性刺激恰在一个增长事件之前出现，它就是一个"危险的"信号；如果它在减弱事件之前出现，它就是一个"安全的"信

---

① 转引自斯托曼《情绪心理学》，张燕云译，辽宁人民出版社1986年版，第256～259页。
② 参见斯托曼《情绪心理学》，张燕云译，辽宁人民出版社1986年版，第263页。

号。同样，由此产生的情绪状态的性质取决于信号的开启或关闭。

西德曼通过在动物正在进行操作活动时插入一个条件刺激的实验证明了环境的前后关系与有机体的情绪反应的联系。西德曼发现，在条件刺激后向动物呈现消极刺激会引起焦虑反应；呈现积极刺激则会产生欢快反应。但是，在消极的操作基线上，在条件刺激后呈现消极刺激的间歇信号，则出现可被称为宽慰的反应。而呈现积极的间歇信号则出现强烈的愤怒反应。

作为一个行为主义者，托尔曼也是把对情绪的研究落实在对外显的反应行为的研究上。他认为：

> 如果我试图给你描述我的红色感觉，那么我会发现这是办不到的。……在设法描述我的快感时，我将有同样的困难，凡是本质上属于私人的东西，都不能作为科学的研究对象……私人经验只有在它能被报告出来、众所周知的时候，才能在科学中占有地位。[①]

由此，托尔曼对行为的最初原因进行了精密的、有独创贡献的研究。他认为，行为的最初原因是由 5 种自变量组成的：环境刺激（S）、生理内驱力（P）、遗传（H）、过去的训练（T）和年龄（A）。行为就是这些自变量的函数：

$B = f(S, P, H, T, A)$

这就是说，行为反应（因变量）是实验变量（自变量）[②]的函数，有机体的行为随着这些实验变量各项的变化而变化。但是，关键的是要解答人类"为什么有这反应"的问题，这就需要"想象在 S（情境）和 R（反应）之间的 O（有机体）内部发生了什么"，也就是在自变量和因变量之间探索有机体的内部过程。其关系表述为 $S—O—R$，因此，中间变量就是在 O（有机体）内正在进行的东西，只有研究清楚这个中介变量，才能回答在一定的刺激情境下为什么能引起某种可观察到的反应来。托尔曼认为，中介变量包含 3 个主要的范畴：①需要系统——特定时刻的生理

---

① 转引自舒尔茨《现代心理学史》，沈德灿等译，人民教育出版社 1981 年版，第 251 页。
② 后来，托尔曼又把实验变量进一步引申，提出环境变量和个别差异变量。环境变量即指环境刺激，个别差异变量即指过去经验或训练和年龄。这两种变量都属于实验变量。

剥夺或内驱力情境；②信念价值系统——它们表示宁选某些目的物的那种欲望的强度和这些目的物在满足需要中的相对力量；③行为空间——个体在一定时间所知觉到的，存在于不同地点、距离和方向的各种事物。①

第二节　笑的本质及心理机制

有了现代情绪心理学说的基础，解决笑的本质及其心理机制的问题就有了根据。因为笑不外乎人的一种情绪的外部表现，是一种常见的表情行为。不过，鉴于情绪心理学研究者各持己见，众说纷纭，在运用现代情绪学说来解决笑的问题的时候，我们必须对它进行一番疏理，力图从中归纳出一种较为合理的解释，建立一个较为理想的笑的情绪模式。

一、笑的情绪模式

情绪生理学以大量的实验研究证明，情绪是由神经系统的某些部分对大脑所产生的唤醒作用的结果。情绪由环境及体内的刺激引起，而刺激的收受、神经冲动的引发及传递以及情绪的外显行为的发出等，就构成了一长串的生理过程。这些生理过程的基础就是复杂的无条件反射和条件反射。巴甫洛夫的研究已经证实，条件反射的系统是在大脑两半球皮层上建立与巩固起来的，而复杂的无条件反射则是通过把神经兴奋从大脑的高级部位传递到植物性神经系统的皮下神经节、属于脑干的下丘脑及其他中枢而实现的。这就是说，人的情绪是皮层与各皮下中枢协同活动的结果。具体说来，情绪的产生的生理基础主要是下丘脑及网状结构的功能。下丘脑是自主神经系统的管制中枢，而情绪的生理变化（包括呼吸节律的变化、心脏活动的变化、有机体各部分的供血变化、分泌腺机能的变化等）主要就是自主神经系统的作用。网状结构的功能是调节传入的感觉神经冲动，导之上行而对大脑各中枢发生一种促动作用，使之进入一种兴奋状态，这就是所谓的情绪状态，它转而促使个体在刺激的情境下准备反应。

由奥尔兹所设计的把电极插入大脑的特定部位然后记录生物电流的精细实验发现，哺乳动物在下丘部、边缘系统及其临近部位存在着快乐中枢

---

① 参见舒尔茨《现代心理学史》，沈德灿等译，人民教育出版社1981年版，第251～252页；高觉敷主编《西方近代心理学史》，人民教育出版社1982年版，第281～282页。

与痛苦中枢。刺激快乐中枢时,动物每一次都获得快乐的体验。当用电流刺激痛苦中枢时,受试的动物便企图逃避。这就说明,中枢的兴奋是一种强化,而强化则形成各种条件反射,因而在大脑两半球皮层下形成各种暂时联系——动力定型。破坏这些动力定型,就会产生消极情绪,而有准备的改变定型或者对已有的动力定型进行强化则是积极情绪产生的基础。

情绪学说的多派鼎立似乎说明了一个这样的事实:人的情绪的产生是多种变量、多个系统协同活动的结果,生理过程仅仅是情绪发生的多种动力分析子系统中的一个,它起着对情绪的生化激活和神经激活的作用。而它们则又共同隶属于整个认知分析器的操纵下,与认知分析器相联系的两端分别是知觉分析系统与认知加工系统。知觉分析系统负责受纳环境情景信息的输入,认知加工系统则是有机体根据其内部模式对当前刺激进行内部反应,这个内部模式包括以下自变量因素:由生理内驱力和遗传所形成的机体结构以及由过去的训练和年龄等形成的生活经历。由知觉分析系统与认知加工系统构成认知反应的中介变量系统。这样,我们就有了一个大体清晰的情绪唤醒系统模式。(图3-2)

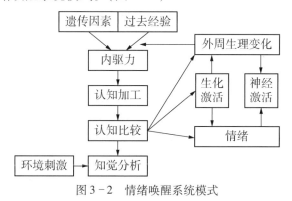

图3-2 情绪唤醒系统模式

这一情绪过程用文字来表述就是:当由环境刺激引起的知觉分析与认知加工之间产生足够的不相配合时,认知比较器就会发出信息,动员一系列神经过程,释放适当的化学物质,改变中枢神经激活状态,而中枢神经的激活一方面唤起情绪反应和情绪体验,另一方面则通过效应器引起外周生理的变化。接着还存在三条通路的反馈:一是情绪状态向中枢神经的反馈,二是外周生理变化向认知加工的反馈,三是外周生理变化向中枢神经系统的反馈。

下面我们在解决笑的心理机制及其本质问题时，就将沿用这一初步建立起来的情绪模式。

二、笑是松弛

上面说到，当特定的刺激进入大脑后，在认知分析器的作用下，它激活了皮层中的快乐中枢，这才使有机体产生笑的表情行为。那么，什么样的刺激才能成为笑的刺激呢？这便是我们接着要研究的问题。

要弄清楚究竟是什么原因促使人们发笑的，最好的方法还是认真考察一下笑的产生的历史。这可以从两个方面着手进行研究。

首先是笑的个体发生学。

有关这方面的研究，心理学家已经为我们积累了很多观察和实验资料，他们的研究足以证明，人类也像其他灵长类群体一样，如果受到外界的威胁，他们就合作起来，驱赶捕猎者，保护病弱者和幼小者。为了获得这种保护，婴儿需要有一种和父母保持接近的机制，必须发展一种依恋行为，借以作为促进和维持与照顾者亲近的姿态和信号。婴儿的啼哭和微笑就是其在生命的最初阶段时所拥有的两种信号。哭是悲痛的呼唤。当产生需要时，婴儿就啼哭起来，迫使父母到来以满足其需要。微笑则是需要得到满足后的表示。根据华生的观察，婴儿最早出现微笑反应是在其出生后的第4天，而促使出现这种反应的刺激物则是视觉和触觉。在所有视觉刺激物中，婴儿最喜欢人的面孔。轻微接触婴儿的身体、触摸婴儿的性器官及皮肤的敏感区都是引起微笑的无条件刺激。研究证明，引起婴儿发笑的最初刺激原因可包括如下几种：

(1) 吃饱之后处于温暖、舒适的状态；
(2) 亮色物体的出现；
(3) 乐音；
(4) 看到父母亲的面孔；
(5) 搔痒；
(6) 被大人抛掷或摇晃；
(7) 各种不同的"游戏"，包括某些新奇而刺激但不吓人的东西的出现；

(8) 爱抚。①

综合这些因素，它们都含有一个共同点，就是表明婴儿正处于一种身心舒适的状态。微笑作为一种信号，表明其欣快的情绪，并以此来促进父母或看护人对婴儿的爱和关心。除此以外，这种最初的微笑还可以刺激婴儿的呼吸和循环，升高血压，把更充足的血液输送到大脑。发展心理学的研究还证明：婴儿首先出现的是应答性的微笑，是对生理刺激所做出的反射性反应。然后才出现操作性的微笑，以作为表示某种信号的身体行为。应答性微笑在环境控制下可能导致操作性微笑的发展，而操作性微笑的发展则明显地依赖于笑本身所引起的愉快后果。所以，不仅是愉快情绪引起笑，笑也能促使有机体产生愉快情绪，因为笑增进了生命活力。

我们可以看到，上述诸种引起笑的刺激物都能满足婴儿某些方面的需要，正是这些需要的满足才是笑的根本原因。需要是由于缺乏。当需要出现时，有机体就会感到一种紧张，从而形成生命活动的驱力。在这种驱力的压迫下，有机体需做出种种努力，直至需要得到满足，驱力得以解除，紧张才会消失。所以，一旦需要得到满足，有机体就会从紧张中释放出来，从而产生一种满足感。这就是愉悦的情绪，其外部的表现就是笑。由此可见，婴儿的笑，其归根到底的原因在于有机体从生命驱力所造成的紧张中松弛下来。

凡婴幼儿皆喜欢游戏，这一方面固然是由于生命力的充溢，另一方面也是为了寻找刺激，所以游戏便需要常玩常新，老一套的游戏不可能使婴幼儿保持长久不衰的兴趣。但如果这游戏太过于刺激或太吓人，甚至在意念上造成对婴幼儿的威胁，就会导致婴幼儿哭泣，因为这时候会使婴幼儿感到强烈的外在帮助的要求。只要游戏所造成的刺激量适中，既给游戏者造成紧张，又不致于使其感到不可把握的威胁，婴幼儿就会发笑，因为从紧张中产生的松弛感正是他们生命力的表现。

其次，从人类群体发生学角度看，笑的产生及发展也是由于松弛而来。

人类是一种群居动物，在人类早期生活中，群居对人类社会的生存与发展尤其具有重要的意义。处于原始时代的人类社会，其征服自然、战胜环境的能力尚相当微弱，他们必须时刻警惕着那些包围他们的种种危险。

---

① 参见皮丁顿《笑的心理学》，潘智彪译，中山大学出版社1988年版，第39页。

无论何时，一旦危险威胁到人类群体，其成员就绷紧他们的身体，为应付可能的紧急情况而振奋起来。但是，这种振奋状态是一种使人疲乏、消耗能量的状态，人不可能长期处于这种状态而身心不受损，于是，群体生活就为他们带来了好处。在尚未发展出语言符号之前，如果群体拥有某种约定的信号，供第一个发现危险已经过去的人使用，告知群体其他成员，使他们解除振奋状态，那么，其他人便可以大大地节省身心能量的消耗。当然，把这种信号传给远处或那些逃跑的伙伴们的唯一手段，就是声音。由此可见，人类最先使用声音信号是基于客观环境的需要。

此外，这种声音信号的产生也是处于危险境况下的人所必然发生的一种反应。当人处于紧张状态时，就会本能地进行深呼吸，因为在紧张的当刻，人们往往是屏住呼吸的，而恰恰在这时，人们为应付紧张情况，需充分调动身体的一切机能，使身体处于战斗状态，氧气的需求量大大超过平时水平。所以，紧张一出现，人们就在中断呼吸之前基于本能而迫不及待地做一个吸气的动作，以向肌肉提供足够的氧气。当环境证实这种振奋状态的存在已无必要时，随着身体肌肉的放松、呼吸的继续，原来深吸到肺部的空气就会一下子排出来。作为一种先天性的条件反射，人们会不由自主地发出笑声。正如格利高里所描述的：

> 笑之中的"快感的迸发"产生于松弛的情境中，它把发笑者分化为自身的固定的练习器，他就在这种前仰后合中从实际生活的事件里抽离出来，笑标志着一种多余的努力的突然放松，标志着一系列反复的呼吸迸发或身体的颤动，更为强有力地或更为安静地复演着原来的情境，在这些情境中，所唤起的努力猛然间被放弃。正如弹力稳固地压住障碍，当障碍清走时，就会发生震动。当一个努力突然间松弛下来时，身体就会来回震动，伴有呼吸的喘息、颤动的笑声。①

此外，德意志民主共和国著名社会学家、卫生学家卡尔·赫希特也曾提到紧张-松弛模式的生物学意义。他认为：

> 人的任何活动，首先是创造性的脑力劳动以及体力活动，要求某

---

① J. C. Gregory. *The Nature of Laughter*, London & New York, 1924, pp. 203-204.

种程度的紧张。这样,人们才能更好地适应一定的生活境遇,才能更好地和较长时间地集中自己的注意力,坚定不移地和全力以赴地去完成他们所面临的任务。……人愈接近特定活动的临界点,紧张就愈为明显,这种紧张有时能达到所忍受的界限。人在度过了紧要关头之后,或者在顺利地完成了某项工作之后,有一种轻松和自由感,这种状态称为松弛。在紧张状态中,通过神经和激素渠道(神经内分泌系统)释放能量,从而导致机体功能的加强(应激反应)。这种紧张是取得成就的重要因素,假如紧张过后能在最短期限内出现恢复所耗能量的松弛,那么它不可能对人产生危害。通过适当地组织休息和安排闲暇时间,就可以得到松弛。松弛,绝非只是一种消极的过程,比方说,绝非只是安静。通过改作其它活动的方式,也可以达到松弛的目的。[1]

赫希特在这里虽然没有直接指出笑就是一种不同于紧张状态的使人松弛的"其它活动的方式",但他却把对松弛的生物学意义阐述得相当明晰。由此,我们可以进一步断定,从紧张环境或紧张状态中松弛下来,对生物机体而言就是最大的快乐,因为它保证了维持生命机体的健康及安全的需要。笑就是这种快乐的外显表情,所以,笑其实是获得松弛感后的最初的表情。

除了从生理学角度看,笑是松弛的表情以外,从社会学角度看,笑也是一种松弛的必然后果。

作为社会一员的个人生活在社会中,他必然要受到诸多社会规范的制约,人类天性中的很多成分,常常因为触犯社会的规范或者不受社会规范的欢迎,往往不能自由地表现出来,很多需要不能得到满足。不管是否意识到,人们都是在一定的社会压力与社会约束下生活的。想要作为一名社会成员生活在社会中,他必须得到同伴的认可和接纳,否则他就无法生活下去,但如果他把这些不为社会容纳的天性或需要都表现出来,则他很可能就会受到社会的惩罚。所以,萨特说"人都是戴着假面具生活在社会中的",其含意大概是人必须要压抑其不合社会规范的一面。但是,人的内在生理-心理发展的需要,却又力求使这些本能成分表现出来。于是,

---

[1] 卡尔·赫希特:《心理卫生》,黄一卿译,科学普及出版社1984年版,第52～53页。

这些被压抑的成分就因其禁锢在内心而造成内在生理-心理的紧张状态，形成一种内在的张力，驱使机体寻找机会满足这些内在的需要，借以解除内心的紧张。如果这些本能不能以正常渠道得以满足，它就会通过间接的，或者曲折、伪装的方式表现出来，以求得到变相的满足。我们看到，在日常社会生活中，人们往往在一种应当严肃的场合不由自主地微笑一下，这里的笑的作用其实就是缓和心理的紧张，不自觉地试图逃避这严肃事物的束缚。

赫兹里特说过："自然流露的笑的主要源泉，是一种企图获得解放的愿望，也就是一种力求从社会的束缚中解脱出来的愿望。"我们还看到，一些人当众做错了事或者做了某些有失体面的行为，他会极力发出一种自我解嘲的笑。这种笑的作用一方面是借以掩饰其内心的紧张，另一方面也可以通过笑的行为而实际地缓解其内心的紧张状态。因为笑不仅是松弛的结果，也是松弛的原因。人们在笑的行为中，会感到一阵身心的快意，这正是紧张状态解除、松弛状态出现的结果。

在人的需要中，最基本最原始的两种本能需要就是饮食与男女。在任何社会规范下，饮食的需要都是可以公诸于众的。人们可以公开地寻求食欲的满足。但是，在文明社会，性欲需要却是受到诸多抑制的，性的满足要在社会规范的约束下进行。所以，以性欲需要被压入潜意识者为最多，但寻求性欲间接满足的心理也最强烈。正是由于这个原因，生活中的很多笑话都是与色情有关的。因为社会道德规范不允许人们那么明目张胆地在大庭广众公开说出猥亵的语言，但其内在本能中的性驱力又驱使他非说出一些这样的话才感到轻松，于是，受到社会制约的色情内容就借笑话的形式表现出来。人们就在这笑话所引起的笑声中使那些由性驱力造成的紧张缓和下来，使性的需要得到变相的满足。

当然，在人类历史上，更多的笑话是人民大众用来讽刺挖苦统治阶级的黑暗、愚笨的。在反动统治者的高压下，被统治者的怨言不得自由发泄，当然也就会采取笑话这一形式曲折地表达他们对统治者的反抗。例如，有这样一则笑话，读后便知其旨意之所在：

　　古时候有一个笨官，不学无术，还老念别字。有一天，他要提审三个犯人，第一个叫金止未，第二个叫郁卞圭，第三个叫于爷爷。
　　笨官升堂坐定，三个犯人被押进堂内，并排地站在一旁。笨官装模作样地看了看放在案上的名单，喊道："全上来！"

三个犯人一听"全上来"，便一齐走上前去跪了下来。那笨官本想大发雷霆，但已察觉到自己读错了字，想：还是先审第二个吧。于是，提高嗓子叫道："都——下——去！"

三个犯人立即站起来，退到原地，莫名其妙地站着。这时站在笨官旁边的那个跟班，已经急得满头大汗，但又不敢指出老爷的错处。笨官见前面两名犯人的名字都弄错了，不免有些焦急，倘若第三个再错，岂不有失我老爷的身份。他瞪大双眼，对着第三个犯人的名字看了半天，才敲惊堂木，大声叫道："干爹爹上来！"

三个犯人吓得不知所措，心里各自想着："怎么今天他称呼起我们干爹爹来了呢？"

在中国古代笑话中，类似这种讽刺统治阶级愚笨的笑话比比皆是。这就说明：通过笑话来挖苦统治阶级，是处于高压下的人民大众发泄其对统治者的不满情绪的一种形式。从心理学角度看，有这种发泄总比没有发泄好，它使由这些不满情绪造成的心理紧张状态松弛下来，并由此而获得一种代替的满足。

所以，我们说，一方面，松弛情景引起笑；另一方面，笑也导致体内松弛状态的产生。其心理机制就在于，这些笑话所引起的笑包含一种寻求解脱之感，是人的本性中力图摆脱传统习俗与社会束缚的一种解放。

按照完型心理学家勒温的见解，个人与他的环境之间有一种平衡状态。当这种平衡状态被破坏时，人就会陷入一种紧张状态，从而出现力图恢复平衡的移动。勒温认为，人类行为包含紧张、移动和缓和的连续表现。紧张—移动—平衡的这种秩序类似于需要—活动—缓和的运动序列。每次感到需要就会引起紧张状态，而有机体也总是为了恢复平衡、解除紧张而做出动作。① 一般来说，破坏平衡状态而导致紧张的诱因有两种，一种是某一明确的需要不能被满足时产生的紧张；另一种则是以"不确定状态"存在着的紧张，即引起紧张、破坏平衡的原因已经忘却，或一直就处于不清晰的状态中，主体对意向的内容不清楚，只是感到一种内部紧张，它没有确定的方向，没有秩序，并且向四周作无原则的弥散，所以是

---

① 参见舒尔茨《现代心理学史》，沈德灿等译，人民教育出版社1981年版，第314页。

一种模糊的紧张。我们在日常生活中经常遇到这种情形，如"无名火起三千丈""莫名其妙的烦恼"等，这就是一种不确定的"模糊的紧张"。有机体本身并不能在意识中体验到由这种"模糊的紧张"所造成的内部张力状态，以潜伏的形式长时间地存在于潜意识中，从而形成心理上的"情绪"。只有当一定的心理环境出现时，即当许可朝向目标的活动的情境出现时，它才能突破干扰而暂时进入意识，被体验为朝向原来的活动的驱力，并在"替代的完成"中使内部张力得到发泄，从而恢复到平衡-缓和状态。笑话作为一种松弛情景的必然反应，其心理机制正在于以"替代的完成"使内部紧张状态解除后，心理恢复平衡而缓和下来。

通过上面的分析，我们似乎可以得出这样的结论：笑的刺激物不同于引起机体其他反应的刺激物那样，有着明确的机能定位。它对大脑快乐中枢的激活，主要原因是在于它所具有的紧张—松弛模式迎合了作为社会生物的人的生理-心理-社会需要。无论在遇到肉体的紧张或心理的紧张时，人都有一种寻找解脱的欲求，希望从引起紧张的体内情境或体外情境中逃脱出来。笑就是摆脱紧张、重归松弛状态的一种心理对策。

三、笑是"非常态"

人作为一种社会性动物，当其遇到危险、生命受到威胁时，其生理机制也如同其他动物一样，会出现紧张。当这些危险过去时，人也与其他动物一样，会把为应付危急环境而绷紧的身体放松下来。所以，从作为肉体的松弛的笑这一意义来说，一切动物，包括人，都是没有例外的。由此，我们可以看到，生物性的笑是一种"非常态"，它只能出现在非常情境之中。紧张的情势使机体各部分充分活跃起来：心跳加速、血压增高、呼吸量增大、肾上腺素分泌增加等，这显然由于紧张的情势打断了生命的恒常次序，迫使机体采取一种非常措施以应付突然出现的危险环境。是因为有了这一紧张的前提，然后才有松弛，才有笑，所以，可以这样认为：笑在生物学意义上如同其他情绪一样，都是一种"非常态"，是机体为应付意外事件而作出的一种生理反应，旨在调整机体功能以适应生理环境的变化。

但是，我们现在要研究的是人的笑，是具有心理-情感意义的社会性的喜剧笑。人毕竟具有许多不同于动物的地方。在高级动物中，笑作为一种面部表情，作为一种生理应激，其表现为一种合目的的形式：作为面部表情，是向外界传达其满足的内部状态；作为生理应激，则在于使机体平衡得以恢复。人的生命不仅在于其与别的动物都具有的生物学的事实，更重要的是，人的生命是"社会的、历史的实在"。人的生命是无数个别人的生命的聚合构成的人类生活和历史的实在。人的笑不仅仅是一般的"非常态"，而且是一种"失常态"。人的失常态不但具有生物性意义上的目的，而且是精神的人所特有的一种行为，是当人所面对的外部环境与人的身体发生冲突时所作出的一种反应，并通过这些反应来达到或恢复人与外界的平衡。不仅如此，社会的人为求取与环境的平衡，并不是只有单一的消极应付的一面，而且还有积极的调整的一面。德国哲学人类学家普列斯纳认为：

> 一方面，失常态表明人受到周围环境状况的制约，没有使人失常的事件和状态也就无所谓失常态；另一方面，人又不能完全依赖于对他寓居的周围环境的考察，人通过失常态超越了自我，超越环境而居于环境之上，从环境中区分出自我与环境相对应。失常态是人的行为和自我表现的最高形式。①

普列斯纳试图把人的失常态与高级动物的失常态区分开来，其实，这里所描述的失常态不仅与高级动物的失常态大为不同，就是与人在一般情况下被动做出调整的失常态也迥然相异。如果说，人在一般情况下所做出的生理-情感调整是一种失常态，则这种旨在发现自我、超越自我的积极调整理应被称为"超常态"。因为它不是被动的"失却"，而是主动的"进取"；不是消极的应付，而是积极的调整。其实，这种"超常态"的情感反应已不是一般性的情感，而是人的审美感。这种"超常态"的笑不是一般的生理-心理应激的笑，而是喜剧性的笑。因为这种笑不但能改造机体的内在心理状态，而且能调整机体的内在情感状态，使人能够对不愉快的事件做出愉快的调整，从生活的矛盾和挫折中取得快感的补偿。它是人的创造活动的外部表征，是审美态度的体现。所以，笑是一种"非常态"。从生理-心理学角度看，一般性的笑是"失常态"；从审美角度看，喜剧性的笑则是"超常态"。

---

① 转引自欧阳光伟《现代哲学人类学》，辽宁人民出版社1984年版，第96～97页。

第三节　喜剧性的笑

所谓喜剧性的笑，是指由喜剧情境所引发的笑。关于喜剧情景，我们将在第五章讨论，现在只从心理-情感的角度探讨喜剧性的笑与一般性的笑的不同之处。作为高级发展阶段的喜剧性的笑同样具有处于低级阶段的一般性的笑的特质，即一切的心理的笑都是紧张之后的松弛。从生理学角度看，它们的生理反应过程是一样的，都是一种"非常态"。国内有的学者认为，喜剧性的笑截然不同于纯粹生理的笑，也不同于日常生活中某些偶然的、无意义的笑。国外有人认为，"由于生理刺激发出来的笑声或者由于神经紧张发出来的笑声，都与喜剧性毫无关系"，如果这种说法只是强调喜剧性的笑的更高的性质尚无不可，但如果因此而割断了喜剧性的笑与一般性的笑（包括生理性的笑与日常生活的笑）的关系，这恰好与那些混淆了现实与艺术的关系的人相反，他们是割裂了现实与艺术的关系，使艺术的审美成为无本之木、无源之水。我们的看法是喜剧性的笑与一般性的笑的关系是既有相同也有不同，相同者如上所述，不同者尚待澄清。

一、作为一种审美态度的体现

如果说一般的心理的笑只是表明了人对周围环境的一般态度反应，那么，与一般的心理的笑相比较，喜剧性的笑最突出的一点在于它是作为一种审美态度而出现的，它隐含着发笑者的审美理想、审美趣味和审美评价。

我们看到，在生活中，很多引起笑的场合都表明发笑者的态度。因为从情绪心理学上说，情绪是机体对外界刺激的一种态度反应。这些态度可以包含很多方面，可以是与生命的存在适与不适有关的态度，如小孩在吃饱睡足之后的笑，就表明其处在适于生命发展的环境中，笑体现了他对环境的肯定的态度；可以是与人的道德观念相联系的态度，如看到别人的恶作剧而发笑，就表明了对引人发笑者的损人利己行为的鄙夷态度；也可以是与人的理智感相联系的态度，如数学家在完满解决一道数学难题后所产生的笑，就是对他的聪明智慧的肯定；此外，还有就是与人的审美观念相联系的态度，即审美态度。对阿巴贡的吝啬所发出的笑，以及对大独裁者亨克尔所发出的笑，无疑都体现了发笑者的美学批评态度，是发笑者根据其审美观念所做出的审美判断。所以，笑作为一种生理-心理反应，可能由各种不同的情感态度引起，只有当笑同高级社会情感——美感联系起来的时候，才可以说笑具有喜剧的特性。与一般的笑比起来，喜剧性的笑具有更多的社会-情感意义。它向人们传达发笑主体的社会情感——审美情感，并以此来感染其他人，一方面是指向被发笑者，笑声中所体现出来的审美态度可能是抨击性的，它能置被笑者于死地，它也可以是颂扬性的，使被笑者倍受鼓舞；另一方面是指向旁观者，它可能以其笑声中所充盈的审美情感感染他，使之随波逐流，不但一起发笑，而且对同一事物采取同一的审美态度，也可能因其体现的态度与社会不相适应而受到冷落，同情者寥寥，这就可能反馈给发笑者自身，使其再做审美态度的调整。

以笑来体现人的审美态度，在感官对象中直观人自身的本质力量，是以往全部世界史的产物。正如马克思所指出的：

> 只是由于属人的本质的客观地展开的丰富性，主体的、属人的感性的丰富性，即感受音乐的耳朵、感受形式美的眼睛，简言之，那些能感受人的快乐和确证自己是属于人的本质力量的感觉，才或者发展起来，或者产生出来。①

生活在前社会的人类，其认识水平尚处于动物阶段，其情绪反应的模式与动物无异。他们对外部环境的评价全由其生命存在的意义来决定，这就是说，笑作为一种情绪的反应模式，只是停留在应答性的生理反应水平上。他们发出的笑作为一种表情动作，绝非有意向同类传达情绪，只不过是人类机体用以适应环境的一种工具。笑之所以能存在下来，乃在于笑的时候的内部生理变化恰好有利于发笑者适应当时所处的松弛环境。其作为一种生理解剖痕迹，后来就成了快乐的自然而普遍的表情。达尔文曾经说过：

> 有些动作在满足某种欲望方面有用，或者在减轻某种感觉方面有用；如果它们时常重现出来，那么它们就会变成习惯性动作，而且以后就不论这些动作有没有什么用处，只要每次在我们发生同样的欲望

---

① 马克思：《1844 年经济学-哲学手稿》，人民出版社 1970 年版，第 204 页。

或者感觉的时候，即使这种欲望或者感觉的程度很微弱，这些动作也就会发生出来。①

如果仅仅从生物进化的角度理解表情的意义，这无疑是颇有说服力的，但作为社会性动物的人类，其更大的特点不在于生物性上，而在其社会性上。要理解笑的表情意义在人类社会中的发展，还得从社会学、社会心理学的角度来理解。

情绪心理学家关于情绪的目的性与非习得性的研究为我们明了情绪社会意义的由来提供了有说服力的材料。埃克曼细心地选择了30张他认为相对地与习得的受文化影响的标记无关的各种表情照片给被试辨别，结果证明，文化差异很大的判断者对照片所表现的情绪有颇为准确的判断。巴西人、日本人和美国人彼此相当一致，他们的判断都相当正确。另外一些来自新几内亚和婆罗洲等无文字文化的民族的人，他们显示较低的一致性，但对快乐、愤怒、恐惧等情绪的判断仍然十分一致。对盲人所做的观察表明，生而盲目的人能够表现出那些表达基本的喜怒悲惧之情的原始表情，他们的面部表现是极端的而且是不会被人错认的。而那些出生后头几年有视觉，以后才盲目的人，他们的表情则与正常人稍为接近，显得比较缓和一些，而且比较模棱两可。伊扎德的研究也证明，不同文化的成员对基本情绪有不同的反应，在面部行为和情绪上，存在着跨文化因素的确切证据。由此，心理学家得出结论："表情兼有习得和非习得的成分。而且在某种程度上，确实与由谁来表达情绪和由谁来判断有关。"② 正是由于情绪中有后天习得的成分，不同人种、不同文化背景的人以不同的方式来表达情绪。日本人以微笑表示抱歉，中国人以拍肩膀表示关心。所以，人们最善于准确判断和自己习俗相同者的情绪。

从情绪的后天习得性中我们可以推断，情绪的社会意义也是随着习得的情绪的发展而发展的。随着人类社会生活和文化生活的发展丰富，许多原来只具有适应意义的表情动作便获得了新的社会性功能，成为社会上通行的交际手段，用来表达思想和感情，充当着社会行为协调的释放器的角色。一旦人们的感官也发展成为社会的感官，社会中出现了审美情感，人

---

① 达尔文：《人类和动物的表情》，周邦立译，科学出版社1958年版，第207页。
② 克雷奇等：《心理学纲要》下册，周先庚等译，文化教育出版社1981年版，第430页。

们就会运用这些表情手段把它表现出来,使之成为交流审美经验的联络器。当遇到喜剧性矛盾或喜剧情境时,人们有可能产生喜剧感,这时,笑就成为表现他的即时审美态度的外部手段。

当然,并非处于喜剧情境中的一切社会成员的笑都是表现审美态度的,也就是说,并非笑的情感都是美感。正如人与现实的审美关系的建立需要有一定的主-客观条件,使笑的情感成为美感,以笑来表现审美态度,除了决定于引起笑的客观情境的性质外,发笑者本身也要具备一定的条件。

首先,发笑者必须在心理上战胜对象,心不为物所役,能置身于乖讹丑拙的影响之外,既不因对象的不尽如人意而沮丧,也不因其远离理想而不愿置喙,所以,博大的胸怀、坚定的自信、坦诚的心态及必胜的理想是在笑之中化腐朽为神奇的转变关键。只有博大的胸怀、坚定的自信才能见怪不怪,于乖讹怪诞中发现其审美的意义;只有坦诚的心态、必胜的理想才能见难不惧,容得下种种挫折与失败。本来,人与现实审美关系的建立依赖于社会的人在实践中战胜了对象、把握了世界,不但心不为物所役,而且要心灵融汇了然于物,主宰着客体与主体的命运。只有这样,社会的人才能在与对象的关系上超然于实用之外,站在审美的高台上俯视外部对象,专心致志于对象的审美特性而舍弃其实际的效用,使对象断绝其与一切事物的关联,让它单独地填满我们的心胸,进而自足于对象。由此可见,心与物之间的距离能否拉开,关键在人的社会实践力量的强弱。先祖之民美感甚渺,根源便在于其常受到自然力的慑吓、生命力的役使,无法摆脱实用功利的窠臼。原始时代的笑之所以均停留在生理传递的功能水平上,原因也在于此。由于文明社会有了发达的社会生产力,从总的意义上说,人们已不完全受到外物的束缚,主宰命运的能力今非昔比,审美的领域无疑已经大为广阔,审美的视野广为拓展,其在拉开与物的心理距离上有着更大的自由度。但从个人的实际境遇及心理能力说,则又迥然相异。能面对命运的捉弄而绽开笑靥,非有深湛的审美修养不可。正如美国心理学家苏珊·朗格所说,作为美感的喜剧性的笑"是一种自我的表现,同时表示了每一个发笑的人的生命情感的'升华'"[①]。其之所以是"升华",就在于发笑者面对的情境虽然还没有在实际上为发笑者所把握,但

[①] 苏珊·朗格:《情感与形式》,刘大基等译,中国社会科学出版社1986年版,第402页。

由于他在总体上已经把握自己的命运及自己的生命情感，于是，就能在一般人不能见出其生命意义的可笑的情境中抒发出自己的生命活力，"笑是一种得意的歌声。它表示了发笑的人突然发现自己比被笑的对象有一种瞬间的优越感"①。关于喜剧笑的情感结构，我们在下面很快就要谈到。但无论是优越感还是同情心，我们都是在被笑的对象身上发现了自我，通过在理智上对对象的否定而在情感上肯定了自我。

其次，发笑者在与对象保持适当距离的同时，也要能处于旁观的地位以冷静的态度才能领略喜剧情境的美，才能把美感贯注于笑声之中。本书在这里不想介入美学史上"旁观者"与"分享者"孰优孰劣的争论，但笔者认为，就喜剧性的笑而言，更需要的是冷静的旁观者。如果说悲剧是感情的艺术，喜剧则是理智的艺术；如果说悲剧是体验的艺术，喜剧则是旁观的艺术。喜剧需要欣赏者始终保持着清醒的理智、冷眼的旁观。列宁在他的《哲学笔记》中摘录了费尔巴哈的一段话："顺便说说，俏皮的写作手法还在于，它预计到读者也有智慧，它不把一切都说出来，而让读者自己说出这样一些关系、条件和界限。——只有在这些关系、条件和界限都具备时，说出来的那句话才是真实的和有意义的。"②显而易见，喜剧中的被笑对象的可笑本质不是直接地被暴露出来的，这需要诉诸发笑者的智慧，他要独立地在自己的意识中把崇高的审美理想与喜剧对象进行比照才能引发他的笑声，所以，这里的先决条件是冷静的旁观，难怪有人认为喜剧是无情的艺术，"笑的最大的敌人莫过于情感了"③。

二、作为一种特殊认识机制的喜剧笑

凡有喜剧性，都必有违情背理的东西在。对于这些荒谬的东西，如果诉诸人的正常意识，一般都通过调动逻辑分析的思维能力而产生荒诞感。但这种荒诞感只是对客观刺激所作出的分析判断，不可能使人产生协同着全部心理机能活动的喜剧笑。人类认识能够对环境刺激产生喜剧性的笑，必须具有一种特殊的认识机制。

人本主义心理学家马斯洛在《人性能达的境界》一书中谈到自我实

---

① 苏珊·朗格：《情感与形式》，刘大基等译，中国社会科学出版社1986年版，第392页。
② 转引自列宁《列宁全集》第58卷，人民出版社1959年版，第77页。
③ 柏格森：《笑》，徐继曾译，中国戏剧出版社1980年版，第3页。

践者的创造态度时，特别强调人的整合能力，并且把这种整合能力与人的特殊认识机制结合起来考察。他认为：

> 人的整合过程从部分上说是无意识和前意识部分的恢复，尤其是原发过程（或者说是诗意的、隐喻的、神秘的、原始的和稚气的过程）的恢复。
>
> 我们的意识理智过于专注于分析、推理、计算和概念化，所以它漏去了大量的现实，尤其是我们内在的现实。①

同样是强调无意识的功能，马斯洛与弗洛伊德有很大的不同。"基本的弗洛伊德辩证法，最终是在冲动和防御冲动之间看到的。"但在马斯洛的创造心理学看来，为了过多地顺应社会而压抑人性就会使人变成僵硬淡漠、谨小慎微的君子，变成不会笑、不会欢乐和爱的人。所以，马斯洛认为："我们的原初过程并不像被禁止的冲动那样危险。应该减少对原初过程的遏制。总之，就自我实现者的创造性来说，看来更多的是直接来自原初过程和二级过程的融合，而不是来自镇压和控制被禁止的冲动和希望。"②

马斯洛的观点在另一位美国心理学家阿瑞提那里变成了构筑他的理论体系的重要支柱。阿瑞提把原发过程与第二级过程（即继发过程）的整合称为第三级过程，并且对其创造功能做了详细的说明。他通过对精神分裂症的研究发现，在人类中存在着两种不同的思维原则，一种是正常人在普通情况下所运用的属于继发过程的普通逻辑，它严格遵从着亚里士多德所发现的逻辑规律，即排中律、矛盾律和同一律，尤其要遵从同一律：凡是被认知为 A 者则不能认知为非 A，否则就违反了思维原则。另一种思维原则是属于原发过程的，通常在精神分裂症病人那里表现出不成熟的思维形态，它既不是不合逻辑，也不是无逻辑，而是遵循着一种不同于人们在清醒、健康状态下运用的普通逻辑。"在正常的（或继发过程）思维里，同一只能建立在对象完全相同的基础上，而在旧逻辑的（或原发过程）

---

① 马斯洛：《自我实现的人》，许金声等译，生活·读书·新知三联书店 1987 年版，第 137 页。

② 马斯洛：《存在心理学探索》，李文湉译，云南人民出版社 1987 年版，第 131 页。

思维里，同一能够建立在具有相同属性的基础上。"① 这就是说，只要两个事物具有一种相同属性，就可以使之等同。这样，A 也能够成为非 A 了。所以说，这是一种建立在相似性之上的同一。例如，有一精神分裂症患者认为自己是圣母玛利亚。问她为什么这样想，她的判断逻辑是这样的："我是处女，圣母玛利亚也是处女，所以我就是圣母玛利亚。"这里显然是把 A 与非 A 同一起来了。其中所遵从的就是原发过程的旧逻辑——相似性即同一。由于最先对这种思维异常状态进行研究并试图用逻辑公式来加以表述的是精神病学家艾尔哈德·冯·多马罗斯，所以这一逻辑规律也被称为"多马罗斯原则"。

阿瑞提认为，这一原则的最纯粹的体现形式是在精神分裂症病人身上，但是，它也体现在人类种系发生和个人发展以及创造过程之中。就人类种系发生而言，维柯及布留尔的研究都表明，一个用旧逻辑思维来解释的世界在许多方面都与古代人的神话世界以及当今各种土著社会的文化是一致的。而就个人发展来说，发展心理学的研究也证实一岁半至三岁半的儿童都遵循多马罗斯原则来进行思维，旧逻辑原发过程是婴儿的认识发展必经的一个阶段。例如，2 岁左右的儿童在看到一个女人的相片时会反应为"妈妈"，而不管相片上是谁。至于创造过程中的旧逻辑规律，可以海涅的一句妙语为例。他曾经这样谈到过一位女士："这位女士在许多方面都使我想到米罗的维纳斯。像她一样老，没有牙齿，黄颜色的身体上有着白斑。"海涅的意思其实是那位女士很丑，但她怎么会与美的化身——维纳斯相同呢？丑与美怎么能同一呢？在这里，海涅只列举了这位女士与维纳斯的某些相同之处：老（维纳斯像诞生于古希腊时期）、没有牙齿（雕像是没有牙齿的）、黄颜色的身体上有着白斑（雕像表面发黄、有白斑）。仅凭这些相似性，就把这位女士与维纳斯同一起来，使美与丑获得一致。这就是一种艺术的创造，很有喜剧的意味，其中就运用了多马罗斯原则。

当然，不是一切运用了多马罗斯原则的地方都有喜剧性的笑，需要诉诸继发过程然后才产生笑，不然，就只能停留在一般的笑的水平上。如婴儿的笑，尽管其已能通过原发过程利用多马罗斯原则来认识事物的相似性，并且经常发笑，但他们的笑不属于审美的喜剧笑。原因在于其缺乏继发过程的对照与统一。正如阿瑞提所指出的，原发过程与继发过程的完美

---

① 阿瑞提：《创造的秘密》，钱岗南译，辽宁人民出版社 1987 年版，第 88 页。

匹配才能构成人类认识的第三个层级。具体体现就是审美的升华。从美学上说，这也是很有道理的。审美如果没有理智逻辑能力参与，只能是一团模糊的印象，不能整合为完满清晰的美感。立普斯曾经说过，"在喜剧性中，相继地产生了两个要素，先是愕然大惊，后是恍然大悟。愕然大惊在于，喜剧对象首先为自己要求过分的理解力；恍然大悟在于，它接着显得空空如也，所以不能再要求理解力了"①。不惊就没有紧张，不悟就没有松弛，也就没有笑。而要求理解力则是要求诉诸继发过程的逻辑，之所以恍然大悟，乃在于发现其不合逻辑或逻辑错误。顺便提一下，立普斯在这里并没有排斥喜剧的理解力，因为要发现对象本身空空如也、不需要诉诸理解力，首先就要通过理解力功能才能获得这一发现。所以，这从另一个侧面说明了第二级过程的重要意义。

如果我们细心地观察日常生活中或喜剧艺术中的事实，就会发现很多故意运用多马罗斯原则的例子，而这些又都是与笑有关联的。可以这样说，引发喜剧笑的心理认识机制就在于启用或恢复了作为原发过程的旧逻辑思维规律。喜剧的本质也就在于故作错误的认同，把相似性误作同一性。例如，莎士比亚的名作《错误的喜剧》就是由于大量运用了这种错误的认同，才使观众笑声不绝。首先，两对孪生兄弟大安提福勒斯与小安提福勒斯及大德洛米奥与小德洛米奥由于面貌长相非常相似而常常被人们误认，张冠李戴，结果便引得观众捧腹大笑，其中的喜剧性就是建立在这种错误的认同上。我国喜剧电影《五朵金花》也很巧妙而成功地运用了这一喜剧的手法，阿鹏连续把4位金花误认为意中人，结果闹出了一场又一场的喜剧事件。此外，肖像漫画之所以使人忍俊不禁，也全在于其无限地夸大甚至歪曲了人物的某些外貌特征，唯独保留一点能使人依稀辨认的特点。这种使人从不似之中认出相似的画法也是一种错误的认同，仅凭一点特征就把画中的人物指认为某位生活中的人。

艺术上如此，生活中也不例外。凡生活中带有喜剧意味的笑，无不与这种错误的认同有关。如阿凡提，就由于他随处运用多马罗斯原则而成为生活中的喜剧人物，并进而成为文学中的著名典型。《种金子》便是一例：

---

① 转引自古典文艺理论译丛编辑委员会《古典文艺理论译丛》第七册，人民文学出版社1964年版，第84～85页。

阿凡提故意在国王面前把金子埋在沙里，并说不久就可收获更多的金子。于是国王就把 2 斤金子交给阿凡提。一个星期后，阿凡提把 10 斤金子交给国王，说是种金所得。国王继而又将几箱金子交给阿凡提去种。阿凡提在把这些金子散发给穷人后跑到国王那里说："这几天不下雨，我们种的金子全干死了！"国王不信金子会死，阿凡提答道："既然你不信金子会死，那怎么又信金子种上会长呢？"

显然，阿凡提在这里先是运用了多马罗斯原则引国王上钩，然后运用亚里士多德逻辑使国王无言以对。他就是从这两种逻辑的相互矛盾中制造了极富喜剧性的笑。

不但客体方面的多马罗斯原则是喜剧笑的来源，主体方面也往往是在原发过程与继发过程的对比中感受到事物的喜剧性的。如果主体先是按继发过程的合逻辑的方式去对事物进行反应，结果却发现是按照旧逻辑或错误逻辑来反应，这时他就会感受到事物的喜剧性，引起喜剧性的笑。例如：

　　警官：你们 4 个人还抓不住一个罪犯，简直是饭桶！
　　警察：长官，我们不是饭桶，罪犯虽然跑了，我们设法把他的指纹带来了。
　　警官：在哪里？
　　警察：在我们的脸上。

在这段对话中，当我们听到警察已经把罪犯的指纹带回来时，我们是按合逻辑的形式来对它做出反应的，其实，我们在实际上已经受到了暂时的蒙骗。警察所说的话看似协调，其实是不协调的。我们对其最后一句稍加思索，便马上发现这种认识完全不合逻辑，于是就会发笑。

上面我们只是粗略地勾勒出一般的笑与喜剧笑的一般本质及心理机制，要想深入全面地把握喜剧笑的内部规律，还要详细地研究喜剧笑的情感结构、主客观情境及其心理效应过程。

第四章 喜剧笑的情感结构

上面我们只从质的规定上界说了喜剧性的笑，现在，我们要从量的方面对喜剧性的笑进行分析。喜剧笑作为对喜剧情境的一种审美心理反应，即作为喜剧感，其内部结构又当如何？作为一种特殊的情感，它与蕴含在一般的笑之中的心理成分有什么不同？这都是我们将要解决的问题。

本来，喜剧感是一个统一的情感整体，尽管其内部构成可能极端复杂，但它又不可能是各个独立元素的简单相加。所以，在对喜剧感的心理结构进行分析之前，我们有必要做一申明，将喜剧感的各种有机构成成分拆开来分析，并不等于说其中的各种成分可以独立作为喜剧感而引起喜剧性的笑。前人对笑的心理进行分析，多数出现片面性的弊端，原因就在于以偏概全，只顾其一，不及其余。此外，我们所分析出的各种情感成分并非全部存在于每一个具体的喜剧笑之中的，正如我们下面所列的主要成分尚不足以涵盖喜剧情感的所有可能的因素一样，单一的喜剧笑也不一定涵盖所有可能的成分。

我们认为，喜剧笑主要包含以下几个方面的心理-情感成分。

第一节 自我肯定的优越感

提出"优越感"这一重要的喜剧心理学概念的是英国哲学家霍布斯。他在《人类本性》一书中写道：

> 笑的情感显然是由于发笑者突然想起自己的能干。人有时笑旁人的弱点，因为相形之下，自己的能干愈易显出。人听到"诙谐"也发笑，这中间的"巧慧"就在使自己的心理见出旁人的荒谬。这里笑的情感也是由于突然想起自己的优胜。若不然，借旁人的弱点或荒谬来抬高自己的身价，究竟是怎么一回事呢？如果我们自己或是休戚相关的朋友成为笑柄，我们决不发笑。所以我可以断定说：笑的情感

只是在见到旁人的弱点或是自己过去的弱点时，突然念到自己某优点所引起的"突然的荣耀"感觉（sudden glory）。人们偶然想到自己过去的蠢事也常发笑，只要他们现在不觉到羞耻。人们都不欢喜受人嘲笑，因为受嘲笑就是受轻视。①

霍布斯在这里提出的"荣耀说"是把"优越感"作为喜剧笑的唯一根源，其弊在以偏概全，我们前面已经做过评述，这里不再赘言。但此说之所以在后世赢得颇多附和者，是因为它揭示了笑的心理中一个极为重要的构成因素。的确，优越感是人类获得快乐的一个较为普遍的原因。罗宾·乔治·科林伍德就曾说："希望别人特别是那些胜过我们的人会倒霉这种幸灾乐祸的心理，是人们获得乐趣的一个永恒的源泉。"② 著名的行为学家洛伦兹认为，人类存在着类似动物的攻击冲动，这是使种族得以维持的原始的护种本能。在优胜劣汰的社会里，在人的天性中，有一种要求凌驾于群体其他成员之上的占有欲，由于它经常受到环境的制约而得不到满足，于是便转而成为本能中的嫉忌感。嫉忌感的本质就是希冀取别人的地位而代之，或者是尽量贬低别人而抬高自己，希望看到对手的失败或难堪，并以此来显出自己的优胜。这在儿童或野蛮人之中是普遍存在的。例如儿童总是喜欢看到一只蜻蜓在别针上挣扎，野蛮人则对他所战胜的敌人幸灾乐祸，毫不怜悯，甚至围在他的身边跳起舞来。一旦这些欲望无论通过什么方式得到些许的满足，主体就会产生优越感，并且不自觉地感到快活。当然，由于这种优越感源自人性本能中的野蛮天性，当人们在感到快活而笑时，他不一定承认或者不一定意识到自身存在着优越感。优越感是一种原始的情绪。在艺术作品中，无论是作者还是欣赏者，都可以通过许多不同的形态方式来发泄这种优越感。面对艺术作品的虚拟世界，他们就可以像淘气的小孩或野蛮的原始人一样，在失败者的身上体验胜利的情感。在《威尼斯商人》中，本来出自折磨和污辱的动机现在被蒙上了一层伪公正的面纱，似乎夏洛克是罪有应得的，于是人们就可以在笑声中尽情地满足这些原始的强烈情绪。

---

① 转引自朱光潜《朱光潜美学文集》第一卷，上海文艺出版社 1982 年版，第 265 页。
② 罗宾·乔治·科林伍德：《艺术原理》，王至元等译，中国社会科学出版社 1985 年版，第 89 页。

恰如李斯托威尔所说的，"喜剧性在本质上是唯一真正的人类的玩笑，是笑在长期进化过程中最后的一个阶段，是与野蛮人或儿童的笑或微笑相对照的文明人的笑或微笑"①，因此，与原始情绪相联系的优越感并不能单凭本身就可以转变为喜剧性的笑。其实，人类社会发展到今天，尽管从人种学的角度说来，在人的天性中还残存着这些恶意性质的优越感，但更多的是对自身肯定的优越感。只有这种优越感才真正是审美的喜剧感。

原始社会的人或者是无知的儿童之所以只能有幸灾乐祸的优越感，是因为他们还远未发展出在实际上战胜对象的实践能力，他们只能以歪曲的形式来满足其把握对象世界的欲望。众所周知，幸灾乐祸的恶意是与嫉忌心联系在一起的，没有战胜自然能力的人对对象只能起嫉忌之心，由嫉忌而恶意，由恶意而幸灾乐祸，这正是原始的优越感的发生之途。而在现代，优越感的指向更多的不是别人而是自己，即优越感由作为恶意而对别人的失败幸灾乐祸的成分转变为对自己战胜了旧我的喜悦心情。作为美感的优越感主要的就是后者。因为在审美中，主体已经成为对象世界的主宰，在现实的矛盾面前，他见到的是一个秩序井然的世界，一切都将循着必然的规律而运行，喜剧性对象也不例外，它们的必然结局早已掌握在主体的心中。当审美主体见到喜剧对象的可笑性结局时，他在意识中增加的是对自己的力量的肯定。一切恶的、丑的现象都必然要被战胜，它们是不屑一顾的。当这些丑恶滑稽的现象作为喜剧对象出现于欣赏主体的观照之中时，他们一方面是作为恶的化身，另一方面更是沉积着善对他们的战胜的力量，或者说，是审美主体本质力量的形象体现。所以，审美主体在这时候产生的优越感不仅是对对象的否定，更重要的是对自身的肯定。在对象的直观形式中肯定自身的本质力量，这恰好是审美关系的标志，所以，我们把这种优越感归之于审美的喜剧感。

第二节　纯粹的生命感

弗洛伊德心理分析学派在解释审美愉快的机制时，曾经根据生物还原原则提出一种带有物理学色彩的"自动平衡论"。按照这种理论，生命活

---

① 李斯托威尔：《近代美学史评述》，蒋孔阳译，上海文艺出版社1980年版，第226页。

动有一种本能的趋向，它的内部活动和外部活动之间以及各种内部活动之间都必须保持平衡。平衡的水平是心理活动之快与不快的决定因素。人的心理活动总是处于平衡与不平衡的统一运动中。因为人有很多本能需要，这些需要便构成生理-心理活动的驱力，当驱力没有实现于行动之前，就蕴蓄成心理能。这种心理能必须经过与外部进行交换活动以发散出去，否则，它就会引起心理的紧张与兴奋，从而造成机体的失衡，也就造成心理的不快感。当机体处于失衡状态时，即当心理能量蓄存起来得不到发散时，生命的需要就迫使机体寻找消除紧张力的途径。一旦紧张力得到消除，机体就会恢复平衡，并体验到愉快和满足。从本书所持的观点看来，把生理-心理的快乐机制放在紧张—松弛的统一运动中，这正是当代情绪心理学已经证明的命题，有着坚实的生理实验基础。笑是生命力满足的体现。但是，弗洛伊德派的观点仅仅揭示了生命力奥秘的一半，因为弗洛伊德只强调平衡状态的生命意义，而忽略了失衡状态也同样是生命力的需要。

生命在于运动。生命力的旺盛渴求着平衡与失衡的交替运动，需要紧张与松弛的共同调剂。所以，不仅平衡状态是生命运动的形式，非平衡状态也是一种生命运动的形式。没有失衡，就无所谓恢复平衡。生命力的旺盛只存在于失衡与平衡这两种形式的协调运动中。正是在这一意义上，苏珊·朗格的观点才显出其合理性：喜剧感是一种强烈而纯粹的生命感，喜剧表现的是自我保护的生命力节奏。引人发笑的喜剧情境必定充满了紧张的冲突而又必然导致松弛的生活事件。按照格式塔心理学的同构原则，当外部事物呈现的力的样式与生命力的样式同构时，我们便能感觉到它具有了生命力。所以，喜剧情境引起的情感反应——喜剧感也就是紧张感与松弛感的组合。就生命形式的基本特征而言，喜剧的节奏就是生命的节奏。喜剧感的组合方式恰好反映了生命存在的方式。生命形式的重要特征正在于其不断的运动，一个生命的形式也是一种运动的形式，只有在不断的运动中，通过不断地进行消耗和不断地补充营养的过程，生命才能存在。"在每一个有机体内，事实上都在进行着两种活动，一种是生长活动，另一种是消亡活动，而这两种活动又大都是同时进行的。"[①] 生命运动不仅渴求生长，也不惧怕消亡。正因为如此，美国人本主义心理学家沃克才

---

① 苏珊·朗格：《艺术问题》，滕守尧等译，中国社会科学出版社1983年版，第46页。

认为:

> 死亡与其说是毁灭生命,不如说是给生命带来了意义。假如生命是无限的,人就会把一切事情都往以后推延。我们也就不需要去活动、去工作、去创造。生命必然完结这一事,实具有重大的意义,因此,死亡也就是生命的一部分。①

既然死亡对生命都有意义,那么,冒险、失败、紧张、恐惧、激动、狂喜等对生命的意义也就不言而喻了。凡此种种活动,都显示了生命力的旺盛。正如托马斯所说:"我们倒是更喜欢那些痛苦的、可怕的和危险的事物,因为它们能给我们更强烈的刺激,更能使我们感到情绪的激动,使我们感到生命。"② 因此,生命要依靠与世界的冲突才能维持自身的有机统一,这种冲突对于渴求运动的生命力而言,无疑是一种充满快乐的体验。"世界充满希望和诱惑,也充满危险和抗争。喜剧情感是一种强烈的生命感,它向智慧和意志提出挑战,而且加入了机运的伟大游戏,它真正的对手就是世界。"③ 尽管在这个抗争中要遭遇无穷无尽的幸运与厄运,要面对种种胜利与失败,它也只是给人们带来欢娱,因为这种失败与厄运不是人类永久的悲剧的失败,不是毁灭,而是欢闹的结束。就是在这个抗争中,人类不仅保持了那种极其旺盛的生命力的连续动态平衡,还体验到喜剧性的情感——纯粹而强烈的生命感。世界喜剧大师卓别林说过,喜剧"提高我们的生存感,保证我们的心智健全。由于有了幽默,使我们不至于被生活的邪恶所吞没,它激发起我们一个完善的感觉"④。这种"完善的感觉"就是来源于喜剧形象直观地证明了主体的本质力量。

由此可见,喜剧情境给予人们的不仅是一种视觉、听觉上的刺激,还具有显示生命活力的功能。喜剧情境是一种与我们的生命力同构的形式,也就是能够将人的内在生命感系统地呈现出来以供我们认知和鉴赏的形

---

① 沃克:《存在的焦虑与创造性的生活》,见马斯洛等《人的潜能和价值》,华夏出版社1987年版,第406页。
② 转引自朱光潜《悲剧心理学》,张隆溪译,人民文学出版社1983年版,第196~197页。
③ 苏珊·朗格:《情感与形式》,刘大基等译,中国社会科学出版社1986年版,第404页。
④ 转引自齐斯《马克思主义美学基础》,彭吉象译,中国文联出版公司1985年版,第276页。

式。喜剧情境赋予我们的生命感，使之客体化。它把生活的运动和节奏呈现于我们的感觉，从而加强了我们的生命感。喜剧情境所造成的紧张使生命力形成一个爆发点，这才促使我们发笑。所以，在喜剧发展史上，喜剧人物（主要是小丑）总是具有永恒的自信和生机勃发的生命力，他们是生命力的化身，是不可战胜的。他们不屈不挠地为自己开辟了生存之路，历尽艰辛和坎坷，陷入一个又一个困境，又一次一次地摆脱困境，他们永远与一个出其不意地发展着的世界竞争着，遭受挫折却兴致勃勃。因此，小丑往往在古代宗教仪式中充当人类与世界进行斗争的代表，是生命、意志与智慧的化身。正因为这样，小丑才取得如此显赫的地位，以至于在严肃的宗教活动中也能容许小丑的滑稽动作和鲁莽行为。

通过上面的分析，我们已经知道，所谓纯粹的生命感，即人们通过对喜剧运动节奏的感知，以情感唤起的形式点燃了他的生命力之光，他在喜剧节奏中体验到生命力的旺盛之所在，体验到自身社会实践力量的伟大。马克思说："我在我的生产中物化了我的个性和我的个性的特点，因此，我既在活动时享受了个人的生命表现，又在产品的直观中认识到我的个性是物质的，可以直观地感知的因而是毫无疑问的权力而感到个人的乐趣。"① 因此，喜剧笑其实是一种生命的自我发现的快感，是对现实世界的超越。

第三节 清醒的理智感

所谓理智感，就是与一个人对客观现实的探究以及对某种信念的辩护相联系着的各种情感。产生理智感的心理机制是机体本身的探究本能。巴甫洛夫认为：

> 有一种尚未充分加以估计的反射，可以称之为探究反射，或者像我所给它取的名称"是什么？"反射，这也是基本的反射之一。我们和动物当周围环境发生轻微的变动时，就把有关的感受器指向这种改动的动因。这种反射的生物学意义是巨大的。假使动物没有这种反

---

① 转引自中共中央马克思恩格斯列宁斯大林著作编译局《马克思恩格斯全集》第 42 卷，人民出版社 1979 年版，第 37 页。

应，那么可以说，它的每分钟的生命都是千钧一发的。我们的这种反射特别发达，最后表现为求知欲的形式，求知欲创造着提供和预示我们以在周围世界中的最高的、无限的定向作用的科学。①

由于探究本能的策动，机体中便产生了认知现实世界、把握事物真理的需要，这种需要对机体心理形成行为的驱力。所以，对真理的把握与食物的获得一样，都能由于满足了人类的某些本能需要而解除机体本身的紧张感，使之在松弛的同时体验到满足的愉快，成为产生笑的一种可能性。

理智感的产生依赖于探究本能的策动和满足，而探究本能的激励则依赖于3个方面的契机，即惊奇、怀疑及确信：惊奇是对新异事物所具有的不可思议的性质的反应；怀疑是由于外部世界所给予的刺激与机体原已形成的暂时神经联系系统不相协调的结果；确信是由于对象给出的刺激足以加强和发展机体原已形成的暂时神经联系系统，使机体为辩护和发展自己的信仰而进行新的探究。上述3个契机的出现都与人的思维活动密切联系着，否则，它们只能达到探究的生物学水平，而无法达到社会人的理智感的程度。

在喜剧欣赏中，作为审美情感的喜剧笑包含有丰富的理智认知成分，理智感是喜剧感的重要构成因素。与悲剧比起来，喜剧情境更易于激起人们的理智感。因为在悲剧情境中，悲剧主体的命运与欣赏主体是息息相关的，无论是高贵者还是卑贱者，都能够在悲剧人物身上发现某种自身存在的弱点，在悲剧情境中隐约窥见自身周遭的相似性。他不可能不把这种对命运的恐惧引及自身，他不可能不设身处地地在想象中把自己与悲剧人物等同起来。所以，在悲剧欣赏中，笼罩欣赏主体心理的是单一的直观景象，他"迷失在对象之中，即忘记自己的个性意志，而仅仅作为纯粹的主体（作为客体的镜子）继续存在"②。

喜剧欣赏则不同。喜剧欣赏缺乏实际经验的刺激性，主体不会把自身深深地钻入到情境中去，他不会被情境所摆布而失去自制，感情的激动让位于心智的思考。他把自己与客体清楚地区别开来，在为情境掀起种种感

---

① 转引自杨清《心理学概论》，吉林人民出版社1981年版，第461页。

② 叔本华：《作为意志和表象的世界》，石冲白译，商务印书馆1982年版，第250页。译文有改动。

情波澜的同时仍保持清醒的智性思维，情感中伴随着得失利害的算计，掺杂着目的和手段的探究，等等。所以，主体始终能以一种超凡脱俗的超然态度来把喜剧情境当作一件艺术品看待。如果是在喜剧艺术的演出中，则欣赏者的这种距离感便更为分明。穆勒·弗莱因费尔斯的一段话可为佐证：

> 我坐在台前就像是坐在一幅画前。我一直都清楚这并不是真的。我一刻也没有忘记，我是坐在靠近乐队的前排座位上。我当然也感觉到了剧中人的悲欢，但这不过为我自己的审美感情提供素材而已。我所感到的不是表演出来的那些感情，而是在那之外。我的判断力一直是处于清晰而且活跃的状态。我一直意识到自己的感情。我从未失去自制，而一旦发生这种情形，我就觉得很不愉快。①

当然，他这段话本来是描述"旁观型"审美者的，但我认为这更适合所有的喜剧欣赏者。尽管从总的方面说来，审美的人有"旁观型"与"参与型"之分，但在不同的具体审美情境中，人们的审美差异会显示出共同的方向差异性，即在悲剧欣赏中，普遍倾向于"参与"，在喜剧欣赏中，一般都保持"旁观"。这正如柏格森所说："如果我们不能像从包厢上看戏那样来旁观现实生活中人物的活动，他们就不会引我们发笑。他们之所以在我们心目中成为滑稽，仅仅是因为他们为我们演了喜剧。"② 当然，柏格森也注意到喜剧与现实生活的紧密关系，所谓看戏的观点仅仅是从产生笑的机制来看的，而当考察到笑的作用时，柏格森也同样见出笑的巨大社会意义。

喜剧欣赏之所以能使有不同倾向的审美者普遍保持"旁观"，是因为喜剧情境本身最易于激励人们的探究本能并唤起其理智感。喜剧情境以诡异莫测、变化多端、荒谬背理、乖讹怪诞为最大特点。没有惊奇，没有怀疑，就没有喜剧，没有笑。任何发笑者在笑之前，都必定要对当前情境的新异性打一个"为什么"，他急切地想要知道结局，不到真相大白不会感到释然。这是一切喜剧的必然规律。古今中外，概莫能外。这就为激起主

---

① 转引自朱光潜《悲剧心理学》，张隆溪译，人民文学出版社1983年版，第64页。
② 柏格森：《笑》，徐继曾译，中国戏剧出版社1980年版，第83页。

体的心理探究提供了契机，使主体心理始终处于理智思考中。作为喜剧效果的笑，不外是对主体判断力的一种嘲弄或者确证。

以莎士比亚为例。《威尼斯商人》是最为成功的、最为典型的莎式喜剧。当夏洛克在法庭上坚持照约行事，强要割下安东尼奥身上一磅肉时，我们感到的是愤怒，同时也为安东尼奥担心，更对女扮男装的假法官鲍西娅的才能感到怀疑。她能否以其智慧战胜夏洛克？这一悬念迫使我们追着情节往下看。当看到鲍西娅答应夏洛克执行契约，把安东尼奥身上的一磅肉割给夏洛克时，我们更是感到震惊。鲍西娅的判决与我们的预料大相径庭，也与其自身的一贯行为极不协调。所以，我们内心充满了怀疑：这到底是怎么一回事？正是因为这种怀疑紧紧地攫住我们的心，在我们的探究本能上火上浇油。鲍西娅在后来做出判决："不准流一滴血，也不准割得超过或是不足一磅的重量。"这才使我们在叫好之余，内心也为这奇巧莫测的结局感到万分惊讶。太令人惊心动魄了！眼看就要发生的一场灾祸竟为这小小的一技所化解。真是百分之百的不可思议。鲍西娅的行为首先是对我们的判断力的嘲弄，处处都使预料者大跌眼镜。在这整个情节的发展过程中，目不暇接的惊讶令任何一个欣赏者都无法卷入到情境中去。我们既不能以鲍西娅自居，也不可能与夏洛克同感受，总之，我们与喜剧人物无法产生审美的移情。在惊奇、怀疑之中，我们只是在一旁静观、思考，而最后的结局则是对我们的思考力的犒赏。

再以一个简短的中国古代的笑话作为旁证：

> 有个老汉到县衙报荒。
> 县官问道："今年麦子收成怎样？"
> 老汉说："收了三成。"
> 县官问道："棉花收成怎样？"
> 老汉说："收了二成。"
> 县官问道："稻子收成怎样？"
> 老汉说："收了二成。"
> 县官听了大怒道："收了七成，还来报荒，分明是谎报！"
> 老汉想了想说："老爷息怒，小人活了一百多岁，实在没有见过这么大的灾情。"
> 县官看他长得不像过百岁的样子，便问他到底多大岁数。

老汉说:"我今年七十岁,大儿子四十岁,小儿子三十岁,合在一起,不是一百多岁吗?"①

听到最后,谁都忍不住要笑出声来,因为它以机巧的方式证实了我们原来的道德判断:卑贱者最聪明,高贵者最愚蠢。当然,这一判断的唤起是笑话本身的结构造成的。当听到糊涂县官的糊涂账时,我们既为有如此愚笨、如此霸道的县官而感到惊讶,也为老汉的命运担忧,对他能否驳倒县官而感到怀疑,只有到最后,我们才释掉心头的紧张而倍觉轻松。这里的笑其实是一种从事物中发现意想不到的联系的智力乐趣。它的实质在于通过理解力发现了看似和谐的东西之中的不和谐,或者说,是在极不和谐的东西中找到了和谐。总之,这里的笑根源于对不和谐的体认,其情感机制主要是理智感。

第四节 强烈的道德感

如果说,悲剧主要诉诸欣赏者的情感,则喜剧必然激起反应者强烈的理性认识,但我们上面所述的理智感并不完全等同于理性认识。理智感的产生只是由于对象所给出的刺激与反应者原有的思想定势不相吻合时主体所感到的一种强烈需要做出调整的主观体验。由喜剧引起的知性认识主要与唤醒主体的道德感有关。果戈理就曾经这样说到喜剧的意义:"难道这集一切违法乱纪、丑行秽迹之大成,还不足以发人深省法律、义务、正义要求我们的是什么吗?"② 这里说的正是喜剧所具有的唤起道德感的强大动力。

道德感是人的道德需要是否得到实现所引起的内心体验,是人们在心理上对自己或他人的某种道德行为所产生的喜欢或憎恨、满意或嫌恶、光荣或羞愧等情绪体验。人具有形形色色的需要,道德需要是在原初性的生物学需要的基础上,在社会实践中发展起来的社会性需要,是在社会群体行为标准的制约下逐渐形成的复杂的动力定型。它是人们为适应社会生活而借以作为对其行为加以适当调整的促动力。凡是能满足这种需要、足以

---

① 独逸窝退士《笑笑录》。
② 果戈理:《剧场门口》,载《春风文艺丛刊》1979年第3期,第6页。

维持或加强这种动力定型的行为表现，就会在主体心理引起肯定性的情感体验，反之则是否定性的情感体验。这就是道德感唤起的生理-心理机制。

在面对喜剧情境时，每个人都带着自己原有的经验图式，其中就储存着确定的道德需要、道德观念。在接受到来自喜剧情境的信息时，他就把内在经验中的图式与外来的刺激进行比较、检验，也就是进行认知加工。一般说来，喜剧人物（主要是指讽刺喜剧中的喜剧人物）的乖讹背理是与认识主体的内在道德模式不相吻合的。这些喜剧人物都是一些社会适应不良之徒，他们之所以成为笑柄，就在于其与社会常理不适应的言行。所以，认识主体一旦以体现社会行为准则的道德观念来加以规范，就会发现这些喜剧人物的反道德的品性，并同时体验到嫌恶甚至憎恨等道德情绪。

当然，也有一些认识主体本身便具有与社会的行为标准不适应的倾向，他们的道德观念本身便与社会的行为标准相冲突。这样，在面对经过艺术家加工塑造的喜剧人物时，他便时时隐约从中看到自己的影子。从这一角度说，外来的刺激倒是与接受者的内在图式相吻合。但是，喜剧艺术的力量不是体现在客体上，不是体现在喜剧人物身上，而是体现在受到艺术家暗中指引的发笑者的身上。既然喜剧人物是艺术家嘲弄的对象，那么与喜剧人物相契合的这位接受者当然也会感受到艺术家及其他欣赏者对其自身的嘲弄态度，于是，他就体验到本身道德准则与当前刺激相冲突的矛盾，引起羞愧的道德情感。

车尔尼雪夫斯基说："那些理解所有崇高、高贵以及合乎道德的事物底全部伟大和全部价值的人，对幽默都怀有好感。"[1] 如果把这里的幽默感扩大为喜剧感，这句话也是有道理的，因为人的美感（喜剧感）是与道德感相通相融的。作为喜剧美感一个构成因素的道德感不仅不与喜剧感相冲突，还在喜剧感的诸成分中具有决定性的影响。因为审美态度总是受到世界观的影响，而道德情感在世界观中的地位远胜于审美情感。所以，道德感在人的整个审美心理结构中具有定向作用，它决定着欣赏者对外来审美刺激的好恶拒纳。在喜剧欣赏中，道德感的这个作用不但没有减弱，反而得到加强。原因已如上述，喜剧情境更多的是诉诸接受者的认知能力。

---

[1] 车尔尼雪夫斯基：《车尔尼雪夫斯基论文学》中卷，辛未艾译，上海译文出版社1979年版，第94页。

第五节　包容万方的旷达心理

前面已经说到，喜剧欣赏也有与欣赏者的内在图式相冲突的时候，欣赏者本身也可能成为笑的对象，这对于欣赏者的接受机制而言，当然不是一种顺受的积极反应。所以，在某些情况下，这种审美的笑不仅不能对欣赏者产生积极的改造作用，反而会引起其内心世界的反感。《阿Q正传》刚问世时在社会上引起的一片人人自危的恐慌现象就能够很好地说明这一道理。当然，在喜剧欣赏中，鉴于喜剧本身的特点，有可能削弱甚至消除欣赏者的抗拒心理，使之在不觉间受到审美的熏浸。但是，就审美主体而言，要达到与喜剧情境的倾向相融合，非要有容纳万方的旷达心胸不可。喜剧美感中应包含旷达心理，即对自身缺陷的一种宽慰。正如车尔尼雪夫斯基所说：

> 一个爱好幽默的人既然认识自己内在的价值，他就十分深切地看到在他的处境中、在他的外表上、在他的性格里的一切渺小、无益、可笑、卑微的东西。……他就自认为道德上的伟大与道德上的渺小和弱点，自己都兼而有之，他自以为因为各种各样的缺点而变丑了。然而他却理解他的弱点的根子，也就是他的一切崇高、高贵和优美的品性的根子的所在之处，他的缺点和他的整个人格一定是联结在一起的。[①]

我们曾经说过，从审美上把握世界的先决条件是在社会实践的基础上对对象的把握。现在，我们还要强调另一个方面，即审美观照的前提还在于把握审美主体自身。如果一个人或一个社会仅仅在物质上战胜了对象世界，而缺乏对自身内在世界的把握，不是对自身特质茫然无知，就是任由人欲的横流，则这个人或这个社会就无法在与对象的关系上达到审美的高度。正是在这一意义上，我们非常赞同车尔尼雪夫斯基的观点：要能够以审美的眼光在喜剧中审视自己的可笑之处，就要在总体上理解自身的人

---

① 车尔尼雪夫斯基：《车尔尼雪夫斯基论文学》中卷，辛未艾译，上海译文出版社1979年版，第94～95页。

格,尤其是理解自身的弱点。他在嘲笑这些弱点的同时就与它们达成了暂时的和解。因为他有邪不压正的坚定信念,了然事物发展的趋势,这才有乐观、豁达、超然的态度。基于这样的眼光,他就能够在喜剧欣赏中始终保持宽厚的旷达心理,悠然看待自身的弱点,以审美的态度来对待世界及人生。

当然,这不是无原则的宽宥妥协和姑息纵容,审美上的旷达宽厚并非与实际生活上的严肃认真相对立。只有达到这两方面的完美结合,才是理想的品格,暂时的和解是为了其后永久的消除,也是为了审美角度的转换。目前不急着消除,是因为明知世事的复杂,也为了不致给心灵造成过大的压力,引起严重的失衡。理解是战胜的前提。既然已经对自身的弱点了然于心,且又从历史发展的高度把握了这些弱点的必然命运,那么,暂时的和解正是一种斗争策略的体现,是发展变化的辩证态度的体现。所以,无论从哪一角度看,喜剧欣赏都是有可能容纳旷达心理的,在一定的条件下甚至是不可或缺的。

通过上面的分析,我们已经知道,喜剧笑是诸种情感彼此融合在一起的复杂状态。

上面所列仅仅是整个喜剧美感结构中的几个片面,不可能涵盖其全部,我们还可以举出诸如同情感、戏谑心理、性欲心理等因素,这些都时常见之于日常生活和艺术欣赏的喜剧审美活动中,读者当可自行体验到。此其一。

无论上面的任何一种成分,都不可能为喜剧感所专有,在悲剧欣赏或日常生活的其他场合中也时有出现。此其二。

喜剧感的构成因素变化多端,在不同的客观与主观条件下,会有不同的组织方式,不一定所有喜剧美感中都必然包含了上面所列出的所有因素。此其三。

我们之所以要在此处选择这几种成分来进行分析,旨在证明喜剧的笑是由多种情感组合成的复杂的整体动力所促发,真正的喜剧情境在接受者心中建立起来的是一种普遍的兴奋感,它通过人的整个格式塔而作用于我们。任何一种片面的解释、单一的情感都不可能在喜剧心理学中独擅胜坛。

第五章　喜剧笑的客观情境

在论述喜剧笑的客观情境之前，很有必要在这里先做一说明，本书的主旨是要揭示喜剧欣赏的心理奥秘。从本书所持的观点看来，特定的情感对应于特定的环境刺激物。喜剧情境不外乎一种心理刺激物，它只有产生笑的审美主体心理才可能生成。所以作者无意对喜剧情境或喜剧矛盾做哲学的玄思。摆在我们面前的是作为喜剧笑的心理刺激物的喜剧客观情境。本章的任务只在于分析清楚在假定审美主体必然产生喜剧性的笑的前提下，作为外界刺激物的喜剧情境需要具备一些什么条件。或者反过来说，什么样的喜剧情境才有可能成为唤起主体喜剧情感的现实刺激物。勒温认为：

>我们的特定的心理环境不是视觉、听觉和触觉的总和，而是由物件和事情构成的。……我们习惯于把一定的情调归属于这些物件和事情，说它们是令人愉快或不愉快的、舒适或痛苦的。[①]

既然我们已知道喜剧感的心理构成，那么，我们就要继而寻找这个心理构成的客观对应物，即与这种情感相对应的客观情境有什么特质。

曾经对情绪的现象学做出最完满说明的心理学家希尔曼认为，情绪的生效原因可分为两组，一组是表象、冲突和情境，另一组是那些想象的原因，如唤醒、本能、体质、身体和能量。前者的性质属于客体方面的原因，而后者则属于具有生理基础的主体方面的情况。本章要研究的就是第一组的客观原因。希尔曼把它分为3种：表象、冲突和情境。其实，它们都是环绕并诉诸主体心理、激活情感发生的被知觉到的客观事物的呈现状况。情境本身就包含冲突，并作为认识的表象而诉诸心灵。所以，喜剧情

[①] 勒温：《意向活动的理论》，见张述祖等审校《西方心理学家文选》，人民教育出版社1983年版，第353页。

境是生理原因之外的产生笑的客观条件，它决定着喜剧感的产生、发展和变化。正如黑格尔所说："一件事物，如果不是本身之中包含着可以嘲弄和讽刺的成分，要想用外在的方式去开它的玩笑是不可能的。"① 我们现在的任务就是弄清楚喜剧情境中包含着的可以引人发笑的成分。

第一节 平行且矛盾的双重价值

自古至今，众多试图给喜剧下定义的哲学家和美学家都在"矛盾"二字上下功夫，他们把喜剧的本质归于种种矛盾之中。例如，亚里士多德认为喜剧是丑与美的矛盾，康德则认为喜剧是微不足道与崇高的矛盾，叔本华认为喜剧是荒谬与合情理的矛盾，立普斯认为喜剧是大与小的矛盾，费肖尔认为喜剧是形象与观念的矛盾，柏格森认为喜剧是死板与活泼的矛盾，车尔尼雪夫斯基认为喜剧是内在的空虚及无意义与外表的假装有内容及现实意义的矛盾。黑格尔认为，喜剧的可笑性建立在目的与手段、形式与内容、本质与现象、动机与效果等关系的自相矛盾和不协调上。总之，他们都试图把喜剧的本质定义在不是这一个就是那一个具体的矛盾上，然后再演绎生发出自己的喜剧美学体系。但是，历史的发展及人类审美的实践已经证明种种尝试都失败了。喜剧的本质并不能由任何单一的矛盾性所规定。当然，前人的探究充分地说明了一个重要的事实，即矛盾是构成喜剧性或喜剧情境的重要因素。正如没有矛盾就没有世界一样，没有矛盾当然也就没有了喜剧性。所以，在总括性地指出矛盾论的片面性的同时，我们也应该肯定其中一些理论确实揭示了喜剧情境的一个方面。黑格尔的观点就是其中最有理论价值的一种。

黑格尔是最先使用真正意义上的矛盾学说于喜剧美学的哲学家。他认为，喜剧的特征就在于其主体性所包含的内在矛盾上：

> 喜剧的一般场所就是这样一种世界：其中人物作为主体使自己成为完全的主宰，在他看来，能驾御一切本来就是他的知识和成就的基本内容，在这种世界里人物所追求的目的本身没有实质，所以遭到

---

① 黑格尔：《哲学史讲演录》第2卷，贺麟等译，商务印书馆1960年版，第77页。

毁灭。①

在黑格尔看来，喜剧性源自主体性与实体性的矛盾，在于主体性本身所追求的非实体性的本质。此外，黑格尔对可笑性的限定也是采用矛盾说的：

> 任何一个本质与现象的对比，任何一个目的因为与手段相比，如果显出矛盾或不相称，因而导致这种现象的自否定，或是使对立在实现之中落了空，这样的情况就可以成为可笑的。②

可见，矛盾在黑格尔的整个喜剧美学中具有举足轻重的地位。他的贡献就在于率先用辩证的眼光来看喜剧性，但他的缺陷也在于未能彻底贯彻辩证的全面的观点，反而片面地把所有的喜剧性都限定在"自以为是""自我确信"的主体性等几个固定不变的矛盾程式中，这就必然要把绝大多数的喜剧情境都排除在喜剧性范围之外。这无疑是不切实际的。

纵观人类的审美发展历史，作为喜剧对象的不仅是那些缺乏"自知之明"、没有实体性内容的绝对的主体性，还包括那些容纳了大量社会内容的、充满实体性的事物矛盾。其实，黑格尔在区分可笑性与喜剧性时也强调了喜剧应当有"最重要、最深刻"的内容，反对"最平庸最无聊的东西"。由此可见，喜剧性，或者说喜剧情境，其所能容纳的事物矛盾并非为任何一种片面所独专，除了黑格尔所揭示的那些本质与现象、目的与手段、动机与效果、主观与客观等矛盾外，其他一切关系的矛盾都有可能成为喜剧情境的内容。

黑格尔给予我们的启示使我们得以把喜剧性的眼光放得更开，使喜剧情境容纳更多的矛盾。从本书所持的观点看，任何一对由具有平行的双重价值所构成的矛盾都可以有喜剧性，都可以构成喜剧情境。换言之，任何一对平行且矛盾的双重价值都可以成为喜剧情境的因素。所谓平行且矛盾的双重价值，也就是我们常说的模棱两可或似是而非、似非而是。

凡是在社会实践中进入人的意识的事物都有价值。所谓价值，如苏联

---

① 黑格尔：《美学》第三卷下册，朱光潜译，商务印书馆1981年版，第290页。
② 黑格尔：《美学》第三卷下册，朱光潜译，商务印书馆1981年版，第291页。

美学家斯托洛维奇所说，就是客体与主体在相互作用过程中，客观方面向主体所呈现出来的社会意义。① 在喜剧情境中，我们所遇到的应该是喜剧人物或喜剧事件，这些人或事对我们而言，都显示出特定的社会意义。喜剧之所以成为喜剧，就在于这些人或事所呈现的社会意义，或曰价值有着与众不同的特殊之处。一般来说，我们在现实生活中遇到的事件都具有确定的意义，体现着明确的价值，非此即彼，非彼即此。但是，在喜剧情境中，我们遇到的则是一些亦此亦彼、非此非彼的现象。对于我们的理解力而言，很难在瞬息之间对客体的价值做出明确的判断。我们遇到的是一个两难的矛盾命题。心理学家杜蒙德认为：

> 可笑的情境就是我们在其中被要求同时去肯定和否定同一的命题。换言之，滑稽对象是两个命题的主体，其中之一肯定其拥有给定的属性，而另一个则是否定的。虽然这些命题都是滑稽情境所固有的，但理解力并没有把它们加以比较，起码直到笑过之后。②

杜蒙德还认为，游戏活动中的快感就是来源于通过理性活动而认识到两个命题并存的矛盾。在我们看来，杜蒙德的观点起码有两个不完备的地方：首先，他只规定了可笑情境与矛盾命题的关系，但对这些矛盾的命题未做进一步的解释；其次，这些矛盾命题如何引起笑，他的解释是"通过理性的活动"。由此可见，他把笑的心理发生机制看得太简单了。与柏格森一样，他们都是唯理派，只承认笑之中的理性认识，而排斥笑之中的情感活动。当然，不管杜蒙德的观点有多少缺点，它起码也为我们探知喜剧情境的性质提供了一条路子，他对喜剧矛盾的解释比前人的任何一种有关矛盾的学说所能提供的东西都要多。尽管其精确性不够，但他的容量已大为扩展了。现在，我们的任务则在于，站在杜蒙德理论的基础上，循着这一思路，继续精确地阐明喜剧情境中的两难矛盾命题。

首先，我们要确定这是一些什么样的两难命题。心理学家皮丁顿在批评了杜蒙德的观点后认为，喜剧情境中的"冲突总是存在于涉及情感反

---

① 参见斯托洛维奇《审美价值的本质》，凌继尧译，中国社会科学出版社1984年版，第22～29页。

② 转引自皮丁顿《笑的心理学》，潘智彪译，中山大学出版社1988年版，第114页。

应的两个命题之间，换言之，存在于两个观点之间，比如对于滑稽情境的价值的观点"①。这样，皮丁顿就不仅给杜蒙德的唯理论注进了情感的因素，还使杜蒙德的宽泛的"两难矛盾"变得更为精确了，这不是所有的包罗万象的矛盾，而是"观点之间"的矛盾，也就是对同一情境所持的不同的评价之间的矛盾，反过来说，就是喜剧情境在心理主体那里呈现出来的两种价值之间的矛盾。让·诺安在《笑的历史》中记述的一个事例可以说明我们的这一观点：

> 国王"谦虚的查理"接见著名的海盗头子罗龙，准备赐给他诺曼底的公爵领地。接见之前，有人告诉罗龙，按照习惯必须亲吻国王的足尖。罗龙气愤地说："我绝不！"但是法兰克人坚持这一点：为了诺曼底的领地，当然值得亲吻足尖！最后，作为妥协，罗龙答应由他手下的一名武士替他去完成这个倒霉的吻。不幸的是，这位心怀不满的武士不大了解仪式中的礼节。他走上前去，一把抓过国王的脚，没有弯下腰去吻，而是猛地把国王的脚抬起来送到嘴边，国王大吃了一惊，身体失去了平衡，一跤向后倒去，引起了在场者一阵哄堂大笑。②

这一情境在观赏者的心中明显地引起两种对立的价值观念，并主要是体现在对国王的态度上。首先是对国王威严的敬畏。作为国王，他享有被人亲吻脚尖的权力，而且这已经为社会的习俗惯例所认可。所以，当武士走上前去接过国王的脚尖亲吻的时候，旁观者在心中首先产生的是对国王权威的敬畏，认为武士亲吻国王脚尖的行为是天经地义的事情。但是，与这一观念并存的另一种对立的观念，即国王的向后倒去，恰像是与武士在合作演一出滑稽戏，这样，国王就成了滑稽戏中的小丑角色，当然令人哄堂大笑了。简而述之，这一情境中出现了两种冲突的社会价值：
①国王的一切行为都是威严、神圣的；
②国王跌跤是小丑的行为。
其时其地，两种价值都适宜于这一情境，都是该情境所含有的必然价

---

① 皮丁顿：《笑的心理学》，潘智彪译，中山大学出版社1988年版，第50页。
② 让·诺安：《笑的历史》，果永毅等译，生活·读书·新知三联书店1986年版，第150页。

值，但它们却是相互冲突的。正是这种相互冲突的价值，才使该情境成为喜剧性的情境。这种冲突强加于观赏者的心理就会引起滑稽感，引起笑。

马克思、恩格斯在《共产党宣言》中曾经批判、揭露过封建贵族的滑稽行为：

> 这班贵族为了笼络民众，往往把无产阶级的乞食袋当作旗帜来挥舞。但是民众每次跟着他们走时，发现他们臀部盖着老旧的封建印章，就哗然不恭哈哈大笑地散去了。法国合法王朝党中的一部分以及"少年英国"社便排演过这种滑稽剧。

封建贵族的行为之所以可笑，在于这一行为使民众在两个参照系上看出了双重的价值：

①这班贵族打着无产阶级的旗帜，是民众的代表；
②他们的臀部盖着旧印章，是封建的势力。

由于这两个价值是截然矛盾的，一旦同时并现于民众的眼前，自然引起哗然大笑。

生活中这样，喜剧艺术中更是如此。

我们先以契诃夫的独幕喜剧《求婚》为例，看看喜剧作家是如何运用情境中的两种冲突价值来构造喜剧性的。

《求婚》写的是发生于19世纪末期的俄国地主洛莫夫和地主女儿娜妲丽亚之间的一出求婚丑剧。洛莫夫一本正经、郑重其事地怀着诚挚的心情来到丘布珂夫家，向他女儿娜妲丽亚求婚。丘布珂夫对这件婚事感到非常高兴，作为老姑娘的娜妲丽亚打心眼里也并不讨厌洛莫夫的求婚。但当洛莫夫来到她的面前并大谈其两家的友谊时，他们两人却因为地产的所有权和狗的优劣而发生争执。丘布珂夫作为地主，也本性难移，把应允的婚事搁置一旁，也来参加争吵，并把洛莫夫赶出门外。

在这一出丑剧中，三位当事人都遇到了相互冲突的两个价值。一方面，他们作为求婚者和应婚者，都在内心里希望婚事成功；另一方面，他们又都是地主，都要为各自的地产权力、为维护自己的虚荣心而争执不休、相持不下。作为统一的性格，他们都具备这两个冲突的方面，所以，他们的行为和性格都充满了喜剧性，由此而构成的情境就成为喜剧情境。

不独外国喜剧如此，中国喜剧也是把其喜剧性情境建构在这种冲突的价值之上，如康进之的《李逵负荆》。当写到李逵因对宋江的误会而抢斧砍旗时，作者极力渲染李逵的在理不让人，他自以为真理在握，便去聚义堂上咆哮如雷、大吵大闹。其实，作者在构建这一情境时是把其喜剧性安放在观众已经明了这个误会的内里这一基础上的。这样，喜剧性就在于这两个冲突的价值之上：

①李逵是条凶汉，闹起来煞是吓人；
②李逵是鲁莽之徒，只会无理取闹，不会得逞。

正是由于这两个冲突的价值同时强加于观众的心理，才使观众对李逵的鲁莽忍俊不禁。李逵越是闹得凶，越是煞有介事，要找宋江问罪，就越显出他的取闹无理，观众就越笑得欢。

从上可见，凡是有喜剧性的地方，一般都可以找到其中蕴含的两种冲突的社会价值，喜剧性就建立在这两个价值的冲突之上。简而言之，当某一情境有两个相反的方面而它们又分别体现出两种冲突的社会价值时，则这一情境就是喜剧性的。如果用 S 代表某一情境，X 与 Y 分别代表这一情境的两个方面，E^1 和 E^2 是两种冲突的社会价值，则喜剧情境的公式的表述可列示于下：

S 既有 X 的一面也有 Y 的一面；
X 具有社会价值 E^1；
Y 具有社会价值 E^2；
S 既有价值 E^1，也有价值 E^2，而 E^1 与 E^2 是不相容的。①

这样，情境 S 就是喜剧性的。

匈牙利学者凯斯特勒对喜剧情境的这一特质也有类似的看法：

正是这两套互相排斥的行为准则——或两种互相联系的情境——突然冲突，才产生了喜剧性的效果，它迫使听者同时从两个各自合理却互不相容的参照系去领悟境遇，使听者不得不同时在两个不同的波长上进行思维。在这个不寻常的过程中，那偶然事件不仅像往常一样

---

① 皮丁顿：《笑的心理学》，潘智彪译，中山大学出版社 1988 年版，第 55 页。

与一个参照系发生联系,而且与另一个参照系发生第二重关系。①

凯斯特勒认为喜剧欣赏时的思维特点就在于这种"双重关系"上:

> 创作一个奥妙的笑话和领悟这个笑话的再创作活动都包含着从一个平面或有关情境中突然跃向另一个平面的那种令人惊喜交加的精神震动。②

喜剧性的这种矛盾迫使欣赏者"要在两个各自合理却又风马牛不相及的参照系(或有关的场合)中去领悟情境"。所以,这种矛盾不仅使情境成为喜剧性,还构成了欣赏者的理性结构。当我们从似乎相宜的情况下看出了实际上的不相宜,或者从似乎不相宜的情况下看出了实际上的相宜,就会获得一种喜剧的感受。

现在,我们再从价值冲突的角度反过来看前人所提出的诸种学说。具体地说,这两个冲突的价值有时候是由于误会所致,如《李逵负荆》;有时候是由本质与现象的矛盾所造成,如国王跌跤;有时候则是由于动机与效果的不一致所使然,如《求婚》中的三位当事人。诸如此类。前人已经分别列出了种种造成冲突的价值矛盾,只不过他们各自执其一端,不及其余。其实,这里所提出的双重价值说只不过是对前人诸种理论的一种糅合,旨在舍弃其片面性而已。

第二节 突然的反转与骤降

平行且矛盾的双重价值只揭示了喜剧情境的一个构成方面,它虽是喜剧情境的必要因素,但不是充分因素,即这种双重价值还不足以使情境必然具有喜剧性。

19世纪丹麦存在主义者索伦·克尔凯郭尔说:"哪儿有生活,那儿就有矛盾;哪儿有矛盾,那儿就有喜剧性的事物。悲剧是痛苦的矛盾,喜剧是无痛苦的矛盾。"尽管他对喜剧的定义有同义反复之嫌,但他毕竟见出

---

① 转引自陈孝英等编《幽默理论在当代世界》,新疆人民出版社1987年版,第160页。
② 转引自陈孝英等编《幽默理论在当代世界》,新疆人民出版社1987年版,第160页。

了喜剧性是一种特殊的矛盾。无痛苦是这种矛盾的特性之一。此外，喜剧性矛盾还应有什么特性呢？

根据我们对笑的情感特点的分析，没有片刻的紧张与突然的松弛，就没有所谓的笑。所以，从客观情境的角度看，就要有能引起紧张与松弛的必然情势。这就是构成喜剧情境的另一重要因素：突然的反转与骤降。从心理反应的角度看，平行且矛盾的双重价值同时强加于接受者的心理，这就是产生心理紧张的源泉，而突然的反转与骤降则是产生松弛的契机。

在喜剧情境中，突然的反转和骤降主要有如下几种主要表现形式：

（1）期待的取消。

当喜剧矛盾正在激烈演进时，由于矛盾双方彼此消长的趋势尚未明朗化，接受者处于一种焦灼期待的心理过程中，他急欲知道矛盾斗争的结局。从心理学角度看，处于期待状态，也就是处于紧张的心理状态，它形成一种势能、一种张力，其本身难以维持长久的局面，需要找到一种能导泄紧张、得到解脱的缓和之途。如果在限定的时间内尚未出现消除紧张的契机，则大脑紧张区域就会出现负抑制。这样，即使是其后一段的情境演变再理想，也无法使人发笑了。我们在上面已经介绍过，笑的产生是在大脑适度紧张之后突然松弛时产生的一种情绪体验，超过或未达到这种"适度"的紧张都不足以启动笑的机制。所以，在喜剧矛盾出现后，经过一段时间的演进，当接受者心理状态已进入紧张氛围时，再进一步的情境态势就是紧张的消解。

紧张的出现是由于对矛盾冲突的结局的期待，只有当期待满足或取消时，紧张才会消退。在一般的情况下，使紧张消除的最好途径便是期待的满足。只有饱餐一顿之后，饥饿引起的生命力紧张才会消除。不到结婚之日，恋人的热切期待不会消歇。但是，由于喜剧情境的前提是审美关系的确立，是"诸表象的单纯游戏"，所以，在这种前提下产生的期待没有实质性内容，即不是生命力意义上的需要的出现。佛洛伊格尔说得有理："纯粹精神上的乖谬，不经过实体化，就是喜剧性的。"[①] 其合理性在于，不经实体化，就是不在实践意义上造成错误，不招致实际的利害损失。所以，喜剧情境的发展不是以满足来达到紧张的解除的。相反，喜剧给予的

---

① 转引自让·波尔《美学入门》，见古典文艺理论译丛编辑委员会《古典文艺理论译丛》第七册，人民文学出版社1964年版，第21页。

是期待的落空或期待的取消。

在喜剧研究中首先提出"期待消失说"的是康德,他的立论是从哲学和心理学角度出发的。康德认为:"笑是一种从紧张的期待突然转化为虚无的感情。"① 他举了一个很好的例子来说明这一原理:

> 一个印地安人在苏拉泰(印度地名)一个英国人的筵席上看见一个坛子打开时,啤酒化为泡沫喷出,大声惊呼不已,待英人问他有何可惊之事时,他指着酒坛说:我并不是惊讶那些泡沫怎样出来的,而是它们怎样搞进去的。我们听了就会大笑,而且使我们真正开心。并不是认为我们自己比这个无知的人更聪明些,也不是因为在这里面悟性让我们觉察着令人满意的东西,而是由于我们的紧张的期待突然消灭于虚无。②

康德在这里说得很明白,他一方面不同意霍布斯的"优越"说,另一方面也不同意唯理派的观点。喜剧性的笑不在于突然的顿悟,相反,倒是原来的期待走向消失。我们在发笑的瞬间,隐约地感觉到观念已经无足轻重地上当受骗了。发笑是期待落空后对原来的"错误的把握"进行再调整。那么,这种"受骗"是如何引起主体的快感呢?康德从心理学的角度进行了解释:

> 可注意的是:在一切这些场合里那谐谑常须内里含有某些东西能够在一刹那里眩惑着人;因此,如果那假相化为虚无,心意再度回顾,以便再一次把它试一试,并且这样的通过急速继起的紧张和弛缓置于来回动荡的状态:这动荡,好像弦的引张,反跳急激地实现着,必然产生一种心意的振动,并且惹起一与它谐和着的内在的肉体的运动,这运动不受意志控制地向前继续着,和疲乏,同时却也有一种精神的兴奋(适于健康运动的效果)。③

---

① 康德:《判断力批判》上卷,宗白华译,商务印书馆1964年版,第180页。
② 康德:《判断力批判》上卷,宗白华译,商务印书馆1964年版,第180页。
③ 康德:《判断力批判》上卷,宗白华译,商务印书馆1964年版,第181页。

也许，在康德这段话中，最有启发的就是后面一句，即从生命力运动的角度说明了笑的游戏的意义，这正暗合了本书所持的观点：笑是生命力充盈的表现，笑的情感是生命感的流露。就在期待（紧张）—落空（松弛）这样的运动模式中，主体获得了"生活诸力的平衡"，感受到自身生命力的旺盛，引发出精神的兴奋，进而产生笑。

当然，或许有人会反问：如果这落空的期待走向事物发展的反面，人们还会发笑吗？例如，相声《夜行记》中，甲不守秩序排队候车，向站在前头的人说：

甲：……刚才我是追鞋去了，车来了，你应该让我先上。
乙：这不像话。
甲：哎，我说完了，那人冲我一乐，嘿！
乙：同意了？
甲：后边儿去！

在这段相声里，当说到"那人冲我一乐"时，就是相声行内所称的"包袱"，它能引起听者的期待。乐什么呢？他是否同意？听者的心中不由得产生紧张，期待着答应他插队。当听到"后边儿去"时，这期待落空了，听众也就会莞尔一笑。但是，如果这情节的发展不是这样的，而是：

甲：哎，我说完了，那人冲我一乐，嘿！
乙：同意了？
甲：他把我抓公安局去了。

这时候，听众的反应只是愕然，绝对笑不起来。但这是否也应该看作"期待的落空"呢？如果是，则前述道理不能成立。如果不是，则"期待的落实"又应做何种补充？

其实，康德在论述"期待"说时已经预见这一诘难，他紧接上文便提出：

人们都必须注意，这里不会是期待的东西转化为积极性的对立面——因那总是某物并常常会使人不快——而是必须转化到虚无的。①

所以，这里的关键是"虚无"。原来产生的期待既得不到满足，也不至于走向其对立面，它只能在情境中悄然消失。关于喜剧情境的这一特性，另一位德国美学家立普斯的话可能说得更为明了一些。他的论述是这样的：

> 有人也曾让喜剧性和崇高性相对立。但是喜剧性和崇高性并非直接相对立的。同样，喜剧性也不是直接和悲剧性相对立的。真正作为喜剧性的对立面的，却是惊人的大。喜剧性乃是惊人的小。
> ……它是这样一种小，即装作大，吹成大，扮演大的角色，另一方面却仍然显得是小，一种相对的无，或者化为乌有。同时，主要在于这种化为乌有是突然发生的。②

立普斯在这里已经说得很明白，喜剧性不是直接与悲剧性相对立的，它主要是一种突然间发生的化为乌有。不然的话，期待走向其反面，就将是悲剧性的结局。

（2）情势的逆向发展。

期待的消失在于喜剧矛盾的发展豁然开朗，内中所含的包袱突然向观众抖开，所谓"七宝楼台，拆碎不成片断"。在包袱抖开之前，似乎有着惊世骇俗的大举动，折开一看，原来空空如也，这才使人的期待猝然消失。但是，喜剧情境的发展还有另一种表现形式，这就是当它的内在冲突正在剧烈演进的时候，突然改变了发展的方向。恰如万丈瀑布，奔泻直下，竟然在中间折了回去。这种情势的逆向发展不同于前面的期待消失，方向虽改变，但矛盾还存在。如鲁迅在《观斗》中有一段十分精彩的描写：

> 然而军阀们也不是自己亲身在斗争，是使兵士们相斗争，所以频

---

① 康德：《判断力批判》上卷，宗白华译，商务印书馆1964年版，第180页。
② 立普斯：《喜剧性与幽默》，见古典文艺理论译丛编辑委员会《古典文艺理论译丛》第七册，人民文学出版社1964年版，第82页。

年恶战，而头几个个终于是好好的，忽而误会消释了，忽而杯酒言欢了，忽而共同御侮了，忽而立誓报国了，忽而……。不消说，忽而自然不免又打起来了。

前面几个"忽而"，都是互相和好、和平合作的话，读者的心绪也顺着这种趋势逐渐向下走去，以为这些老总们大概要携起手来共同对敌了。殊不料到最后的一个"忽而"却来了个急转弯。情势还在逆向演进，观众的期待并没有落空，但都兀然拐了一个大弯，被意外地引向另一个矛盾的境地。有这么一段相声，其中情势的逆向发展更为明显：

甲：个人的文化程度，我能看出来。
乙：你瞧我怎样？
甲：（看乙）小学程度。
乙：你怎么知道？
甲：你身上带着1支钢笔呐。
乙：我要是带2支呢？
甲：中学程度。
乙：带2支学问就大啦？
甲：那是啊，中学功课多，1支笔不够用啊。
乙：我要是带3支呢？
甲：大学程度。
乙：带4支呢？
甲：那是修理钢笔的。

从1支笔开始，逐渐类推演进，似乎钢笔的数量越多，文化程度便越高，到了第3支时，这种演进的趋势愈益明显，甚至观众似乎已经不得已而接受了其中的逻辑，信服了其结论。正当观众的想象和思考力顺着情境向前发展时，最后一句"那是修理钢笔的"，将前面层层铺垫所造成的情势猛然扭了过来，向着相反的方向走去。带4支钢笔的人不仅没有比大学还高的文化程度，相反的，倒是修理钢笔的工匠。这就令人始料不及了，不由他不发笑。

康德曾经规定，期待的东西不能转化为积极性的对立面。同样，逆向发展也不是走向积极性的对立面。在它的前面，尚有一条保险线，这就是喜剧的前提。关于这一点，我们在本书的前几章已略有提及，还将在后面详细展开论述。

（3）矛盾的骤然下降。

矛盾的骤然下降，与矛盾的消失不同。矛盾的消失是因为本来就没有产生矛盾的基础，但因其外部表现的特殊性，才使人觉得其充满了矛盾的斗争，一旦认清其实质，就会因理解力曾经受客体的蒙蔽而发笑，所以，在这种情况下的笑类似于霍布斯的"突然的荣耀"。因为这是理解力的再次胜利，它终于洞见了对象的似是而非的性质，把握了事物本无矛盾的本质特征。喜剧中最常用的导致矛盾消灭的方法是误会法。如在中国古典喜剧《李逵负荆》中，李逵与宋江的矛盾就纯粹是误会，一旦李逵明白了真相，其矛盾就猝然消失，喜剧情境就随之完成了。

与矛盾的消失不同，在矛盾的骤然下降中，尽管原来酷似尖锐的矛盾一下子降低了冲突的剧烈程度，但其矛盾的根源还是存在的，矛盾仍然没有消失。立普斯所说的"期大而得小"的现象指的就是矛盾的骤然下降。这在我国的相声艺术中也有广泛的应用，且看下面一例：

> 甲：那一天，我们正在原始森林里搞勘测，就听见"哞！"的一声窜出一头野牛来，这头牛连蹦带跳，连吼带叫！
> 乙：哎呀，糟了！
> 甲：没关系，沉住气，这时候一位非洲朋友跑过来要与野牛搏斗。我说："马尔丁，不行，你快躲开，木辛加，到我后边去，老赵，千万别管它，有我呢！"
> 乙：你怎么办？
> 甲：我藏起来。
> 乙：啊，藏起来呀？
> 甲：我藏到一个有利地形，端起猎枪，啪！啪！啪！就是3枪。
> 乙：把野牛打死了？
> 甲：我吓唬吓唬它。
> 乙：不真打呀？
> 甲：野生动物是非洲人民的宝贵财富，不到万不得已不能轻易伤害它。

在这段相声里,有两个地方是使矛盾骤然降低下来的。当甲说到他指挥人们到处疏散时,以及他打野牛开了3枪时,这都是矛盾演进至激烈的地方,也是引起听众极大期待的地方,但当甲说到"我藏起来"和"我吓唬吓唬它"时,前述两个剧烈的矛盾就骤然低落下来。这里其实就是相声中的"包袱"。在第一个矛盾即第一个"包袱"中,听众所期待的与野牛搏斗的英雄变成了似乎有点怕死的胆小鬼。在第二个矛盾中,听众本来期待着听到精彩的枪法,不料得到的却是开玩笑的放空枪。显而易见,这两个本来都使人抱有极大期待的矛盾骤然间变得渺小,不由得听众不笑起来。

矛盾的骤然下降与情境的逆向发展也不同。逆向发展是矛盾向着与原先所指的方向相反的途径继续发展,矛盾的剧烈程度可能并不减弱,而矛盾的骤然下降则是在原来的方向上减弱了冲突的程度,最终露出其"无内容"的本质。车尔尼雪夫斯基曾经这样给滑稽(喜剧)下定义:"我们不能不同意这个关于滑稽的流行的定义:'滑稽是形象压倒观念。'换句话,即是:内在的空虚和无意义以假装有内容和现实意义的外表掩盖自己。"① 他还说:"丑只有到它不安其位,要显出自己不是丑的时候才是荒唐的,只有到那时候,它才会激起我们去嘲笑它的愚笨的妄想、它的弄巧成拙的企图。"② 当这些没有内容的丑以酷似有内容的现实意义的外表出现时,其引起的矛盾冲突无疑是一种"大",但当其露出无内容的、无意义的实质时,就只能是一种"小",这就是喜剧情境的特征之一。车尔尼雪夫斯基还说过:

> 假使一种激情并不显得伟大或者严厉,它就会变得十分可笑:一个大发雷霆的人如果他的愤怒完全因琐碎小事而引起,并不会带来什么严重的危害时,他就变得非常可笑了,因为在这种场合,一个人发笑完全是不合适的,同时激情的迸发假使不是在于摧毁什么重大的东西,它也是荒唐的。③

---

① 车尔尼雪夫斯基:《生活与美学》,周扬译,人民文学出版社1963年版,第34页。
② 车尔尼雪夫斯基:《车尔尼雪夫斯基论文学》中卷,辛未艾译,上海译文出版社1979年版,第89页。
③ 车尔尼雪夫斯基:《车尔尼雪夫斯基论文学》中卷,辛未艾译,上海译文出版社1979年版,第90页。

大发雷霆的激情是一种剧烈的矛盾，而琐碎小事就很渺小了，因大而得小，所以是滑稽的。当然，车尔尼雪夫斯基硬性规定矛盾的主体必须是丑的，这就以偏概全了。其实，即使是美的东西，如果其在矛盾的冲突过程中骤然出现下降的趋势，那也可以成为喜剧性的。例如上面所引的那段相声，尽管其两次行为的结果都不是期待中的惊天动地的英雄之举，但爱护同志与爱护动物也不失为一种美。

本来，在现实生活中，大与小各占其位，各种事物的社会意义各有不同，这不至于引起人们发笑。正如很多理论家肯定的那样，在动物界是没有可笑性的。可笑的只在于把这些动物的笨拙行为与人的某些行为的相似联系起来，这才能引人发笑。所以，本身是小的东西不可能因其小而带有喜剧性，正因为这样，果戈理才要求人们不要去嘲笑歪歪扭扭的鼻子，而应当嘲笑歪歪扭扭的灵魂。但假如一个长着歪歪扭扭的鼻子的人把自己看成绝世佳人，那就是可笑的。

从心理学上说，这种由于矛盾的骤然下降而产生的"期大而得小"的情境之所以是可笑的，全在于心力的节省。矛盾的骤然下降使期待消失，这就必然由于准备的心力多而花费的心力少而引起情感的松弛，引起张力的缓和。消除紧张后就会产生一种"绰有余裕"的快感。这里的"大"不独指知觉上的"大"，更指情感支出上的"大"。

同时，大与小也是一种在矛盾演变过程中出现在时间上的前后顺序，即"按认识的时间，矛盾的第一方面，比之我们更晚一些时候认识的第二个方面显得更有意义，使我们产生的印象更为深刻，这对于产生喜剧的各种客观矛盾中的每一种矛盾都是值得注意的"①。只有这种由于前后排列次序所造成的大小悬殊才能带来心力的节省。没有前面的"大"所引起的紧张，就没有后面出现的"小"所产生的松弛。这里的关键是刺激的次序，即大与小的明显对比。正如情绪心理学家莫勒所说，中性刺激出现在不同的情境系列中，有不同的信号意义。②

---

① 鲍列夫：《美学》，乔修业等译，中国文联出版公司1986年版，第127页。
② 参见本书第三章。

第三节 轻松的超脱与和解

车尔尼雪夫斯基在确定喜剧对象时，虽然见出了矛盾冲突过程的一些特点，但他把喜剧对象局限在丑上面，原因主要在于他无法正确地划定喜剧性的范围。在讨论喜剧情境的种种特征的同时，我们是在一个预定的前提下进行的，即一切构成喜剧情境的因素都只有在喜剧范围内才有效。那么，怎样才能把这些因素划入喜剧范围呢？依笔者所见，只要我们界定：喜剧是一个美学范畴，上述问题就迎刃而解了。因为喜剧是美学范畴，这就要求一切都得服从审美的规范进行。首先是主客体关系上的明确，即主体要建立对客体的审美关系，必须在现实实践上把握对象，起码不为对象的现实性所拘役。摆脱、超越利害关系上的实际考虑，是喜剧性的笑的前提。这样一来，喜剧对象对于主体的实践利益而言便是微不足道的，所以他才能即使在失败的情况下也可以轻松自如地直观自己的形象，高高兴兴地摆脱这场失败。显而易见，与喜剧情境建立审美关系的问题也就是主体如何从对客体的实际利害考虑中超脱出来的问题，是如何与对象求得和解的问题。就客观情境的要求而言，必须符合下列条件，主体才能从中寻得解脱：

（1）客体本身没有实质性的内容。由于其虚妄性和卑微的性质，主体意识到在其中不可能追求到真正有意义、有价值的东西。即使是失去这客体本身，主体也不会"觉得其中有什么辛辣和不幸"，所以，面对客体，主体不会产生任何道德功利的考虑，而是持有一种超脱的态度。正如黑格尔所说：

> 凡是一方面情况应引起痛感而另一方面单纯的嗤笑和幸灾乐祸都还在起作用的地方，照例就没有喜剧性。比较富于喜剧性的情况是这样：尽管主体以非常认真的样子，采取周密的准备，去实现一种本身渺小空虚的目的，在意图失败时，正因它本身渺小无足轻重，而实际上他并不感到遭受什么损失，他认识到这一点，也就高高兴兴地不把失败放在眼里，觉得自己超然于这种失败之上。[①]

---

① 黑格尔：《美学》第三卷下册，朱光潜译，商务印书馆1981年版，第292页。

由此可见，主体不是在任何情况下都能超脱于对客体的实际功利考虑的，先决条件是客体本身没有内容。

（2）情境本身放松了对主体的约束，使之能从惯常的束缚下解放出来。这从西方喜剧的发源地便可以看出。按一般说法，作为西方喜剧渊源的应是古希腊的喜剧，而古希腊喜剧又源于狄俄尼索斯（酒神）庆典。在为酒神庆祝生日时，平常约束人们的一般社会习俗、惯例及观念等便暂时失去了约束力，人们形成一种完全无拘无束的、任意离开常规的气氛，出现了一种无节制的欢乐、恣意的嬉戏、言行放荡无羁的假想世界。此外，在罗马的农神节里，人们的笑声中也充满着一种生机勃勃的力量，大有冲破官方意识形态的禁锢之势。所以，从喜剧的起源我们便可以看到，最能使人们沉浸于狂欢的气氛之中的是情境约束力的减弱。我们从笑的本质中也可以知道，"笑是一种试图获得解放的愿望，也就是一种力求从社会的束缚中解脱出来的愿望"，是"对规章的违犯，或是对秩序的破坏，或在于尊严的丧失"。① 一旦客观情境显露出这种束缚的减弱，或是在一种假想的情境中使人们得以免除或者逃避这些束缚时，人们就可以纵情地大笑。反过来说，这时候就出现了喜剧性的客观情境。

除了上面所指出的两个方面是喜剧性在客观方面必备的条件外，情境本身的新异性与独特性也是引人产生喜剧笑的客观条件之一。达尔文认为：

> 可笑的思想会搔动想象力；这种所谓精神上的发痒和身体上的发痒有着奇妙的相似。……笑者的精神应当是处在愉快的状态里；一个幼年的儿童如果被陌生人搔痒，那么反而会由于恐惧而尖叫起来。搔触应当轻微，而那种使人可笑的观念或者事件则应当是并不严重的；这样才可以使人发笑。身体上最容易被搔痒的部分，就是那些通常不大接触的部位，例如腋窝处或者脚趾之间。……大概搔触的精确部位不应该使被搔者事先知道，才能达到效果；精神上的搔痒情形也是这样，某种意外发生的事情，一种新奇的或者不合适的观念而能够把通常的思想线索打断的，显然就会成为可笑感觉当中的一个重要成分。②

---

① 参见尼柯尔《西欧戏剧理论》，徐士瑚译，中国戏剧出版社1985年版，第251页。
② 达尔文：《人类和动物的表情》，周邦立译，科学出版社1958年版，第127～128页。

此外，伊斯特曼和格利高里都表达过同样的看法，认为笑的根源在于思想链条的被打断。当然，这种打断应当是愉快的，即首先应当是符合上述其他方面的条件。其次，应当能在打断之后，紧接着心理上的紧张便产生出松弛。新奇独特的东西刚一出现时，不见得马上就引人发笑，倒是在其使人恍然大悟后才爆发出大笑。新奇独特的东西在心理反应上的对应物就是片刻的紧张感，心灵因无法把对象放到合适的位置而感到紧张。没有这种紧张，便没有松弛，没有笑。所以，我们也可以把对象方面的新奇独特列为喜剧性的客观条件之一。

第六章　喜剧笑的心理情势

　　第五章所述的客观情境是作为喜剧情感的对应物提出来的，它是产生喜剧笑的客观原因，是唤起喜剧感所必备的条件之一。但是，从喜剧情境到喜剧性的笑，即从环境刺激到情感唤起，中间还有很多不容忽略的可变因素。喜剧情境对于喜剧笑而言，仅仅是一些潜在的可能性，是笑的潜能，它必须在特定的中介参与下才有可能实现。著名的接受美学理论家伊瑟尔认为，文学是一种虚构，不具有既定的所指，读者要靠自己去发掘文学作品的潜在结构。进而言之，生活作为一种结构，在某种意义上说来也并非都有既定的所指，不然，"生活对于多愁善感者来说是个悲剧，而对于爱好思考者则是喜剧"这一名言就不会流传如此之广。所以，如何发掘、领悟生活结构本身的意义便在于生命自身的努力了。同样的喜剧情境因不同的生命主体便有不同的领悟，体现出不同的意义。从接受美学的角度看，具有审美特性的喜剧情境是物质客体与审美对象的统一。喜剧情境并非在任何情况下都能成为引人发笑的审美对象的，只有当这些具有审美功能的喜剧情境与接受者的知觉-情感-意识系统发生关系并作用于后者时，在它的发笑潜能为接受者所感知、理解，经过接受者的认知加工，在其参与创造的情况下，才能产生审美效果——笑和审美价值，成为现实的审美对象。要把握喜剧引人发笑的心理规律，就必须揭示作为知觉对象的喜剧情境在接受意识中向审美对象转化的过程，首先是把握其实现转化的中介机制——喜剧笑的心理情势。

　　再则，根据现代情绪心理学的研究，我们已经知道，情感的产生不仅取决于客观事物本身的特点，还取决于客观事物对人所具有的意义，以及对这种意义的认识。因此，同一事物，同一情境，对于不同的人可以引起非常不同的态度和体验，可以产生非常不同的情感。[1] 喜剧情境是一种客观存在，它对审美的人所具有的意义因审美者的不同主观情势而异，因

---

① 参见张伯源等《变态心理学》，北京科学技术出版社1986年版，第135页。

此，我们还必须深入地研究影响甚至决定着笑的出现的主观心理情势。

苏联哲学家茹科夫说：

> 人的意识和外部活动，他的作为是既受从外部的非约束性信息决定的，也是受在种族发生和个体发育中所积累的大脑的一切约束性信息（以及当时人的物质需要和精神需要）决定的。这两个决定因素——外部的和内在的，外来的和内源的——处于密切的联系之中，只能在思考上把它们分开。而且，非约束性信息——作为外部世界对感官的作用的一个最重要方面——逐渐地通过学习而变成约束性信息。①

由此可见，作为外在刺激的客观情境只是非约束性信息，而内在的心理文化结构及其功能才是约束性信息。这种约束性信息是非约束性信息积淀的成果，体现为人的内在心理文化结构，它与新的外来刺激的结合，就构成喜剧情境。

本书第三章曾经介绍过托尔曼在心理学上的独特贡献——中间变量概念，也许，这一概念用来考察喜剧笑的主观情势是最恰当不过的。在托尔曼看来，在自变量与因变量之间，有 3 种主要的中间变量：①需要系统——特定时刻的生理剥夺或内驱力情境；②信念价值动机——它们表示宁选某些目的物的那种欲望的强度和这些目的物在满足需要中的相对力量；③行为空间——行为是在个体的行为空间中发生的。但是，他又把生理内驱力归到自变量中去，这就使自变量与中间变量的关系变模糊了，所以，本书明确地把由于生理剥夺而造成的需要驱力划到中间变量中，并且把各种中间变量因素按其发生与当前情境的亲疏离合关系划分为两大类，也就是即时情势与远缘情势。即时情势是由当前情境所引起的认知驱力，远缘情势则是由认知主体过去经验所构成的内在认知图式、内在心理文化结构。这两者的合力就成为情境与反应之间的中介桥梁。在喜剧审美的条件下，自变量指喜剧情境，因变量指情境在主体心理引起的情感反应——笑。下面，我们将逐一进行分析。

---

① 尼·伊·茹科夫：《控制论的哲学原理》，徐世京译，上海译文出版社 1981 年版，第 144～145 页。

第一节 即时情势

在笑的情感产生之前,认知主体必先经过一段时间的心理力量的蕴蓄过程,即使是发生过程最为短暂的滑稽大笑,主体生理在发出动作之前,也有瞬间的心理反应,以做准备。因为笑是一种强烈的情感爆发,没有相当的情感起点,没有足够的心理能量,便不足以启动笑的机制。这种产生于可笑情境之中,发生在笑的动作之前的主体内部情况就是笑的情感起点,也就是即时心理情势。一般说来,即时情势可概括为下列几种情况。

一、游戏心境

首先要明了心理学上所称的"心境"指的是什么:

> 心境是表现得相当微弱的情绪状态,这种情绪状态在某个时间内影响着整个个性,并且在人的活动、行为中反映出来。心境往往是长时间的、稳定的,可能继续好几天、好几个星期、好几个月,而有时延续人的整个一生。正如所有的情绪一样,心境可能是增力的也可能是减力的——快乐的和悲伤的、朝气蓬勃的和萎靡不振的、易怒的和温和的。[①]

> 心境,这是在长时间内给人的各个心理过程和行为涂上一层色彩的一般的情绪状态。有时,喜欢、顺心、幽默、无信心、羞怯、忧愁、烦闷,这些情感变成了人的心理状态的一般背景,为某些情绪印象的产生创造了良好的基础,并为另一些情绪印象创造了不良的基础。[②]

> 所谓心境或心情,就是一个人在某一段时间内所具有的一种持续

[①] 克鲁捷茨基:《心理学》,赵璧如译,人民教育出版社1984年版,第226页。
[②] 彼得罗夫斯基主编:《普通心理学》,朱智贤等译,人民教育出版社1981年版,第413~414页。

性的和一般性的情感或情绪状态。①

归纳各家所言，我们可知心境就是那种具有感染力的、影响人的整个行为的微弱而持久的情感状态。在日常生活中，我们随处可见出现心境的事例。例如，一个具有愉快心境的人就会把整个世界都看作欢乐的，一切事物都好像染上了欢乐的色彩，而一个具有悲伤心境的人则觉得一切事物都惹人烦恼，无往而不愁。杜甫有2首诗很能说明他所处的不同心境：

闻官军收河南河北

剑外忽传收蓟北，
初闻涕泪满衣裳。
却看妻子愁何在，
漫卷诗书喜欲狂。
白日放歌须纵酒，
青春作伴好还乡。
即从巴峡穿巫峡，
便下襄阳向洛阳。

经历多年飘泊之苦，艰困备尝的诗人乍一听到叛乱已平的捷报，其郁积已久的情感闸门一下子喷薄而出，奔涌直泻，欣喜若狂。此时此刻，垄断诗人心绪的便是这种快乐的情感，使其所看到的一切都添上了欢乐的色彩，这说明他正处在快乐的心境中。与上一首相对，作者的另一首诗《别房太尉墓》则写出诗人当时的悲伤心境：

他乡复行役，驻马别孤坟。
近泪无干土，低空有断云。
对棋陪谢傅，把剑觅徐君。
唯见林花落，莺啼送客闻。

---

① 杨清：《心理学概论》，吉林人民出版社1981年版，第449页。

"孤坟""近泪""断云"、落花、啼莺，这种种景象形成一种深沉哀痛、肃穆阴郁的氛围，无疑都是由作者的情绪状态所使然，是他这种以愁惨凝滞之情追怀老友的心境使他对事物的观察也染上了悲愁的色彩。

心境的产生不一定总是针对具体的事物，但它又总是由一定事物的刺激作用引起的。心理学研究已经找到了心境产生的心理机制。巴甫洛夫指出：

> 在条件反射的生理学中，有一系列的事实显示出一种痕迹方式的刺激作用，在原因——引发的刺激作用已被移去而且它的可见的效果业已终止之后，还会在中枢神经系统内存在很久。①

巴甫洛夫还在他的实验中发现，由一定的刺激物所引起的神经过程"在经过若干时间已经从它所发生的某一分析器消失之后，而在其他的分析器内却仍会长时间地存在"②。这就是说，人的心境是由事物的痕迹性刺激作用引起的。在某一特定的事物的直接刺激下，人们会体验到特定的情感。在这特定事物的刺激消失后，由于事物在人的头脑中所遗留下的痕迹性刺激作用，这种情感仍会持续相当长的时间，这就形成一个人的心境。

另外，强烈刺激所引起的神经过程的扩散性也是产生心境的机制之一。强烈刺激必然引起大脑中枢相应部位的高度兴奋，并把这种兴奋扩散到其他部位。巴甫洛夫曾根据其实验结果指出：

> 当最强烈的攻击性反射表现出来的时候，兴奋就从大脑两半球的某一部位泛滥于大部分的区域，可能泛滥于整个的两半球，侵占各种各样的中枢……。所有这些就汇合成了大脑两半球的普遍而又极端增强了的活动。③

强烈情感（激情）的余波也可以在大脑中造成持久而又具有感染力

---

① 转引自杨清《心理学概论》，吉林人民出版社1981年版，第450～451页。
② 转引自杨清《心理学概论》，吉林人民出版社1981年版，第450～451页。
③ 转引自杨清《心理学概论》，吉林人民出版社1981年版，第447页。

的心境状态，它的产生原因往往是人们意识不到的。

综上所述，心境不必专门对某种事物有某种体验，而是对所有的事物都带有同样的体验。"感时花溅泪，恨别鸟惊心。"花之溅泪、鸟之惊心并不是对现实事物的确切的情感体验所使然，而是在"感时"与"恨别"所造成的心境状态下的一种扩散性体验。

正如我们在界说心境这一概念的时候所提到的，心境对行为有着不同寻常的意义。心理学家赖尔认为，如果我们说某人处在某种心境中，就已经判断了他在心境的状态中去说或去做了许多彼此之间只有松散联系的事情。换句话说，如果一个人是在一种心境中，他的行为就被垄断了。[1] 所以，一种心境恰如一副有色眼镜，戴上它，所见之物便无不染上其色彩。"人逢喜事精神爽，雨后青山分外明"，处在快乐的心境中，映入心帘的无不是春光明媚、青山可爱、鲜花娇艳、绿草起舞。"明日不归沉碧海，白云愁色满苍梧"，具有悲伤的心境，便令人把一切都看得寥落寂寞，举目皆是愁云惨雾、凄风苦雨。心境能有这样的效应作用，正说明心境本身有着极强的扩散性和感染力。处在一种特殊的心境中，就是准备好了或倾向于具有特定类型的情感。

格利高里认为："笑的成功取决于听到它的耳朵，它的性质有赖于用什么样的精神状态来对待它。"[2] 很难想象，一个刚遭受猝然打击而陷入极度哀伤的心情的人能够被喜剧情境打动而发出喜剧性的笑来。反之，"春风得意马蹄疾，一日看尽长安花"，只有处在欢乐的心境中，才有兴致欣赏这大千世界的种种乐趣。

当然，喜剧欣赏并不一定要欣赏者个个都事先抱着兴高采烈的心境。喜剧情境所要求于主体的便是游戏心境。所谓游戏心境，不是一般的快乐心情，它指的是主体持游戏态度，随时准备接受喜剧情境的刺激或暗示，并随之产生笑的一种情感动力状态。李斯托威尔认为：

> 进入喜剧性领域的一个必不可少的条件是，我们必须在某种程度上从严肃认真以及日常生活的真实感情中解脱出来。当受害者真的受到损害，或者当他人的感情严重地受到创伤的时候，我们都不能对他

---

[1] 参见斯托曼《情绪心理学》，张燕云译，辽宁人民出版社1986年版，第193页。
[2] J. C. Gregory. *The Nature of Laughter*, London & New York, 1924, p. 201.

们的不幸和挫折加以嘲笑。对于我们自己,也不能加以嘲笑,除非我们能够时时刻刻超脱于我们普通的行为之外,甚至超脱于我们最崇高的愿望之外,变成旁观者。①

这样一种超脱与旁观者的态度其实就是处在游戏心境的明证。当然,李斯托威尔没有能正面揭示出游戏心境在进入喜剧领域中的重要意义,更重要的是,他未能指明在什么条件下才能从真实感情中解脱出来。

其实,早在李斯托威尔之前,德国伟大诗人、哲学家席勒就把游戏引入艺术审美。他认为,人的身上存在着两种对立的冲动,一种为感情冲动,即"要把我们自身以内的必然的东西转化为现实"的要求,所以,它使人感到自然要求的强迫。另一种为理性冲动,即"使我们自身以外的实在的东西服从必然的规律"的要求,所以它使人感到理性要求的强迫。这两种冲动的统一就是游戏冲动。它要求"消除一切强迫,使人在物质方面和精神方面都恢复自由"。由于在这种新的冲动中,我们既感觉不到感性的自然要求是强迫,也感觉不到理性法则是压力,而情感与理性得到了统一与和谐,所以,这是一种游戏状态。美就是游戏冲动的对象。因为"只有当人在充分意义上是人的时候,他才游戏;只有当人游戏的时候,他才是完整的人"②。如果我们承认了席勒的前提:只有完整的人,才是审美的人,则我们可以进一步指出,只有处在使理性与感情能自由和谐游戏的状态中,我们才能有审美的存在。这也就是说,只有进入游戏状态,才能有审美的活动。如果我们从心理学的角度看,则游戏态度的意义便愈益显著。

游戏是人们在唯乐原则的指引下希求在现实世界之外再造一个存在于幻想意象中的审美世界的心理要求的体现。对于现实物质生活,他可能感到不满意,也可能感到满意,但现实世界却永远无法满足人们心理生活的无限丰富的需求,无法满足他的情感体验的无限多样性的要求。只有在现实世界之外,在幻想的审美世界里,人们才可能进一步使自己的心理生活更充实丰富些。游戏的冲动就源出于此,游戏的目的也正在于此。所以,有人认为,游戏没有外在的目的,游戏就是目的本身。游戏的实质就在于

---

① 李斯托威尔:《近代美学史评述》,蒋孔阳译,上海译文出版社1980年版,第225页。
② 席勒:《美育书简》,徐恒醇译,中国文联出版公司1984年版,第90页。

寻求自由、寻求活动、寻求发展、寻求生活中所缺乏的刺激。

正如马斯洛所说，人的需要可分为缺乏性需要与成长性需要。由缺乏性需要产生的动机要求缓解紧张、恢复平衡，而由成长性需要所策动的动机则是为长远的和通常达不到的目标而保持紧张。马斯洛还认为，成长性动机是对缺乏性动机的超越，是人与动物的主要区分，它使人把作为手段的活动转变为目的体验。游戏态度就是源自人的成长性需要，而成长性需要对当前目标是无所谓的，它专注于手段而不顾目的，"对他自己来讲，成长本身就是一个富于成效的和令人激动的过程"①。所以，游戏能给予人在现实生活中不可能得到的更多的乐趣。正因为这样，不仅是生活的弃儿需要游戏，生活的宠儿、享尽人间乐趣的富足者也需要游戏。

从生理学角度看，游戏是训练生命本能、保持生命活力的重要手段。生理学研究证明，中枢神经系统在反应前并不需要等待刺激，相反，它自己可以产生刺激，这就是人的自发行为包括游戏行为的生物学根源。在人的生命过程中，本能行为模式经过一段较长时间的不活动后，引发性刺激的阈限就会降低。为了始终保持对外界刺激的敏感性，在特定的情况下，特殊的本能活动可以不经明确的外在刺激而激发出来。因为本能活动的启动基于外来的刺激，如果这些本能活动受压，则表明刺激不能正常地释放出来，时间一长，整个有机体就会陷入紧张状态，他就会开始主动地搜寻刺激。所以，不难理解，现代西方文明社会中的人极力追求冒险的刺激，根本原因在于工业化时代既是一个刺激过量的时代，又是一个刺激缺乏的时代。就人的感知而言，现代社会是一个信息爆炸的社会，是为刺激过量；就人的本性而言，现代社会又在诸多方面扼制了人的本性的全面发展，是为刺激缺乏。苏联心理学家道顿诺夫认为：

> 情绪不仅伴随任何活动而出现，同时也为机体的需要服务，而且，情绪本身也是特殊需要的对象。任何人都有渴求饱满的情绪和各种不同情感体验的需要。即使是痛苦的体验，也比没有任何体验要好得多。②

---

① 马斯洛：《自我实现的人》，许金声等译，生活·读书·新知三联书店1987年版，第238页。

② 转引自 A. H. 鲁克《情绪与个性》，李师钊译，上海人民出版社1987年版，第202页。

因此，游戏活动有寻求刺激的成分，它的功能在于保持生命力的旺盛，满足机体对情感的需要。

由此看来，游戏态度不仅是喜剧欣赏的前提，也是悲剧欣赏的前提，甚至是一切审美的前提。因为感性与理性的和谐统一是美感的本质特征。寻求生命活动的解放是人的普遍行为本能。所以，喜剧欣赏所要求的游戏态度与其他审美形态所要求的游戏态度在本质上没有什么不同。但是，喜剧欣赏对游戏态度的要求与其他审美形态对游戏态度的要求则有一些细微的差别。

首先，在一般审美活动中，所要求的游戏态度是一种世界观、一种对生活的观照角度。它把人生看作一种生命力自由活动的存在形态，它强调的是人与物的和谐统一，是人格的完善发展。在喜剧欣赏中，游戏态度除了具有上述要求外，更在于它作为一种对人的整个情绪系统，具有支配、感染作用，并且影响着整个欣赏过程的情感动力状态。

其次，在一般形态的审美活动中，其对游戏态度的要求是作为建立审美关系的主体条件提出来的，而对于在欣赏过程中出现什么质调的情感，它根本不起统制作用。所以，审美中容许笑，也包括哭，还可以容纳崇高、惊讶、恐惧、怜悯等情感。在喜剧欣赏中，其对游戏态度的要求则是作为一种情感质调的定向作用。这就是说，喜剧中的游戏态度确定了欣赏者情感反应的方向，使欣赏者在整个欣赏过程中在情感反应上都倾向于笑。

最后，在一般形态的审美活动中，其要求游戏态度的是给欣赏主体带来审美的愉快，而这种愉快是宽泛意义上的愉快。正如我们在上面已经论述过的，只要能给沉寂的心灵予一定的刺激，即使是恐惧，甚至痛感，也能给人带来愉快。所以，审美的愉快不是本来意义上的愉快。而喜剧欣赏对游戏态度的要求，除了上述这些宽泛意义上的愉快外，更强调这种本来意义上的愉快。它要求的是对主体心理的顺向刺激，是能引起发笑的快乐情感。

总之，在喜剧欣赏中，这样一种对欣赏情感发挥定向作用、使主体倾向于笑的情感动力状态，与其说是游戏态度，莫若更确切地说，是游戏心境。

喜剧情境需要主体心理具有的这种游戏心境是一种拒绝严肃地对待该客观情境的情感态度。它要在这个现实的世界之外另创一个意造的世界，借以从现实的严肃性的拘束下超脱出来，从真情实感中跃到无所为而为的自由状态。

正是在这种无所为的游戏心境面前，很多本无可笑可言的事或物令人啼笑皆非。反之，没有这样的对严肃的反应，很多喜剧形式便不可能存在。我国古代的俳优常能滑稽调笑，百无禁忌，甚至开达官贵人的玩笑而不致招惹灭身之祸，就因为俳优知道这些观众正处在游戏的心境中，在这种情况下，不可能因以滑稽的形式贬低他们而惹祸。同样，古代希腊也多以滑稽面具来模拟当时真人的形象，并大肆讽刺之。而近代欧美的狂欢节之类，更流行制作大人物的滑稽模拟像。这一切所作所为不仅没有使开玩笑的对象恼火，反而能增加几分亲切、欢乐的气氛。究其原因，就在于人们都处于游戏的心境中，他们明知这是一个意造的世界，不必要对之抱任何真情实感，所以，他们能从喜剧的情境中领悟到审美的愉快。反之，一些人专从相声、漫画之类的讽刺喜剧作品中寻找自己的身影，对号入座，老是怀疑作者创作的对象是自己，并认为这是作者的恶意攻击，站在作品的面前咬牙切齿。之所以如此，不外就是因为这种人还未进入游戏心境，不懂得以喜剧的态度来对待喜剧，故而误解了喜剧。由此观之，游戏心境之于喜剧欣赏，是不可或缺的心理情势之一。

二、心理紧张度

我们知道，"快乐是目的达到、紧张解除时的情绪表现"[①]。笑的产生实际上是在心理经历了一段紧张之后突然松弛下来时的情感外显行为，那么很明显，没有先前的紧张，便没有其后的松弛。所以，对于笑来说，紧张也是不可失却的心理情势之一。

关于笑为何必然与紧张相联系，这在本书第一章中已经谈过。这里还要展开论述的是关于紧张本身的问题。

所谓紧张，就是指心理的内部平衡或正常秩序因外来的或体内的刺激受到破坏之后，个体调动内部潜力以对付当前情境的一种生理-心理的应急变化。遇到危险时，整个有机体进入警戒状态，高度调动人体内部潜力，为接受最大量的信息、应付当前环境而集中注意力，个体做好戒备，准备着突然活动。出于本能，心理-生理能量随之便产生变化，先前的心

---

① 克雷奇等：《心理学纲要》下册，周先庚等译，文化教育出版社1981年版，第397页。

理平衡遭到破坏，某一方面的心理能力被充分调动起来，并且形成一股强大的势能，这就是紧张。只要这种势能还未消除，原来的能量分布还未恢复，紧张就仍存在。一旦危险过去，很多调动起来的心理-生理能力已经没有存在的必要，它们又各自回到原来的位置，或者已消耗完毕，势能也随之消失，紧张也就解除。饥饿时，人们感到来自体内的强烈的生理需要，这就是一种紧张。我们现在所说的喜剧情境的紧张，既包括来自外部环境刺激的紧张，也包括来自体内环境的紧张。喜剧情境对心理的刺激效应主要在两方面：诱惑性和解放性。按日本戏剧家河竹登志夫所言，诱惑性可分为"冲动的诱惑性"与"理性的诱惑性"。戏剧情境中对主体产生瞬间感受性刺激的可视为"冲动的诱惑性"，而通过视听促使主体进行伦理判断的则被称为"理性的诱惑性"。① 如此看来，所谓诱惑性，就是引起诸心理器官活动以致其内部不平衡的刺激。相对于诱惑性，解放性也可分为两种，即"冲动的解放性"和"理性的解放性"。这就是说，喜剧情境的刺激亦能引起诸心理器官的全面复衡。换言之，喜剧情境的诱惑性和解放性必然引起观众心理上的紧张和松弛。对应于诱惑性和解放性的两个方面，观众的心理效应也存在着诉诸感官的冲动的紧张和松弛以及诉诸伦理判断的理性的紧张和松弛。

喜剧情境的诱惑性和解放性源自喜剧情境本身的独特逻辑结构。我们在上一章已经阐明，矛盾的反转是喜剧的普遍规律。现在，我们为便于说明问题，只以最能集中体现喜剧情境的戏剧喜剧为例。因为作为喜剧矛盾的最高表现形式的戏剧喜剧能以接近现实生活的场面，在极短的时间内完成从能量的急剧变化到消耗这一全过程。具体展开是这样的。首先，喜剧矛盾的出现是对观众诸心理能力的一种全面挑战，它必然诱发观众的探究动机，引起多种心理需求，这就破坏了观众心理中的某种均衡。其次，通过喜剧矛盾的演进不断增强其紧张程度，在矛盾的高潮中使紧张也达到顶点。再次便是矛盾的突然反转，使达到顶点的紧张势能消耗殆尽。最后，恢复心理的平衡，即松弛状态。

当然，整个紧张—松弛的过程与整个剧情的演进是不一定同步的。剧情的演进在一场戏中一般都只出现一个周期，即序幕、开端、发展、高潮、结局、尾声，便已完成了全过程，而心理活动的紧张—松弛模式既可

---

① 转引自威尔逊等《论观众》，李醒等译，文化艺术出版社1986年版，第310页。

能是与整个剧情的进程相吻合的，也可能出现在其中的任何一个环节、任何一个片断上。喜剧欣赏中，每一次听到的笑声就是一次紧张—松弛周期的完成。所以，一场成功的喜剧必然能使观众心理上出现无数的紧张—松弛周期，亦即使观众笑声不绝。

当然，这种周期的出现在每个欣赏者身上是不尽一致的，也许有的人笑得弯了腰，而有的人还是感到索然无味。之所以有这样的差别，盖因为紧张-松弛过程在每个人的心理上完成的周期各有不同。河竹登志夫认为："如果这一过程没有完全完成，人就不会感到满足。所谓'吃不饱'和'吃不了'，就是在能量散发不足或过量时使用的语言。"① 所谓能量散发不足，指的是被喜剧情绪激起的高度紧张不能在极短时间内松弛下来。如有些喜剧在引起观众的极大悬念后，最后抖开的包袱却没有什么内涵，这就是由于其无法消耗观众的心理能量，因而引不起人们的笑声。至于散发过量，即"吃不了"，则是指喜剧情境的解决太过于奇突，使人无法接受。此外，还应补充一种心理不满足的情况，那就是能量引发不足、紧张不够的状态。如果喜剧情境无法使观众的心理能量提升到足够的强度，引起的悬念不强，观众紧张情绪不足，则其后的松弛就无法带来足够的解放感。没有这种强大力量的解放感，就不能冲开或启动心理的愉快中枢，引不起人们的笑声。当然，由于每个人的心理容量或需求量的不同、敏感性或适应水平的不同，引发愉快机制所需的刺激能量也就不同，或者说，引起心理紧张的刺激物的最佳值不同，所以，对于紧张感的强弱程度，各人也有不同的需求。同样一个笑话，有的人听了可能笑得很开心，有的人听了则可能无动于衷。只有当这种紧张感恰好达到开启自身愉快机制的能量临界点，即阈限上，才能引发最为理想的喜剧笑。

从心理学角度看，喜剧情境与紧张度的关系实际上是不定性的程度与动机值的关系。所谓不定性，在喜剧中，就是喜剧矛盾的冲突性。不到情境结束，矛盾的结局是不可预料的。所谓动机值，就是喜剧情境在观众心理上所引起的情感紧张度。克雷奇认为：

> 乍看来，好像不定性越大，动机激起也越大。确实，完全确定的情境（无新奇、无惊奇、无挑战）是极少引起兴趣或维持兴趣的。

---

① 转引自威尔逊等《论观众》，李醒等译，文化艺术出版社1986年版，第307页。

但是另一方面，当情境是过度复杂、新异、不定时，人也可能想逃避到较少使人糊涂甚至更少挑战性的情境中去。

一些经验的证据提示，中等强度的不定性是诱发兴趣和维持最合适的动机状态的最合适的条件。①

由此可见，对于笑的刺激而言，并非越紧张越好。只有当主体心理状态处于符合自身适应水平的紧张程度时，才是笑的最佳点。

三、期待水平

上一节提到，动机由心理紧张度决定，而动机则是行为的原动力，是引起、维持、推动个体活动以达到一定目的的紧张的内部动力。行为往往选取某种目标来满足动机。只有当目标达到、需要满足时，促使动机产生的心理紧张才得到解除。动机与行为的活动周期见图6-1。②

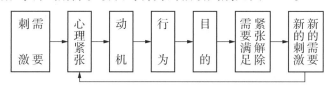

图6-1 动机与行为的活动周期

由上图可看到，当动机引起的行为正在进行、目的尚未达到时，个体心理的内部紧张状态仍未消失，主体心理还处在紧张的期待过程中。所以，期待水平与上一节所提到的心理紧张度不同。期待水平是促使主体行动并伴随着主体的整个探索性行为的动机值，只要目的尚未达到，则期待始终存在。③ 心理紧张度则是指促使动机产生的内在动量值。

在喜剧欣赏中，期待是如何产生的？这首先要分析构成欣赏动机的诸种内驱力，也就是说，我们要研究一下人们为什么要欣赏喜剧。喜剧感的构成已经告诉我们，在喜剧欣赏中，人们能够体验到诸如理智感、生命

---

① 克雷奇等：《心理学纲要》下册，周先庚等译，文化教育出版社1981年版，第383～384页。
② 参见全国八院校编写组《社会心理学教程》，兰州大学出版社1986年版，第212页。
③ 当然，喜剧欣赏中期待的消失不是以目的达到为转化契机的，当主体发现目的乃一虚幻之物时，期待就会猝然落空而归于消失，从而以特殊的形式使动机得到满足。

感、优越感之类在平常生活中不易体验到的情感。

从理智感的分析，我们知道人皆有求知之欲，人皆有探究新事物、观察新目标，由此取得新知识及新经验的倾向。在未知的情境中会因新的刺激而得到新的满足。驱动这种行为的内在力量就是心理学上的好奇驱力（curiosity drive）。"好奇驱力的强弱与刺激的新奇性（novelty）及复杂性（complexity）有密切的关系；刺激越新或越复杂时，个体对之也就越好奇。"① 喜剧之所以能满足人们的理智感，就在于它通过刺激而引发了观赏者的好奇动机。喜剧情境的变幻莫测、喜剧矛盾的骤然变化都是新奇而复杂的刺激，诱使着个体要运用全部心智去把握、了解它，一旦理解力走入困境，期待就会出现。

从生命感和优越感的分析中，我们已经可以看到，喜剧欣赏给人以快感，其中的一个成分就是使人在欣赏中，从喜剧对象里获得肯定自我价值感和自我尊严感。反过来说，则这些价值感和自尊感便是人们欣赏喜剧的一个情感动力。它们都可以被归于马斯洛所说的自我实现的动机，也就是最大限度地实现自身的各种潜能的趋向。此外，性的动机、合群动机、唯乐动机等都不时参与喜剧欣赏。种种动机的合成就策动着个体在喜剧情境中非要追寻个水落石出不可。只要喜剧还未满足这些已被逗引起来的动机的需要，心理状态就始终处在期待之中。

所以，我们从期待水平就可以察知喜剧情境是否投合了个体心理的兴趣，是否能打动欣赏者的情感，并且可以预期笑的效果。同样是侯宝林的相声，《夜行记》就比《妙手成患》引起听众更多的笑声。究其原因，悉在于《夜行记》比《妙手成患》引起了听众更高的期待水平。夜行风波并不是陡然而生、猝然而降的，它所建造的喜剧情境有一个逐步走向高潮的过程。听众的期待也随着层层铺垫起来的台阶而走向顶点。破车所产生的矛盾危机恰如水池蓄水，矛盾一点一点地蓄积起来，听众的期待也一点一点地蓄积起来。第一次夜行是骑车撞人，把老头撞进药铺，听众对这位夜行英雄的命运的期待开始走向第一个台阶。第二次夜行是人撞汽车，把自己摔得鼻青脸肿，这又把听众的期待引向第二个台阶。第三次夜行是没有车灯，纸灯笼烧着了自己的衣袖，这就把听众引到了第三个台阶。最后，人、车掉进沟里，达到了被彻底地惩罚的喜剧高潮，听众的期待水平

---

① 张春兴、杨国枢：《心理学》，台湾三民书局1980年版，第136页。

也由提到最高点而骤然进入下坡路，终于爆发出失声的大笑。反之，《妙手成患》虽然不失为一相声杰作，但比起《夜行记》来，由于它缺乏那种把听众的期待步步引向高处的势能，一个期待刚出现，很快就由于急着抖包袱而被取消，所以，它难以引起像《夜行记》那样的伴随着听众强烈情感震荡的大笑。

第二节　远缘情势

在介绍现代情绪学说的时候，我们已经提到，笑的情绪的产生与主体的认知评价有关。这就是说，笑不仅与当前的体验有关，与先前的体验也有关系，与主体先前已经形成的认知评价系统有关系。这种影响着笑的情绪的先期系统被我们称为远缘情势。其之所以远，是因为它的存在不受当前情境的影响，而当前情境对心理的作用却受到它的规范。在当前情境未出现之前，它作为一种潜伏的内部张力状态已经存在于主体的心理结构中。当主体面对喜剧情境时，这些潜在的因素就会跑出来发挥作用，并作为内在的接受图式规范着当前的审美活动。一般说来，远缘情势包含下列3个因素。

一、审美心理定势

美国心理学家克雷奇对定势的解释如下：

> 有机体作特殊反应或系列反应的准备。运动定势是准备作特殊动作，心理定势是准备进行特殊的思维过程，知觉定势是对刺激作特殊组织的准备。[①]

G. W. 奥尔波特认为：

> 态度（即定势——引者注）是一种精神和神经准备就绪的状态，它通过经验组织起来，并对个人对所有客观对象和与之有关的情境的

[①] 克雷奇等：《心理学纲要》下册，周先庚等译，文化教育出版社1981年版，第88页。

反应，产生一种起指导作用的或能动的影响。①

所谓审美心理定势，是审美主体对对象进行审美反应的一种具有内在结构的稳定的心理准备状况，它对人的审美反应具有指导性和动力性的影响，并规范着人们的审美倾向。大量的调查结果表明，目前的传统戏曲所拥有的观众中，90%以上的是超过50岁的中老年人。80%的青年学生喜欢看琼瑶创作的小说。当戏曲舞台上出现荒诞戏《潘金莲》的时候，笔者亲耳听到几位老戏迷表示不能接受。小说《伤痕》刚发表就搅动了无数青年学生和下乡知青的心绪。上述种种现象都是由于审美心理定势在起作用。它作为一种稳定的心理准备状态，决定着人们选取合适的审美对象，并决定着人们是否对对象起美感反应。同样是一出《妇人学堂》，多数观众看了拍手称绝，笑声迭出，但普拉皮松却气得脸膛发紫，甚至大作家高乃依也对这出戏表示忿懑。② 在日常审美经验中，我们经常有这样一种体验，某一审美对象恰好"正中下怀"，越品越有味道。反之，有些作品尽管是蜚声艺坛的惊世之作，但由于与自己"不合拍"，也感到了无兴味，或者"兴"不起来。个中原因也是审美心理定势的动力作用在左右着我们。由此可见，面对喜剧情境时，笑与不笑，其主观情势中首先包括审美心理定势。

我们之所以把审美心理定势引入远缘情势，是因为这种定势的形成发生在主体面对喜剧情境之前，是审美主体在长期的社会生活中经过不断的社会化而逐渐形成的，它的心理机制就是大脑两半球的暂时神经联系。我国心理学家杨清曾经这样运用高级神经活动的规律来阐述暂时神经联系：

  神经通路接通的规律——大脑皮质上强烈地兴奋着的中枢会把皮质上同时发生的其他较弱的兴奋吸引过来：这样，在一定的时间内和一定的条件下，较弱的兴奋点就会和这个中枢相当牢固地联系起来。暂时神经联系的形成就是这个规律的表现。③

---

① 转引自弗里德曼等《社会心理学》，高地等译，黑龙江人民出版社1984年版，第321页。
② 参见布尔加科夫《莫里哀传》，藏传真等译，南开大学出版社1985年版。
③ 杨清：《心理学概论》，吉林人民出版社1981年版，第91页。

在审美活动中，经常有相关的几种刺激同时出现，"无关性动因和无条件刺激物的结合越频繁——也就是强化的次数越多，在大脑皮质上和它们有关的各部位之间的暂时神经联系也就越牢固"。这样，当特定的刺激情境再次出现于审美认识的面前时，曾经多次与这一情境同时作用于审美主体的相关的心理动因就会自然而然地呈现出来。例如，姜昆每次出现在舞台上，必定能给观众带来笑声。经过多次的体验之后，姜昆就与笑联系在一起。以后无需再听到姜昆说相声，只要听到"姜昆"两字，就会把他与笑联系起来。再进一步，如果发展到只要是姜昆的演出，观众都趋之若鹜，这就是一种审美的动力定型，也就是审美的心理定势。所以，审美心理定势的形成其实就是审美的暂时神经联系的形成，它的形成经历模仿与服从—同化—内化共三个阶段。

（1）模仿与服从。

在审美活动中，人人都有模仿和认同于其他欣赏者的倾向，尤其是倾向于认同他所崇拜的对象。人就在这样的模仿中，通过认同不同的对象而形成自己的审美心理定势。[①]

此外，喜剧的笑作为一种社会行为，它得按社会要求、群体规范或别人的意志去行动，有时甚至受到权威的压力影响而产生或不产生。在社会生活中，什么时候该笑，什么时候不该笑，都有一套一套的成规。不管个人愿意不愿意，都得服从，否则他就会被排除在群体之外。这样，在群体认为严肃而不能笑的场合，尽管你突然发现了可笑的喜剧情境，你也不能纵情而笑，不然就会被认为放肆。如在一些澳大利亚人的新教徒入教仪式上，无论什么人，一律不准笑，尤其是新入教者。尽管这位新教徒发现该仪式有很多可笑的东西，但如果他笑，就会被认为他自视比老教徒优越而蔑视老教徒。[②] 就是在这种规范的约束及不自觉的模仿与服从下，人们不自觉地形成了他的审美习惯，即审美心理定势。

（2）同化。同化概念在皮亚杰心理学中，是指儿童在反映与作用于客观环境时用已经形成的心理图式来解释和说明环境的过程。一般心理学中把同化称为"把外部现实转变为内部现实的过程"。在审美心理学中，同化则是指审美主体自觉地接受其他人的审美观念的影响并把它移置到自

---

① 参见全国八院校编写组《社会心理学教程》，兰州大学出版社1986年版，第283页。
② 参见皮丁顿《笑的心理学》，潘智彪译，中山大学出版社1988年版，第79页。

己的身上。如我们在学习了马克思主义美学观以后，便自觉地用它来指导我们的审美实践，这就是同化过程。

（3）内化。当同化过程进行到最后，便转为内化。所谓内化，就是审美经验的内向沉淀，即主体已完全把别人的影响纳入自己的审美价值体系，使之成为自己的审美价值体系的一个有机组成部分。如我们经过不断地运用马克思主义美学观指导我们的审美实践后，久而久之，它就会沉淀在我们的内心，我们就会牢固树立起马克思主义美学观，并使之成为我们今后审美的基点。

关于定势的构成因素，苏联定势心理学派创始人乌兹纳捷认为：

> 定势是主体整体的动力状态，是对某种积极性的准备状态，这种状态是由主体的需要和相应的客观环境两个因素决定的。[①]

克雷奇则认为：

> 知觉定势主要来自两个方面：早先的经验和像需要、情绪、态度和价值观念这样一些重要的个人因素。简言之，我们倾向于看见我们以前看过的东西，以及看见最合于我们当前对于世界所全神贯注的和定向的东西。这一点能使知觉更迅速、更有效。这就经常使我们撇开不适当的刺激模式，通过预期而达到真实的知觉。[②]

接受美学家姚斯则认为，对审美信息进行遴选、组织、加工的先天能力与后天获得的审美经验共同构成接受者的"心理定向"。姚斯把这种心理定向称为"接受的期待视野"。

霍思达尔认为，审美接受并不是对艺术客体各种性质的简单相加和机械的反映，而是接受者运用自身的选择和组织能力，对艺术客体发出的各种刺激进行复杂的处理和重新构建后的结果。在他看来，不同的接受者由于先天条件的差别，对审美信息的感知、加工和组织能力自然也因人

---

① 转引自安德列耶娃《社会心理学》，南开大学社会学系译，南开大学出版社1984年版，第298页。

② 克雷奇等：《心理学纲要》下册，周先庚等译，文化教育出版社1981年版，第78页。

而异。

综合各家之言,我们可以对审美心理定势的构成因素做如下3个方面的划分:

(1) 审美情感因素。

审美情感因素是指审美主体对审美对象的情绪反应。它表现为一种好或恶的情感体验,即对某一类对象感到快与不快的体验程度。例如,"我喜欢听相声","他不喜欢看传统戏曲"。这意思即是指对象给主体的是快感还是不快感。

(2) 审美认知因素。

审美认知因素是指审美主体对审美对象的审美知觉、审美理解、审美信念和审美评价。它不仅包括对某一审美对象的了解,还包括对某一审美对象的评论,表示赞同或反对。例如,"喜剧可以愉情悦性,应该多点欣赏喜剧","喜剧比不上悲剧更有哲理性,所以喜剧比不上悲剧高级"。

(3) 审美意向因素。

审美意向因素是指由认知因素、情感因素决定的对审美对象的反应倾向。它是审美行为的直接准备状态,并指导审美主体对审美对象做出某种反应。例如,"我想去看相声","我不想看这出喜剧"。

上述三者的协调一致就构成了审美心理定势。社会心理学家罗森伯格曾经解释心理定势的内在结构,并揭示了其在刺激与反应之间所起的作用。(图6-2)

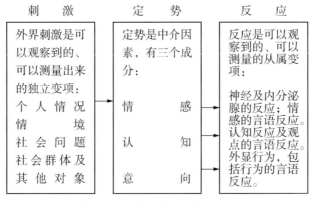

图6-2 心理定势的内在结构及其在刺激与反应之间所起的作用

由上可知，介乎刺激与反应之间的定势作为中介因素，它决定着反应的是否产生及反应的情况。因此，通过定势，我们就可以预知在一定的刺激模式下，主体会产生什么样的反应。根据心理学的研究成果，我们可以把审美心理定势在喜剧欣赏活动中的作用概括为下列两个方面：

（1）审美心理定势决定着对喜剧情境的判断和选择。

由审美心理定势的结构可知，其中的审美认知因素决定对审美对象的认知和评价。审美心理定势一经形成，就会对审美对象产生一套或弱或强的固定刻板看法和情感体验，成为人们的欣赏习惯。在审美实践中，审美主体一般都是根据现成的定势去选择和判断对象的，即使这种判断有别于社会性判断，接受者还是要坚持按自己的模式去把握对象。例如，我们在前面提到的高乃依，尽管几乎全社会的人都赞赏莫里哀的《妇人学堂》，但高乃依却对此不屑一顾。因为在他的审美心理定势中，他的审美认知告诉他，《妇人学堂》这样的戏不能算是喜剧。尤其是莫里哀在《妇人学堂》中引用了高乃依的悲剧《谢尔托乌斯》中的一行小诗，这更引起高乃依的愤怒。本来，莫里哀在这里不过是开个玩笑而已，而在高乃依的审美判断中，却不能容忍这样的幽默，并且认为这是一种恶意。从此，高乃依和莫里哀之间的关系彻底破裂。又如，我国传统戏曲拥有的众多老观众，根据他们的审美心理定势，可以接受《中山狼》这样的新奇有趣的童话式的喜剧，却难以接受《潘金莲》这样的西式荒诞戏。所以，喜剧情境要诉诸主体的喜剧情感，首先要过心理定势这一关。

（2）审美心理定势预定着对喜剧情境的反应模式。

作为审美行为的心理准备状态的审美心理定势潜在地决定着人们用什么方式对特定的审美对象——喜剧情境起反应。接受美学家霍恩达尔认为，在审美过程中，接受者总是以经验的方式去感知和理解作品。这意味着对一部作品的接受必须以以往的审美经验为媒介，在这一经验的基础上进行。在接受活动中，艺术作品经过经验的过滤和改造，会染上接受者的主观心理色彩，不仅在整体上发生不同程度、不同方式的"变形"，某些性质还会被当作本质成分突出出来，另一些性质则全部或部分地被忽略。[①] 这里所说的"经验方式"实质上就是审美心理定势。凡被纳入主体心理的审美对象，无一不按照主体的接受方式发生了"变形"。

[①] 参见章国锋《文艺接受的心理机制》，载《文艺报》1987年10月24日。

心理学家朗格在研究"反应"的实验中发现，被试如果特别注意自己即将做出的反应（即被试在心理上对自己需要的反应有所准备），具备某种态度时，则他所做出的反应就会比其他被试做出的反应要快。我们自己的审美经验也可以证明这一点。如果你在欣赏喜剧艺术时，如在欣赏相声艺术时，你特别注意自己即将发出的笑声，那么，你可能就是整个剧场中第一个对着可笑性情境发笑的人。这一点尤其体现在欣赏那些著名笑星的表演中。同样一个相声，由姜昆去表演与由一名普通演员去表演，所引起的效果当然不同。毫无疑问，其中的重要原因也许在于演技的高低，但也不排除这样的因素：你一见到姜昆上台，你在心理上就已经有了笑的准备状态。你的审美心理定势告诉你，姜昆的演出一定能使你笑个不止。这就是说，你在欣赏之前便已经由审美心理定势预定了你对姜昆演出的反应模式——笑。所以，一遇到刺激，你就会顺着既定的反应方向笑起来。

二、个性气质的差异

审美心理定势作为一种审美习惯，是人格的一部分，而人格则是一个人的各种心理特征的综合。苏联精神病理学家 A. H. 鲁克在《情绪与个性》一书中写道：

> 人是作为个性整体的体现者，而不是单纯作为各类情感的体现者来表现自己的。如果说，这个人体验到了愉快的情感，或者他正在笑，单凭这一点，就很难评论他。因为任何人都能体验到愉快情感，每个人都会笑。
>
> 比较重要的，是要了解人以什么样的情感应付什么样的刺激和情境，只有把握准这一点，才能看清他的行为。要有这方面的预见性，必须全面考察人的心理品质，找到说明个性整体特点的综合指标。[①]

参与审美活动的心理成分除了审美习惯外，还有气质、性格、智力等，简言之，人是以其全部心理功能参与审美活动的。其中，气质对喜剧欣赏的影响最为显著。所以，要看清个人在喜剧情境面前会有什么样的反应，还须研究他的气质。

[①] A. H. 鲁克：《情绪与个性》，李师钊译，上海人民出版社 1987 年版，第 201～202 页。

什么是气质？心理学界有如下说法：

> 现代心理学把气质理解为人典型的、稳定的心理特点，这些心理特点以同样方式表现在各种各样活动中的心理活动的动力上，而且不以活动的内容、目的和动机为转移。①

> 气质主要表现为人的心理活动的动力方面的特点。所谓心理活动的动力是指心理过程的速度和稳定性（例如知觉的速度、思维的灵活程度、注意集中时间的长短）、心理过程的强度（例如，情绪的强弱、意志努力的程度）以及心理活动的指向性特点（有的人倾向于外部事物，从外界获得新印象；有的人倾向于内部，经常体验自己的情绪，分析自己的思想和印象）等等。气质仿佛使一个人的整个心理活动表现都涂上个人独特的色彩。②

这就表明，面对同一个喜剧情境的刺激，气质不同的人会有不同的反应。帕尼奥尔直截了当地把笑与个性联系起来："笑与笑者的身份相称。笑一向反映人的个性：告诉我，你对什么感到好笑，我就能说出你的为人……"③ 梅里狄斯根据对笑的不同反应，把人分为三种，第一种是"不笑者"，第二种是正常人，第三种是"滥笑者"。在"滥笑者"那里引起捧腹大笑的笑话在正常人那里只会引起微笑，在"不笑者"那里则毫无反应，这其实就是气质的差异所使然。我国古代文论家刘勰早就已经注意到气质与文思的关系：

> 相如含笔而腐毫，扬雄辍翰而惊梦，桓谭疾感于苦思，王充气竭于思虑，张衡研京以十年，左思练都以一纪；虽有巨文，亦思之缓也。淮南崇朝而赋骚，枚皋应诏而成赋，子建援牍如口诵，仲宣举笔似宿构，阮瑀据案而制书，祢衡当食而草奏；虽有短篇，亦思之

---

① 转引自曹日昌主编《普通心理学》下册，人民教育出版社1980年版，第166页。
② 转引自曹日昌主编《普通心理学》下册，人民教育出版社1980年版，第166～167页。
③ 转引自让·诺安《笑的历史》，果永毅等译，生活·读书·新知三联书店1986年版，第70页。

速也。①

由此可见,气质与审美活动确有密切的联系。那么,气质又是怎样形成的?它的生理机制何在?

苏联心理学家巴甫洛夫在其关于神经系统基本特性的学说中对气质的实质做了科学的解释。他在实验研究条件反射的过程中发现人和动物的神经系统的兴奋过程和抑制过程具有三种基本的特征:兴奋过程和抑制过程的强度、兴奋过程和抑制过程的平衡性、兴奋过程和抑制过程的灵活性。② 所以,从生理机制上说,不同气质实质上是高级神经活动的不同类型。这3个方面基本特征的不同组合就形成了不同类型的气质。

目前,心理学界还没有编拟出构成各种气质类型的全部特征的完整方案。一般说来,比较得到公认的是四分法③:①多血质。敏感性很低。反应性、主动性、平衡性很高。可塑、外倾。情绪兴奋性高。反应速率快。②胆汁质。敏感性很低。反应性和主动性很高,但反应性占优势。刻板、外倾。情绪兴奋性高。反应速率很快。③黏液质。敏感性很低。反应性很低和主动性很高。刻板、内倾。情绪兴奋性低。反应速率缓慢。④抑郁质。敏感性很高。反应性和主动性不高。刻板、内倾。兴奋性高。情绪抑郁。反应速率缓慢。

现代心理学已经证明:活动机能水平的增高或降低,决定于引起神经-心理紧张的刺激物的数值。促使机能水平增高的数值一般被称为最佳值,而促使机能水平降低的刺激物数值被称为最低值。发生作用的刺激物最佳值和最低值依赖于神经系统类型和气质。根据这一原理,从上面的这个划分中,我们就可以看出,其中的很多指标都与喜剧欣赏有非常密切的联系。反应性、情绪兴奋性高,偏向外倾,反应速率快,则必能对喜剧情

---

① 《文心雕龙·神思》。
② 神经过程强说明神经系统工作能力和耐力的特征,并意味着它忍受着或长或短非常强烈的兴奋或抑制;与此相反,神经过程弱则说明神经细胞没有能力经受长久的和集中的兴奋和抑制。神经过程的系统平衡性是兴奋和抑制的一种相互关系。神经过程的灵活性是它们迅速相互更替的能力,是神经过程运动扩散和集中的速度、神经过程回答刺激的速度、新的条件联系形成的速度。参见 B. A. 克鲁捷茨基《心理学》,赵璧如译,人民教育出版社1984年版,第255页。
③ 参见彼得罗夫斯基主编《普遍心理学》,朱智贤等译,人民教育出版社1981年版,第457页。

境产生最佳的反应；反之，敏感性高，兴奋性低，反应速率慢，则难以对喜剧情境产生特别强烈的反应。

气质类型与喜剧欣赏的这种关系决定于喜剧情境本身的特点。

首先，喜剧欣赏作为审美活动的一种，它要求欣赏者的内心情感充盈。审美对象不外乎两大类，一类是经过艺术家情感雕琢的艺术作品，一类是艺术品以外的社会-自然对象，包括已经人工加工和未经加工的自然界。就艺术作品而言，它是人类情感的物化形式。欣赏者必须有某种心灵的对应物——情感，才能与之相呼应，才能体验到它的美。正如托尔斯泰所说："艺术是这样的一项人类的活动：一个人用某种外在的标志有意识地把自己体验过的感情传达给别人，而别人为这些感情所感染，也体验到这些感情。"尽管托尔斯泰说得还不全面，艺术除了情感之外，还有很多其他因素，但艺术的第一因素是情感，艺术欣赏的第一因素是情感的传达，这几乎为所有的美学研究者所承认。即使是面对自然美或社会美，尽管对象本身是没有情感的，但它们之所以成为审美对象，审美主体与它们的审美关系之所以能够建立，仍然要依赖于情感的活动。

美学上颇有影响的一派——移情说所揭示的审美规律已经越来越为现代心理学所证实，其中重要的一条就是：审美的欣赏并非对于一个对象的欣赏，而是对于一个自我的欣赏。① 这就是说，感到愉快的审美主体与使主体感到愉快的对象其实是同一个自我，是自我把自己的情感移置到对象身上。在喜剧情境中，也有很多是发生在自然界的，关于这一点，柏格森举过一例，"我们笑一条剪了一半毛的狗，笑一个插满了五颜六色的假花的花坛，笑一个每棵树上贴满了竞选标语的树林，等等。这是什么道理呢？"柏格森对这个问题的回答是："因为这些都让我们想起假面舞会。"② 我们把在假面舞会中产生的可笑性情感移到了狗、花坛、树林上，才觉得它们可笑。由此可见，没有情感的活动，便没有对自然美和社会美的欣赏，也包括没有对大多数喜剧情境的欣赏。既然欣赏是如此一种要求强烈情感的活动，那么，当然是那些具有情感活跃、兴奋性高的气质的人最适宜于喜剧欣赏。

其次，喜剧欣赏作为审美活动的一种，它不同于悲剧欣赏，正如笑不

---

① 参见朱光潜《西方美学史》下卷，人民文学出版社1979年版，第610页。
② 柏格森：《笑》，徐继曾译，中国戏剧出版社1980年版，第26页。

同于哭。对于悲剧作家而言，他的理想读者是那些温和委婉、多愁善感、富有同情心的人。悲剧情境要求欣赏者对周围世界有强烈的印象、细微的情绪反应和敏锐的感受性。只有具备这种气质的人，才会在悲剧欣赏中该悲就悲，当哭即哭。如果说最易于为悲剧所俘虏的是这些抑郁质气质的人，那么，最容易被喜剧所战胜的则是胆汁质气质的人。对于喜剧作家而言，最理想的欣赏反应当然是朗朗笑声不绝于耳，而最理想的逗笑对象则是那些以迅速的运动和行动、冲动性、兴奋性为气质特征的人，即胆汁质气质的人。喜剧的笑要求其对象在欣赏时情绪旺盛、精神振奋、心理反应敏捷而又强烈，兴奋压倒抑制，情绪放任自流而不加节制。具备这种气质的人一遇到可笑性情境，他们就会无所顾忌地爆发出强烈的大笑，甚至喝彩叫好，不惜手之、舞之、足之、蹈之也。作为悲剧欣赏者，林黛玉也许是最死心塌地的一个了，但她却无缘领略喜剧的情趣。面对喜剧情境，她顶多莞尔一笑而已。而晋朝的陆云①则是最令悲剧家头痛的一位欣赏者，但喜剧作家则最容易在他身上取得成功。

当然，上面这样的划分仅仅是粗略的。一般说来，胆汁质气质的人最适于欣赏滑稽喜剧，多血质气质的人适于欣赏幽默喜剧，抑郁质气质的人已如上述，只能欣赏悲剧，喜剧家则不欢迎他们。黏液质气质的人被戏剧家们认为是"冷酷""迟钝"的，因为他们对所有的情境都反应缓慢。无论是悲剧还是喜剧，他们都不是理想的欣赏者。

三、社会-文化模式

人的心理不同于动物心理的最大特点就在于人本身的心理发展服从于社会历史发展的规律。如果不掌握人类的经验，如果不与同类交往，人就不可能有充分发展的情感，不可能形成人的个性。人只有当他在人们中间发展时才成其为人。这样，个人的心理发展就不能不或多或少地受到他所处的社会客观环境的影响。由社会制度、经济状况、生产水平、阶级差别、民族传统、风俗习惯、伦理道德观念和教育方式等因素组成的社会-文化模式，无一不给人的心理发展以巨大的影响。当人们面对喜剧情境时，他的心理活动固然决定于当前的喜剧情境的刺激，没有这些刺激，就无所谓喜剧感之类的心理活动的发生和存在。但是，喜剧感发生、发展和

---

① 相传陆云常常大笑而不能自控，有一次，他甚至在船上对着河中自己的影子大笑而落水。

变化的方向却决定于他所处的社会-文化模式的特点。在应激状态中，个体是否会发生笑的反应，除了取决于一个人在接受刺激时的心理状态（即时情势诸因素）及其所具有的行为习惯方式（审美定势）和人格特征（主要是气质）外，社会-文化模式对笑的反应也有极其重要的影响。

首先，喜剧欣赏中的即时心理情势诸因素均受到社会-文化模式的规范。

把审美主体导入欣赏状态的游戏心境，作为一种特殊的情绪状态，其本身的形成不是无缘无故的，它不能脱离主体所处的社会-文化背景的影响。"心境产生的基本根源乃是人们在社会中所处的地位。"[①] 生活的进程、主体的需要、兴趣爱好等得以满足的程度是心境的基本源泉，而这一切又都必须是在社会的条件下才能实现的，所以，社会能为个体提供多少条件、社会使个体获得满足的程度便决定了个体心境产生的方向。

我们曾经说过，由于每个人的心理容量或需求量的不同、敏感性和适应水平的不同，引起愉快机制所需的刺激能量也不同，或者说，引起心理紧张的刺激物的最佳值不同，所以，对紧张感的强烈程度，各人也有不同的需求。现在，我们还要进一步指出，每个人的心理容量、适应水平等，都是在特定的社会-文化教养的熏陶下形成的。中国人能够忍受得了的恐惧感，美国人则不一定能够接受；英国人能够接受的幽默感，德国人则不一定能够容忍；中国人听了哈哈大笑的笑话，到了英国，也许引不起人们的半丝笑意。凡此种种，都不能排除社会-文化因素在其中所起的作用。

至于期待水平，更是受到社会-文化模式的规范。期待的产生在于理解力走入窘境，动机未获满足。但我们已从心理学中获知，动机的产出分为两种原因，一种是需要，一种是刺激。但无论是需要还是刺激，就社会性的人而言，很大程度上都是他在社会生活中习得的，因而具有社会性。就喜剧欣赏而言，其中所引发的需要及其所给出的刺激，一般来说，都带有社会的成分，是在特定的社会-文化背景中出现的。所以，期待水平也必须体现出特定的社会-文化模式的特征。同样欣赏一出喜剧，当矛盾正在演进、事件正在发展时，有的人看得目瞪口呆、紧张异常，焦急地期待着矛盾发展的结果，而有的人则早已看穿其中奥妙，甚至已猜到了事件发展的方向，所以，他泰然处之，没有半点的期待。究其原因，也许是后者

---

① 彼得罗夫斯基主编：《普通心理学》，朱智贤等译，人民教育出版社1981年版，第414页。

有更高的文化修养或者更多的审美经验。总之，两者期待水平的不同，必然与处于不同的社会-文化背景有关系。

其次，喜剧欣赏中的远缘心理情势也受社会-文化模式的规范。

审美心理定势作为审美主体的心理-行为习惯方式，它的形成要受社会-文化模式的规范是毫无疑义的。从理论上讲，审美心理定势是人的社会-文化心理结构的元素之一，而社会-文化心理结构则是社会-文化模式的直接对应物。现仅以其中的审美趣味为例。众所周知，审美趣味是随着时代的发展而发展、根据民族的不同而不同的。英国近代戏剧家尼柯尔曾对喜剧趣味的历史演变发表过精辟的论述：

> 如果我们对《女人憎恨者》中的麦西尔表示怜悯之情，那么，麦西尔出现在其中的那整出戏，我们就不再产生任何喜剧快感了。这也部分地说明为什么我们今天不能欣赏二百年前的可笑东西。毫无疑问，当人类从自己的历史的原始野蛮阶段进展到更发达的现阶段时，人类的情绪和感情已有所增强。人们以前绝不会怜悯的东西，现在就成为眼泪与怜悯的对象。逗熊戏和斗鸡戏是十六七世纪人们的正常娱乐，但对20世纪的大多数的人来说，就不再是什么娱乐了。①

让·诺安在《笑的历史》中也列数了不同民族不同的笑，在许多信奉伊斯兰教的国度里，人们认为幸福从来不是以笑容来表达，哈哈大笑往往掩盖着不幸和痛苦的心情。相反，在其他国家，人们则是以微笑来驱除一切邪恶的东西，他们崇尚微笑。无论是面对敌人、面对困难，还是面对痛苦、面对死亡，他们都付之一笑。②

河竹登志夫在为《日本大事典》撰写的"滑稽"条目中也介绍了不同国家的人在不同的社会-文化模式影响下不同的笑：

> 英国幽默的笑，一般是为了从过去的重任和贪欲所带来的重压下逃脱出来，恢复再生所需的富有朝气的心情，使自己站在别的价值观

---

① 尼柯尔：《西欧戏剧理论》，徐士瑚译，中国戏剧出版社1985年版，第240～241页。
② 参见让·诺安《笑的历史》，果永毅等译，生活·读书·新知三联书店1986年版，第214页。

立场上而发出的笑,从某种意义上说,也就是为了保全自身的消极的、但又是温和的笑,其深处却又隐藏着人生的悲哀和无常之感。法国的笑主要是反映理智的国民性的东西,滑稽也大都是讽刺、批评、嘲笑、戏谑的形式,富有所谓的机智,那笑也因此而成为冷酷尖锐地攻击旁人的东西。……但是在德国,乖巧的打趣、俏皮、幽默等言语中的滑稽戏谑却更加稀少了。①

由上可见,喜剧趣味本身就体现出不同的社会-文化模式。

上面,我们用了3章的篇幅来讨论喜剧笑的静态心理结构。通过引入大量的现代心理学资料,我们已经可以基本看出喜剧笑的内部心理结构。笑不是由任何单一的因素造成的,必须从多维的角度来考虑笑的原因及其过程。与笑的产生有关系的因素,概括起来不外乎3个方面,即生物学因素、心理学因素和社会-文化因素,其相互关系如图6-3所示。②

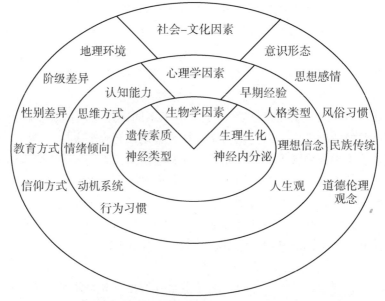

图6-3 生物学因素、心理学因素、社会-文化因素的相互关系

---

① 转引自王树昌编《喜剧理论在当代世界》,新疆人民出版社1989年版,第192~193页。
② 本图参考了张伯源、陈仲庚《变态心理学》,北京科学技术出版社1986年版,第104页。

第七章　喜剧笑的心理效应过程

前面几章无论是分析喜剧笑的心理机制，还是喜剧性的笑的情感结构，抑或是分析喜剧笑的主观情势，其立足点都是从静态的角度来看喜剧笑的诸种因素，显而易见，这些都是构成喜剧笑必不可少的心理部件，但是，这还不足以描述出整个喜剧笑的心理机制的运转过程。我们还必须从动态的角度来描述喜剧笑的心理效应过程，这样才能真正全面地把握喜剧笑的奥秘。正如苏联神经病理学专家鲁克所说："引起'愉快中心'兴奋的时候，不仅刺激的性质是重要的，而且刺激的序列也是重要的。"① 本章的任务就是从喜剧笑的心理准备阶段开始，继而描述在特定的刺激情境下，主体的心理机制是如何运转的，以至最终爆发出喜剧性的笑，也就是从刺激序列的角度把喜剧情境对心理的效应过程描述出来。为了更好地说明奥妙无穷的笑的心理活动过程，我们还是以莎士比亚著名的喜剧《威尼斯商人》为例，体验一下它是如何引动我们的发笑机制的。

首先，带着审美的需求，我们翻开莎士比亚的剧本，或者走进莎士比亚喜剧的剧场。当然，也不排除有的人是为消磨时光，或者无所为而来，但更多的人为的是一睹莎士比亚名剧的风采。他们知道这是莎士比亚闻名全球、历演不衰的经世喜剧，非要到此中来领略一番笑的情趣不可。这就是说，在走进剧场或翻开书本之前，起码有一部分人是抱着明确的目标来的，这个目标就是审美。具体地说，就是欣赏莎士比亚喜剧的美。所以，驱使他们走向莎士比亚喜剧的是他们的游戏心境。当然，"内行看门道，外行看热闹"，有一部分人是来看热闹的，说得明白一点，他们是来解解闷的。既然他们有心思看喜剧，而不是借酒精或别的什么刺激来解闷，这就说明这"闷"还是可以解的。况且，他是想通过笑一番来解闷，所以，在这部分人的心里，也不排除被游戏心境所驱使的成分。

然后，随着大幕的开启，或者随着书页的翻卷，我们在第一幕的第一

---

① A. H. 鲁克：《情绪与个性》，李师钊译，上海人民出版社1987年版，第65页。

场就知道安东尼奥要冒风险借钱给好朋友巴萨尼奥，好让他前往贝尔蒙特向鲍西娅求婚，在第二场又知道鲍西娅的婚事得按父亲的遗嘱，决定于求婚者的运气。我们并且知道，除了对巴萨尼奥有好感外，鲍西娅对其他求婚者一概视如粪土。那么，安东尼奥在与夏洛克签订了那张要命的契约后将有什么结果，他的命运如何？而鲍西娅的婚事是否得遂心愿？全剧一开始就向我们提出了这两个关系人物命运的问题，使我们带着悬想转到了第二幕。

戏转到第二幕，矛盾接连出现，其中当然也有一些得到了解决。夏洛克的女儿、美丽善良的杰西卡终于逃出了父亲的牢笼，带着装有珠宝的匣子投到情人罗兰佐怀中。当我们看到夏洛克发疯似的大叫"我的女儿，我的银钱"时，我们由于第一个悬念的解决而发出了轻轻的微笑。同时又为安东尼奥担心，因为夏洛克把女儿出走的仇恨之火烧向安东尼奥，声称要以残虐的手段"报仇"。即使是作为旁观者，我们也暗暗为安东尼奥担心，希望他能如期履约，不然可就麻烦了。在另一条线上，企图向鲍西娅求婚的摩洛哥亲王、阿拉贡亲王相继受挫，怏怏而去，但同时传来巴萨尼奥即将到访的消息，他能否成功？这矛盾已迫在眼前了。整个第二幕，两条线上的矛盾都进一步加剧，观众的悬念心理越来越强烈，逐渐增强其紧张度。

第三幕一开始，便证实了安东尼奥损失一条船的消息，这无疑使观众在安东尼奥无法履约的悬念上加上了一把火。接着，夏洛克一再发誓，"非得照约实行不可"，而安东尼奥在还债无望的情况下仍表示愿意用生命来维护"威尼斯的法治精神"，以免影响威尼斯的繁荣。这样一来，第一幕就扔向观众的这个最大的悬想在剧情的步步进逼下，使紧张的心理势能愈益增强，主人公的命运已经进入一个紧要关头，观众急切地想要知道下一步的发展将会如何。在贝尔蒙特，鲍西娅与巴萨尼奥的婚事得到完满的解决，群众刚刚解下这个小小的悬念，马上又传来安东尼奥的凶讯，心上的弦不由得又绷了起来，松弛与紧张的交替出现，为的是向更高的紧张跃进。

第四幕是冲突发展的高潮，第一幕出现的那个悬想不仅一直持续到这里，还越演越烈，达到了顶峰。无论是公爵的劝说、葛莱西安诺的咒骂，还是巴萨尼奥提出的优厚的交换条件，都没法改变夏洛克要割下安东尼奥身上一磅肉的决心。本来，冒牌博士鲍西娅的出场可以稍稍缓和观众的担忧心情，我们一下子冒出了事件可以轻易地完满解决的幻想，殊不知鲍西娅在法庭上一再声称要按法办事，照约处罚，没有松动的余地。这样一来，希望事件能轻易地完满解决的幻想不仅被打破，还进一步增强了心理紧张的程度。安东尼奥的性命危在旦夕，各个观众都是提心吊胆地继续往下看。接着，鲍西娅一次又一次地宣布判给夏洛克一磅安东尼奥身上的肉，这使夏洛克无比欢欣，但我们的观众却已经到了无以复加的紧张的程度。剧情的发展已经使人感到咄咄威逼，观众对即将出现的紧张场面不仅是悬想、紧张，更是恐惧、心灵的震颤。但是，就在这千钧一发、万众屏息的时候，事情来了一个突然的反转，鲍西娅迸发出智慧的闪光，使夏洛克一次又一次的退却都无济于事，最终反而被迫接受处罚。我们的观众万万想不到眼看就要酿成灾难的事件竟然会有一个如此理想的结局，万万想不到鲍西娅有如此惊人的智慧，万万想不到事件的转变竟如此轻巧、如此突然。原来的一切担忧、惧怕均属多余，沉重的心理负担豁然如坠万丈深谷，简直完全地处于失重状态。霎时间，只有无意中爆发的笑声充斥整个心灵。

高潮过后，戏还没有结束，作者为下面的戏又安排了一个期待：假博士要走了巴萨尼奥的指环，而这指环是巴萨尼奥的妻子送给他的，他曾经发誓："永远不把它出卖、送人或遗失。"现在，作为答谢假博士的解救之恩，不得已而送了出去。那么，巴萨尼奥在回到贝尔蒙特之后，没有了这个指环，他将怎样向妻子交代？鲍西娅又是如何借这话题来戏弄她的丈夫？这些都足以使我们的观众再次陷入新的期待中，再一次把我们的注意力集中于期待这场冲突将如何解决。直至第五幕到来，我们才在一片笑声中完满地结束了期待，也完满地走完了一条使心灵充满紧张然后突然松弛的历程。

或许，正如世上一切真正的艺术都不可能重复一样，喜剧欣赏的心理效应过程也不会全都是一个模式，但上面我们所揭示的几乎可以作为一种典型，正如《威尼斯商人》是喜剧创作的典范一样。因此，我们可以从上面的体验过程中归纳出喜剧笑的心理效应过程的5个阶段，即游戏心境的定向作用、悬想期待的产生、心理势能的蓄积、在反转中的爆发、反馈时的再强化。下面，我们将依次展开论述。

第一节　游戏心境的定向作用

我们在谈到喜剧笑的主观情势时，曾把游戏心境作为其中的一个重要因素。现在再次提到它，主要是从游戏心境在具体的场景中如何发挥作用这一角度来谈。

尽管是进入同一的喜剧欣赏情境，不同的欣赏者有不同的心理准备状态，不一定每个人在欣赏之前都进入游戏心境。从理想的角度看，当然是在接触喜剧情境之前，心理状态便已处在游戏的心境中。因为当人处于游戏心境时，他的审美感知机能处于放松状态，能够敞开胸襟来接受喜剧情境传来的刺激。在游戏心境中，也就保证了心情的轻松和愉快，解除了生活中许多无形的束缚和种种设防，整个心理感受器处于一种柔和开敞的状态，而且感知器官特别灵敏、主动，易于接受笑的刺激。萨赛在《戏剧美学初探》中提到：

> 观众的特点就是他们的感觉比任何组成这个共同体的个人更灵敏。他们以一种更急迫的心情进入诗人为他们提供的哭的来由，他们感受的病苦更剧烈，眼泪也来得更容易、更汹涌。①

其实，不仅哭的刺激需要心灵的这种敏感，笑的刺激也同样需要以心灵的敏感为前提。游戏心境为笑的产生所提供的就是这样的一种敏感前提。

喜剧欣赏对游戏心境的需求可由格式塔心理学的心物结构同型说得到佐证。游戏心境是喜剧欣赏对主体的审美态度的一种特殊要求。喜剧情境作为一种刺激现象，它的呈现要求反映它的心理结构过程与之有相关性，即处于同一的振荡频率上。考夫卡在《知觉：格式塔学说引论》一文中指出：

> 这种态度概念，作为进行某种结构过程的预备状态，我们已用来解释了许多迄今为止归因于注意的事实，这意味着我们已经能将

---

① 转引自余秋雨《戏剧审美心理学》，四川人民出版社1985年版，第112页。

一种不确实的、定义不清楚的原因替换成确实的、定义清楚的原因了。……由态度所准备的结构过程在现象呈现时作为这种现象的生理相关物,而起着作用,而这种生理的假设是由心理的观察所确定的,因为我们认为,作为结构现象之基础的生理过程本身必须具有结构的特性。[1]

这就是说,作为与刺激现象——喜剧情境相对应的心理相关物——游戏心境,它的显而易见的作用在于确定注意力的指向,它实际上就是审美注意的根本原因。大千世界,刺激的根源林林总总,我们之所以把注意力指向和集中在喜剧情境上,根本的动力就来源于游戏心境。

游戏心境对注意力的定向作用不仅体现在欣赏对象的主动选择上,还体现在欣赏对象的被动呈现上。换言之,游戏心境不仅可以指引欣赏主体的随意注意,还可以指引欣赏主体的不随意注意。这是由于游戏心境不仅占领心理中的意识部分,还占领心理中的无意识部分。而且游戏心境作为一种特定的情绪准备状态,作为对应于刺激物——喜剧情境的直接兴趣,一旦遇到有关事物的刺激作用,他的大脑两半球内的相应部位就直接地产生最优势的兴奋中心。同时,这种最优势的兴奋中心对大脑皮质的其他部位则产生负诱导的作用:一切无关喜剧欣赏的刺激都引入抑制的范围,从而保证了注意力对喜剧情境的最高度的指向和集中。所以,我们说,对于喜剧笑的心理状态而言,游戏心境是最理想的。

但是,并非任何人在进入喜剧情境之前都带着强烈而明确的游戏心境。正如我们在前面已经提到的,有的人仅仅是为了消磨时光、为了解闷才来欣赏《威尼斯商人》的。有的人甚至是无所为而为的。不能认为这些人在进入剧场、进入欣赏之前已经产生了非常明显的游戏心境。同时也不能认为,他们全然没有进入欣赏喜剧的心理准备状态。应该说,他们有欣赏喜剧的情绪准备,只不过表现得相当微弱罢了。相比之下,其他的无关心理活动则比较强烈,所以,游戏情绪无法形成优势。但是,当大幕拉起,或者书卷翻开,其他的无关心理活动就会被挤出情绪之外,游戏情绪越来越强烈,很快就形成优势,并且统贯着整个欣赏活动,甚至在欣赏活动结束后也不消逝。

---

[1] 转引自张述祖《西方心理学家文选》,人民教育出版社1983年版,第326页。

第二节　悬想期待的产生

喜剧情境切入心灵的方式不同于一般的刺激物。在正常情况下，一般刺激物只能引起大脑皮层的正常兴奋性，而喜剧情境给予心灵的却是全身心的震颤。当然，由于喜剧情境涉及生活的各个领域，统贯艺术的所有形式，所以，它切入心灵的渠道在各种特定的喜剧情境中是迥然相异的。欣赏一幅漫画与欣赏一出闹剧，其心灵切入的途径当然不可同日而语，但有一点，任何的喜剧情境在切入心灵之际，都必然以其新奇为特点。这一特点是由喜剧的性质决定的。喜剧以引起笑为旨归，不引起足够的心理能量，就无从引发笑的机制。要引起足够的心理能量，就必须给心理以足够的刺激。对心灵而言，新奇是调动一切心理机能的驱动器。

苏联科学家索科洛夫曾经从大脑科学的角度说明新奇的刺激意义，说明我们的脑海里有一套特殊的新奇事物侦察装置。他认为，大脑的神经细胞储存有关于外来刺激的强度、时间长短、质量和顺序的信息。当新刺激到达时，大脑便将这些刺激同大脑皮层里的"神经模式"进行比较。如果这些刺激与先前储备的模式有相似之处时，大脑皮层就向全身错综复杂的激活体系发出信号，指示它不要采取行动。如果这些刺激是新颖的，不同于现存的神经模式，刺激变位反应的现象便随之出现。所谓"刺激变位反应"，就是身心在面对新奇事物时所产生的一种全面应激行为。美国未来学家托夫勒在《未来的震荡》一书中对此做如下的解释：

> 外界刺激的变化触发了一种被实验主义心理学家称之为"刺激变位反应"的行为。刺激变位反应是一种复杂的，甚至大规模的全身运动。瞳孔扩大，视网膜发生光化学反应。听觉暂时变得更为敏锐。我们会不自觉地通过肌肉运动把感觉对准新来的刺激因素——例如，把身子倾向声源，或为了看得更清楚而眯缝着眼睛。我们的肌肉总的伸缩能力提高了。我们的脑电波的模式有了变化。手指、脚趾会因血管收缩而发凉。手掌会出汗。血液冲向大脑。呼吸和心律也有变化。①

---

① 托夫勒：《未来的震荡》，任小明译，四川人民出版社1980年版，第373页。

细心的读者当会发现，托夫勒在这里所描述的生理变化实际上与情绪心理学家在描述笑的反应时的生理变化是一致的。不难推断，新奇刺激所引起的变位反应正是向着笑的反应迈进的重要一步。所以，难怪历史上所有的喜剧作家都尽量在他们的作品中给观众以尽可能多的新奇感，其目的不外乎为后来引起的笑做情感的铺垫。

新奇感的直接效应是悬想期望的产生，也就是造成一种有明确指向、有确定强度的心理力场。本来，喜剧情境本身就是一个动力场。各种冲突力量的扭结，只有以一种类似于物理学上"张力结构"的形态呈现出来，才能使观众获得最佳的心理效应，才能产生笑。余秋雨在谈到戏剧的张力结构时认为：

> 生活素材当然也有各种力的组合，但往往处于抵牾、耗散状态，戏剧对它们进行选择和重新组合，就会使舞台上出现一种足以使观众陡然醒目、感奋、震动的力度。同样的思想意蕴、故事情节，并不是总能起到同样的心理效果的，只有当它们呈现为类似于物理学上"张力结构"的形态，使观众在感官上明显地感受到一种强力冲击的时候，才能获得最佳心理效果。①

就喜剧欣赏而言，最佳心理效果就是笑。喜剧情境一切作用力元素的组合都以引起观众的笑为目的。为了引起笑，喜剧中的"张力结构"应不同于悲剧，也不同于正剧；不同于崇高，也不同于优美。其最大的特点就是强烈悬想的设计及突然反转的安排。关于后者，我们在下面将要谈到，现在先讨论悬想期待的心理效应过程。

在情境中设计悬想期待并不仅仅是喜剧的专利。在一般的剧作法中，悬想期待是用"悬念"这个概念来表示的。所谓悬念，就是人们对情境中人物的命运、事态的发展变化的一种期待心情，是指欣赏者心理上的一种特殊的紧张悬浮状态。既然"悬念"是情境在欣赏者心理上的一种特殊效应，它就不仅不能为喜剧所独专，也不可能为戏剧所特有。其实，凡是有情境的地方，都有可能造成"悬念"。绘画、小说、电影、故事等艺术样式都能产生悬念。在日常生活中，只要是对事件或人物命运的描述，

---

① 余秋雨：《戏剧审美心理学》，四川人民出版社1985年版，第170页。

或者能够引起听者新奇感的地方，都可以有"悬念"在。比如有人说"谈恋爱的人最大胆"，这句话马上就在听者那里引起"悬念"，因为这话听起来有点出人意料。好奇的本能便驱使着心灵继续探寻其下文。

我们之所以把这种悬想期待称为心理上的特殊的紧张状态，是因为当欣赏者在接受到情境冲突状态的刺激时，自然而然就会产生新奇感，这是一种本能的生物反应，是人类主要的适应机制之一。凡是不为主体内在"神经模式"所掌握的东西，一旦成为对大脑皮层的刺激，都可引起新奇感。新奇感的出现使人在接受外来的信息时变得敏感，必要时，它可以使人的各方面生理-心理能力调动起来，把预期的能量波传遍全身，造成全身心系统的紧张状态，以应急需。立普斯曾经提出一个"心理堵塞"法则来解释这种现象：

> 一个心理变化、一个表象系列在它的自然发展中，如果受到遏制、障碍、隔断，那么，心理运动便被堵塞起来，即停滞不前，并且就在发生遏制、障碍、隔断的地方，提高了它的程度。①

在喜剧欣赏中，当悬念出现时，正是欣赏者的心理之流——新奇感受到了遏制之际。或者由于客观事物本身的特性，或者由于艺术家的有意安排，欣赏者急于知道的情境发展的结局往往被搁置下来。如在《威尼斯商人》中，作者交替展开两条线上的矛盾冲突，其心理效果之一就是隔断欣赏者的求知欲念。而恰恰就在这地方，心理运动提高了它的程度，新奇感变成了强烈的期待，变成了心理上的紧张悬浮状态。

当然，悬想期待的产生及其维持并不仅仅依靠对结局的保密。理想的喜剧情境应该是，即使欣赏者知道了事件的全过程，仍然保持着强烈的好奇心、保持着紧张的期待心理看下去。著名戏剧理论家顾仲彝认为：

> 悬念大致有三种情况：第一种，观众什么都不知道，而愿意明确究竟；第二种，观众知道一点儿，愿意探知更多或更详尽的细节；第

---

① 立普斯：《悲剧性》，见古典文艺理论译丛编辑委员会《古典文艺理论译丛》第六册，人民文学出版社1963年版，第118页。

三种，观众知道很多，但用欣赏或恐惧的态度期待事态的发展。[1]

就剧场效果而言，悬念的最佳者当为第三种。只有这种悬念才能使欣赏者百看不厌，使他们始终"唤起和保持只有第一次看到这个戏，事先对它的剧情毫无所知的人才会有的那种兴趣，或者更准确地说，那种好奇心"[2]。第三种悬念之所以有如此深湛的艺术魅力，原因在于，它在欣赏者的心理效应上除了包括上面提到的兴趣、好奇或恐惧感外，还包括它给观众带来的优越感。这种优越感来源于他们比剧中人知情，来源于欣赏者对喜剧情境发展的洞察一切、居高临下。这种优越感恰如阿契尔所描述的：

> 我们清楚地看到了某一事态的全部背景、关系和错综复杂的纠葛，而在这一事态中，至少有两个切身有关的人物却在盲目无知地走向他们自己所不曾梦想到的结局。实际上，我们就好像是处在上帝的地位上，正在以不可思议的洞察一切的目光，注视着那些可怜的、盲然无知的凡人如何跌跌撞撞、瞎摸瞎碰地在生活的迷宫中踯躅彷徨。我们在剧场中的座位就好像是享乐主义者理想中的奥林匹斯神山一样，从那里，我们可以看到一切人类命运的错综复杂的反应，而自己却无须参与其事，也不必对此负责。这种优越感是永远不会使我们生厌的。[3]

所以，就喜剧情境而言，在欣赏者的悬想期待之中，含有诸多心理成分，有好奇感、兴趣、设想、期待，也有优越感，诸种心理成分都能引起和保持欣赏者对喜剧情境的高度注意力，引起和保持欣赏者高度紧张的心理活动状态。

第三节 心理势能的蓄积

当悬想期待出现后，主体心理已经处于紧张状态，就一般的小型的喜

---

[1] 顾仲彝：《编剧理论与技巧》，中国戏剧出版社1981年版，第256页。
[2] 威廉·阿契尔：《剧作法》，吴钧燮等译，中国戏剧出版社1964年版，第129页。
[3] 威廉·阿契尔：《剧作法》，吴钧燮等译，中国戏剧出版社1964年版，第140～141页。

剧情境而言，这已经足够了，只要来个突然的反转，就会引起欣赏者的笑的反应。如上面提到的那句话："谈恋爱的人最大胆——专找没人到的地方去。"前半句的功能在于引起期待，制造紧张。下半句实质上是个反转，使期待落空，使紧张松弛，于是就在反应者心理上产生笑的反应。当然，这只是一种无声的微笑的反应。在喜剧欣赏中，我们经常听到一些捧腹大笑、哈哈大笑、忘情大笑等。区别于无声的微笑（Smile），这是有声的大笑（Laugh）。要引发这种大笑，仅仅制造初步的悬想期待还不行。因为它是一种高强度的情感喷发的大笑，它的启动起点当然要高，要有足够的能量才可以打开大笑的机制。所以，当悬想期待刚出现时，便马上反转，一般只能引发无声的微笑。只有在悬想期待出现后，继续给心理的紧张势能加温，使其得到不断的能量蓄积，使心理紧张度一直上升到临界点，这时候的反转才能造成高强度的大笑。

很多杰出的剧作家、戏剧理论家在谈到戏剧悬念时都提出，仅仅依靠对观众的保密还不足以调动和保持观众最深沉的欣赏兴趣。狄德罗认为："由于守密，戏剧作家为我们安排了一个片刻的惊讶，但是，由于把内情透露给我，他却引起我长时间的焦急。"① 美国电影导演希区柯克曾经以一个简单、浅显的例子来比较了这种"片刻的惊讶"与"长时间的焦急"：有 4 个人围坐在桌子旁边谈论棒球，如果你事先让观众知道桌子底下有一颗炸弹，将在 5 分钟内爆炸，你的预示就会造成有力的悬念，使观众十分关切这个谈论棒球的场面；可是，如果观众事先不知道有那颗炸弹，4 个人谈了 5 分钟，突然，炸弹爆炸了，人被炸成碎片，观众只会感到"10 秒钟的震惊"。②

当然，艺术家们的论证角度是从剧场气氛出发的。引起观众长时间的焦急为的是使剧情吸引人。现在我们换一个角度看，在喜剧欣赏中，这种"长时间的焦急"恰好是为后来的引人发笑做心理铺垫的必由之路。从审美实践看，任何一部堪称成功的喜剧作品都能够在制造情境时精心地制造出一种情势，使欣赏者尽快地形成一种层迭式的心理势能的累积，使其进入强有力的紧张积贮状态。这正如物体的位置越高，其产生的势能就越

---

① 狄德罗：《论戏剧艺术》，见《文艺理论译丛》第 1 辑，人民文学出版社 1958 年版，第 180 页。
② 参见阿·希区柯克《漫谈电影导演》，载《电影艺术译丛》1978 年第 1 期，第 110 页。

大；心理累积越大，其在爆发时的冲击力就越强，就越有可能引发大笑。

从心理学角度看，由情境引起的这种被称为悬想期待的紧张状态拖延得越久，其累积的势能就越大。拖延的过程就是紧张状态的增强过程。所谓紧张状态，实质上就是大脑皮质的高度兴奋，它的活动服从于高级神经活动的扩散与集中规律：

> 扩散和集中的规律在于，如果在这种或那种刺激物的影响下在皮质的某个部位发生兴奋，那么它不是停留在一个位置上而是沿着两半球皮质扩散。这种现象叫做兴奋的扩散。①

还要补充一点，这种扩散不是分兵把守，削弱了原来的势能，而是原子反应般的链式动作，根据条件刺激物的总和规律，② 扩散后，各个兴奋点的势能集中起来，已远远地超过了原发点的兴奋势能。所以，我们把这种扩散称为增势的扩散。喜剧欣赏中悬想期待的拖延，其在心理效应上就是这样一种紧张状态的增势扩散。

当然，"物极必反"，不能漫无边际地滥用增势刺激。悬想期待拖延太久，给予大脑的刺激量超过了临界点，心理活动就会受到高级神经活动的另一个规律——刺激的强度界限规律的约束。"一个太强的刺激可能引起一个和弱刺激的效果相等的效果。"③ 因为过强的刺激会使大脑皮层的兴奋泛滥，无法形成一个集中的兴奋点，这样就降低了大脑活动的效率。为了避免在喜剧欣赏中出现这种心理效应上的"均等相"，期待的拖延、势能的蓄积必须要有度，要在恰到好处之际出现反转。

第四节　在反转中的爆发

就喜剧情境而言，反转就是矛盾的突然的暴露，或者是情势的急转而下。就主观反应而言，则是情感的爆发性外泄，是心理势能的直线下降。

我们在上一节已经知道，心理的势能来源于紧张感的蓄积。紧张感的

---

① 克鲁捷茨基：《心理学》，赵璧如译，人民教育出版社1984年版，第44页。
② 参见杨清《心理学概论》，吉林人民出版社1981年版，第92页。
③ 杨清：《心理学概论》，吉林人民出版社1981年版，第91页。

产生则来源于期待。所谓期待，就是对喜剧情境的最终结局的热切追求。一旦真相大白，期待就会消失。就喜剧欣赏的特点来说，为了引起笑，期待的消失必须符合两个条件：①消失的突然性；②消失不是因为期待得到满足，而是由于期待落空。关于第二点，在谈到喜剧性的本质时，我们曾经强调，所期待的东西必须是没有真实价值的。所以，它的落空不可能引起利害关系的考虑，不会导致伤感的出现。我们现在要着重讨论的是第一点，即期待消失的突然性。

就情节性强的情境而言，一般在高潮之后都要有结局，也就是说，都要使期待消失。但喜剧的期待必须是突然的消失才能引起笑。因为只有突然的消失，才能使外泄出来的情感形成冲势。正如高山蓄水，尽管其存储的势能非常大，如果仅仅是稍为开启一个小小的闸门，那么流出来的水不会有多大的冲力。但如果是大开闸门，让水库里的水在顷刻间全部排泄而出，则其冲力足可排山倒海。这就是说，必须提高单位时间内的情感流量，才能形成开启笑的机制的势能。所以，如果说期待的突然消失在其他情境中出现是偶然的，那么它在喜剧情境中则是必然的而且是必需的。

为什么有足够的心理能量就可以冲开笑的闸门？这个问题一直是心理学家的聚讼之处。迄今为止，我们都只能停留在猜测、假设的水平上。相对而言，斯宾塞的假说倒是有几分道理的。情感超过一定的强度以后，通常就用身体的动作来解除自己。一种不受任何激动支配的神经力量的溢流将明显地首先替自己选取最惯熟的路线，而且如果它们还显得不能满足于这种溢流，那么它接着就会流到那些较不惯熟的路线上去。① 在喜剧情境的刺激下，那些高强度的情感之流首先是通过最惯熟的路线——讲话器官和呼吸机能——释放出来。如果这些路线尚不足以释放如此强大的能量，那么整个躯体就会震动，特别是由于嘴部肌肉细小，容易活动，所以嘴巴先变得灵活起来，发出声笑。与斯宾塞的假说相似，我国古人也猜测到强烈情感与动作的关系，"情动于衷而形于言，言之不足故嗟叹之，嗟叹之不足故咏歌之，咏歌之不足，不知手之舞之足之蹈之也"。尽管以上这些都是假说，都是出于对现象的解释，还没有找到坚实的解剖生理学和神经生理学及大脑科学的基础，还缺乏现代科学的实证分析，但毕竟为揭开笑的奥秘提供了重要的启示。

---

① 参见达尔文《人类和动物的表情》，周邦立译，科学出版社1958年版，第28页。

匈牙利现代心理学家阿瑟·凯斯特勒就是在斯宾塞的启示下，进一步用心理学与生理学相结合的研究方法，对笑的情感发生做了极富启发的论述：

> 某一件事情或者一个想法在人的头脑中形成，是由两个互不相容的情境搭起来的"双重关系"，它使人的思路实现了从一个情境到另一个情境的转换，从而突然地中止了他的"紧张期待感"；那积累起来但又失去了目标的情感先是被提到了空中，而后就在笑声中释放出来。……
>
> 换句话说，人们发笑，是因为他们的感情与思想相比有更大的惯性和持续性。情感是无法跟推理保持步调一致的，它们与推理不同，不能一下子"转变方向"。……如若人能像改变思想那样迅速地改变自己的情绪，那他就成了一位感情的杂技演员。不过由于不可能具有这种能力，所以他的思想和感情常常就处于分离的状态。在笑声中释放出来的正是被思想所遗弃的感情。①

凯斯特勒对笑的情感发生的看法最宝贵之处是他极力从生理学上立论。他对上述观点的生理学解释是：

> 感情是通过遗传学上尽人皆知的庞大交感神经系统和与它有关的各种内分泌激素荷尔蒙而对整个身体起作用的，而理性思考的过程仅局限于大脑皮层。②

这就是说，当喜剧情境发生突然反转时，紧张的期待感之所以被抛离，是由于感情反应与思想反应缓急之间的矛盾所致。感情反应与庞大的交感神经系统和荷尔蒙相联系，一旦这些交感神经系统运动起来，特别是一旦体内荷尔蒙发生变化，就不容易在顷刻间消除掉其对主体心理的影响。它的惰性和惯性是显而易见的。例如恐惧和愤怒之情，尽管引起这些情感的刺激已经消失多时，但它们对心理的影响却可以维持很长一段时

---

① 转引自陈孝英等编《幽默理论在当代世界》，新疆人民出版社1987年版，第165～166页。
② 转引自陈孝英等编《幽默理论在当代世界》，新疆人民出版社1987年版，第166页。

间。理性认识则不同，与它相关联的大脑皮层是极活跃的心理器官，可以在瞬息之间随刺激的不同而发生不同的变化，所以，理性认知可以快速地跟踪对象，可以在顷刻之间随着对象的变化而灵活地变化。在喜剧情境发生反转时，理性认知马上就可以对它起反应，并随之而做出相应的调整。但随着喜剧情境而生的紧张的期待感在面对突然反转时，由于其特有的惯性和持续性，不可能马上在心理上做出调整，反而一如既往地向前发展。这样，调整后的理性认知便与未经调整或来不及调整的期待感发生分离，并迅速地把期待感抛弃。由于这时候的期待感正处于高强度的势能存储状态，一旦失去了理性的附丽，其强大的冲力就引发了身体的行为。如斯宾塞所言，最先发动起来的就是呼吸器官和嘴部肌肉，于是就产生了伴随有声音的连续呼气的一连串动作，这就是声笑。所以，可以简要地把笑的心理效应过程概括为一个定向的情感不断地发展增强，拖延蓄势，直至最后被突然抛离出来的过程。为了明了上述诸因素的运动过程及相互关系，通过图7-1来加以说明。

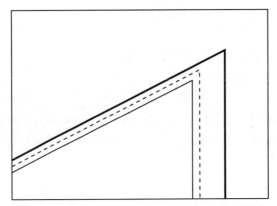

图7-1 喜剧情境的发展与理性认知的发展关系

上图中，较细的黑线表示喜剧情境的发展轨迹，当它发展到顶峰时，便在反转后急转直下。虚线表示理性认知的发展，它紧随着情境的发展而发展。当情境反转时，理性认知也紧随着急速转向，可谓寸步不离。粗线表示高强度的期待感的发展轨迹。在情境发展的刺激下，它也随之逐步走向高潮，但当情境反转，理性认知随之发生变化时，它仍然循着惯性以原定的方向向前发展。它的发展顶峰就是笑的爆发点。几乎就在笑的同时，情感就由紧张转入松弛。所以，我们也可以把笑理解为情感的紧张—松弛运动模式。

第五节 反馈时的再加强

柏格森在笑的研究上有一个突出的贡献，就是他强调了笑的社会性，不仅只有在真正属于人的范围内才有喜剧性的笑，这种笑还必须体现出社会的一致性：

> 这样一种智力活动必须和别人的智力活动保持接触。……如果一个人有孤立的感觉，他就不会体会滑稽。看起来笑需要有一种回声。请注意：这不是一个发出来了就算了事的清楚分明的声音，而是一个需要由近及远反响不绝的声音，像空谷中的雷鸣一般，霹雳一声以后便轰鸣不已……我们的笑总是一群人的笑。你也许在火车里或者餐桌上听过旅客们相互讲一些在他们认为是滑稽的故事，大家畅怀大笑。如果你参加他们的集体，你也会跟他们一样地笑。然而如果你没有参加他们的集体，你就根本不想笑。……不管你把笑看成是多么坦率，笑的背后总是隐藏着一些和实际上或想象中在一起笑的同伴们心照不宣的东西，甚至可说是同谋的东西。……要理解笑，就得把笑放在它的自然环境里，也就是放在社会之中。①

本来，柏格森在这里不是论证笑的心理过程的，他的目的在于说明"笑必须有社会意义"，"应该确定笑的功利的作用，也就是它的社会作用"。从这一方面看，他无疑是抓到了问题的核心，有力地推动了笑的理论的发展。从另一方面看，从笑的心理效应过程看，柏格森也无意中给我们以很大的启示：必须区分集体的笑与个体的笑。柏格森只强调集体的笑而否认个体的笑，这当然是有所偏差的。不能否认，一个人端坐在家中看电视演播的喜剧节目，也能发出笑。但是，我们的研究重点还是应该放在集体的笑之上，尤其是考虑到笑的社会意义时，则必须从集体的角度才能把问题看得深透些。

如果说纯生物性的笑无需社会的促进就可以发生，那么，社会性的喜

---

① 柏格森：《笑》，徐继曾译，中国戏剧出版社1980年版，第4～5页。

剧笑则以社会促进为条件。喜剧笑主要发生在社会情境之中，是与别人在一起的直接结果。由别人所构成的社会环境也是诱发喜剧笑的客观情境之一。正如美国社会心理学家弗里德曼等人所说：

> 有关别人在场引起的社会促进的一个重点，在于某些行为在本质上是社会的，所以得到了加强。这些行为和反应往往取决于别人的在场，单独一人是很少发生的。所以与别人在一起会使这些反应易于发生。……有人们在周围时，我们很容易笑。另一方面，当我们读到或在电视里看到有趣的事情时，自己也会发笑；如果有观众时，就会大笑起来。[1]

弗里德曼甚至举了一个很能说明问题的例子。一些聪明的电视制片人注意到电视节目欣赏的孤独性及笑的社会促进性，他们在节目中预先录入观众的笑声。这样一来，对电视观众而言，这些预录的笑声就可以代替欣赏时其他人的笑声，成为促使他发笑的附加刺激源。由此可见，明确喜剧笑的社会集体性质何等重要。

在诸多情感中，也许笑与恐惧是最富有传染性的了。就恐惧而言，"一个旁观者在看到和听到在恐怖状态中的其他人时，即令在他的处境中没有任何能引起他恐怖的原因，也常常会引起恐慌"[2]。与恐惧相似，笑的情感也是这样。在喜剧欣赏中，众人面对着为共同所有的喜剧情境，也就是面对着共同的心理环境，大家有产生共同的心理反应的前提，因而也就有了互相感染的条件。恰如余秋雨所说：

> 戏中可笑的内容总是先有几个观众首先感应到并发出笑声。尤其是那些微妙的笑话，最早领悟的观众总是少数。他们的笑声提醒了邻座，使更多的人获得了理解，爆发出笑声。于是，这几个早笑、早理解的观众就会进一步为笑声而高兴，从而有新的表情因素加入，借以表明自己是"先觉者"。但是，一旦他们向剧场提供新的表情因素，

---

[1] 弗里德曼等：《社会心理学》，高地等译，黑龙江人民出版社1984年版，第557页。
[2] 克雷奇等：《心理学纲要》下册，周先庚等译，文化教育出版社1981年版，第398页。

其他观众的情绪恰似增添了催化剂一般更高涨了。①

余秋雨的这段话最好不过地描述了喜剧笑的心理效应过程的最后一个阶段，即反馈加强阶段。

在笑产生之后，自己的笑成为新的刺激源，使别人受到感染也产生了笑。听到别人的笑，自己"就会进一步为笑声而高兴"，产生更强烈的笑。这时候，刺激笑的已经不是作为欣赏对象中的客观喜剧情境了，而是由于在听到别人的笑声而反馈回自身时"有新的表情因素加入"，即觉得自己是"先觉者"或"胜利者"而生的优越感也加入到笑的情感之中，从而使笑的刺激能量有所增强，于是笑得更为畅快些。所以，笑的确是需要有回声的。难怪凯斯特勒也把笑的感染性看作比喜剧情境的刺激还要强的另一个刺激因素，"另一个把反应扩大到与滑稽的刺激比例不相称的因素，就是笑与集体行为的其他感情方式一样，都具有社会感染性"。事情的确是这样。不然的话，即使你是最早的"先觉者"，在你以"扑哧"一声笑打破了剧场的沉寂之后，很快便又悄然无声。恰如一粒石子扔进漫无边际的湖水里，迟迟不见回波，谅你也就再笑不出第二声来。因为你不仅没有笑的支持者，而且也没有新的刺激源，你再也笑不起来。

---

① 余秋雨：《戏剧审美心理学》，四川人民出版社1985年版，第125页。

第八章 滑稽与幽默

第一节 喜剧范畴的划分标准

喜剧是一个包容范围很大的概念,不但生活中的喜剧有多种的存在形态,而且喜剧的反应形式——笑也有很多不同的体现,曾有理论家把笑描述为如下种类:

> 笑可能有高兴的和悲伤的,和善的和恼怒的,机灵的和愚蠢的,傲慢的和诚恳的,宽容的和谄媚的,鄙视的和吃惊的,侮辱的和兴奋的,蛮横的和胆怯的,友好的和敌意的,讽刺的和纯朴的,尖酸刻薄的和幼稚天真的,温柔的和粗暴的,意味深长的和洋洋得意的,自我辩解的和厚颜无耻的。还可以补充一些,如悲喜交加的、神经质的、歇斯底里的、挖苦的、生理上的、兽性的,甚至可能还有忧郁的笑![1]

当然,以上所列不仅没有穷尽笑的种类,而且其中也有一些不是喜剧性的笑。苏联著名喜剧美学专家鲍列夫另外列有一整套有关喜剧性的笑的名单:

> 伊索的讥笑,拉伯雷的哈哈大笑,斯威夫特辛辣的讽刺,埃拉斯穆斯隐晦的嘲笑。讽刺,有时是古典主义的优美,有时是纯理性主义的严肃,有时是莫里哀顽皮的讽刺,伏尔泰聪明和凶狠的笑,博马舍非常快乐的幽默,有时是开玩笑的幽默,有时是贝朗瑞尖刻的笑,杜米哀的讽刺画,戈雅愤怒的怪诞作品,海涅刻毒的浪漫主义的讽刺,

---

[1] A. H. 鲁克:《情绪与个性》,李师钊译,上海人民出版社1987年版,第178页。

法朗士怀疑主义的讥讽，马克·吐温愉快的幽默，萧伯纳嘲笑的幽默，果戈理透过眼泪的笑，萨尔蒂科夫·谢德林令人惊叹而辛辣的讽刺作品，契诃夫热情的、忧伤的、抒情的幽默作品，哈谢克喜气洋溢的讽刺作品，马雅可夫斯基乐观主义的讽刺作品，特瓦尔多夫斯基喜闻乐见、生气盎然、取之不尽的幽默作品，肖洛霍夫的……①

除此以外，苏联神经病学家 A. H. 鲁克还补充了一些：

> 布尔加乔夫的从温柔和善而又体贴的到辛辣恼怒而又凶狠的情调的讽刺，王尔德的冷静风趣而又泼辣的俏皮话，拜伦的发狂似的讽刺，伊万·科特里雅列夫斯基的表面看来天真纯朴、实际上富有透澈远见的幽默。②

从上可见，各人对笑的种类的划分之所以五花八门，根本在于其所据的标准不同。甚至有的人在一个层次的划分中就根据了不同的标准而把各种各样的笑罗列出来，所以，存在着如此紊乱繁多的种类就不足为奇了。另有一些研究者对喜剧进行了更深一步的研究，从而提出了一些较为严密的划分。其中比较有影响的是四分法，即把喜剧范畴分为滑稽、幽默、讽刺、机智。除此以外，有的人把荒诞、嘲弄也列入喜剧范畴，甚至有的人把双关语也列入喜剧范畴。我们认为，上述诸种划分过于繁多，无法揭示事物间的本质差异及本质特征。这些划分都缺乏充足的理由，没有统一的逻辑标准。对喜剧范畴的划分实质上就是对喜剧情境的划分，也是对喜剧的反应形式——笑的划分。所以，喜剧范畴的划分应根据于下列 3 个方面的标准。

一、客观情境的标准

自从亚里士多德把"丑"作为一个审美范畴提出来，并认为"可笑的东西是一种对旁人无伤，不至引起痛感的丑陋或乖讹"③ 以后，很多研

---

① 鲍列夫：《美学》，乔修业等译，中国文联出版公司 1986 年版，第 138～139 页。
② A. H. 鲁克：《情绪与个性》，李师钊译，上海人民出版社 1987 年版，第 129 页。
③ 转引自朱光潜《西方美学史》上卷，人民文学出版社 1979 年版，第 91 页。

究者便把丑作为喜剧的本质，认为喜剧的本质就在于美与丑的强烈对比，丑自炫为美就是喜剧性的根源。并进一步推论，把美与丑斗争的不同情形作为划分喜剧种类的标准。对于这种看法，我们实在不敢苟同。

首先，证之以生活中大量的审美事实，有很多富有喜剧性、令人捧腹大笑的现象不一定是丑的。在美国的一家诊所的候诊室里有这样一条告示："为了使地毯没有洞，也为了使您的肺部没有洞——请不要吸烟。"看到这样的告示，不能不令你讪然而笑，其原因倒不在于发现了什么丑的东西，只不过是告示者巧妙地把两个本无关系的"洞"联系到了一起，这才使人觉得有趣。再如晓纲画的漫画家方成肖像不仅不丑，还笑容可掬，其喜剧性跃然纸上。（如图8-1所示）

图8-1　晓纲画的漫画家方成

至于西方很多幽默画，则更是难以找出什么丑陋的东西来。

其次，研究者们也许是疏忽了亚里士多德原话中的另一方面，即除了丑陋，"乖讹"也是一种可笑性。其实，生活中大量的可笑性都出自乖讹。乖讹乃不正常或错误之意。意想不到、离奇万端、弄巧反拙都属乖讹。其本质不在美与丑的矛盾，而在于矛盾本身的失调；在协调中有矛盾，矛盾中又见协调。上面的那个告示就是一种乖讹。地毯与肺癌本没有联系，把它们扯在一起，就是失调。但由于抽烟的关系，两者都被钻了"洞"，这个"洞"又使两者协调起来。所以，看似矛盾，其实协调；看似协调，其实存在矛盾。但乖讹所揭示出的不正常或不协调不等于丑。尽管有人力主美即和谐，但不和谐却不一定丑。中国式的盆景几乎没有任何的和谐、比例，但奇趣迭出，美不胜收，丑之何在？总之，把丑作为喜剧的本质，就会把生活中大量的喜剧性拒之喜剧门外，何况这理论本身也难以自圆其说。

大多数喜剧研究者都承认喜剧性来自矛盾，或者来自冲突。本书所持的观点也认为，既然辩证唯物主义认为一切事物的发展根源都在于事物内部的矛盾，那么，毫无疑问，喜剧也离不开矛盾。但如果仅仅停留在"喜剧的本质在于矛盾"，那就等于什么也没有限定，因为它没有揭示出喜剧不同于其他审美形态的独有性质。当然，从哲学的角度论证喜剧的本质不是本书的任务。我们已经在"喜剧笑的本质及心理机制"与"喜剧笑的客观情境"两章中对喜剧情境的特性进行了分析，这里便不再赘述。我们现在的任务是寻找喜剧情境分类的客观依据。在对喜剧的独有矛盾形式做出规定后，我们就可以再进一步分析这些矛盾的具体运动形式，并以此为依据对喜剧情境进行分类。

首先是要把握喜剧冲突的剧烈程度。

喜剧的特点在于其冲突的特点。凡是能引人发笑的喜剧情境无不包含冲突的开端、发展、高潮及结局。但在不同的情况下，冲突的双方也采取了不同的态势，从而形成不同的冲突形式。有时候，冲突的双方尚未走到尖锐对峙的境地，有的甚至以间接的或者暗示的方式来表现出其冲突的本质。如相声《夜行记》中有一段：

乙：28块钱你就买车呀?!
甲：买旧的。
乙：那能骑吗？
甲：啊，你别看花钱不多，车还可以。
乙：骑得过儿。
甲：反正除了铃不响，剩下哪儿都响。

对于这辆压根儿就不能骑的破车，这里并没有说出半个"破"字，而是暗示该响的不响，不该响的倒响了，剩下的就让听众去揣摸、想象。

又如欧美的幽默警句：

戒烟是不难的，我已经戒过 100 次了。

从表面上看，我们在这里根本看不出有什么冲突、有什么不合理的地方，但仔细一想，就会知道其中的奥秘。

与上述相反，有的喜剧情境则采取尖锐对峙的形式，双方势均力敌，激烈对抗，不到结局不知其此消彼长。如相声《友谊颂》：

甲：外国人能听懂相声吗？
乙：听不懂没关系，有翻译呀。
甲：噢，一个演员旁边站一个翻译，说一句翻译一句？
乙：那多好呀。
甲：现在我们开始说段相声。
乙：威诺比根柯劳司套克。
甲：相声是中国的民间艺术。
乙：柯劳司套克耶色伏克阿特音恰的。
甲：形式活泼，战斗性强。
乙：伊泰斯来夫力安密勒腾特。
甲：这个形式是纳鞋不使锥子——针（真）好；狗撵鸭子——呱呱叫。
乙：这……
甲：翻哪！
乙：我翻不过来，这么多俏皮话怎么翻哪！
甲：所以相声出国受到语言的限制。

这段相声表演的矛盾是能否翻译的问题，前面 3 句话都能准确地译出，使人产生了一种双方均势的感觉，但接着的两句俏皮话一下子打破了均势，冲突的发展偏向于其中的一方。

在结构完整的喜剧艺术中，喜剧情境的这两种类型之分更为明显。电影《今天我休息》属发展缓慢、冲突较轻的一类。马天民的可敬品质与他的诸多失约行为所构成的矛盾冲突并没有达到剑拔弩张的地步，只不过是一些小波小澜而已。川剧《拉郎配》则不同，戏一开始，皇帝的选妃行为就与广大群众发生了尖锐的冲突，并且其中的每一个矛盾纠葛都是性命攸关的，所以它属发展急剧、冲突凌厉的一类。

其次是要区分喜剧情境反转的缓急。

喜剧情境诱发笑的触点在于冲突的反转，但由于喜剧情境的性质各有差异，其反转的速度也各有不同。或者反过来说，由于反转的速度不同，造成情境的性质各异。有的如风暴骤停，有的如长空流萤；有的如黄山看松，有的如东岳观日。或速或缓，或奇或险，全视喜剧情境的性质而定。

先看迪伦马特的《老妇还乡》。腰缠万贯的老妇回到穷困不堪的乡下，其意欲用金钱买下旧仇的性命。这一企图在全剧第一幕就已经揭示，而小镇上至市长，下至平民，无不为巨额金钱所动的倾向也在第二幕就已经逐渐暴露出来了。随着剧情的发展、作者不断的铺垫，他们急于舍人而取钱的贪欲愈益明显。及至最后，在市民大会上，众人一致的默契把伊尔致于死地这一情境的反转就不显得太过于突兀。

再如马克·吐温一次机巧的讲话。有人问马克·吐温："演讲是长篇大论好，还是短小精悍的好？"马克·吐温的回答如下：

> 有个礼拜天，我到礼拜堂去，适逢一位传教士在那里用令人哀怜的语言讲述非洲传教士的苦难生活。当他说了5分钟后，我马上决定对这件有意义的事情捐助50元；当他接着讲了10分钟后，我就决定把捐助的数目减至25元；当他继续滔滔不绝地讲了半小时之后，我又在心里减到5元；最后，当他又讲了一小时，拿起钵子向听众哀求捐助并从我面前走过的时候，我反而从钵子里偷走了两块钱。

最后的"偷走两块钱"无疑是对前面所述的情境的反转，但在这一反转之前，作者已经做了几次铺垫。通过几次减少捐助数目，再转到最后的"偷钱"，就有如东临泰山，远望着彤云渐起，一轮旭日已经呼之欲出了。

但莎士比亚的《威尼斯商人》就与此不同。当夏洛克在法庭上步步紧逼，非要割下安东尼奥身上的一磅肉的时候，谁也没有想到假冒的法官竟然妙语迭出，狠狠地惩罚了这个贪婪的犹太人。其中情境的发展真如黄山奇松，旁枝逸出，不可预料。

再如美国《笑料百科》中所载的一则笑话《赌性难移》：

陆军下士向新团部报到，呈上一张由原辖区上尉写的便条："如果你能令他戒赌，此人倒可以造就。"
新的司令官盯着下士吆喝："你赌些什么？"
"我无所不赌，"下士回答道，"我愿以一星期薪金作赌注，赌你右腋下有颗黑痣。"
"把钱放下！"司令官冲口而出，把衣服脱至腰部，证明没痣，并把钞票塞进了口袋。然后，他打电话给原驻地的上尉，兴高采烈地说："你那位下士受了我的教训后，再也不会轻易打赌了。"
"别那么肯定，"上尉说，"他刚才还跟我赌2000元，要你在他报到5分钟后脱下你的衬衣。"
"！？"

这则笑话不到上尉说穿最后那两句，任谁也无法猜测个中的奥秘。在此之前，赌徒的成与败所构成的冲突显得异常强烈，直至他在新司令官面前认输交款，似乎他已必输无疑。殊不知最后来个峰回路转，冲突的形势急转直下，输赢断然倒转过来，纯粹就是180度的大转弯。这样急速的反转是与上引马克·吐温的讲话大相径庭的，它们刚好代表了喜剧情境的两个不同类型。

二、主观情势的标准

喜剧情境的心理效果是笑，而笑的原因与结果都与欣赏者的情绪体验中的愉快感有关。喜剧冲突的不同类型反映在心理上，引起的快感程度也不相同。反过来，从喜剧快感的不同也可以推知喜剧情境的不同。美国心理学家克雷奇等人所著的《心理学纲要》中曾提到，情绪经验的维度包含4个方面：①情感的强度；②紧张的水平；③快感度；④复杂度。他们还认为：

引起快乐的最主要的情境条件是一个人追求并达到目的。快乐的强度依赖于在追求目的的行动过程中所达到的紧张水平。如目的是无足轻重的，所引起的情绪只不过是轻微的满足，如目的是非常重要的，则会引起异常的快乐。快乐是目的达到、紧张解除时的情绪表现。目的达到和紧张解除的突然性，可以影响快乐的强度，引起一种情绪上的"哎呀"现象。当一场比赛毫不费劲地取得胜利时，胜利者只是感到轻微的喜悦，但在似乎已经失败而在最后瞬间获胜时，则会引起狂喜的情感。①

根据以上论述，并结合喜剧欣赏的实践，我们把决定喜剧快感强度的主观情势方面的因素分为下列4种：

第一种因素：目的的大小、驱力的大小。

所谓目的，就是使欣赏者把心理定向于喜剧情境的驱力。这种驱力来自两方面，一方面是出现在欣赏之前的审美的需要，另一方面是在欣赏过程中被喜剧情境所唤醒的需要。关于前者，我们已经在讨论游戏心境时有所介绍，其本身的存在虽然与欣赏的快感度有关，但与喜剧情境的分类没有必然的联系，所以这里略去不论。重要的是后者，即由特定的喜剧情境所唤醒的驱力的大小。不同的喜剧情境必引起不同的审美驱力。

先看莎士比亚的《温莎的风流娘儿们》。福斯塔夫的言行处处显出其与事理的乖背，尽管他总是用自以为聪明的托词来掩饰他的不光彩行为，但这些托词在观众看来却是不假思索就可以看穿的。所以，在这样的情境中，虽然观众也由于戏剧情节（喜剧情境的发展轨迹）的丰富性和变化性而不时产生紧张感，但由于人物的乖讹非常明显，所以无需调动其全部心智来应付之。也就是说，欣赏《温莎的风流娘儿们》无需投入过多的驱力。

与莎士比亚的喜剧相似，卓别林的电影也大多具有这一特点。无论是《摩登时代》还是《大独裁者》，其引人发笑的地方都无需观众有什么思想准备，它是猛然间别出心裁地触动观众的情感暴发点的。所以，对观众而言，他没有必要也没有可能在这样短促的时间内调动其诸多心理驱力。面对妙趣横生的喜剧情境，观众中不时出现爆发性大笑，只是在笑过之后，或者在散场之后，他才能有闲暇去回味。

再看马克·吐温的《竞选州长》，就与上述两剧不同。随着一件件离奇事件的出现，观众必须随着情境的发展去不断地思索、不断地揣摩。就

---

① 克雷奇等：《心理学纲要》下册，周先庚等译，文化教育出版社1981年版，第397页。

在这种思索揣摩的过程中,观众的欣赏驱力也逐渐增强。他急切地想要了解真相。一旦他悟出了个中道理,由于驱力的释放,他就会发出会心的笑。

他如丁西林的《压迫》。男女房客在房东太太的"压迫"面前,甚至在巡警面前,如果没有足够的机智,就不可能战而胜之。该剧的喜剧性就在于男女房客的机智性格上。如果观众没有与主人公相对应的机智,就无法欣赏这出妙趣横生的喜剧。

第二种因素:紧张的程度。

喜剧情境由于是特殊性质的矛盾冲突的表现,它必须引起观众心理上的紧张,这在上面我们已经有所论述。当然,喜剧情境引起紧张的程度也是各不相同的,有的由于其冲突双方剑拔弩张,尖锐对抗,观众的紧张程度也上升到心理容量的极限;有的则由于矛盾发展缓慢,冲突一般化,观众的紧张感也停留在一般水平上。

引起极度紧张的如匈牙利电影《废品的报复》。一位工作马虎的裁缝钉裤子纽扣时想入非非,做出了废品也不知道。当他在星期六晚上穿上新买的裤子兴冲冲地赶去赴约时,殊不知他穿的正是他做出的废品。他在公共汽车上挤来挤去,观众眼看着他的裤子就要掉下,无不为他捏一把汗。及至他到了舞会上,正在与女友跳舞时,眼看着他就要出丑,观众更是为他屏住了呼吸。当然,同时也紧张地期待着废品对他的报复,等待着看他的洋相。一旦目的实现,观众就会爆发出哄然大笑。

紧张程度较一般的如上述的《压迫》,尽管由于剧中充满了机智,调动了观众较大的欣赏驱力,但由于冲突的性质属于一般性的矛盾纠葛,双方并没有走到不可调和的境地,所以,观众的心理紧张程度也不是很高,发出的只是无声的微笑。

紧张程度高即意味着发笑的心理能量十分充足。一旦开启闸门,笑就冲口而出。紧张程度一般,即心理能量处于一般水平,所发出的笑也就平缓,不一定有声。

第三种因素:意外的程度。

所谓意外程度,就是紧张状态解除时的突然性。紧张状态的解除有赖于情境的反转,所以,与反转的缓急相适应,解除的快慢在不同的情境中也有区别。

在电影《瞧这一家子》中,嘉奇在公园里听到有人落水呼救,尽管自己不会游泳，但他还是跳下水去救人。当他在水中挣扎、几乎要淹死的时候，喜剧情境已经达到了异常紧张的程度。此时公园管理员赶来，要嘉奇站起来。只见嘉奇站立起来后，水只到腰部。随着紧张发展着的情境的猛然反转，观众也感到异常意外。原来嘉奇的挣扎是多余的，为他担心也是多余的，原先的紧张便突然间解除了。随着这种突然的解除而来的是一阵哄然的笑声。

再如一则笑话，它给人的也是极度的意外：

老师：一个长来一个短，一个快来一个慢，短的生来懒得动，长的忙得团团转。猜猜看，这是什么？
学生：爸爸和妈妈。

另有一些喜剧情境，虽然也是以其紧张的解除引起人们的笑声，也给人以意外之感，但其意外程度就远不如上述两例。如阿凡提的一则故事《各取所需》：

一天，国王问阿凡提："阿凡提，如果在您这边放着金子，在那边放着真理，您要哪一样呢？"
"陛下，我要金子。"阿凡提回答说。
"多蠢呀，阿凡提！"国王大笑道："金银财宝算得了什么，而要得到真理可就不容易了。我如果是您的话，是要选择真理的。"
"陛下，您的话对极了。"阿凡提说道，"谁缺少什么就需要什么。咱们各取所需呀！"

在这则故事中，引起听众关心、造成紧张的契机的是阿凡提如何回答国王的讥笑。但阿凡提的答话从表面上看却不是对国王的直接反驳，而是在肯定中含有否定，在赞词里包含贬斥。要了解阿凡提的真正用意，还得经过稍稍的思考，只有在理解之后，才会悟出其真实所指，紧张也就随之而解除了。

第四种因素：满足愿望的程度。

在喜剧欣赏中，期待往往是落空的，正是这种落空使人发笑。在喜剧心理学中，愿望不同于期待。作为喜剧美学特有的概念"期待"，指的是欣赏者在情境的指引下，被误引到与情境发展相反的方向上去。所谓"愿望"，其实就是前面提到的驱力，是欣赏者在整个欣赏过程中的希望所指。以华君武的漫画《决心》（如图8-2所示）为例，就可以看出其分别了。

图8-2　华君武漫画《决心》

当我们看到第2、第3幅图的时候，我们的期待是戒烟真的成功了。殊不知到了第4幅，才知道期待落空了。但是，我们的愿望也同时得到了满足。翻开画册，我们首先想到的是要笑。其次，我们希望从中学到画家一些出神入化的奇想手段。等看见画题和第1、第2幅画时，我们也很赞同画家的戒烟主张，尽管在看到第4幅时期待落了空，但批评、揶揄吸烟者的愿望却得到了满足。

一般说来，欣赏之前的愿望与特定的喜剧情境没有多大关系，关键的是由情境本身引发的愿望。这愿望的大小在喜剧情境中是各不相同的，满足愿望的程度也是各不相同的。在满足的假定前提下，引起的愿望越强烈，则快感度就越高。

在我国传统相声艺术中，所打的"包袱"之所以要三翻四抖，目的就在于激发听众最大限度的愿望。如相声小段《糖葫芦》：

> 甲：一竖儿，这边一个圈等于多少？
> 乙：等于 10 啊。
> 甲：嗯，再加一个圈？
> 乙：100。
> 甲：再来一个圈儿？
> 乙：1000。
> 甲：再画一个圈儿？
> 乙：10000。
> 甲：行。把这一竖儿横过来，放在这 4 个圈儿里边儿等于多少？
> 乙：这……不知道。
> 甲：糖葫芦啊！

由于这一小段经过几次铺垫，不但把观众的期待推向高潮，而且使观众的愿望不断地得到加强。最后抖出的"糖葫芦"使观众的期待落了空，但观众的好奇愿望还是得到了满足，所以他们也得到了快感。

反之，漫画由于其本身的特性，只能在有限的空间中利用画面来影响欣赏者的愿望，所以，漫画艺术所能引起的愿望总的说来比不上相声艺术强烈。

综合上述 4 种因素，我们可以得出一个总的区分主观情势的标准，凡是能引起欣赏者强烈的愿望，使其达到高度的紧张，然后又意外地使之得以解除的喜剧情境，必能引起欣赏者爆发性的大笑。反之，各项指标较弱一些的喜剧情境则只能引起缓发性的微笑。这就是我们凭以区分喜剧情境的主观情势标准。

三、心理效应过程的标准

从心理效应过程看，可把情境分为明显的两类，一类是引起爆发性大笑的情境，另一类是引起缓发性微笑的情境。在前者，审美主体于发笑前毫无思想准备，虽然他已经被情境引起紧张状态，已经储足了发笑所需的心理能量，但他断然想不到发笑的契机来得如此突然，几乎无暇思索就发出忍俊不禁的忘情大笑。在后者，因为欣赏主体已把全部心智投入到喜剧情境中，当发笑契机来到的时候，他正在忙于思考，还得慢慢地从理性的思考中回到感性的冲动来。所以，这种笑是无声的会心的微笑。但由于有了理性思考做铺垫，他的笑就比前一种更有味道。它是发自内心的笑，是经过一段时间的玩味之后才发出的笑，而且笑过之后还会停驻在人们的心上。陆一帆先生在《文艺心理学》中对这两种笑的心理过程有精彩的描述。关于前者，他认为：

> 它是突如其来的，令人毫无思想准备，完全出乎意料之外，好像不假思索似的……
>
> 滑稽的笑还充满着惊讶，发笑的时候人们好像突然发现了新大陆似的，从来没有见过的东西、从来没有想过的东西突然间展现在眼前，觉得十分惊讶。

关于后者，陆先生认为：

> 幽默的笑是微笑，无声。由于它在内容与形式之间的冲突比较隐蔽、幽雅而深沉，所以引起的笑不是突发的而是渐进的，有一个意会的过程。当幽默的对象呈现在我们面前时，我们要经过一番揣摩、咀嚼、思考之后才发笑。①

余秋雨在《戏剧审美心理学》中说道："观众没有可能、也没有必要在一点上长时间留驻，各种心理机制都在栉风沐雨，不必在相互联系的漫漫长途中缓缓跋涉了。联想、体味仍然是必需的，但显得比较直截了当，比较强烈而迅速。"② 这段话本来是用来说明戏剧作为整体感知的特点的，但细究起来，它更适合于描述滑稽喜剧的欣赏过程。在幽默喜剧中，则心灵相应地需要有长一点时间的留驻、跋涉。因为幽默需要欣赏者的一番揣摩、思考的工夫。

在欣赏实践中，尤其是在剧场效果中，这两种效应过程的差别相当

---

① 陆一帆：《文艺心理学》，江苏人民出版社1985年版，第226～227页。
② 余秋雨：《戏剧审美心理学》，四川人民出版社1980年版，第44～45页。

分明。

先以一则滑稽小品为例:

> 顾客甲:来一份炸鱼。
> 顾客乙:我也来一份炸鱼,要新鲜的。
> 堂倌:(向厨房喊)两份炸鱼,一份要新鲜的!

听了这则小品,谁也想不到堂倌如此喊话。但这话一出,听众无需思考,无需咀嚼和玩味,便知道其乖讹之处,便可以领略该情境的蕴含,所以笑声也随之喷口而出。

下面这则小品同样发生在饭馆,但其所造成的喜剧情境明显不同,所引发的心理效应也不相似:

> 一顾客去饭馆吃饭,米饭中沙子很多,顾客把它们吐出来,一一放在桌上。服务员见此情景很是不安,抱歉地说:"净是沙子吧?"顾客摇摇头微笑地说:"不,也有米饭。"

顾客最后回答的这句话初看起来很平常,既然吃的是米饭,沙子再多也会有米饭的,说了等于不说。但如果你再往里一想,"哎呀不对!"这饭里的沙子多到"也有米饭"的程度,可见顾客是在抱怨饭馆:这碗饭沙子比米饭还多,米饭倒成了沙子的陪衬了!看穿了这一层,欣赏者就会发出会意的微笑,"这话实在太妙了!"由此可见,在这种情境下,其中的喜剧可笑性得靠欣赏者于静心默会、反复品味中才能看出,需要欣赏者在理智上进行一番由表及里的审度和由此及彼的联想,需要思维的跳跃、横向的扩展。经过一番山重水复、峰回路转之后,才能把握各种事物之间的微妙关系,理解到情境的言外之意、弦外之音,才能豁然开朗、心旷神怡。所以,难怪日本散文家鹤见祐辅认为:"幽默既然是诉于我们的理性的可笑味,则在那可笑味所由来之处,必有理由在。那是大抵从'理性底倒错感'而生的。"[①] 当然,就对滑稽情境的欣赏全过程而言,也不可

[①] 鹤见祐辅:《思想·山水·人物》,鲁迅译,见《鲁迅全集》第13卷,人民文学出版社1973年版,第583页。

能没有理性成分的参与，仅仅是感性的游戏。关于这一点，陈孝英说得颇有道理：

> 在他发出笑声之前，"理性"是以一种下意识的形式积淀在审笑主体的感性活动之中的，观赏者常常一看到那种夸张的、变形的、直露的喜剧动作，便立即情不自禁地发出笑声，而直到笑过之后才回过头来对艺术家对客体即喜剧形象所持的实际态度进行"理性的思考"。
>
> 观赏者欣赏幽默的过程就不同了，他在发出会意的笑声之前就已经历了某种程度的"理性"思考。当然，这种"理性"与认识论中"从感性上升为理性"的那种"理性"还是有所区别的，它是以一种介于意识与下意识之间的形式积淀于审美主体的感性活动之中的，因而这种"理性"仅仅是初步的，有待深化的，甚至包含有误差的。①

尽管他提出的这种"介于意识与下意识之间的理性"尚有待进一步论证，但我们已经可以看出，两种喜剧情境在欣赏主体的心理效应过程上是存在着差异的。此外，从情感成分上看，这两类情境的反应也有差别。在滑稽感中，主体在感情上已完全被卷入他所处的社会情境，纯粹的喜剧快感支配着他。而幽默感则是由各种矛盾的情感组成的一个复杂的整体，其中既有轻视又有同情，既有欢愉又有哀伤，主体在微笑之中还显示出他具有较大的独立性和自我控制力。

我们上面已经划定了区分喜剧情境的 3 个标准。根据这 3 个标准，一般来说，就可以比较合乎逻辑又合乎实际地把喜剧情境的类型划分开来。从上面的论述中，我们已经可以看到，划分喜剧情境的各方面的指标都可以找到两个相对明显的极，也就是说，可以把喜剧情境划分为基本的两类，即滑稽与幽默。

---

① 陈孝英：《第七个"摸象人"》，见陈孝英、董子竹、王增浦主编《喜剧美学研究》第一辑（上），内部铅印本，第 143~144 页。

第二节　滑　稽

根据已经确定的划分标准，所谓滑稽，就是由于不协调的矛盾冲突尖锐对峙，反转急速，在主观上引起强烈的紧张感后又突然解除，从而令主体无暇思索就爆发出声笑的喜剧情境。

在为滑稽下定义的时候，我们要强调，这里的"滑稽"是作为审美范畴提出来的，必须在审美的范围内来理解它，不然就会引起很多误解。

正如"美"一词在生活中有很多种用法一样，"滑稽"在生活中的用法有时候也与其在审美中的用法不同。例如，"你这人简直是滑天下之大稽"，其意思是"你"荒唐至极。而有时候说到"你这人真滑稽"，则是指"你"很有开玩笑的本领。其实，这两种用法的含意都与审美无缘。必须申明，滑稽是喜剧审美的一种样式。

历史上，曾有很多美学家对滑稽的性质进行过探讨。一般论者经常引证的主要是《史记》和车尔尼雪夫斯基。我国古代《史记·滑稽列传》的"司马贞索隐"中对滑稽的看法是这样的：

> 滑，谓乱也；稽，同也。以言辩捷之人，言非若是，说是若非，能乱同异也。《楚辞》云："将突梯滑稽，如脂如韦。"崔浩云："滑音骨，稽，流酒器也。转注吐酒，终日不已，言出口成章，词不能穷竭，若滑稽之吐酒。"故扬雄《酒赋》云"鸱夷滑稽，腹大如壶，尽日盛酒，人复藉沽"是也。又姚察云："滑稽，犹俳谐也。滑读如字。稽音计也。以言谐语滑刊，其知计疾出，故云滑稽也。"

这里抓住的滑稽性质有两点：一点是滑稽表现事物的似是而非、似非而是的矛盾，另一点是滑稽在于"知（智）计疾出"，即言行上的机智、敏捷。关于机智是否属于喜剧范畴，我们将在下面讨论。这里要指出的是，古人抓住的是滑稽的客观特征，但忽视了其主观性的规定，即忽视了笑这最根本的规定。这样，就有可能把诡辩混同于滑稽。

再说车尔尼雪夫斯基。在我国，凡谈及喜剧的文章，无不引证车尔尼雪夫斯基的观点，可见其影响之大。车尔尼雪夫斯基对滑稽的看法是这样的：

崇高在滑稽中找到它的对立面，滑稽的实质是形象超过观念，压倒观念，正像在崇高中观念压倒形象一样。但是形式没有观念是毫无意义的、不合适的、荒唐的、丑恶的。丑，这是滑稽的基础、本质。虽然，在崇高中也会出现丑，但是丑在崇高中不是专以丑的面目出现，却是以恐怖的面目出现的，这种恐怖依靠它的通过丑而显现的庞大和威力，在我们心里引起恐惧，由于这种恐怖就使人们忘记了它的丑。然而，到了这个丑并不可怕的时候，它就在我们心里激起完全不同的感情——我们的智慧嘲笑我们的荒唐可笑。丑只有到它不安其位，要显出自己不是丑的时候才是荒唐的，只有到那时候，它才会激起我们去嘲笑它的愚蠢的妄想、它的弄巧成拙的企图。说老实话，只有不得其所的东西才是丑的，否则，这事物虽然可能不美，却不是丑的。因此，只有到了丑强把自己装成美的时候这才是滑稽……①

细究起来，车尔尼雪夫斯基的这段话起码有3个疑点：

（1）他把滑稽作为与崇高（伟大）相对立的审美范畴，显然把喜剧性与滑稽相等同。② 正是他的这一观点酿成了后来学者的许多失误。我国几部较有影响力的美学教科书也沿用此例，把幽默、诙谐、机智、讽刺等全都归到滑稽的大范围，有的甚至根本不研究幽默。这无疑是无助于分清喜剧性的内部结构的。

（2）造成这种混淆的根源在于车尔尼雪夫斯基把丑作为滑稽的本质。我们认为，不仅不能把丑作为喜剧的本质，也不能把丑作为滑稽的本质。

---

① 车尔尼雪夫斯基：《车尔尼雪夫斯基论文学》中卷，辛未艾译，上海译文出版社1979年版，第89页。

② 苏联当代美学家鲍列夫也持这种看法。参见鲍列夫《美学》，乔修业等译，中国文联出版公司1986年版，第117页。有人认为，"滑稽"一词在俄语中与喜剧同义，也可把车尔尼雪夫斯基的"滑稽"译为"喜剧"。国内的确有一些出版物是这样译的。参见奥夫相尼柯夫、拉祖姆内依主编《简明美学辞典》，冯申译，知识出版社1981年版，"喜剧性"词条。但我们从1985年出版的齐斯所著的《马克思主义美学基础》一书中可见，喜剧和滑稽在俄语中也是分明的。例如，他认为："喜剧和滑稽这两个概念并不是等同的，由于生理刺激发出来的笑声或者由于神经紧张发出来的笑声，都与喜剧性毫无关系。""喜剧始终是滑稽的，而滑稽的东西只有当它和其他任何审美现象一样，能够透过表面形式表现出各种现象内在的本质和意义，而这种意义又经过某一特定审美理想的评价时，它才能成为喜剧性的。"（齐斯：《马克思主义美学基础》，彭吉象译，中国文联出版公司1985年版，第265页）由此可见，"滑稽"在这里实际上是指可笑性，并非喜剧性。关于其差别，可参看黑格尔《美学》第三卷下册，朱光潜译，商务印书馆1981年版。

滑稽作为一种隶属于喜剧的审美形态，不可能以丑为其本质，尤其是不可能以本原的丑为本质。正如哈特曼所认为的：在一切美中都有丑，但它不是作为丑而存在，而只是作为美的一个要素而存在，"丑只有在它是美的凝结的工具的时候，在审美上才有存在的理由"①。既然这样，那些"强把自己装成美"的丑就不可能直接进入审美境界，不可能没有条件地列入滑稽的本质。

（3）车尔尼雪夫斯基既然把丑作为滑稽（喜剧）的本质，这就必然要把中外喜剧史上大量的表现肯定性内容的喜剧和正面喜剧形象都拒之于喜剧大门之外。这样一来，《威尼斯商人》中的鲍西娅、《史嘉本的诡计》中的史嘉本、《望江亭》中的谭记儿、《救风尘》中的赵盼儿、《今天我休息》中的马天民……全都不能进入喜剧。这显然与事实不符。

质言之，车尔尼雪夫斯基在限定滑稽范畴的时候不但没有脱净黑格尔哲学-美学思想对他的影响，而且因袭了传统的偏见，致使他既不能在客观方面对滑稽的矛盾运动特征做出正确的描述，也无法把主体的心理状态列入考虑范围。

从前人的理论失误中，我们可以悟出一个道理：审美是主体与客体之间建立起来的一种特殊关系。要确定审美范畴的本质，绝对不能仅仅从客体方面着眼。由此，我们更加确信上述以3个标准为划分喜剧范畴的依据的假设是可行的。

第三节　幽　默

与"滑稽"一样，"幽默"一词自古至今就有诸多不同的解释、用法。作为定义，一般有如下几说：

（1）幽默是"指在生活中判明和在艺术中再现喜剧性的特征、方面和现象的能力"②。

（2）幽默是智慧创造的，以奇巧方式曲折含蓄地表达思想情感从而引入产生轻松有趣的笑的艺术。③

---

① 转引自鲍桑葵《美学史》，张今译，商务印书馆1985年版，第551页。
② 奥夫相尼柯夫等主编：《简明美学辞典》，冯申译，知识出版社1981年版，第193页。
③ 参见方成《幽默　讽刺　漫画》，生活·读书·新知三联书店1984年版，第57页。

(3) 幽默是善意的玩笑，是和蔼可亲的欢笑，是一种喜剧感。①

看来，有多少个研究者，就会有多少种幽默定义。尽管他们的说法五花八门，但不外乎三种定义，第一种是把幽默看作一种能力或一种生活态度、创作态度，第二种是把幽默看作艺术的样式，第三种是把幽默看作喜剧感的一类。从本书所持的观点看来，作为定义，应该揭示出该概念的属及种差，上述定义就是没有在定义中正确地揭示出幽默概念的属。幽默是喜剧情境的一种，所以，不能离开喜剧情境来定义幽默。作为喜剧情境，幽默与滑稽不同。所谓幽默，就是由于其中的不协调的矛盾冲突比较含蓄，反转和缓，在主观上引起多种心智的紧张活动后又转入解除，从而令主体在会意之后，产生一种带有复合情感的意味隽永的微笑的喜剧情境。

当然，如同我们不能消除"美""滑稽"一类词语在生活中的多种用法一样，"幽默"在日常生活中也有多种意义。上述列举的几个定义就是在没有严格规定性的情况下使用"幽默"一词的例子。读者将会在本书第十一章中看到，作为一种特殊的心理防卫机制，我们也是以"幽默"来命名的。这种用法已不同于本章，容后详述。

第四节 机智与讽刺

正如我们已经指出的，很多论者除了把滑稽与幽默作为喜剧性之一种外，往往也把机智与讽刺列入喜剧性之中。这种看法是缺乏科学根据的。

我们划分喜剧性的类型当然是在喜剧性这一严格的范围内进行的。只有令人发笑的情境，才有条件进入喜剧情境的范围。可笑性不一定等于喜剧性，但喜剧性必然包含于可笑性。从逻辑关系看，两者既不是同一关系，也不是交叉关系，而是从属关系，即喜剧性是可笑性的下位概念。或者说，喜剧性是可笑性的一种。如果一个概念本身已不包含于可笑性，则必然也不包含于喜剧性。根据这一逻辑关系，我们就可以判断机智与讽刺是否属于喜剧情境。

先看机智。

的确，机智经常是与喜剧性的笑联系在一起的，所谓"妙语生辉"

---

① 参见陈孝英《第七个"摸象人"》，见陈孝英、董子竹、王增浦主编《喜剧美学研究》第一辑（上），内部铅印本，第19页。

"妙趣横生"等,其中的"妙"字就是指机智的表现。我们在很多喜剧性的艺术作品中,都可以发现很多显露作者的机智的地方。萧伯纳、马克·吐温的作品之所以令人捧腹,很大程度上是仰仗于他们的机智。在喜剧情境中,机智之所以能引人发笑,是因为它能引起人们的喜剧感,主要是理智感。陆一帆先生在谈到这种理智感的时候认为:

> 喜剧之所以引起人们喜悦和发笑,还与人的另一个心理活动有联系,这就是对真理的突然发现。我们知道,人在认识活动过程中会产生理智感,当人们有新的发现时,就会产生愉快的情感。喜剧的事物总是内容与形式相矛盾着的,它最初总是将人们引向一个方向,使人们的想象力往这方面集中,而把真正的内容掩盖起来,到最后才突然把它亮出来,使人大吃一惊,正是在这一惊中,人们发现了新的知识、新的事物,从而获得了愉快。由于这愉快来得十分突然,充满着惊讶,所以发出声笑。①

由此看来,机智作为建构喜剧情境的一个因素,其向喜剧感提供的是突然的理智感,所以能引人发笑。但是,这里还有两个界限必须明确划分。

首先,不是所有的由突然的理智感引起的笑都有喜剧性。当人们为探求真理而冥思苦索的时候,他的心理活动是处在紧张水平的,一旦突然发现了解决问题的方法或途径,这种紧张状态就会骤然消失。这时候,主体会体验到一种顿悟的兴奋,作为这种情绪的外部表现,有的人脸上会掠过一丝笑意,有的人则欣喜若狂,如阿基米德。当他终于找到了检验希罗王金冠含金量的方法时,他狂喜地从浴盆里跳出来,在大街上边跑边喊:"我已经找到它了!我已经找到它了!"但是,无论是微笑也好,大笑也好,全都不一定属于喜剧性的笑。道理很简单,因为其中的矛盾不是喜剧性的矛盾,有的甚至缺乏喜剧所要求的社会性。正如黑格尔所言:

> 一种尖刻的机智,如果不是着实的,不是以事物本身所存在的矛盾为根据的,就是一种可怜的机智;……一件事物,如果不是本身之

---

① 陆一帆:《文艺心理学》,江苏人民出版社1985年版,第225页。

中包含着可以嘲弄和讥刺的成分，要想用外在的方式去开它的玩笑是不可能的。①

所以，如果事物本身缺乏喜剧性，尽管其中处处充满机智，也不一定能使该事物成为喜剧性的。历史上任何一部伟大的悲剧作品均处处体现着艺术家的伟大的机智，但我们断然不能认为它是喜剧性的。②

其次，不是所有的机智都引人发笑。如果机智引起的理智感给人以体验的时候，不是以紧张的突然解除为特征的，则这样的机智就不一定引人发笑。电影《四渡赤水》充分表现了红军领导者的英明机智，中国历史上的"孙庞斗智"则更是机智逸出，但都不能引人发笑，道理正在于此。

总而言之，由于机智缺乏与喜剧性的笑的必然联系，它尚不具备独立成为喜剧情境的资格。它经常出现在喜剧情境中，只不过是作为一种构成喜剧情境的艺术手法而已。

再看讽刺。

与机智比起来，更多的喜剧研究者把讽刺视为喜剧性，并使之与幽默并列。③ 从本书所持的观点看，这同样是不符合实际的。

首先，幽默与讽刺并不是处在同一划分水准上的并列概念。幽默中有时候包含讽刺，讽刺中有时候包含幽默。它们有时候你中有我、我中有你，有时候又互不相干。这就证明这两个概念不是并列概念。只有当幽默不是被作为喜剧范畴而是被作为艺术手法来看时，幽默才是一个与讽刺并列的概念。这就是说，讽刺不过是一种艺术手法而不是喜剧范畴。例如，鲁迅在《崇实》一文中为了抨击反动当局的逃跑主义，便使用了讽刺的手法。他在文中写道：

废话不如少说，只剥崔颢《黄鹤楼》诗以吊之，曰：

阔人已骑文化去，

此地空余文化城。

---

① 黑格尔:《哲学史讲演录》第二卷，贺麟等译，商务印书馆1960年版，第77页。

② 当然，悲剧中的喜剧性成分则又当别论，但它们主要还是决定于冲突情境本身的性质。

③ 代表的观点如苏联著名美学家斯托洛维奇的看法，参见斯托洛维奇《现实中和艺术中的审美》，凌继尧、金亚娜译，生活・读书・新知三联书店1985年版，第79~80页。

> 文化一去不复返,
> 古城千载冷清清。
> 专车队队门前站,
> 晦气重重大学生。
> 日薄榆关何处抗,
> 烟花场上没人惊。

诗中的讽刺大大地加强了作品的抨击力量,作为一种艺术手法在这里是运用得很娴熟的,但我们看不出其中有何幽默。

其次,讽刺的作品不一定与笑有关,不一定与喜剧性有关。例如上面的那首诗,读后只会令人加深对反动当局的愤怒之情,既没有笑,也没有喜剧。所以,讽刺不一定在喜剧范围之内,更加不能作为独立的喜剧性范畴与幽默并列。讽刺不可能作为游离分子独立存在于喜剧情境中。只有当讽刺充满喜剧性、引人发笑时才有可能进入喜剧范围,但这时候的讽刺已不是独立的范畴了。在引人发笑的前提下,"强烈的讽刺是冷嘲热讽,可归入滑稽之中,温和的讽刺是含笑的批评,可归入幽默"[①]。

前人之所以在理论上失误,把讽刺作为独立的喜剧范畴,是因为讽刺中表露的矛盾正是那种内容与形式不一致的矛盾,而这一点恰恰是喜剧性的特征之一。但是,人们往往忽视了喜剧性的另一个本质特征,这就是喜剧性必然与笑相联系。正是由于讽刺缺乏与喜剧笑的必然联系,我们才把它排除在喜剧范畴之外。同时,也正是由于讽刺所揭露的矛盾与喜剧矛盾相一致,讽刺便作为一种艺术手法经常出现在喜剧情境中,成为一种最常用的建构喜剧情境的因素。

总之,作为纯喜剧,只有幽默与滑稽之分。作为纯喜剧感,只有幽默感与滑稽感之分。作为喜剧性的笑,只有幽默笑与滑稽笑之分。所谓的机智、讽刺、歌颂之类,不外乎在纯喜剧的基础上渗进其他的情感成分之后而形成的喜剧分类。

尽管我们已根据3个标准把喜剧情境分为幽默与滑稽两类,但在审美实践中,幽默与滑稽并不是泾渭分明的,更多的情况倒是互相渗透、互相融合、互相交错。尤其是在大型的喜剧情境中,例如在戏剧喜剧中,即使

---

① 陆一帆:《文艺心理学》,江苏人民出版社1985年版,第226页。

是幽默喜剧，喜剧矛盾要发展到高潮也往往须借助于滑稽来推波助澜，以调动观众情绪，加强剧场气氛。例如丁西林的《一只马蜂》，就整个戏剧情境而言，这无疑是一出幽默喜剧。但当剧情发展到高潮，吉先生要拥抱余小姐时，余小姐一声惊叫，吉老太太闻声赶来，余小姐连忙掩饰道："喔，一只马蜂。"这里就出现了滑稽。一声惊叫打破了原先的幽默场面，使观众情绪紧绷起来，"一只马蜂"又使这种情绪骤然下降，于是爆发出滑稽的笑。这就是说，当幽默的感受者以突然领悟的方式发现了对象的可笑性，其所爆发的笑就显示着情景的滑稽性而不是幽默。反之亦然。

同理，滑稽中也有幽默在。滑稽要求欣赏者情绪大起大落，但就大型情境而言，这种起落不止一个冲程。滑稽喜剧是一个多冲程的连续演进。如果自始至终都以这样的大起大落来煽动摆布观众的情绪，则很容易使人产生心理厌倦。喜剧情绪必须要有调剂，这种调剂之一就是幽默。如果说冲突的大起大落引起滑稽感，则小起小落引起幽默感。就一部滑稽长剧而言，必然是大冲突套小冲突，滑稽笑兼幽默笑。例如在《威尼斯商人》中，法庭上的一幕当然是充满滑稽的，但法庭背后鲍西娅对其情人的考验就是一种幽默。正是由于加进了这些幽默，才使观众在全剧的欣赏过程中，时而有捧腹的大笑，时而有轻轻的微笑。

必须指出，理想的喜剧情境应该使欣赏者不时产生各种各样的笑，应该是笑的协奏曲。

第九章　黑色喜剧

随着人类社会的发展，人类的审美实践也在不断地发展。审美实践的不断深入必然引起审美认识和审美形态的进一步拓展。过去的审美范畴必然要随着时代的发展而渗进新的时代内容。一些旧有范畴退出审美的行列，而一些新的范畴则不断地出现在人类审美的活动中。这是人类审美活动的必然发展规律。在这个规律的作用下，喜剧作为人类审美的一个范畴，它的内容与形式都必然要随着人类审美活动的发展而做出调整，喜剧的观念也必须随之而更新。

亚里士多德时代的喜剧专写比一般人坏的人，只能表现（平民）粗俗、卑贱的行为；到了文艺复兴时期，这已不适应时代的审美需求，于是出现了哥尔多尼的《一仆二主》《女店主》，一反前人成规，在喜剧中以肯定的态度描写了平民阶层的机智和高尚。资产阶级启蒙运动的到来又打破了悲剧与喜剧的界限，提出了"严肃喜剧"和"感伤喜剧"的概念，"以人类的美德和本分"为喜剧的主题，"把欢笑搁置一旁，却专门描写道德方面的思虑和引起同情的哀惋"。[①] 人类审美发展到20世纪，又出现了一度占据整个欧美文坛的黑色幽默文学和荒诞派戏剧，"这是一种把痛苦与大笑、离奇古怪的事实和平静得不相称的反应、残忍与柔情并列在一起的喜剧"，是带有黑色的喜剧。[②] 约翰·密罗斯声称：他期待从喜剧中看到黑色，找到更多的冲突而不是和谐，希望它提供的不是光明而是令人发笑的黑暗。毫无疑问，黑色幽默文学和荒诞派戏剧是20世纪世界文学中出现的新现象，为以往的喜剧理论从未遇见的新问题。任何一个完整的喜剧理论体系都不能忽视这一喜剧观念的新变化，都必须对此予以理论的解释。

---

① 参见尼柯尔《西欧戏剧理论》，中国戏剧出版社1985年版，第301页。
② 参见奥尔德曼《超越荒原》，转引自《西方现代派文学与艺术》，时代文艺出版社1986年版，第435页。

喜剧心理学作为喜剧美学的一个分支，现仅拟从心理学的角度对这一新现象进行分析，以廓清其在喜剧美感中的真正地位并评估其真正的审美价值。

第一节　从喜剧精神的实质看

根据我们对喜剧笑的情感结构的分析，喜剧美感实质上是自我胜利的优越感，喜剧的要务在于表现对对象的战胜。"笑就是一种自矜聪明的表明，标志着笑的人够聪明，能认出这种对比或矛盾而且知道自己就比较高明。"[①] 喜剧的精神就是乐观主义的精神，是对人类力量和尊严的充分自信，"喜剧把死亡撇在一边，死亡对于目前的快乐无关紧要，至于广阔无垠的宇宙在眼前的欢乐声中早已被人遗忘"[②]。尽管喜剧家的出发点是人类的不幸，但他的目的地却是快乐，是一种壮丽无比、激动人心的超越。所以，积极的人文精神、理性达观和积极进取的人生态度就是喜剧精神的核心。抛离这一核心，喜剧就会走向自己的反面而成为悲剧。尽管黑色喜剧的鼓吹者们一再宣称它们是现代喜剧的新发展，但黑色喜剧恰恰就是在这一核心上从喜剧中滑离出来，从而成为喜剧的赝品。

在黑色幽默文学和荒诞派戏剧中，尽管不乏笑的刺激，但这些笑声却蕴含着人的失落感、孤独感、异化感、自我迷失感和绝望感，唯独缺乏对人类力量和尊严的信心。荒诞派戏剧的代表尤奈斯库认为："在这万事皆休、无足轻重、仅余嘲笑的时刻，还可能剩下什么反应呢？"[③]《大英百科全书》对"黑色幽默"的解释是："'黑色幽默'是一种绝望的幽默在文学上的反映，它试图引出人们的笑声，作为人类对生活中显而易见的无意义和荒诞的最大的反响。"这都说明黑色喜剧引起的并不仅仅是喜剧感。

荒诞派戏剧和黑色幽默文学是现代工业社会的产物，是顺应时代的要求，在承继前人思想的基础上产生的。它的出现在文化史的长河中是不可或缺的一段。所以，要理解其精神实质，理解其对生活的根本态度，还得

---

① 黑格尔：《美学》第三卷下册，朱光潜译，商务印书馆1981年版，第291页。
② 阿·尼柯尔：《西欧戏剧理论》，徐士瑚译，中国戏剧出版社1985年版，第315页。
③ 尤奈斯库：《起点》，见伍蠡甫主编《现代西方文论选》，上海译文出版社1983年版，第351页。

从它所产生的历史背景及哲学根源谈起。

20世纪以来,西方世界经历了巨大灾难,发生了深刻的危机。两次大战造成了惨绝人寰的人类悲剧,给一代人留下了难以治愈的精神创伤。资产阶级自由、平等、博爱、人的理想在这世界性大屠杀面前黯然失色;人们对人类的良知、理性及道德伦理观念失去了信心;国家、民族、正义等也因遭受亵渎而丧失了魅力;现代技术与物质文明的畸形发展使人们感到窒息。传统的价值观念已经丧失,权威不复存在,上帝已经死去,昔日那些坚定的信仰早已土崩瓦解,精神失去依托。普遍的幻灭情绪侵蚀着人们的心灵,生活失去了绚丽的色彩,外部的一切都是那样的不可捉摸、瞬息万变,生存意味着痛苦与无聊。人们对现存社会感到失望,又看不到新的希望。人们普遍感到,所谓现代社会的文明,充其量是一出荒谬的滑稽戏而已。尤奈斯库把自己生存的那个社会称为"充满幻觉和虚假的世界"。在那里,"人类的一切行为都表现得荒诞无稽,整个历史绝对无益"①。许多知识分子对自己在这个社会中的岌岌可危的处境既不满,又无奈;既愤怒,又冷漠,只好凭借玩世不恭的嘲讽宣泄自己绝望的心理和抑郁的情绪。他们普遍存在着一种把握不住自己的命运的颓废、悲观情绪。他们觉得"孤独",俨然成了"局外人"。他们认为人类在一个荒诞而丑恶的世界里显得渺小而微不足道,对于生活中的不幸、痛苦和罪恶,人只能开个玩笑、耸一耸肩膀,对现存社会的根本怀疑和彻底否定使他们力图在自己的作品中表现宇宙的存在和人的一切行为举止都是"没有意义、荒诞、无用的"这样一个主题。

无论是荒诞派戏剧还是黑色幽默文学,其思想理论根源都直接地受到存在主义哲学和美学观念的启迪和影响。存在主义哲学意味着对人类存在及其最终价值的否定,意味着理性的沦丧。存在主义者认为,人生来就带着烦恼。周围世界与主体格格不入,是完全敌对的,人就像陷落在蜘蛛网上的苍蝇:孤立无援,坐以待毙。加缪说"二十世纪是恐惧的世纪",人被恐惧感控制着。孤寂、忧虑、烦恼、畏惧、绝望等都是人的存在方式。人一旦被抛入尘世,这些根本的感受就构成了他生存的基本经验。历史是杂乱无章的一片混乱,其中的一切都是荒诞不经的,人就在这种混乱之中

---

① 尤奈斯库:《起点》,见伍蠡甫主编《现代西方文论选》,上海译文出版社1983年版,第351页。

徘徊，被恐惧、模糊的本能和社会制度弄得沮丧不堪。存在主义者还认为，要改变世界的荒谬、无组织状态是不可能的，人无力给他周围的混乱带来理性的秩序，而只能去接受它本来的样子。在现实面前，人是无希望的。存在主义哲学的代表人物加缪认为：

> 一个能用理性方法加以解释的世界，不论有多少毛病，总归是一个亲切的世界。可是一旦宇宙中间的幻觉和光明都消失了，人便觉得自己是个陌生人。他成了一个无法被召回的流放者，因为他被剥夺了对失去的家乡的记忆，同时也缺乏对未来世界的希望；这种人与他自己生活的分离、演员与舞台的分离真正构成了荒诞感。①

正是基于对世界的无理性的理解和希望的渺茫，存在主义美学在大量的艺术形象中塑造了一个个对客观世界的一切都感到杂乱无章、荒谬至极，因而时时处处感到孤独、苦恼的人。存在主义的艺术形象是"意识到一切都是荒谬的人"，是现代社会中"无家可归的孤儿"，是"局外人"，他们在不断地进行"自我选择"，"寻找自我"。

荒诞派戏剧作家就是从存在主义的观点出发，强化和发展了加缪的"荒诞"观念，力图在自己的作品中以荒诞的形式来表现荒诞的内容。贝克特的代表作《等待戈多》所要表现的就是"人的所作所为毫无意义，荒诞和无用"，他通过自己的剧作向人们表明了人的存在的荒诞性就在于无所作为和所作所为无任何意义。尤奈斯库宣称："荒诞是指缺乏意义……和宗教的、形而上学的、先验论的根源隔绝之后，人就不知所措，他的一切行为就变得没有意义，荒诞而无用。"② 阿尔比认为荒谬概念"主要涉及人在一个毫无意义的世界里试图为其毫无意义的存在找出意义来的努力。这世界之所以毫无意义，是因为人为了自己的'幻想'而建立起来的道德、宗教、政治和社会的种种结构都已经崩溃了"。他还认为："荒诞派是对某些存在主义和存在主义后时代哲学概念的艺术吸

---

① 转引自埃斯林《荒诞派之荒诞性》，见伍蠡甫主编《现代西方文论选》，上海译文出版社1983年版，第357～358页。
② 转引自伍蠡甫主编《现代西方文论选》，上海译文出版社1983年版，第354页。

收。"① 正是在存在主义的影响下，荒诞派戏剧的主题大多离不开描写人的"自我"的丧失，人在物质飞速发展、膨胀的时代中被压迫、被异化的状况。与存在主义比起来，黑色幽默更多强调绝对的荒诞，在他们看来，生存在这个无法理解、变幻莫测的当代社会，面对着颠倒混乱、矛盾重重的非理性的社会现实，只有用荒诞晦涩的笔法才能恰到好处地表现自我的感知，对于生活中的不幸、痛苦和罪恶，人们只能开个玩笑、耸一耸肩膀。

总之，无论是荒诞派戏剧，还是黑色幽默小说，其艺术主旨都在于以荒诞的形式来表现生存在一个荒诞无稽的世界中的现代人的荒诞感。这样一种艺术的样式的意义远不停留在美学形式的变革上。它的出现代表了人们在美学上对现代资本主义世界的理解，是艺术家在西方后工业时代一切价值和精神依托都发生动摇和恐惧，甚至把人们推向绝望时所显示在艺术上的轨迹。荒诞手法是艺术家在充满荒诞的社会中为表现荒诞的内容而能够寻找到的唯一一种合适的艺术手法。这三者的结合所产生的欣赏者的本体的荒诞感也是存在于特定社会的一种普遍的社会心态。正如埃斯林所说："他们的作品都敏锐地反映了西方世界里他们很大一部分同时代人的偏见与焦虑、思想与感情。"② 这种荒诞感与我们在喜剧欣赏中所应感受到的滑稽感是不可同日而语的。

作为喜剧精神体现的滑稽感使人在看出事物的不合理性的同时，可看到隐含在这种不合理性背后的合理性；在看到事物的黑暗、混乱的当中透现着一束光明、秩序的晨曦。所以，滑稽感并不排斥理智感和光明感，旧事物的毁灭并不等于世界没有前途。喜剧精神的核心在于告诉人们不要为一切丑恶的东西所压倒的同时，还召唤人们起来进行一场把这些丑恶彻底清出历史舞台的战斗。但黑色喜剧要表现的荒诞感却使人陷于对未来的绝望之中，这种笑只能是绝望的笑，丝毫看不到任何的光明。尽管其中偶尔也"意识到存在于清新的晨曦下的生命"，但占据优势的还是压垮一切的黑暗。尽管他们宣称"没完全放弃战斗"，但认为这是"一场不可能取胜的仗"。

---

① 爱德华·阿尔比：《哪家剧派是荒诞剧派？》，载《外国文学》1981 年第 1 期，第 51 页。
② 转引自埃斯林《荒诞派之荒诞性》，见伍蠡甫主编《现代西方文论选》，上海译文出版社 1983 年版，第 357 页。

所以，从精神实质看，与其把荒诞派和黑色幽默理解为喜剧，倒不如冠之以"悲喜剧"更为恰当些。它引起的笑既体现了一点喜剧的精神，但更多的是体现着悲剧的精神。因为它所要嘲笑的是大得可怕、足以压倒一切的罪恶力量，是疯狂、不幸、荒诞和变态。其中的受害者不仅可笑，更多的是可怜。它所处理的是一般悲剧所遇到的形而上的事物，它把死亡看成具有可怕性质的永恒问题，人生是阴暗的、充满灾难的，死亡是今生通向冥冥未来的一扇恐怖的大门。而喜剧精神的实质却在于它把人生看成充满笑料的欢乐溪谷，视眼前的欢乐为唯一确实无疑的事物，死亡与眼前的欢乐毫无联系、无关紧要，死亡与灾难已经被合理地、完全地摒弃不顾，广阔无限的宇宙、一切形而上的思索在眼前的欢乐声中早已被人遗忘。所以，喜剧处理的是现世中人与人之间的关系。由此看来，黑色喜剧与真正的喜剧精神相距甚远，它是对传统喜剧的一种大跨度的超越，使我们根本无法用传统的喜剧观念来规范。

第二节 从喜剧感的性质看

根据情感的两极性品质，我们可以知道，喜剧感是一种积极的肯定性的情感。它的特质在于给人愉快而不是痛苦，使人振奋而不是颓唐。

喜剧感是肯定性的。"凡是事物的刺激作用在人的大脑两半球内所引起的神经过程在进展方面顺利时，或是对形成的动力定型发生维持或加强的作用时，就会在人的主观方面产生肯定性的情感。"[1] 喜剧快感的产生就在于喜剧形象满足了主体的多种需要，它甚至使欣赏者潜意识中的诸种倾向都得到外现、宣泄，其中最大量的是优越感的满足。喜剧人物的被嘲笑正是欣赏主体的被肯定，实际上就是加强了欣赏者"已形成的动力定型"，使欣赏者更加确信其优越的地位。所以，对喜剧人物的否定实际上是对欣赏者的自我肯定，喜剧的笑就是这种自我肯定的满足的愉快情感的外现。

喜剧感又是积极性的。它能提高人的生命活力和加强人的精神力量，也就是说，喜剧感能提高和加强人的大脑两半球的正常兴奋性或感受刺激性。喜剧冲突所造成的情感紧张，情境反转所引起的松弛感，以及喜剧感

---

[1] 转引自杨清《心理学概论》，吉林人民出版社1981年版，第439页。

从总的角度说来所属的美感都足以提高人的大脑两半球的正常兴奋性。经常受到喜剧感的浸润，能使人的大脑皮质细胞的活动常处于正常平衡状态，使人在困难的情境中也能显得坚毅勇敢、不屈不挠。

关于喜剧感的积极性和肯定性，美学大师黑格尔亦早有论断：

> 有一种笑是表现讥嘲，鄙夷，绝望等等的。喜剧性却不然，主体一般非常愉快和自信，超然于自己的矛盾之上，不觉得其中有什么辛辣和不幸；他自己有把握，凭他的幸福和愉快的心情，就可以使他的目的得到解决和实现。①

黑格尔在这里提出的喜剧性是与可笑性相区别而言的。他认为，同样是引人发笑的事物，但其中差异是存在的。"人们笑最枯燥无聊的事物，往往也笑最重要、最有深刻意义的事物。"虽然笨拙或无意义的言行可以惹人发笑，但其本身并没有多大喜剧性，徒有可笑性而已。那种纯粹"表现讥嘲、鄙夷、绝望"等的笑，就不属于喜剧性的范畴，因为它们缺乏真正的喜剧核心：

> 凡是一方面情况应引起痛感而另一方面单纯的嗤笑和幸灾乐祸都还在起作用的地方，照例就没有喜剧性。比较富于喜剧性的情况是这样：尽管主体以非常认真的样子，采取周密的准备，去实现一种本身渺小空虚的目的，在意图失败时，正因它本身渺小无足轻重，而实际上他也并不感到遭受到什么损失，他认识到这一点，也就高高兴兴地不把失败放在眼里，觉得自己超然于这种失败之上。②

由此可见，喜剧感的核心首先是自信心，在正视自己的失败的同时又超然于这种失败。当然，这种失败本身必须是缺乏实体性的，即没有真正意义价值的东西。不然，所引起的就不是喜剧感而是悲剧感了。

根据我们以上对喜剧感的性质的认识，再回过头来观照一下荒诞派戏剧给予我们的荒诞感及黑色幽默文学给予我们的"幽默感"，我们就可以

---

① 黑格尔：《美学》第三卷下册，朱光潜译，商务印书馆1981年版，第291页。
② 黑格尔：《美学》第三卷下册，朱光潜译，商务印书馆1981年版，第292页。

发现，其中有很多不同的内涵，分属不同的情感性质。

首先，荒诞感和黑色幽默感是否定性的情感。所谓否定性情感，就是"一个人对事物所持的否定性态度的体验"，它是与不满意联系着的，是一种不快之感。这种否定性情感的产生是由于事物的刺激作用在人脑的两半球内所引起的神经过程在进展方面受阻，或是由于对已形成的动力定型发生干扰或破坏的作用。黑色喜剧之所以引起否定性的情感，就在于它破坏人类对自身力量和尊严的信心，悖逆于人皆有之的爱美之心。它以反艺术的形式及内容冲断了欣赏主体在长期的审美实践中建立起来的审美动力定型，使人在一片荒诞无稽的情景前除了目瞪口呆之外，充塞心理空间的只是悲哀、痛苦、忧愁、绝望、失落、孤独之感。黑色喜剧的特点在于形象的不完整，语言的无逻辑，情境的混乱、无时序、无因果等，这都断然对人们的欣赏习惯起干扰或破坏的作用。黑色喜剧的艺术主张与欣赏实践都在追求一种感觉——一种没有美感甚至没有快感的感觉，使人在恐怖、作呕、迷惑、无聊的感觉中引起一种"顿悟"，"原来人生就是这样的感觉"。我国有位著名的法语文学研究专家曾描述过《秃头歌女》所给予他的这种欣赏感觉：

看完戏，……我感到十分疲劳，心情很不舒服，我打开日记，写几个字：今晚看了《秃头歌女》演出，不知所云。

很长一个时期，我常常情不自禁地想起没有秃头歌女的《秃头歌女》来，而且心头有一种受压抑的感觉。毫无疑问，通篇用无聊与痴愚的独白和对话组成，最后用狂叫收场的这出戏，给了我某种刺激，某种震动，……终于有一天，我的思想豁然开朗。……我是不折不扣地落入尤奈斯库精心设置的圈套了。这位不寻常的剧作家要求他的艺术给观众的效果（影响），不正是这种压抑之感、这种苦闷甚至痛苦的感觉吗？①

大概这种体验不是这位欣赏者的矫情所为吧？但凡领略过黑色喜剧艺术的人，都免不了出现这种痛苦之感。即使是在黑色幽默面前，人们的笑也只能是惊恐不安的苦笑，是与不满意联系着的痛苦的笑。它跟纯喜剧的

---

① 罗大冈：《耐人寻味的〈秃头歌女〉》，载《外国戏剧》1982年第4期，第42～49页。

愉快的笑是截然不同的。

其次，荒诞感和黑色幽默感是消极性的情感。我们曾经提到，黑色喜剧给人的多是恐怖、无聊、颓丧、绝望等感觉。在黑色喜剧所创造的世界面前，人们恍然而见世界末日的来临，人生的一切都失去了光彩、失去了意义，一切都变得无聊，甚至任何努力都是多余的，人们只能在一个绝望的世界里等待着，但他们又不知道等待着什么。

总之，黑色喜剧所要给予人们的就是一种无所作为和所作所为无任何意义的感觉。显然，这种感觉只能降低人的生命活力、削弱人的体力和精力、消磨人的奋斗意志。也就是说，这是一种消极性的情感，或者说是"减力的情感"。在这种情感的支配下，人的积极性降低，精力不足，活动受到抑制。例如，恐怖感就是一种消极性的减力的情感，"因为这种情感会削弱人的脑力与体力，会压抑人的生命活力，会使一个人在危险的情境中变得软弱无力和束手无策"①。

心理学家马尔认为，急剧的恐怖感导致交感神经系统活动占据优势，因而使胃分泌减少。如果一个人长期处于恐怖的心理状态中，则副交感神经系统居于优势，并且引起胃酸的过分分泌。无论属于何者，这两种情况都能导致胃溃疡。

此外，格林克和施皮格尔也通过大量的观察证明，过度的恐惧能导致低效能，引起心理上和身体上的退缩及依赖性，并且它在紧张刺激趋于结束时往往更加强烈。它使人的知觉被歪曲，并使人变得反应过度。② 而反应过度则意味着抑制与兴奋的平衡失去控制和调节，皮质细胞出现兴奋性的衰弱，从而使大脑皮质细胞由于过度的消耗而加剧了抑制性，使正常活动无法进行。巴甫洛夫认为：

> 显然，在大脑两半球的兴奋性一般地减弱的情况下，集中于某一点的兴奋作用就会诱导大脑两半球的其余部位的抑制作用，于是巩固地确定了的旧反射的条件刺激物现在就处于兴奋性的阈限之下了。③

---

① 杨清：《心理学概论》，吉林人民出版社1981年版，第441页。
② 参见斯托曼《情绪心理学》，张燕云译，辽宁人民出版社1986年版，第89～90页。
③ 转引自杨清《心理学概论》，吉林人民出版社1981年版，第441页。

这就是说，在恐怖感的作用下，人的正常兴奋性和感受刺激性大为降低，在事物面前显得麻木不仁、无所作为。黑色喜剧的这种减力性质不仅是它的倡导者们极力追求的，在欣赏实践中也是随处可见的。

黑色喜剧不仅把其喜剧性建立在人生的不幸、焦虑、绝望之上，还把这种喜剧感放在不幸、焦虑和绝望之中。被称为"黑色幽默"司令官的弗里德曼这样描写黑色幽默作家的心态：

> 我认为这些作家未必是泡在夜总会里那些坦率、开心的讲笑话的人。假若请他们来聚会，你就会发现他们有的是更多的沉思和郁闷。……他们很可能全都哭了起来，虽然我并不这么想。因为如果在这个集子里有一种失望的话，这是一种颇有耐力、可以迅速复原的失望，很可能最终结束在福克纳式的哈哈大笑声中。①

其实，这里的复原并不是希望的再生，而是用阴郁的苦笑来掩饰失望而已。郁闷是黑色喜剧的普遍特征，绝望感是它的必然效应。

贝克特在《结局》一剧中让他的人物从垃圾堆伸出头来说道："再没有什么比不幸更可笑了。"冯内古特在《五号屠场》中描写押送俘虏的场面，就是产生这种喜剧感的典型情景："液体开始流动。许多液体堵在门口，然后'扑通'一下流到地上。比利是倒数第二个到达东厢门口的。临时工是最后一个。临时工不能流，不能'扑通'落地。他已不是流质，而是石头。"这里把活人写成随地流淌的液体，把尸体写成石头，其意旨在使读者从这种奇特的比喻中联想到一群俘虏在刺刀和皮鞭的威逼下，从精神到肉体都已变了形，失去了人格，也失去了固定形态，从而产生一种惊恐不安的苦笑。对于这种喜剧感的作用，同一作者在他的《冠军的早餐》中借人物之口说得很明白："他希望发现的新真理能为他做的事情是，使他对自己的不幸大笑，使他活下去，使他不至于进为疯子设立的米德兰县的诺斯文医院。"

显而易见，这种建立在不幸与绝望的基础之上的喜剧感不可能使欣赏者勇敢地面对生活，倒是使欣赏者远远地逃离生活，向厄难与不幸投降。

---

① 转引自陈焜《"黑色幽默"，当代美国文学的奇观》，载《世界文学》1980年第3期，第266页。

所以，也有人称黑色喜剧为"绝望的喜剧"或"绞刑架下的幽默"。这种"绝望的喜剧"试图在幽默的外表下把痛苦掩藏起来，换上一副玩世不恭的面孔去拨弄那些可怕的创伤，发出一声仰天的大笑。试图在大笑中使痛苦得到缓减，与痛苦的现实拉开一段距离，使生活变得比较容易接受些。但是，喜欢讲笑话的悲观主义者比严肃的悲观主义者更加悲观。由于他们的绝望的心态，在这恶魔一样的大笑中，痛苦和不幸反而表现得更加悲惨和可怕，绝望的心境表现得更加无遗，因而对欣赏者的感染力更强。

由上可见，黑色喜剧引起的情感是与一般喜剧感截然不同的，荒诞感的核心不是乐观而是悲观，不是积极进取而是消极退避。尽管从心理学上说，"任何肯定性的情感和否定性的情感既可能对人们发生积极性的作用，也可能对人们发生消极性的作用"①。此外，无论是积极的情感还是消极的情感，都还有一个个人评价与社会评价相统一的问题。有些情感，如良心的悔恨与羞愧，对个人而言，是一种不愉快的消极的体验，但对社会而言，则是积极的，因为它促进了社会成员的道德成长。这就是说，情感的积极性与消极性、肯定性与否定性并不是恒定的。但是，仅从上面的分析，我们就可以看出，从总的欣赏效果着眼，黑色喜剧所引起的情感反应属于消极性的、否定性的一类，不能等同于一般的喜剧美感，它是一种没有欢乐的笑声。只有痛感，没有快感。

第三节 从喜剧观念的发展看

喜剧观作为整个审美观的一部分，不可能在任何时代、任何社会历史条件下都一成不变。社会历史的发展必然促成审美观念的转变，喜剧观念所能容纳的内容也必然要随着社会文明的发展及人们的审美能力的提高而不断地得到调整。历史上曾经使人们捧腹大笑的东西在今人的面前则可能完全失去了笑意；而一些在当代人看来充满喜剧性的东西，则被古代人视为不可思议。喜剧观念要随着社会历史的发展而发展，这一点已经为审美发展的实践所证实。综观人类审美发展的历史，喜剧观的变化发展史实际上就是喜剧性与悲剧性、喜剧感与悲剧感由分离而融合的历史。如果说黑色喜剧能为我们提供一些新的东西的话，那就是它把更多的悲剧性融入了

---

① 杨清：《心理学概论》，吉林人民出版社1981年版，第444页。

喜剧性。

在西欧戏剧史上，自亚里士多德始，悲剧性与喜剧性的截然划分就已经成为一个不能逾越的界限。尽管在古希腊时代，除了悲剧与喜剧外，还有一种"萨堤洛斯剧"①，但它并不是悲剧与喜剧的混合，而是悲剧之后的独立的喜剧，它与前面演出的悲剧三部曲是泾渭分明的。在古希腊时代与古罗马时代，人们的喜剧观念是相当纯粹的，喜剧只能表现滑稽可笑的故事，喜剧的取笑对象只能是处于社会下层的卑贱的平民，所以，喜剧的格调远比悲剧低下。

文艺复兴时期及启蒙运动时期的到来，新兴资产阶级的出现，人们的审美观念也发生了变化。随着政治观念的转变，森严的等级观念被打破，于是，旧有的喜剧观念也受到了冲击，而这种冲击的第一个浪潮就是抹掉悲剧与喜剧之间的严格界线。

瓜里尼首先打破了悲剧与喜剧的界限，他以现实生活中相对立的东西可以混合统一的现象来为悲喜混杂剧辩护。他认为，悲喜混杂剧"是悲剧和喜剧的两种快感糅合在一起，不至于使听众落入过分的悲剧的忧伤和过分的喜剧的放肆"。

成功地在艺术实践中做出这种尝试的先驱是莎士比亚。在莎士比亚的许多剧作中，悲剧因素与喜剧因素互相混合，不仅有悲剧场面与喜剧场面的组合，还有悲剧角色与喜剧角色的间插。

但是，我们应该看到，无论是瓜里尼还是莎士比亚的剧作，都还不能称为真正的悲喜剧，因为它的人物缺乏悲剧性格与喜剧性格的真正结合，并且就整个剧作而言，它尚未达到悲剧精神与喜剧精神的统一。在更多的情况下，莎士比亚悲剧中融进的喜剧成分仅仅是用作悲剧成分的一种对比，而不是作为悲剧感的一种构成因素。由于整个剧作的悲剧情调，这些喜剧成分很少能引起人们的笑，并且作者本身也不打算引起人们的笑。如在《麦克白》第二幕第三场中，门房的自嘲打趣那一场戏尽管显得很滑稽，但它不能引起观众的笑声，它只是用以烘托剧情的悲剧气氛，增强悲剧性的紧张程度。它不可能在整个剧情要提供的情绪之外，向观众提供一

---

① "萨堤洛斯"是希腊神话中半人半羊的、居住在树林里的神，"萨堤洛斯剧"是在演出了悲剧三部曲之后附加上的第四部曲。这是一种嬉笑怒骂、冷嘲热讽的滑稽剧，继三个严肃而紧张的悲剧之后演出旨在调剂气氛，吸引观众。

种不同的情绪,从而减弱了观众的激情。

同样,在莎士比亚的喜剧中也有这样的现象。例如《威尼斯商人》中的犹太商人夏洛克,就是一个兼有悲剧性格的喜剧人物。在夏洛克身上,也偶然闪现一些伸张正义、反对民族歧视的合理性格,这是渗进他的喜剧性格中的悲剧因素。但就整个剧作的情调看,这反而增加了他的行为的喜剧性,一般人看到的是他的残暴的报复手段,他越叫嚷要复仇,就越发使人觉得他可笑,根本无法叫人在喜剧美感中融进悲剧感。

此外,在莎士比亚的一些悲剧中,有时候插进去的喜剧成分是真正逗人笑的,而且作者本意也是逗人发笑的。但这些喜剧成分相对于整个剧情的悲剧氛围而言,尚不成气候,它所引起的笑感仅仅在于调剂悲剧的紧张气氛,给观众过度紧张的情绪提供片刻的喘息机会,只不过是悲剧中的"喜剧疏散法"。所以,所有这些插入的喜剧成分都在精神上符合悲剧的情调,都严格地从属于悲剧成分,以免其所引起的笑感干扰了整个悲剧的欣赏情绪,造成不和谐的气氛。从莎士比亚的整个艺术实践看,他的喜剧只能引起纯粹的喜剧感,尽管偶而加进了悲剧成分;他的悲剧只能引起纯粹的悲剧感,尽管偶而加进了喜剧成分。

莎士比亚没有写出真正意义上的悲喜剧,但他已经为一种新的审美表现形式的出现开了先河,冲击并且动摇了自古以来封闭不移的喜剧观念和悲剧观念,为后人的继续创新提供了创作的实践。其后的狄德罗和博马舍就是在总结前人创作成果及自身艺术实践经验的基础上,为新兴资产阶级作为艺术形象进入舞台,从理论上为悲喜剧相结合的严肃喜剧做了阐述。狄德罗认为,严肃喜剧的出现是时代的需要,体现着艺术须反映自然的现实主义原则。这种严肃喜剧既不同于悲剧,也不同于轻松的喜剧。它与悲剧不同的地方在于,它拒绝处理生活的阴暗面与苦难。它不同于轻松喜剧的地方则在于,它所强调的不是嘲笑,不是对邪恶的惩罚,而是对美德的展示、对人的天职的教诲。① 简言之,严肃喜剧不是悲剧因素与喜剧因素的简单混合,而是一种新的戏剧形式。另一位严肃喜剧的鼓吹者博马舍则认为,"严肃喜剧是存在的,它是一个优秀的剧种。它为观众提供一种富有生机的情趣、一种直接的深刻的道德感染力,而且它只能以一种风

---

① 参见狄德罗《狄德罗美学论文选》,人民文学出版社1984年版,第132页。

格——自然的风格——来体现"①。当然,无论是狄德罗还是博马舍,他们的言论都是从艺术须忠实于自然这一现实主义原则出发的,主要的还是涉及喜剧题材及喜剧人物的问题,尚未涉及如何丰富喜剧美感的问题。这就是说,严肃喜剧的目的不是自觉地对喜剧观念进行整体的调整和转换,而是旨在创制一种新的道德教谕剧。

在德国启蒙运动中,其杰出代表莱辛走上了美学论坛,喜剧观念的重大突破也终于到来。莱辛以其宏阔的历史眼光、精深的美学见解从理论上阐明了喜剧观念发生变化的历史必然性。一方面,莱辛从审美对象本身的特征来证明喜剧美感的复杂性。他认为:"本质自身作为我们平庸与崇高、诙谐与严肃、愉快与苦恼结合的范例,对吗?显然是这样的。"②另一方面,莱辛更注意从欣赏的角度来看喜剧观念的转换,他认为:

> 喜剧提高了若干度,悲剧却降低了若干度。就喜剧来说,人们想到对滑稽玩意的嬉笑和对可笑的罪行的讥嘲已经使人腻味了,倒不如让人轮换一下,在喜剧里也哭一哭,从宁静的道德行为里找到一种高尚的娱乐。就悲剧来说,过去认为只有君主和上层人物才能引起我们的哀怜和恐惧,人们也觉得这不合理,所以要找出一些中产阶级的主角,让他们穿上悲剧角色的高跟鞋,而在过去,唯一的目的是把这批人描绘得很可笑。描绘的变化造成提倡者所称的打动情感的喜剧,而反对者则把它称为啼哭的喜剧。③

对我们的论题而言,莱辛这段论述中最可贵的是从观众欣赏心理立论,说明了"啼哭的喜剧"之所以能够出现和存在的深刻基础。把哭的情感合法地融合于喜剧美感中,正是自莱辛始。他还认为,这种带着哭的喜剧感是一种比单纯的喜剧美感还要高尚的娱乐。

真正在艺术实践中实现悲剧性与喜剧性的结合,使悲剧感与喜剧感共存的是西班牙小说家塞万提斯。他所塑造的唐·吉诃德就是一个既荒唐可笑又伟大崇高的人物,他既引起人们的滑稽感,又使人们在可笑之中看出

---

① 转引自尼柯尔《西欧戏剧理论》,徐士瑚译,中国戏剧出版社1985年版,第310页。
② 转引自鲍列夫《美学》,乔修业译,中国文联出版公司1986年版,第163页。
③ 转引自余秋雨《戏剧理论史稿》,上海文艺出版社1983年版,第380~381页。

他的可悲。正如别林斯基所言:"在一切著名的欧洲文学作品中,像这样把严肃与滑稽、悲剧与喜剧、生活中的庸俗糟粕与伟大美丽的东西交融在一起的例子,甚至还不是完善的例子,只能在塞万提斯的《唐·吉诃德》中找到。"① 但是,我们从中还可以看到,唐·吉诃德在欣赏者心上引起的情感可以明显地分离为悲剧感与喜剧感。这就是说,塞万提斯还没有完善地把悲剧融汇入喜剧,使悲剧感成为喜剧感的有机构成部分。

在喜剧观念上,实现这一突破的当推俄罗斯的现实主义文学大师契诃夫。契诃夫的小说或剧本正是那种"啼哭的喜剧",它所唤起的笑已经不是那种轻松愉快的笑,而是痛苦和悲哀的笑,是含着眼泪的笑,或者更确切地说,是在笑的形式中包容着悲哀的心理。格利高里耶夫曾正确地揭示出契诃夫的这个特点,他认为:"在契诃夫的剧本里有许多悲剧性的东西,但它不是用悲剧形式表达出来的;他的作品里的悲剧事物是和一些偶然的、荒谬的因而也是可笑的事物糅合在一起的。"他进一步指出,契诃夫不同于莎士比亚,"莎士比亚把喜剧场面和悲剧场面结合在一起,而契诃夫是把喜剧性和悲剧性结合在同一个场面里"②。进而言之,契诃夫的特点是把喜剧感和悲剧感结合在同一个情感体验中,喜中有悲,悲中有喜,笑声中有恐怖、痛苦,也有悲哀,这是含泪的笑。悲剧本身是喜剧,喜剧本身就是悲剧。著名的契诃夫研究家叶尔米洛夫在《论契诃夫的戏剧创作》中也曾经指出契诃夫在喜剧观念上的这一伟大突破:

> 世界文学史上还没有一个人像契诃夫这样深刻地挖掘过幽默的宝藏,展现了它的数之不尽的种类、形式和细致入微的色调。契诃夫是伟大的探险家,他在喜剧性的广袤无垠的大陆上发现了许多新的国土和领域,呈现在喜剧形式里的悲伤的内容和包藏在正剧甚至悲剧形式里的喜剧内容——这两种生活的和美学的矛盾无可抗拒地吸引了契诃夫,从他的少年时代起,直到他生命的尽头。

契诃夫之所以在喜剧观念上取得伟大的突破,绝不纯粹出于艺术家的别出心裁,他一方面固然是凭借了前人在创作上和理论上所积累的成就,

---

① 转引自别列金娜选辑《别林斯基论文学》,梁真译,新文艺出版社1958年版,第116页。
② 转引自叶尔米洛夫《论契诃夫的戏剧创作》,中国戏剧出版社1985年版,第231页。

另一方面也是由于他所处的社会历史条件客观地提供了这种"含泪的笑"的现实材料，提供了喜剧的形势。契诃夫所处的时代正是沙俄农奴制度中最腐败、最黑暗的时期，而主宰这个社会的则是一群既愚蠢无知又穷凶极恶的地主阶级，他们在制造着骇人听闻、令人战栗的悲剧，同时历史又把他们推到了丑角的舞台上，使他们成为既可笑又可怕的角色，而这个社会本身也是一个既可笑又可怕的社会。这就是说，现实现象中已经存在着这种"含泪喜剧"的情境和人物。契诃夫的功绩则在于他成功地以美学的形式做了反映，把生活中的"含泪喜剧"变为艺术中的"含泪喜剧"。

人类审美观念的发展当然不会停留在19世纪的沙俄帝国时代。契诃夫之后的社会历史文明又有了更为迅速的发展，喜剧观念也就必然会出现新的变化。人类进入20世纪，尤其是进入所谓"后工业社会"之后，现代技术与物质文明的畸形发展使人们感到窒息。无限的物欲使生活失去了意义，人与物的关系彻底颠倒，人的异化成为普遍的社会问题，随之而来是普遍的焦虑和绝望，是对传统价值的怀疑，是个人的孤独感和文化的危机意识。价值虚无主义、文化悲观主义、非理性主义成为新的时代意识的基本特征。面对着这样一个颠倒、混乱、矛盾重重的非理性社会，西方部分作家一方面不愿意与这个荒谬的社会同流合污，于是就采取了一种与社会不相容的敌对态度，对这个社会中的种种丑恶弊端极力抨击，进行愤怒的揭露和嘲讽，但另一方面他们又自知这抨击无异于隔靴搔痒，在这个荒谬而丑恶的世界面前，在庞大的社会物质机器面前，人类不过是一条可怜的虫，渺小而微不足道。所以，他们便把"痛苦与欢笑、荒谬的事实与平静得极不相称的反应、残忍与柔情并列在一起"，把有趣的嘲讽与冷酷的态度连在一起，对于意外、倒行逆施和暴行，像丑角一样耸耸肩膀，一笑了之。以笑来表明自己对荒谬世界的变态的反抗，也以笑来嘲讽自己在这个世界面前的无能为力，于是，一种既是"喜剧"而又带有"黑色"的美学样式便应运而生。它是"喜剧"，因为它的嘲弄对象既可笑又可怜。它带"黑色"，因为可笑之中有痛苦、张皇，有恐怖、绝望。与其说是对对象的讥讽，不如说是对自身的嘲笑。如果说在传统喜剧中，发笑者一般都有优越感，那么，在"黑色喜剧"里，除了愤怒的抗议、颓唐的绝望外，发笑者更多的是自我嘲笑，是对自己在丑恶面前的无能为力、束手无策而发出的无可奈何的解嘲，希望借此给自己增添一点生活下去的勇气。所以，这种喜剧中的所谓"黑色"其实就是包容在喜剧性之中的悲剧性，融合在喜剧感之中的悲剧感。但由于资本主义文明已经失去了悲剧精神赖以存在的自信，这种黑色的成分不可能在悲剧中体现出来，于是它就不得不求助于喜剧了。

作为喜剧观念的新形式，黑色喜剧诞生在荒诞的时代，有许多不同于传统喜剧的地方。首先，它是对一个荒诞的社会所做的荒诞的反映。通过这种非理性无逻辑的形式，从本质上反映了"荒诞控制了人们的生活"这一根本现实加深了人们对社会理解的复杂程度，使人们能深刻地认识到"一个疯狂地脱节的世界"。其次，黑色喜剧以内容与形式高度统一的艺术魅力，使人们在情感上引起震动，深深地感受到现实的荒诞与无意义，确信这是"人类对患了精神病的社会的正常反映"。最后，也是最主要的，黑色喜剧有别于契诃夫那种"含泪喜剧"的地方，或者说黑色喜剧所能向我们提供的新东西，就在于它不仅是作为客体的荒诞，而且还是作为主体的荒诞。它完全抑杀了审美主体（包括欣赏者和艺术家）的优越感，故意使观众难堪，并使之处在与喜剧人物相同的地位上，而且都是同样清醒、有意识地用玩世和嘲世的态度来对待严肃的事情，用冷酷的眼光看待世界。他们不仅笑别人，也笑自己。既是自我的解脱，又是绝望的哀叹。这种喜剧与其说是审美活动，不如说是审丑活动。因为审美的特征在于主体通过对象的形象直观而达到对自我本质力量的肯定，而黑色喜剧恰好是要以荒诞的形式使主体在惊恐不已的情绪感受中达到对自身的否定。它给人的不是美感，而是丑感。

综观人类喜剧观念的演变发展史，我们不难发现，喜剧观念的发展是人类对社会人生的认识不断深化的结果，也是人类的情感生活进一步复杂化、多元化的结果。随着人们对社会人生的多元性的认识的进一步复杂化，人类的情感需要越趋丰富，喜剧观念的内涵也就必然进一步得到拓展。整个喜剧观念的发展呈现出一种不断地丰富、不断地糅合的趋势。每一种新的喜剧观念的出现都在不同的层次上体现着人类审美多样化的需要。黑色喜剧的出现正是人类喜剧观念发展史上的一个断点。它一方面是对传统喜剧的超越，是对过去那种徒博一笑的浅薄的喜剧观念的进一步反拨，使喜剧观念的内蕴获得更大的包容，拓宽了人们的喜剧视野，为喜剧艺术创造了一个更广阔的情感的空间，使喜剧艺术获得更丰富的艺术表现力和更强大的情感震慑力；另一方面也是对传统喜剧观念和审美观念的反叛，审美的艺术变成了审丑的活动，这正是变态了的西方社会心理的反应。除了使人们加深对那个荒诞社会的认识外，它不可能向人们提供更多的东西。

在基本认识了黑色喜剧有别于传统喜剧的几个要点及其审美价值之后，我们回视中国当代文坛，便不难发现，在我国近二三年来也出现了一些颇有黑色味道的喜剧，这固然是因为疯狂的"文革"不仅为产生这种荒诞的喜剧提供了社会条件，还提供了很多足资索取的素材。如果仅仅从社会矛盾的角度看，与促使黑色幽默现世的美国 20 世纪 60 年代社会情况相比，疯狂的"文革"是有过之而无不及的，但再考虑到黑色喜剧的其他因素，诸如物质文化、哲学基础等，尤其是审美主体的文化心理素质等因素，我们就可以发现二者有着很大的差异。我们不仅没有西方社会那种发展到足以使人类丧失自我的物质膨胀，而且我们的艺术欣赏者、我们的艺术创作家们也绝没有海勒们的那种彻底的颓废和绝望。他们对生存的意义，对生活的意义、人的价值、生命的价值，都有或明或暗的肯定意识。几千年的中国古代文化酿成了民族精神的基本的人文传统，无论是如何的艰苦卓绝，人们总是可以找到安顿灵魂、逃避现实苦痛与平衡精神心理的避难所。[①] 这与彻底的绝望、疯狂的反人道是风马牛不相及的。尽管"文革"可能以一个疯狂年代的后遗症把荒诞感深深地印刻在中国人民的深层心理上，但我们的民族却从来没有绝望过。当疯狂的年代一旦过去，我们的人民从地洞里钻出来，晃一晃蒙在头上的沙泥，清醒一下脑袋，便又把目光注向未来。所以，不仅当代中国作家不可能写出正统的当代中国的黑色喜剧，即使有这种地道的黑色喜剧，它也不可能占有当代中国的观众。出现在我国当代文坛上的那些被称为"伪现代派"的小说，尽管作者极力模仿黑色幽默派大师的风格和技法，但他们要在当代中国赢得读者，获得审美价值，便不得不摒弃或弱化黑色幽默所强调的病态和虐待狂的特征，不得不在描写痛苦与荒诞的同时，透露出希望的曙光；在认识到荒诞的同时，能见到理性的光辉，不得不少一点绝望、迷惘和退避，多一点希望、寻找、热情、追求和创造。美国作家威廉·福克纳曾经这样说过：

    人之所以不朽，不仅因为在所有生物中只有他才能发出难以忍受

[①] 参见季红真《中国近代小说与西方现代主义文学》，载《文艺报》1988 年 1 月 2 日。

的声音，而且因为他有灵魂，富有同情心、自我牺牲和忍耐的精神。诗人、作家的责任正是描写这种精神。作家的天职在于使人的心灵变得高尚，使他的勇气、荣誉感、希望、自尊心、同情心、怜悯心和自我牺牲精神——这些情操正是昔日人类的光荣——复活起来，帮助他挺立起来。诗人不应该单纯地撰写人的生命的编年史，他的作品应该成为支持人、帮助他巍然挺立并取得胜利的基石和支柱。①

这里向我们提出的就是艺术家的现实感和责任感的深刻问题，任何一个敢于负起历史责任的艺术家都会严肃地对待之。至于那些一味强调自我丧失感、孤独感、幻灭感、混乱感等而偏偏缺少现实感和责任感的"黑色幽默"，则不为我们所称道。艺术必须植根于现实的土壤里，才有生存的价值。艺术创作如果偏离欣赏主体的切身追求，便会失去艺术自身。当代中国文学不应该也不可能离开中国的民众。就当代中国的民众而言，任何一个有现实感和社会责任感的人都会看到，今天的中国人没有颓废、绝望、玩世不恭的权利。与其为昨天的痛楚浅吟低唱，不如引吭高歌而走向未来。

---

① 转引自《美国作家论文学》，刘保瑞等译，生活·读书·新知三联书店1984年版，第367~368页。

第十章　维护身心健康的喜剧笑

喜剧的审美效果是笑，喜剧的心理功能全部体现在笑之中。所以，研究喜剧的心理功能，实质上就是研究喜剧笑的心理功能。

体验丰富多彩、各式各样的情感是人类本性的需要，也是心理发展的需要。笑作为人类情感的一种表现，当然也是人类生存不可避免的。况且笑不仅能满足人类情感的需要，还能在更多的层次上满足人类的其他需要。根据人本主义心理学家马斯洛的人类需要层次论，人类有5种主要的需要，由低至高依次排成如下的层次：生理需要、安全需要、归属与爱的需要、自尊需要、自我实现需要。① 人类各种需要的满足即人的潜能的发挥。自我实现是最高层次的需要，也就是人的各种潜能的充分发挥。由于引发动机的不同机制，这5种需要可以分为2类。一类是生物性的需要，包括生理需要和安全需要，其余都属于社会性需要。此外，我们也可以根据对象的不同把需要分为物质需要与精神需要。审美就是为了满足精神需要的一种活动。喜剧性的笑作为审美情感的一种表现，当属于高层次的需要，它的主要功能在于满足人们的审美需要。但由于"笑作为一种生理反应，可能由各不同'级'的情感引起，只有在笑与高级社会情感联系起来的情况下，才可以说笑具有喜剧的特色"②。高层次的喜剧性的笑是建立在低层次的生理性和心理性的笑之上，其本身也可以包含生物性和社会满足的成分。所以，喜剧性的笑也能由低到高地满足人类各层次的需要。本书的一个重要任务就是揭示引起喜剧笑的相关因素之后，再从心理学角度逐层分析喜剧性的笑具有的各种功能，并揭示出它在人的自我实现中的地位。

---

① 参见马斯洛《动机与人格》，许金声等译，华夏出版社1987年版，第40～68页。
② A. H. 鲁克：《情绪与个性》，李师钊译，上海人民出版社1987年版，第180页。

第一节 激发生命活力

　　生理和安全需要作为人类最低层次的需要，其最重要的就是解决人类个体的生存问题。换言之，解决饥饿、睡眠等问题的目的就是维护个体的身心健康。从现代医学心理学的角度看，心理平衡是身心健康的重要保证。心理学家巴甫洛夫曾经指出过高级有机体的活动存在着一种协调平衡的规律："高级有机体或低级有机体的无比复杂性，只是在其一切组成部分彼此之间以及与周围条件之间保持灵敏的、准确的联系和均衡的时候，才能作为整体而继续存在。"[①] 所谓心理平衡，就是个体身心与环境的适应状态。人类周围的环境处于永恒不息的变化之中。所以，个体的心理精神状态也必须随之而变化，否则就会心理不平衡。为了维护心理平衡，良好的情绪、乐观的态度是最为重要的。它可以使人从容地对待周围不断变化着的环境，从而获得个体的健康长寿。反之，情绪长期处于紧张状态，让焦虑与恐惧笼罩身心，健康状况就会受到破坏，个体也无法适应社会生活的需要。

　　什么是焦虑？焦虑就是一种内心紧张和不愉快的期待情绪，是预感到似乎即将发生不幸而又无法应付的一种心境。人与环境不相协调而发生冲突，人的行为遇到挫折或失败就会对个体构成一种情绪上的打击或威胁，使个体在情绪上表现出一些不愉快的或者痛苦的反应，这就形成了心理学上所称谓的"情绪紧张"，也就是焦虑。

　　焦虑对心理-生理的最大伤害在于它常使人处于超过正常限度的精神活动过程中，因而破坏或降低了大脑皮层细胞的工作能力。焦虑和紧张使兴奋与抑制过程失调，出现暂时性的不平衡，使大脑皮层个别区域特别兴奋，长期处于疲劳状态，这样便破坏了其他区域的保护性抑制状态，导致大脑两半球兴奋性降低。巴甫洛夫曾经把这种大脑皮质细胞因过度的消耗而加强了抑制性，从而不能进行正常活动的症状称为"皮质细胞的兴奋性的衰弱"。大脑两半球在出现"皮质细胞兴奋性衰弱"的情况下不可能正常地工作，从而使兴奋与抑制的交替、神经联系的恢复和建立、分析与综合活动的进行都受到影响，人不可能表现出饱满的生命力和充沛的体力

[①] 转引自德米特里耶娃《审美教育问题》，冯湘一译，知识出版社1988年版，第29页。

与精力。同时，大脑皮层机能的暂时失调不仅降低了中枢神经系统对其他器官的支配与调节作用，还破坏了体内器官之间的协调活动的能力和免疫机制的能力，并使人体内分泌系统受到影响，甚则致病。因为持续的紧张会使人的血脂增高，促使血栓形成，并使体内儿茶酚胺的分泌增加，而儿茶酚胺的大量释放则会使心跳加快、血压升高，使心肌代谢所需的耗氧量增加。这些不正常的变化正是诱发心脏病的因素，它们会引起心律紊乱、心室颤动，心脏的传导系统失灵，心肌出现点状坏死，最终导致心脏停搏，甚至并发心肌的破裂而猝死。[①] 正所谓"精神内伤，身必败之"。

无论是从生理学的或心理学的角度看，笑都有助于身心疲劳的消除、免疫机制的维系，有助于使人们从紧张与焦虑状态中解放出来，有助于提高人的生命活力、加强人的体力与精力。国外有位专家认为，笑对人体的生理和心理有十大作用：

(1) 笑能使肺扩张，增强肺的呼吸功能。人们在大笑时，可表现为呼气短促，吸气则显著延长，使人们自然而然地做一系列的深呼吸运动。笑一次犹如做了一次呼吸体操。

(2) 笑能消除精神和神经的紧张。笑过之后，大脑皮层出现新的兴奋灶，可以调节脑神经的功能，使头脑清醒，消除精神疲劳。

(3) 笑能调节内分泌系统的激素分泌，使大脑、内脏神经机得以改善。

(4) 笑能加强血液循环，加速氧气供应，促进新陈代谢。

(5) 笑能使胸、腹部肌肉在劳动后得到放松，使其活动得到加强。对心、肺、肠胃等内脏器官也有良好的内按摩作用。

(6) 笑能清洁呼吸道，笑时的大量气流能把呼吸道的分泌物排出。

(7) 笑能抒发健康的情绪，使人们从已经感到快乐的事情中引起更为快乐的情绪。

(8) 笑能调整人们的心理活动，驱散愁闷，减轻紧张感，使之进入"乐以忘忧"的境界。

(9) 笑有助于克服羞怯情绪和困窘的感情以及各种各样的烦恼，

---

① 参见王林等编著《心理健康的钥匙》，山东科技出版社1987年版，第71页。

并有助于增加人们之间的交际和友谊。

(10) 笑能使人对往日的不幸变得淡漠,能乐观地对待现实,产生对美好未来的向往。①

笑之所以具有如此多的功能,根本原因在于笑本身具有的生理-心理特征。笑是由一系列微小的面部活动和剧烈的呼吸活动来完成的。达尔文说:"声笑是由于一种深吸气而产生,在进行这种深吸气的时候,紧接着胸部特别是横隔膜的短促的持续的痉挛之后。因此我们就听到'双手捧腹的大笑'。"② 麦独孤也说:"笑在生物学上的直接效果是刺激了呼吸和血液循环,升高血压,输送大量血流到头脑,正如我们在会心的笑之中所见到的红脸。在心理学上,笑的作用是解开思想的链条及持久不变的体力与思维的活动。"③

正因为笑的时候不但面部表情肌要运动,而且胸腹部肌肉也要参与运动,这就刺激了呼吸系统和循环系统,促进了新陈代谢。当一个人处于大笑状态时,人体的全部器官和内分泌腺都加强了活动,心脏跳动加快,从每分钟60多次增加到120次,以供应剧烈呼吸所需的大量氧气,血压从正常的120毫米汞柱跃到200毫米汞柱。笑的一次迸发可以使隔膜、胸腔、心脏、肝肺等都受到锻炼。更为重要的是,人在大笑时,激活了肾上腺素的分泌,增加了流入头部和大脑的血液量,使内分泌系统恢复协调活动能力,消除了对健康有害的神经紧张感,增强了机体本身的抗病能力,延缓了内脏器官的病变进程,避免了恶性疾病的发生。

一旦人们从笑声中停止下来,人体的肌肉就会比开始笑时放松得多。动脉在收缩后变得更松弛,心跳、血压也会低于正常值,这些都是解除紧张的特征,其结果就是一种舒适感和康复感。这种舒适感和康复感的意义在于它一方面使体内环境保持平衡,促使大脑皮层兴奋与抑制的平衡,消除由于焦虑与紧张给精神活动所带来的不良后果,另一方面促使个体身心与外部环境的适应,即恢复心理平衡。

所以,有人认为:"一种美好的心情,比10副良药更能解除生理上

---

① 转引自张殿国《情绪的控制和调节》,上海人民出版社1985年版,第189页。
② 达尔文:《人类和动物的表情》,周邦立译,科学出版社1958年版,第128页。
③ 转引自皮丁顿《笑的心理学》,潘智彪译,中山大学出版社1988年版,第139页。

的疲惫和痛苦。"笑对人体健康的意义早已为人们所熟知，并且被不少医生用于医疗实践中。

在美国原住民部落里，甚至有一些专门开玩笑的医生在治病的过程中讲述各种各样的笑话，逗病人发笑，从而获得治病的效果。据说，化学家法拉第年轻时因工作紧张，神经失调，身体极为虚弱，患了头痛、失眠等症。吃药、打针虽有一时之效，但总不能根治，健康状态每况愈下，法拉第十分苦恼，后来请了一位名医诊治。这位医生对法拉第进行了全面详细的检查后，提笔开了一张奇怪的"处方"，上面写着一句德国谚语："一个小丑进城，胜过一打医生。"医生走后，法拉第仔细琢磨了他的话，终于悟出个中道理。此后，法拉第经常去看滑稽戏、马戏和喜剧演出，每次都是大笑而归，在大笑之中，神经逐渐松弛下来，心境保持愉快，生活的情趣提高了。一段时间以后，头痛、失眠症果真消失了，他终于恢复了健康。

无独有偶，一位美国医生在一本书中也曾引用笑能治病的例子：一个叫卡曾斯的美国记者，突然患了一种"结缔组织严重损伤"的病。医生告诉他，这是不治之症，他将不久于人世。但是卡曾斯记起"悲伤会致病，快乐有助于治病"这句名言，他想出一个奇妙的自我治疗方法，寻来一批喜剧影片，让护士给他放映。卡曾斯欣慰地发现，10分钟的大笑有明显的镇痛效果。笑过之后，连睡眠也比以前安稳多了。于是，他干脆搬出医院，住进旅馆，自己安排了生活的三部曲——吃饭、大笑、睡觉。10年过去后，卡曾斯奇迹般地活着，而且身体越来越好。

种种例子都足以说明，笑是生命活力的激发剂。笑不但可以维护健康人的健康，而且可以使患者恢复健康。

喜剧性的笑虽然不能等同于纯生物性的笑，但前者却蕴含着后者。从它们对生命的生理意义上看，二者是没有区别的。所以，喜剧笑的第一个功能就在于它满足了生命存在的需要，使人们得以免除很多因心理紊乱而导致的适应不良或身心疾病。

第二节 培养乐观情绪和良好的心理适应能力

如果说使处于紊乱状态的不平衡心理从焦虑和紧张中解脱出来，是喜剧笑从消极的角度来使已经失去平衡的心理功能恢复平衡，维护身心健康，那么，从积极的角度看，喜剧笑则能通过不断地给个体以娱乐，逐渐培养出能适应环境变化的乐观情绪和良好的心理能力，从而使身心常处于平衡与健康之中。

我们已经看到，身心是否平衡与能否适应环境变化有关。我们周围的环境是常变不歇的。在现实生活中，挫折和失败在所难免，不可能所有的动机都能实现，也不可能所有的需要都能满足。尤其在当今社会中，人们生活在一个快节奏、高效率、超刺激、感觉轰炸、竞争激烈、奋力拼搏的世界，这就不可避免地给人带来许多无形的紧张和强大的心理压力，并造成种种适应不良。如果忍受挫折的心理能力不发达，则焦虑和紧张也就会常常侵扰我们的身心。所以，理想的境界不在于如何努力恢复平衡，而在于如何培养出能自觉地随着环境变化而不断加以调节的灵活适应的心理能力。

所谓挫折，从心理学上说，就是当个体从事有目的的活动时所遇到的受到阻碍或干扰的刺激情境。人的感官在这些情境的刺激下，一般会产生出不愉快的信息，并迅速地传输到大脑中枢，使大脑产生与之相应的不愉快的情绪。随着同类信息的输入量的增加，大脑中就逐渐形成神经系统的暂时联系，并在精神活动中形成优势兴奋中心，造成中枢神经系统以及受中枢神经系统管理和控制的各种机体系统的紧张，准备调动机体力量去应对挫折情境。如果挫折情境一时还不能克服，则这些紧张状态就转而变成心理上的压力，并将长期存在于个体的心理活动中。当然，就不同的个体而言，这些紧张和压力对心理的意义是不同的。有的人在挫折的面前萎靡不振、惶惶而不可终日，有的人则虽历经挫折仍精神饱满，不屈不挠地向着目标前进。由此可见，个人对挫折的容忍力有极大的差异，而挫折容忍力的强弱又影响着人们对环境的心理适应能力。

德国心理学家赫希特认为：

> 机体和环境之间的动态不可能仅仅由于环境的反常条件或仅仅由于机体的异常状态而遭到破坏。在机体和环境之间的动态中多种因素的结合，在疾患进程中起着决定性的作用。例如，来自外界环境的同一种刺激，对某个人可能产生刺激的影响，而对另一个人则可能引起病态反应。换言之，身体和心理训练有素的、情绪乐观的人可能长时间内经受过负荷而无损于健康，而娇气十足、情绪悲观的人就是在正

常的劳动条件下也将感到负荷过重。①

这就表明，挫折容忍力是衡量身心健康的一个重要指标，是个体心理适应能力的标志。很明显，与其消极地应付环境，不如积极地改造环境，当然也包括改造人本身的体内环境，使心理训练有素，使情绪常葆乐观。

只要我们考察一下笑的原因和笑的过程，就不难发现，笑不仅是衡量一个人能否与环境相协调的尺度，也是使个体本身不断增强环境适应力与挫折容忍力的一种心理训练。

人发笑的原因可能有很多。根据我们对笑的种类的区分，它可能纯粹是一种生理本能对外部环境的应激反应，如婴儿的嬉笑、挠痒痒引起的笑等；也可以是在社会实践中对象适应了人的需要而产生的情感和情绪的反应，如意外地获得成功以后的笑。喜剧性的笑则是在看到对象本身内容与形式之间的矛盾突然暴露出来时发出的，是对人的本质力量的感性直观。除了纯生理性的笑以外，其余的笑都与人的心理活动有关，都是对社会刺激的反应。萨利说："也许，第一次伟大的笑是由人或他的原始祖先在经历了一段恐惧或战斗中的紧张之后松弛下来时发出的。"他还说："在所有引起笑的原因中，紧张（包括肌肉、智力或情感的紧张）之后的片刻松弛是最常见的。"② 康德也持有同样的见解："笑是一种从紧张的期待突然转化为虚无的感情。"我们这里且不论康德定义的可逆性是否正确，但笑确实在某种程度上体现了一种安全感。人们在紧急情况下会调动自身的一切力量来应对当前的危机。一旦危机消除，人们的这种应激状态也随之而消除。随着身体各种器官机制的松弛，一些人哭喊，另一些人则发笑。由此可见，在笑的过程中，紧张与松弛是必不可少的两个相连贯的行为动作。人们往往以笑来表示他克服了恐惧和忧愁。

美国心理学家哈沃斯在考察了原始部落人发笑的事实后指出："笑原本就是一种声音的信号，以告诉群体的其他成员，他们可以安全地松弛下来。"③ 显而易见，笑一方面起源于紧张情绪，另一方面又能减弱紧张情

---

① 赫希特：《心理卫生》，黄一卿译，科学普及出版社1984年版，第48～49页。
② 转引自 J. Sully. *An Essay on Laughter*, London, 1902, p. 46, 176.
③ D. Hayworth. "The Social Origin and Function of Laughter," *Psychology Review*, Vol. 35, No. 5, 1928, pp. 369-370.

绪。于是，我们就能理解为什么人们喜欢笑。凯塞在《恐惧心理学》一文中曾经指出，人类机体的构造渴望"恐惧"，换句话说，人类喜欢在经过一段紧张之后而产生的轻松。事实上，人们并不去寻求笑，他们想要的倒是随着笑而来的喜悦感。① 为什么呢？个中秘密，就在于笑的过程中心理活动的一紧一松对人的机体起着平衡调节的作用，激活了生命的力量。因为人们在笑声中可以快活起来。

笑是有感染性的，通过感染而笑起来的时候，由于表情的改变而改变了心情。即使是无缘无故的捧腹大笑，笑着笑着，心里就会真的愉快起来。美国心理学家麦独孤说："当我们笑的时候，我们是愉快的。我们愉快是因为我们笑了。"② 笑能改变人们的心理定向。在笑的过程中，大脑不断地接收到愉快的信息。越是笑得强烈，输入的信息越强，这样就越有利于在大脑中建立愉快信息的优势兴奋中心，并削弱甚至消除不愉快信息的作用，从而阻碍或者避免了不良情绪优势中心的形成。

所以，美国著名的成人教育家卡耐基提出的培养快乐心境的第一条规则是："有了快乐的思想和行为，你就能感到快乐。"③ 笑本身就是一种快乐的行为，它给人带来的是快乐的心情。如果我们笑了，这表明我们处于良好的心境，已经能够顺利地控制事态的发展，或者是以胜利者的姿态容忍了各种各样的挫折和失败，适应了外部环境的变化。

笑无异于一种生理-心理的体操训练，所以，很多医生都建议病人每天大笑几次，这充分体现了"防胜于治"的医疗原则。笑不仅能促进人体气血的流畅和五脏六腑功能的协调，还能使心理常处于乐观状态，这就使人体有效地防止疾患的入侵。宋代诗人陆游有句名言："不是暮年能耐病，道人本来心地宽。"屠格涅夫也说过："乐观是养生的唯一秘诀。"这都正好揭示了良好情绪对人体健康的重要意义。

当然，无缘无故的笑不是每一个人都能轻易地发出的，尤其是在心绪不好的时候，往往只能挤出一丝半点的苦笑。要笑，总得有个引发原因。于是，喜剧在生活中就首先充当了这一角色。喜剧欣赏实际上就是使人们

---

① 参见丹纳尔德·哈沃斯《笑的社会根源及功能》，潘智彪译，载《中山大学研究生学刊（社会科学版）》1986年第2期，第109页。

② 转引自皮丁顿《笑的心理学》，潘智彪译，中山大学出版社1988年版，第42页。

③ 卡耐基：《美好的人生 快乐的人生》，肖云闲等编译，中国文联出版公司1987年版，第200页。

在剧场中来一次模拟性心理训练。喜剧笑的这一功能主要是通过奇趣和智趣的作用而诉诸观众的。

喜剧都要有情节的"突然转换"。优秀的喜剧情节曲折跌宕，引人入胜，常令人有三步一境、五步一换、目不暇接之感。观众的情感随着剧情的跌宕演进而变化起伏，作为人类本性的好奇心也一步一步地逐渐被撩拨起来。山重水复疑无路，柳暗花明又一村。无论情节如何蜿蜒曲折，只要不是悲剧，不导致悲惨的结局，到最终都会豁然开朗、皆大欢喜。这里且以相声《海燕》中的一小段为例：

甲：10月1日那天，海燕她们的船准时向渤海湾进发。我跑到指挥部，拿起报话器随时和海燕联系："海燕！海燕！我是海鸥！"

乙：呼叫呢！

甲：请你答话：方位多少？水流如何？好。什么？预计要有阵风，多少级？八、十、五！

乙：八十五级？

甲：从八级到十级，降到五级。

乙：吓我一跳。赶快收网避风吧！

甲：海燕不肯。她说："风头风尾鱼虾集群，不能错过机会，再说船上已经采取了有效的安全措施。"

乙：那就作业吧。

甲：可是顷刻之间怒涛翻滚，大风夹着暴雨，劈头盖脸扑来，浪涛卷过桅杆，齐腰大水滚过甲板。

乙：够厉害的。

甲：就瞧海燕的船缆绳断了……

乙：啊！

甲：又接上了。哎！前舱进水啦！

乙：嗯！

甲：已经堵上啦！机器发生了故障……

乙：啊！

甲：及时排除了。这船沉下去了……

乙：啊！

甲：又浮出来了。

乙：这多惊险哪！

在这段不长的相声中，作者着意安排了 5 次突然转换。先是"八、十、五级"大风，然后是断缆绳、船舱进水，接着是机器故障，最后竟然来了个沉船。这每一次转换都来得非常突然、非常意外。尽管结果都是有惊无险，但已经足以使听众惊愕得甚至屏住了呼吸。受好奇心的驱使，每一个听众都张大嘴巴、提心吊胆地等待着下文。当结果出来时，真相大白，原来看似惊险，其实一切都很正常，只不过是虚惊而已。这其中的心理过程恰如方成先生所言："事物运动总有常规，人世生活中亦有常理。人的思想一般是按常情常理来推断事态的发展变化的，一有差异，便觉意外生奇，这是主观预计和客观现实之间的矛盾。奇而又巧产生的意外之感往往引人发笑，笑话就是以突来的意外逗人发噱的。"[①] 因为人们在欣赏过程中，心理活动的流向虽几经周折，再度波澜，但最后都畅通无阻，于是就感到轻松，好奇心也得到了满足，笑声也就自然而然地冲口而出了。

再则，喜剧的突转往往给人以新的发现，有些优秀喜剧甚至充满智趣。谭记儿巧施妙计，江亭献鱼，智取宝剑；鲍西娅女扮男装，智断难案，使夏洛克出乖露丑，观众喷饭。由此可以看到，智趣是喜剧的一个重要构成因素。它之所以使人发笑，诚如陆一帆先生所论述的："我们知道，人在认识活动过程中会产生理智感，当人们有新的发现时，就会产生愉快的情感。喜剧的事物总是内容与形式相矛盾着的。它最初总是将人们引向一个方面，使人们的想象力往这方面集中，而把真正的内容掩盖起来，到最后才突然把它亮出来，使人大吃一惊。正是在这一惊中，人们发现了新的知识、新的事物，从而获得了愉快。由于这愉快来得十分突然，充满惊讶，所以发出声笑。"[②]

总之，无论是奇趣，或是智趣，人们在欣赏喜剧时所发出的笑声本身就证明了欣赏者本人在心理上经历了一段一紧一松、一张一弛的剧烈活动过程。这种过程对心理本身而言，恰如一种裨益于健康的体操训练。乐观的情绪、良好的心理能力就由此而培养出来。

---

① 方成：《笑的艺术》，春风文艺出版社 1984 年版，第 64～65 页。
② 陆一帆：《文艺心理学》，江苏人民出版社 1985 年版，第 225 页。

第十一章　作为幽默机制的喜剧笑

我们说过，当个体与环境不相协调时，破坏心理平衡的祸首往往是情绪紧张及其后果——焦虑。所以，要维护心理平衡，对各种可能产生的焦虑必须防微杜渐，使其消除于未然。自弗洛伊德以来，心理学上的精神分析学派对消除焦虑的防卫机制做了大量的研究。虽然就理论体系来说，其中不乏荒唐无稽的东西，但他们也有一些理论，尤其是对心理防卫机制的研究成果，已为心理学界尤其是医学心理学界所公认，为临床医学所证实。

弗洛伊德说：

> 生活正如我们所发现的那样，对我们来说是太艰难了；它带给我们那么多痛苦、失望和难以完成的工作。为了忍受生活，我们不能没有缓冲的措施，……这类措施也许有三个：强而有力的转移，它使我们无视我们的痛苦；代替的满足，它减轻我们的痛苦；陶醉的方法，它使我们对我们的痛苦迟钝、麻木。这类措施是必不可少的。①

所谓防卫机制，就是对生活的痛苦进行缓冲的心理措施，就是当人们遇到挫折或失败时，通过某一心理动机的发动，借以避免精神上的痛苦和不快，消除或防止焦虑的出现。例如，狐狸吃不到葡萄就说"葡萄是酸的"，这就是一种防卫机制。既然葡萄是"酸"的，不吃也就罢了，根本用不着因为吃不上而感到不安。于是，心理也就感到坦然，平静如初，不为所动，无所谓心理上的不平衡。

我们认为，在喜剧欣赏中，其最突出的防卫机制是幽默作用。就是说，人们一旦掌握了幽默的本领，通过幽默机制的作用，就能减轻生活中

---

① 西格蒙德·弗洛伊德：《弗洛伊德论美文选》，张唤民等译，知识出版社1987年版，第170页。

的苦恼，免却心理上的焦虑。

第一节 作为防卫机制的幽默

我们现在所说的幽默是指心理防卫机制，它不是作为喜剧种类之一而与滑稽相对而言的幽默性喜剧。幽默机制是指当人们以一种喜剧的态度来对待生活的苦恼事件时，他就获得一种防止心理失衡的手段。弗洛伊德说："幽默的本质就是一个人免去自己由于某种处境会得自然引起的感受，而用一个玩笑使得这样的感情不可能表现出来。"[①] 幽默机制是一种生活态度，"是以特殊的认识态度及表现态度对付社会生活的事实时所成立的笑"[②]。作为心理防卫机制的幽默作用就是用对自己所处的难堪环境、对自己的同类和对自己所创造的社会付诸一笑这种欢乐的心情来缓解可能产生的紧张。

我国当代戏剧理论家陈瘦竹先生这样说明幽默作为一种人生态度："遇事要设身处地，在严肃中蕴藏宽厚仁爱；心胸博大，处逆境而泰然自若；在嘲笑别人的荒谬愚蠢的言行时，同时嘲笑自己的缺点错误；常有悲天悯人的心情，又有积极乐观的精神。"[③] 这就是在心理防卫中的幽默态度。

苏格拉底是古希腊的一位大哲学家，他的夫人脾气非常暴躁。有一天，当苏格拉底在跟一群学生谈论学术问题时，他的夫人突然跑进来，先是一场急风暴雨的大骂，接着又往苏格拉底身上浇了一桶水，把他全身都弄湿了。可是苏格拉底只笑一笑说："我早知道，打雷之后，一定会下雨。"本来，在众多学生面前，受此辱骂是很难堪的，处理不好，可能导致夫妻吵架，甚至大动干戈。但是苏格拉底采取一笑置之的态度，既宽厚仁爱又泰然自若，于是，本来很令人尴尬的局面顷刻间便化解了，紧张的情势也随之而消失。大家看到的是智者的高超修养和坦荡胸怀。这就是作为心理防卫机制的幽默。

---

① 西格蒙德·弗洛伊德：《弗洛伊德论美文选》，张唤民等译，知识出版社1987年版，第143页。
② 转引自方成《幽默·讽刺·漫画》，生活·读书·新知三联书店1984年版，第7页。
③ 陈瘦竹等：《论悲剧与喜剧》，上海文艺出版社1983年版，第87页。

本来，生活中总有一些不需要严肃地对待的事情。有的东西甚至必须以游戏的态度来解决才妥善。往往一句笑话、几丝微笑就可以化解很多纠缠不清的烦恼。如果凡事不分巨细轻重，件件都耿耿于怀，储之心头，穷究不舍，那便是再好的心力也无法承受得了这样的重压。这正如卡耐基所说：

> 我们生活里的事情，大概有百分之九十都是对的，只有百分之十是错的。如果我们要快乐，我们所应该做的就是：集中精神在那百分之九十对的事情上；而不要理会那百分之十的错误。如果我们想要担忧，想要难过，想要得胃溃疡，我们只要集中精神去想那百分之十的错事，而不管那百分之九十的好事。①

这里所说的 10% 的错事其实就是那些无关宏旨而又使人难堪的事情，是我们必须以幽默态度处之的事情。我们知道，人的大脑皮质所能承受的兴奋度总是有个限制的。无关宏旨的小挫折、鸡毛蒜皮的小事情也斤斤计较，则不仅说明这个人的情感倾向性与情感原则性有问题，也说明他的大脑皮质消退性抑制功能不全，这势必造成精力的浪费。一旦重大原则问题出现，他就再也无力承受这心理的负担了。

美国心理健康研究专家詹姆斯·米勒声称："如果一个人超越他所能处理的信息范围，去过多地接受其他信息，那将会引起他的身心失调。"② 米勒还提出，各种形式的精神病都与超刺激有关。从医学生理学的角度看，米勒的这一论断是有根据的。生物体适应感觉输入的能力是以其生理结构为基础的。它的感觉器官的特性和流经它的神经系统的脉冲的速度决定了它所能接受的感觉资料的生物限度。③ 所以，面对着一个感觉轰炸的世界，人们必须有选择地接受来自外界的信息，他的情感的指向也必须有明确的目标。"凡是眼光远大而具有高尚人生观的人们，必然随时都会留心各种具有重大社会意义的事物，因而他们的情感必然就会具有高度的原

---

① 卡耐基：《美好的人生 快乐的人生》，肖云闲等编译，中国文联出版公司 1987 年版，第 200 页。
② 转引自托夫勒《未来的震荡》，任小明译，四川人民出版社 1985 年版，第 394 页。
③ 参见托夫勒《未来的震荡》，任小明译，四川人民出版社 1985 年版，第 390 页。

则性"，从而也就能够有效地抑止无为的信息噪音的输入，确保自己的身心能充满活力地投入生活的洪流。"反之，凡是眼光短小而终日庸庸碌碌地贪图个人名利的人们，必然随时都会斤斤计较各种有关个人得失的鸡毛蒜皮的事物，因而他们的情感必然就会严重地缺乏原则性。"① 这样一来，由于闯入他们感觉、情感器官的信息超过了身心所能承受的生命限度，身心失衡随时都可能出现。三国时的周瑜就是这样的人物，难怪他最终竟毙命于心病，实乃气量不足、适应不良之故也。

小事无需计较，即使是大事，也不可能终日里耿耿于怀。南唐后主李煜有词曰：

> 往事只堪哀，对景难排。秋风庭院藓侵阶。一任珠帘闲不卷，终日谁来！　金锁已沉埋，壮气蒿莱，晚凉天净月华开。想得玉楼瑶殿影，空照秦淮。

像这样留恋哀惜逝去的年华，终日里对着难排难解的愁闷，死盯着亡国被俘的"伤口"，哪能不被沉重的精神痛苦压垮呢？倒是"晏子使楚"的故事能为我们提供一点启示。晏子代表齐国去访问楚国，由于他身体矮小，楚王便利用这一点有意捉弄他，在大门旁开了一个小门洞，要晏子从门洞里进去。晏子面对这种情况，心里当然很生气，但他却以开玩笑的口吻对楚王说："哎！今天我恐怕是来到了狗国吧，怎么要从狗洞里进去呢？"楚王一听，只好赶紧叫守卫开大门。本来，晏子面对的是一个令人难堪的困境，若处理不好，不是有损国威，就是伤害两国的感情，但他以从容豁达的幽默态度处之，自然而然地把矛盾化解了。

由此看来，能在困境面前以幽默处之，他不仅没有被困境所征服，反而以一种超然的态度凌驾于困境之上，从而避免了心理平衡的失调。正如格罗蒂杨所说："笑建立在先前已经征服了的焦虑的基础上。笑使我们重复胜利，在这其中就能克服那些没有被完全同化而残留下来的焦虑。正常的人如果能通过机智而掩饰自己，则他就能容忍这些暂时的压抑。如果这种掩饰诉诸审美感情，并通过审查，则正常人就不会感到恐慌而是感到舒

---

① 杨清：《心理学概论》，吉林人民出版社1981年版，第464页。

畅、自由与有力量。"① 他在幽默中不仅节省了心力，还坚持了自己的价值感和尊严感。所以，贺拉斯也说："在适当之处装傻是乐事。"其之所以是乐事，就在于人们不仅避免了一次本来可能产生的心理冲突，还培养了他的情感的倾向性和原则性，使最高尚的人类价值得到了认真的对待。

当然，幽默不是对不良情绪的消极逃避，而是积极的转移。在困难出现、痛苦袭来之际，能够力排万难，以压倒一切的气概奋勇挺立，战而胜之，当然不失为英雄本色。但在现实条件下，人们往往无法依靠自己的力量就能抵御得了困境的压力。懦夫在痛苦面前不能自拔，放弃追求，也许能由此而获得内心状态与感觉到的痛苦之间的片刻平衡。但这种消极逃避的态度又不为进取者所乐道。在更多的情况下，敢于向生活挑战的强者采取的方法就是以幽默的态度来进行积极的转移，把不良情绪对心理的影响降低到最小的限度。奥地利精神病理学家维克多·弗兰克尔曾经发现一种叫作"逆反应"的心理防卫方法，运用这种方法的目的就是对不良情绪进行积极的转移：

> 我们常常在一件事情开始时投入太多的注意力，思考、咀嚼得越多，情况就变得越糟。显著的例子就是呼吸。假如你留意自己的呼吸，希望呼吸正常，你愈是注意，呼吸就越紊乱，硬坚持下去，一切都乱了。失眠也是如此。假如你要强迫自己入睡，只会使得自己不能入睡。到了清晨，由于要起床了，你不得不放弃强迫入睡的企望，这时反而入睡了。有时，我们可能由于努力过分而无法取得成功。如果我们比较轻松自在地处理问题，成功也就要容易得多。但这多少会有助于我们把注意力从那些使我们烦恼的琐事上转移到更有意义的价值和更重要的事情上。一旦我们这样去做，我们就会发现这样很能解决问题，我们就不再为焦虑所困扰。②

幽默机制之所以能转移不良情绪的影响，就在于它通过唤醒不同于不良情绪的逆反应，从而把心理注意力导向更高的价值上。这样的转移也就

---

① Martin, Grotjahn. *Beyond Laughter*, New York, 1957, p. 202.
② 转引自马斯洛等著、林方主编《人的潜能和价值——人本主义心理学译文集》，华夏出版社1987年版，第408页。

是一种调整、一种升华。它把痛苦的体验提高到一个使心灵感到高兴而不是苦恼的水平,从而摆脱了苦恼的纠缠,并且使我们可以对着面前的困难持欣赏游戏的态度。

第二节 对现实的接受 对自我的超越

我们说过幽默机制是以游戏的态度来对待生活中的苦恼,但是幽默态度并不是玩世不恭、游戏人生,也不是不敢正视现实、向现实屈服。幽默并不等于韩愈那种"死生哀乐两相弃,是非得失付闲人"的消极避世的出脱无为。恰恰相反,幽默是强者的专利、力量的显示、完善人格的标志。幽默感本身就是一种审美态度,而审美的资格来自主体在现实实践中对对象的整体把握,心不为物所役。英国戏剧家克里斯托弗·弗莱说:"喜剧是一种逃避,不是从真理处出逃而是从失望中出逃,是一种勉强进入信仰的逃避。"[①]

能够在现实实践中战胜并把握对象,当然是人类奋斗的目标。但现实世界并不是任人打扮的小姑娘,人类历史的发展充满了失败与挫折。所以,关键不在于是否遇到失败,而在于不向命运屈服,在失败的时候"从失望中出逃",处之以幽默的态度,积蓄力量,以图再战。因此,人能笑对自己的失败和挫折,不仅说明他能正视现实,还说明他比命运强悍。

美国幽默大师马克·吐温说过:"在生活的舞台上,学着像个演员那样感受痛苦。此外,也学着像旁观者那样对你的痛苦发出微笑。"众所周知,马克·吐温的作品就是处处都充满幽默和笑的,殊不知,他本身是一个经历了诸多生活磨难的人。他之所以没有被痛苦压垮,就在于他坚信,只有那些在遭受痛苦经历时仍然能笑、能乐观地生活的人才称得上真正坚强的人,是能够驾驭命运的人。

显然,如果仅仅是从旁观者的角度,远离生活的现实来观照生活、观察自己的现实力量是不可能有幽默态度的。幽默是同自我批评、同对自己力量的信心结合在一起的。

首先,他对自己的现实力量和客观实际条件有清醒的估计,不做无意

---

① 转引自赵耀民《喜剧人生观》,载《上海戏剧》1985年第5期,第29页。

义的妄想，不抱过分的期望。"事能知足心常泰，人到无求品自高。"在社会实践中，人的行为总是受一定的客观条件和主观条件诸因素制约的，只有在认清了这些制约条件的前提下，并且根据这些条件来确定自己的期待水平，人的行为才有可能避免盲目性。基于符合自己能力和客观条件的期待水平，人就不必对世界充满过分的希望和要求，也就可以避免过分的忧虑和沮丧。按古希腊哲学家艾匹克蒂塔的说法，哲学的精华就是"一个人生活上的快乐应该来自尽可能减少对外来事物的依赖"。罗马政治家及哲学家塞尼加也说："如果你一直觉得不满，那么即使你拥有了整个世界，也会觉得伤心。"[1] 所以，抱有幽默态度的一个前提就是对现实、对自我的勇敢的接受。人本主义心理学家马斯洛甚至把这种对自我、对现实的勇敢接受的态度视为一种超越。他认为："超越即接受自然的世界，以道家的方式听其自然，即超越自我的低级需要。……这种超越的终极意义可以用'客观地观察世界'这句话表明。"[2] 当然，这种接受不是被动地局限在客观条件之中而无所作为，马斯洛的解释是：

> 从理论上推导，超越者应该更能"谅解恶"，这是就理解恶有时是不可避免的意义说的，而在更广阔的整体论的意义说甚至是一种必需，即"从上面"在一种神一般的或奥林匹斯山神似的意义上说是如此。由于这意味着对恶的更深刻的了解，它应该能够引起更大的同情而又更不含糊和更不退让的对恶的战斗。这听起来似乎矛盾，但稍微想一想，就能看出一点也不自相矛盾。更深的了解意味着在这一水平上有更强大（而不是更微弱）的武器，更有决心，更少内心冲突，不模棱两可，不追悔，因而能更迅速地行动，更坚定不移，更有成效。假如需要，你能怀着同情心打倒某一恶人。[3]

所以，勇敢地正视现实，对现实条件和自己力量的局限的承认不等于在困难面前畏葸不前，相反，它是向命运宣战的前奏曲。

---

[1] 转引自卡耐基《美好的人生 快乐的人生》，肖云闲等编译，中国文联出版公司1987年版，第298页。

[2] 马斯洛：《人性能达的境界》，林方译，云南人民出版社1987年版，第263页。

[3] 马斯洛：《人性能达的境界》，林方译，云南人民出版社1987年版，第285～286页。

其次，幽默态度与对自己力量的自信心紧密结合在一起。没有自信心，即使承认并接受了现实，也没有可能达到对自我的肯定，更别妄谈超越了。

幽默是一种豁达、一种大观，但它的现实前提却是在内心里对自己力量的足够的相信。在很多情况下，幽默是一种自我解颐，它产生在令人窘迫的情境中。如果对自己或自己的能力没有足够的信心，那就会陷入紧张慌乱之中，当然就无从谈起幽默的豁达大观了。

曾任法国首相的弗朗斯在一次辩论中遭到一位出身高贵的议员的攻击，这位议员以轻蔑的口吻问弗朗斯："我听说，你本是一位兽医，对吗？"弗朗斯的回答幽默中含有反击，他说："是的，先生，你要看病吗？"如果不是对自己有充分的信心，遇到这样的困境，常会因自卑而怯于回答，或者直言反击，但这又会失却大人物的风度。弗朗斯的幽默既不失风度又保全了自尊，这全仰仗他的自信心。

恩格斯在谈到无产阶级在斗争中的幽默态度时，曾对幽默的这一特性做过论述：

> 工人不论在对政权或对个别资产者的斗争中，处处都表现了自己智慧和道德上的优越，……他们大都是抱着幽默态度进行斗争的，这种幽默态度是他们对自己事业满怀信心和了解自己优越性的最好的证明。①

我们曾经在分析喜剧美的情感结构时，把优越感作为其中的一种重要成分。喜剧笑的优越感就是以欣赏主体的充分自信心为理性依据的。这种自信心一方面源自对自我本质力量的清醒的认识，另一方面也源自欣赏主体对客观世界的深刻洞悉。正是由于主体从本质上看出对象的无意义，他才可能采取游戏观照的态度。鲍列夫曾经以对果戈理的喜剧名作《钦差大臣》的欣赏经验为例，深刻地说明了喜剧欣赏中的主体自信心的来源：

> 我感到高兴的是，我识破了这个矛盾；从外表看到了内心，通过

---

① 转引自中共中央马克思恩格斯列宁斯大林著作编译局《马克思恩格斯全集》第18卷，人民出版社1972年版，第565页。

个别看到了一般，通过现象看到了本质。我高兴地意识到，一切对社会可怕的和危险的东西（社会的弊病和祸根），不仅是有威胁性的，而且内心也是没有力量的、喜剧性的。渺小的人物和死魂灵的世界是可怕的，但它在当时是喜剧性的，因为它不完美，不符合作者和他的读者的崇高的理想。认识到了这一点，我就能凌驾在危险之上，甚至最可怕、最严重的危险也不能战胜我。危险可能给我带来死亡，我可能要陷入悲惨的境遇，但我的理想更高，因而也就更有力量，这就是说，我和我的理想是不可战胜的。所以，我嘲笑死灵魂，嘲笑市长们，嘲笑产生出他们的现实。①

因此，我们所说的接受现实不是盲目的服从，而是在深刻认识其本质的基础上的一种理性的把握。有了这种理性的把握，人就能拓宽自己的心理容量，坦然地对待一切困难与挫折。

第三节　与群体的一致　与他人的沟通

作为心理防卫机制的幽默，不仅能使个体在遇到困境时豁达大度地接受现实外界和现实自我，从而免遭焦虑等不良情绪的困扰，还能使个体在社会生活中宽容地处理人际之间的交往，使他人对自己采取宽容的态度，使个人与群体取得一致，与社会情感相协调，从而也就使得个体免遭孤独感的折磨。

我们知道，"人即使不像亚里士多德所说的那样，天生是政治动物，无论如何也天生是社会动物"②。在人的现实活动中，每一个人都不可避免地要和其他人发生各种各样的交往或联系。在社会生活中，寻求伙伴与他人集合在一起的亲和动机是人类的高级社会性动机之一。在人的温饱问题解决以后，人类最难以忍受的心理折磨大概就是在亲和动机不能实现时出现的孤独感了，它是人类在社会生活方面产生焦虑的最主要来源。心理学家弗洛姆认为：

---

① 鲍列夫：《美学》，乔修业等译，中国文联出版公司1986年版，第128页。
② 转引自中共中央马克思恩格斯列宁斯大林著作编译局《马克思恩格斯全集》第23卷，人民出版社1972年版，第363页。

孤独的经历引起人们焦虑。的确，它是焦虑的来源。孤独意味着被割断与社会的联系，没有任何能力去行使我们的人权。因此，孤独意味着无助，意味着无力主动地把握这个世界——事物和人，意味着这个世界无须发挥我的能力并可以侵犯我。所以，孤独是强烈焦虑的来源。在这之后，它引起羞耻感和罪恶感。①

其实，孤独之所以成为焦虑的主要来源，根本原因还在于人的诸种需要都只有在社会的条件下才能得到实现。离开了其他人，这就意味着他的所有需要都不能得到满足、不能实现。所以，孤独感对个体心理的干扰不亚于任何由挫折所造成的焦虑。我国著名医学心理学家丁瓒也认为：人类的心理适应最主要的就是对人际关系的适应。人类的很多身心疾病都与人际关系的失调有密切的关系。②

孤独感只有在社会人际关系中才能消除，人的亲和需要只有通过与他人的交往才能实现。因而，任何人要想排除在这方面产生的焦虑，他就必须参与社会的沟通。美国社会心理学家费斯汀格认为，人际之间的沟通有两个功能：一个功能是传达信息，通过沟通，人与人之间便能交流消息、知识、经验、思想和情感；另一个功能是进行心理保健，在沟通的过程中，社会成员之间增进了思想情感的交流，促进了相互间的依恋之情，从而也就消除了由于独处而产生的恐惧。因此，社会交往的沟通、人际关系的融洽不仅是人们从事社会物质生活的需要，也是维护身心健康、防止焦虑袭击的需要。从本书所持的观点看来，幽默作为一种心理防卫手段，其在人们的社会生活方面的机制就在于促进人际之间的沟通，维护社会情感与行为的一致性，使社会成员在行为准则、价值观念上达到默契，从而减轻不安情绪，对社会不和的紧张气氛起到安全阀的作用。

有幽默感的人是最受社会欢迎的人。在幽默的谐谑态度中透露着他对社会人生、对其他社会成员的一片赤诚之爱。幽默是爱心的显示，他能用自己的爱换取他人的爱。正如马克思所说："假定人是人，而人同世界的关系是一种人的关系，那么你就只能用爱来交换爱，只能用信任来交换信

---

① 弗洛姆：《爱的艺术》，刘福堂译，安徽文艺出版社1986年版，第7页。
② 参见程学超等《现代管理心理学》，山东人民出版社1986年版，第185页。

任。"① 由于爱的交换，人们在幽默的笑声中能拉近相互间的距离，摒弃疏远或者敌对的态度。

本来，在社会生活中，当交往双方有着切身利害的关系时，一般都不可避免地在他们之间存在着一种紧张感和拘束感，双方在行为上都不敢造次。这一方面是为了维护自己的尊严，另一方面又惧怕伤害了对方的感情。当幽默出现时，人们在笑声中制造出一个轻松、愉快的开放式的交往氛围，这就易于消除双方的隔阂，既保全了自己的尊严，又无须惧怕伤害别人，他们很快就能打成一片。所以，有人把幽默比喻成黏合剂，这一点也不假，它确实能在社会交际方面起到调剂气氛、增进交往的作用。精神病专家科瑟尔曾经通过大量的调查证明，幽默可以使精神病患者彼此倾向于诉说自己的感受，能消除他们的疑虑，还可以传达互相间的关心，使他们结成集体并且促进这个集体的团结一致。所以，幽默在身心疾病的团体心理疗法中扮演着重要的角色，一旦引入了幽默机制，交友团体很快就可以形成。

在正常人的日常交往生活中，幽默也有助于缓和人际交往间的一些摩擦，可以避开尖锐的冲突。它的作用如同汽车轮胎上的防震器，由于它的缓减功能，人们可以在幽默中宽松自如地处置各种窘迫的情势，使他们得以维护或结交起友好的伙伴关系。神经病理学家鲁克举过一些很具体的例子来说明幽默的这一防卫功能。他说：

> 试想，一个人对朋友有所请求时，请求会不会被接受，能不能得到满足的结果，这时他还拿不准。如果不提，又不大甘心；贸然提出来吧，又怕遭拒绝。遇到这种情况，往往可以借助幽默，把请求以说笑的方式讲出来，好像不当成一回事。如果朋友不打算答应，他也以说笑的方式拒绝了。偶尔，开门见山地把请求讲出来，对方的拒绝也很干脆。这样做，双方仍会"保全面子"，不损害谁的尊严，谁也不会陷入难堪的境地。
>
> 另一种情况是，以幽默的方式把请求讲出来，答复也很痛快，双方经过诙谐的寒暄后，即刻转入认真的讨论。幽默是当作初步"试

---

① 马克思：《1844 经济学-哲学手稿》，人民出版社 1985 年版，第 112 页。

探双方态度"的手段，是一种不得罪人的"侦察"方式。①

由此可见，有幽默感的人的确是社会中最受他人欢迎的人。当然，幽默在社会交往中作为防卫机制的应用不止这一方面，它还可以使人固守从容，既能防范他人的攻击，保全自己的人格完整，又不至于给人留下明显的敌意的印象，导致双方关系的紧张或破裂。"拳头不打笑面人"，就因为幽默的作用使对方无论如何都不能把自己当作敌人。美国精神病学家阿瑞提在《创造的秘密》一书中引用比伯的一段话，其中提到幽默机制的这方面的效用。比伯认为：

> 幽默，特别是受虐狂的幽默，用来对付侵犯行为是一种行之有效的技巧。如果一个人设法成为一个笑的对象，那么这个人就不会成为敌对目标。笑消除愤怒与敌意、联系感情，至少在发生笑的这段时间里是如此。②

这里强调的只是那种自嘲的幽默，其实，任何一种幽默都可以具有这样的功能。据说，大诗人歌德有一天在公园里散步，突然遇到一个自命不凡的男子。两人在仅能容许一个人通过的小路上相遇。这个男子傲慢地说："给我让开！因为对于一个傻瓜，我从不让路！"歌德的回答是："我正好相反。"说完便微笑着站到一边，让那男子先过。歌德这一幽默举动既把对方认为傻瓜，狠狠地回击了对方，又以宽容大度的姿态使对方啼笑皆非，无以为计，只能悻悻然败下阵来。试想，如果歌德在这里不是以高明的幽默处之，而是恶语相向，那个傲慢的男子岂能善罢甘休？由此可见，幽默不仅能处处体现自己的豁达，还能处处取得他人的宽容。

幽默机制能使个体与群体保持一致，与他人保持沟通，其根本的心理规律就在于"自己人效应"。弗洛伊德说过：

> 在历史上的每一个时代中，那些有话要说，但说了又要担风险的人都急于戴上一顶"傻瓜"的帽子。如果能使那些听到违言禁论的

---

① A. H. 鲁克：《情绪与个性》，李师钊译，上海人民出版社1987年版，第186页。
② 转引自阿瑞提《创造的秘密》，钱岗南译，辽宁人民出版社1987年版，第162页。

听众们同时哈哈大笑并加以捧场,在心里相信那些逆耳之言全属无稽之谈,那么,他们就会比较容易地对之采取宽容的态度。①

弗洛伊德在这里揭示的是一条重要的社会心理学规律,即"自己人效应"规律。所谓"自己人",是指社会交往关系中有着共同的态度与价值观或者在情感倾向上的相似性的双方。

根据心理学家西奥多·纽科姆的研究,如果某人认为对方与自己相似,那么他就有夸大这种相似性的倾向,进而在情感上与对方亲近,为之吸引。相似性越大,相互间的吸引力就越大。研究强化理论的 E. 琼斯则认为,他人在态度情感上与自己的相似是支持自己评价的有力依据,具有相当高的强化力量,因此便产生了对方对自己的吸引力。人际关系认识平衡理论的倡导者弗里茨·海德指出,人们总是喜欢和那些与自己意见一致的人呆在一起,因为人们都倾向于选择一致性。他们希望事物都是一致的、和谐的,人们特别希望关于其他人和客观事物的感觉是始终一致的。这样一来,就诱发了协调一致的情感反应——喜欢。这就是相似性产生人际吸引的心理机制。②

总之,根据社会心理学家们的研究,我们可以得出这样一个有关人际关系的重要规律:一旦参与社会交往的双方认识到对方与自己有某种程度上的相似性,彼此之间便倾向于把对方与自己视为一体,也就是看作"自己人",由于喜欢而促进相互间的赞同与接纳,使彼此间建立起良好的人际关系。一旦这种关系建立起来,由于双方心理上的平衡需要,双方都倾向于为对方提供某种行为上的宽容与豁免。概而言之,这就是人际关系中的"自己人效应"规律。

根据这一规律,我们可以发现,幽默作为促进人际交往的心理机制,就在于它处处都唤起"自己人"的感觉。幽默中之所以出现宽容态度,根本原因在于"自己人"效应。在苏联诗人特瓦尔多夫斯基的长诗《瓦西里·焦尔金》中,有一段描写新战士焦尔金如何用他的幽默一下子使自己融入新的集体:

---

① 转引自陈孝英等编《幽默理论在当代世界》,新疆人民出版社1987年版,第140~141页。
② 参见弗里德曼等《社会心理学》,高地等译,黑龙江人民出版社1984年版,第202~214页。

炊事员瞟了他一眼，心里暗想：
"这个新来的小伙子，
胃口倒不小。"
他给添上一勺饭，
温和地说：
"我说你呀，有这样的胃口，不如上海军去吃海灶。"
另一个说：
"谢谢你的好意。
可惜我偏偏没有去过舰队。
要按我的意见，
最好不过是和你一样，
在步兵里当一名炊事员。"
说完话，他蹲在松林下，
猫着腰喝稀饭。
"是自己人吗？"
——战士们在交头接耳，
"是自己人！"
——大家交换了个眼光。①

在这里，战士们之所以仅凭焦尔金一句幽默的玩笑就断定了他是"自己人"，把他接纳过来，根本原因就在于焦尔金的幽默体现出他与战士们的情感一致性。战士们在笑声中感觉到他们与焦尔金是可以笑在一起的，因而是可以战斗在一起的，所以，他是"自己人"。

幽默作用既然是一种心理防卫的手段，是人们化解紧张、消除焦虑的能力，是一种生活态度，那么，这种能力、这种生活态度就是可以培养的。我们认为，除了积极参加社会实践活动，争取道德人格的自我完善外，喜剧性的笑也是培养幽默能力的途径。我们知道，喜剧不外乎两大类，除了引人发出爆发性大笑的滑稽外，就是令人产生意会性的微笑的幽默。但无论是哪一类喜剧，只要我们在喜剧情景中随着喜剧人物而笑的时

---

① 特瓦尔多夫斯基：《瓦西里·焦尔金》，飞白译，人民文学出版社1985年版，第15～16页。

候，我们的心灵也就会多少滋长一些幽默细胞。久而久之，潜移默化，幽默就会融入我们的心胸，逐渐培养出幽默性格，我们也学会以幽默的态度来对付人生世事。正如萨利所说的："笑能够为我们以类似于游戏的态度投身社会生活做好准备。"① 可以说，喜剧性的笑是培养幽默感的学校。

---

① 转引自皮丁顿《笑的心理学》，潘智彪译，中山大学出版社1988年版，第132页。

第十二章　作为宣泄机制的喜剧笑

在人们的心理生活中，补救情感倾斜的防卫机制可以有很多种。喜剧笑除了能发挥其中的幽默机制以维持心理平衡外，宣泄也同样是一个重要的机制。

第一节　卡塔西斯与冷漠

审美活动中的"卡塔西斯"（Katharsis）一词本出自古希腊美学家亚里士多德，含有"宣泄""陶冶""净化"的意思。亚里士多德认为，一些强烈的情感郁积起来，不得发泄，潜入心底，就会影响心理的健康，而激昂的艺术则能够通过使观众的强烈情感再度兴奋，直至达到迷狂状态，然后平静下来，从而使那些有害的强烈情感像受到治疗一样，得到净化、宣泄，据以保持心理的平衡与健康。这就是艺术的宣泄作用。悲剧就是"借引起怜悯与恐惧来使这种情感得到宣泄"的。[①] 关于喜剧宣泄什么样的情感、如何宣泄，因亚里士多德《诗学》已部分失传，他的看法后人不得而知。著名的《喜剧论纲》曾套用亚里士多德的公式，认为喜剧"借引起快感与笑来宣泄这些情感"。[②] 这话屡遭后人抨击，被指责为一种硬套，理由在于笑不是有害的情感，无需宣泄。但笔者认为，《喜剧论纲》的观点即使是一种套用，也有一定的道理。从亚里士多德的观点看，宣泄的对象是某些有害的情感，而我们断定一种情感是否有害，关键不在于这种情感本身的品格如何，而在于这种情感的强度。亚里士多德在《尼各马科伦理学》第二卷第六章中说道：

[①] 参见亚里士多德《诗学》，罗念生译，人民文学出版社1962年版，第19页。
[②] 参见古典文艺理论译丛编辑委员会编《古典文艺理论译丛》第七册，人民文学出版社1964年版，第1页。

如果每一种技艺之所以能做好它的工作，乃是由于求适度，并以适度为标准来衡量它的作品（因此我们在谈论某些好作品的时候，常说它们是不能增减的，意思是说，过多和过少都有损于完美，而适度则可以保持完美）；如果，像我们所说的，优秀的艺术家在创作的时候总是求适度，如果美德比任何技艺更精确更好，正如自然比任何技艺更精确、更好一样，那么美德也必善于求适度。我所指的是道德上的美德；因为这种美德与情感及行为有关，而情感有过强、过弱与适度之分。例如恐惧、勇敢、欲望、愤怒、怜悯以及快感、痛苦，都有太强太弱之分，而太强太弱都不好；只有在适当的时候、对适当的事物、对适当的人、在适当的动机下、在适当的方式下所发生的情感，才是适度的最好的情感，这种情感即是美德。①

亚里士多德在这里把恐惧、痛苦之类否定性的情感与勇敢、快感之类肯定性的情感相提并论，并且认为任何一种情感都只有适度才是最好的情感。这就是说，即使是恐惧、痛苦之类，只要适度，就不能被认为是有害的，并且适度的否定性的情感是社会人生所需要的；另一方面，即使是勇敢、快感之类肯定性的情感，只要过度，也不能被认为是有益的。艺术的卡塔西斯功能除了"宣泄"外，还有"求平衡"的意思，也就是使体内各种情感都获得平衡的发展。

亚里士多德的这一观点已经为现代心理学所证实。任何一种情感，当超过一定强度时，就会对心理带来不良影响，甚至会使人失掉理智的作用和自制的功用。② 因为强烈的情感即激情，是由于某种强烈的刺激作用在人的大脑两半球内所引起的强烈的兴奋过程或普遍的抑制状态。它们必然要从原发点上迅速而又广泛地向四周扩散开来，乃至控制人的全部身心，造成情绪的泛溢，使人的整个自我完全为情绪所支配。所以，为了身心健康，既使是笑这样一类积极、肯定的情感，也应该有所节制。看过《儒林外史》的人都知道范进中举的故事。在现实生活中像范进这样由于过度高兴而得病甚至丧命的人，决不是绝无仅有的。美国的乔治·恩格尔教

---

① 转引自罗念生《论古希腊戏剧》，中国戏剧出版社 1985 年版，第 175 页。
② 参见克雷奇等《心理学纲要》上册，周先庚等译，文化教育出版社 1980 年版，第 394 页。

授曾经花了15年的时间收集因情绪剧变而突然致死的275个案例，结果发现，这些案例可分为4类：一是情感过于激动、悲哀而死；二是在剧烈争吵、相互攻击之中死去；三是在失败、绝望的情况下死去；四是高兴过度、狂欢激动而逝。由此可见，无论是积极的情感，还是消极的情感；无论是肯定性的情感，还是否定性的情感，其激发强度一旦超过人体所能容忍的生理限度，就有置人于死地的可能。

看来，问题不在于笑是否需要宣泄，而在于喜剧所宣泄的是不是笑。我们认为，笑不是产生在喜剧欣赏之前，而是在欣赏过程中产生的。笑不是喜剧欣赏的目的，而是手段。喜剧欣赏的功能不在于宣泄作为它的结果的笑，而在于通过笑宣泄那些在欣赏之前便潜抑起来的某些有害情感。如果说悲剧宣泄的是恐惧与怜悯之情，那么，喜剧宣泄的则是对社会人生的冷漠之情。

冷漠是对挫折的一种反应，是焦虑的表现。它起源于"对引起挫折的对象无法攻击，又无适当的替罪羊可以发泄，只好将其愤怒的情绪压抑下去，表现出冷淡、万事无动于衷的态度"①。从生理机制上看，过度的冷漠是事物的刺激作用在人的大脑两半球内所引起的强烈而又广泛地扩散开来的抑制过程。当大脑中枢出现过度的冷漠时，其普遍的抑制状态皆是超过了人的生理心理能力所能控制和承受的限度，对人的心理-社会生活造成极大的消极影响。

首先，它使人们无法适应纷繁复杂的社会生活。它阻扰人们走向世界并对这个世界发生影响，也阻扰人们开敞自身去接受世界的影响。也就是说，冷漠阻塞了我们影响他人并接受他人影响的途径，使我们在面对世界的时候麻木不仁，缺少热情。

其次，过度的冷漠也对人的心理-生理健康构成很大的威胁，处理不当，就会破坏心理平衡，导致心理失调。

本来，冷漠本身也是人们对抗焦虑、防止心理倾斜的一种手段，正如人本主义心理学家罗洛·梅所说：

> 冷漠与缺乏感受同时也是对抗焦虑的一种防御手段。当个人不断

---

① 严和骎主编：《医学心理学概论》，上海科技出版社1983年版，第77页。

面临他无力战胜的危险，他最后的防线就是索性不要去感觉这种危险。①

由此可见，我们在上一章中所提到的幽默机制，如果从消极的角度看，它也有几分是运用了冷漠。幽默机制要求于人们的，就是不要对人间世事过于执着、过于敏感。为了心灵的宁静，对那10%的失意之事置之不理，这其实就是冷漠的对策。但这里的冷漠是适度的，是为社会人生所需要的。正如我们在论述幽默机制的时候所指出的，生活在一个感觉轰炸的时代，人不得不保护自己以避免过分的刺激，必须阻止多余信息的输入，才能保证重要信息的畅通无阻。所以，在这样一个纷繁复杂的世界里，冷漠也成为人们的一种适应社会生活、防止心理失衡的手段。国外已有研究可证明，最能在宇宙飞船内有效生存、最能适应丧失感觉的状态而服从于太空生活需要的人，是那些能够与他人和外界脱离、能够退缩到自身的人，也就是那些有良好、适度的冷漠机制的人。只有这种人才能忍受过度的刺激和刺激的缺乏，能够在突变的时代里保持自身的存在。因此，只要不过度，适当的冷漠对人的心理-社会生活也有建设性的功能。心理学家沙利文曾经谈到其对冷漠作为一种防卫机制的看法，他认为：

> 冷漠是一种奇特的状态，它是人防卫打击以免于实质损伤的一种方式。当然它如果持续过久，人也会遭到时间的损伤。在我看来，冷漠似乎是人格遭受重大挫伤后借以暂时栖身的一种自卫奇迹。②

正如遇到过强的光照时，人就会把眼睛闭起来；遇到火热的烧灼时，人就会把手缩回来，冷漠也是人们的一种消极的保卫性反应，属于心理学上所称的超限抑制或保护性抑制的一种。这种抑制的产生是由超限刺激物引起的。"当兴奋超过一定的限度，威胁着大脑皮层细胞的正常工作时，在细胞里就会引起抑制过程的发展，使细胞得以休息，恢复它的正常工作，这种抑制过程就是保护性抑制。"③ 但由于这种反应本身具有消极性

---

① 罗洛·梅：《爱与意志》，冯川译，国际文化出版公司1987年版，第19页。
② 转引自罗洛·梅《爱与意志》，冯川译，国际文化出版公司1987年版，第23页。
③ 宋书文等主编：《心理学词典》，广西人民出版社1984年版，第246页。

质，表现为在强刺激物影响下感受性的降低，而且由于它是一种强抑制的心理状态，具有很大的弥散性，它一旦出现，就会在人的心理活动中迁延发展。如果这种状态长期持续下去，心理的抑制强度就会超越生理的界限，造成心灵的创伤。所以，有必要通过一些手段来限制冷漠的发展。为了论述的方便，我们在下面将把处于正常状态中的冷漠称为保护性抑制，把过度发展的、造成身心伤害的冷漠称为冷漠或过度的冷漠。

根据近代心理学家的研究，很多心理防卫的机制都可以限制冷漠的过度发展，避免或清除这种有害的情感状态。在喜剧欣赏中，或者说，在笑的过程中，这些机制是通过混合起来构成一个新的防卫手段——宣泄来发挥作用的。作为多种机制的合力，宣泄机制足以清除无论多么深重的冷漠之情，使它们恢复到正常的水平。具体来说，喜剧笑的宣泄机制作为防卫手段主要体现在三点，一是移置作用，二是社会认同作用，三是习惯化作用。

第二节 移置作用

人的情绪、欲望及态度的产生都指向某一确定的对象。所谓移置作用，就是当对某一对象的情绪、欲望和态度不可能为自己的理智或社会所接受时，便在潜意识中把它移到另一个替代者身上。例如，有的丈夫在工作中受到批评后，他既不能正确地对待自己的过失，又无足够的理由和勇气与批评他的人当面顶撞，于是，他回到家中就打妻子出气，妻子没地方发泄，就打孩子，而孩子呢？孩子只好踢小花猫了。这一系列的行为都是移置作用的表现。在移置过程中，由于因挫伤而起的愤怒、烦恼等情绪已经被转移，或者说，由于目标的转移，人们顺利地向"替罪羊"实现了攻击的动机，于是，情感得到宣泄，激动的心情也就得到一定程度的平息，机体与外界的平衡渐趋平复。由此可见，移置作用就是把由阻碍所引起的攻击行为从原来所指向的目标转向其他目标。

一般说来，移置作用都带有逃避的性质。对原来应指向的目标不敢攻击，是因为怕其报复，或受到惩罚与制裁，因而普遍的都是转向攻击阻力较小或缺乏抵抗力的新目标。相对于现实世界而言，艺术世界是最乏抵抗力的了，而喜剧则是在艺术世界中集嬉笑怒骂于一体的品种，所以，喜剧人物也就成为最理想的移置对象。在笑的过程中，欣赏者把喜剧人物作为攻击的对象,对于喜剧人物的出乖露丑,欣赏者幸灾乐祸,用笑来发泄对阻碍社会前进的丑恶力量的愤怒之情,用笑来尽情地鞭挞他所憎恶的对象,用笑来显示自己的优越感,在笑声中以胜利者自居。这样,他原来郁结、潜沉在心中的冷漠之情就在冥冥之中得到净化,重新唤起他投身社会生活的热情。

比如,在欣赏喜剧《枫叶红了的时候》或《出色的答案》时,也许你由于在"文革"中受到的心灵创伤,由于对"四人帮"一伙倒行逆施的愤怒之情无以发泄,对人间世态已经失去了信心,心灰意冷,淡漠如水。但尽管如此,当你看到陆峥嵘、马家骏等四人帮的爪牙们在舞台上出尽丑态,受尽奚落,你会觉得他们真是活该。在笑声中,你不仅可以居高临下地鞭挞他们,你还会自认为比他们优越得多(事实上也是如此),你是胜利者。你感到痛快,感到扬眉吐气。于是,那些导致冷漠的愤怒之情便移置到喜剧人物身上,在笑声中发泄了出来,这样,你就能使你的冷漠恢复到适当的限度。

第三节 社会认同作用

或许你经历过这样的场面,在剧场中欣赏一出喜剧时,剧情的进展、喜剧人物的纠葛不一定马上使你笑起来,有时你甚至还不知道或不明白舞台上到底发生了什么事,但其他观众都哄然大笑,这时候你也就会不由自主地跟着哈哈大笑。对于这种在喜剧欣赏中出现的情绪的辐射现象,我们权且借用弗洛伊德心理学派的一个名词,称之为社会认同作用。

所谓"认同作用",在弗洛伊德心理分析学中,是指一种潜意识机制。个人在现实生活中无法获得成功或满足时,便力图把自己比拟成其他成功的人,甚至以他人自居,藉此在心理上分享他人成功之果,在幻想中满足内心的某些欲望,以消灭个人因挫折而生焦虑的痛苦并维护个人的自尊。我们现在所说的社会认同作用不是以个人而是以社会为认同对象。

每一个人都生活在一定的社会群体中,个人与群体的态度、情感是否一致标志着他在社会中是否受到接纳。剧场是体现社会情感的风向标,也是体验社会情感的传感器。当人们安坐在剧场里欣赏喜剧时,共同的欣赏对象、共同的时空环境已经使所有的欣赏者在实际上形成了一个临时的社会群体,周围众人的态度就是社会的态度,这就是所谓的"剧场政体",

也就是社会心理学家们所称的"社会文化环境"。人们在这环境中通过笑来体现出已成为规范的社会价值观,作为个人不可能不受到这环境的影响。他们在共同的喜剧情境指引下,已经陷入一个共同的心理环境,经历着一个共同的心理体验。河竹登志夫对戏剧观众的群体是这样描述的:

> 剧场内观众面对共同的舞台演出,在同一对象作用下,会产生某种共同反应。要是有共同的变化过程,那么可以说这些人就具有"共同的心理环境"。那些表面上看来是各不相干的观众,在面对同一个对象而被诱发或被解放的场合,共同的环境要素因诱导而浮现到表面上来。①

在喜剧欣赏中,笑就是所有的欣赏者在面对共同的欣赏对象时所产生的共同心理反应,是他们的共同的心理体验。正是由于喜剧欣赏有着如此多的共同活动的因素,喜剧欣赏中的观众最容易形成社会心理活动中的"我群体",其中每个人都产生了或持有了与群体共同的价值观,产生了强烈的"投入感"和"归属感"。他们看见周围的人与自己卷入同一的情感漩涡,尽管素昧平生,但也一下子变成了莫逆之交。因为在社会交往中,最亲密的朋友也不过是一种"神交",是情绪的认同。这里的情感沟通其实就是"神交"。所以,在"我群体"中,人们极易受到周围他人的情感感染,往往只要有一个人率先笑起来,便会酿成全场的哄然大笑。其中的心理活动过程正如社会科学家 H. 布卢姆所说的,社会感染"吸引了和感染了个人,他们中有许多人原来是无动于衷的,是分离的旁观者和观众。一开始,人们也许只是对某种特定行为感到好奇,或者是感到有几分兴趣而已。当他们被激动的情绪感染之后,对正在发生的行为便有了更多的关注,就更倾向于参加进去了"②。

当然,最初的"参加进去"一同发笑还不是真正的认同,只不过是出于一种审美的内模仿而已。一方面受喜剧情境所造成的客观情势的影响,一方面又受周围人的笑声的刺激的影响,欣赏者便不由自主地发生情

---

① 转引自威尔逊等《论观众》,李醒等译,文化艺术出版社 1986 年版,第 308 页。
② 转引自巴克主编《社会心理学》,南开大学社会学系译,南开大学出版社 1984 年版,第 177 页。

感上的模仿行为。他人哭,我也哭;他人笑,我也笑。这一切既有可能发生于有意的模仿之中,因为人人都惧怕自己被排除在社会群体之外,也有可能发生在无意识之间。当"我群体"开始形成,有意的模仿达到内在的更深的无意识层次时,就产生了情感上的认同。这时候,个人与群体已经在价值观念上取得了完全的一致,个人完全被群体同化,个人的情感意向融汇到群体的情感意向里。他把群体的情感反应融汇成自己必然的反应。群体每个成员都既是感染源,又是感受者。

正是凭借着这样一种与群体情绪保持一致的认同机制,喜剧欣赏中广大观众的笑声才成为最有力量的感染源,并足以冲开冷漠者的情感堤坝。无论是多么冷漠的人,只要他身处这样一种热烈的文化-情感氛围之中,他就不可能游离于大众之外,更不可能保持万事无动于衷的态度。他必然产生与大众同忧同乐的社会感,从而放弃平常抑制其行为的社会准则。史雷格尔在《戏剧性及其他》中对剧场内这种神奇的情感轰击力做过描述:

> 多数人彼此之间这种外显的精神流通,几乎有着不可思议的力量,它加强了平时总是隐藏起来或只向密友才倾吐的内心情感。由于这种散布,我们对它的有效作用已深信不疑,在这样许多同感者中,我们感到自身强大,所有的心灵与精神汇合成一条不可抗拒的洪流。[①]

这样,社会认同作用就像一个情感启动器,使冷漠者的情绪像其他心理健康的人一样,不断地随着剧情的进展而处于喜、怒、哀、乐的急剧变化之中。久而久之,随着这样一种情感机制的多次发动和强化,也就激活了他久已压抑下来的情绪兴奋中枢,宣泄了冷漠之情,使他再度焕发生命的活力,有效地抑止、消除了焦虑所带来的心理影响。这就是喜剧欣赏中的笑所凭以宣泄冷漠之情的社会认同作用。

---

① 转引自余秋雨《戏剧审美心理学》,四川人民出版社1985年版,第125页。

第四节 习惯化作用

上面说到，喜剧的笑是人类情感的启动机，它仰仗巨大的感染力，能够打开任何一个冷漠的人的胸怀。无论是多么情淡如水、一筹莫展的人，只要经常欣赏喜剧，就可以在笑声中变成一个热情洋溢、胸襟敞开的人。喜剧笑对人的情感的这样一种调整改造过程，从心理机制上说，就是习惯的改变与形成的过程。

亚里士多德在谈到悲剧的卡塔西斯时，曾把适度的情感作为一种美德，"美德乃是善于求适中的中庸之道"，他还把这看作悲剧的目的。那么，悲剧又是如何培养人们的美德呢？亚里士多德认为，美德的形成是习惯的过程：

> 道德上的美德是由于习惯养成的，"道德"一词源出于"习惯"，只是字形稍有变化。因此，显而易见，道德上的美德没有一种是天生的；因为没有一种天性能被习惯所改变。①

悲剧的作用就在于使人们养成一种适度情感的习惯。通过悲剧情境，人们便可以"在适当的时候、对适当的事物、对适当的人、在适当的动机下、在适当的方式下"产生适度的情感，久而久之，就养成了新的情感习惯，他的怜悯与恐惧之情既不会全然消失，也不会太强烈，始终保持在适度的水平上。

在喜剧欣赏中，喜剧的卡塔西斯作用同样在于改变旧的情感习惯，并促使一种新的情感习惯的形成。喜剧欣赏所要改造的是已经成为情感习惯的冷漠。

从心理学上说，习惯是一定的情景刺激和人的相关反应在大脑两半球内形成的牢固的暂时神经联系。巴甫洛夫说过：

> 显然，我们的任何方式的教育、学习、训练、各种各样的习惯都是长系列的条件反射。谁都知道，已知的条件，也就是一定的刺激作

---
① 转引自罗念生《论古希腊戏剧》，中国戏剧出版社1985年版，第75页。

用，与我们的行动所建立的、所获得的联系往往纵然受到我们的故意的抗拒，也会倔强地自然而然地表现出来。①

我们所提到的冷漠反应就是这样的一种顽固的神经联系。个体一旦陷入冷漠的情感反应模式，如果不能及时地找到有效的防卫方式，就会不自觉地在大脑两半球内建立起极其牢固的暂时联系。随着这种反应模式的多次演进，联系也就越趋牢固，最终必然造成冷漠的超限发展，从而阻塞了人与外界相互发生影响的一切途径。

既然冷漠是一种情感反应习惯，对这种情感的改造也就只能是新的情感反应习惯的形成。喜剧中的笑除了能够通过发挥我们曾经提到过的移置作用和认同作用来排除过度冷漠的干扰外，也可以使人们在笑的情感体验中形成新的反应习惯，使冷漠之情保持在适中的程度上。

在悲剧欣赏中，卡塔西斯的功用在于使怜悯或恐惧之情恢复到适度的水平上。在人们的心理活动中，怜悯与恐惧之情常会出现过强或过弱的情况。国内有学者认为，亚里士多德所说的悲剧卡塔西斯既包括使过强的情感得以减弱，也包括使过弱的情感得到增强。如果单就减弱这一方面的作用来看，可以把卡塔西斯理解为"宣泄"或"净化"，但就卡塔西斯的两方面的作用来看，则应理解为"陶冶"或"求平衡"。②

把卡塔西斯应用于喜剧欣赏时，我们应看到，其所针对的冷漠之情一般是那些已经超过适中水平之上的情感。所以，我们可以把喜剧的卡塔西斯理解为"宣泄"，即其主要功能在于使过强的冷漠之情得到减弱以至恢复到正常。正常水平的冷漠作为一种保护性抑制反应，是人的一种生物性本能，如果缺失，则不是喜剧欣赏能救补的。但过度强烈的冷漠则是社会适应不良的结果，而喜剧中的笑恰恰是培养人们的良好社会适应能力的学校。那些身上潜伏着过度冷漠的欣赏者在喜剧情境面前顶多产生适中强度的冷漠。我们知道，冷漠的出现如同其他焦虑一样，是由于人们无法接受引起挫折的现实。但在喜剧情境中，由于同情感的充分唤醒，人们已经可以与现实世界亲切地拥抱，从而抑制了冷漠的发展。德国哲学家恩斯特·卡西尔曾经谈到喜剧艺术的这一特性：

---

① 转引自杨清《心理学概论》，吉林人民出版社1981年版，第575页。
② 参见罗念生《论古希腊戏剧》，中国戏剧出版社1985年版，第175页。

喜剧艺术最高度地具有所有艺术共有的那种本能——同情感（Sympathetic Vision）。由于这种本能，它能接受人类生活的全部缺陷和弱点、愚蠢和恶习。伟大的喜剧艺术自来就是某种颂扬愚行的艺术。从喜剧的角度来看，所有的东西都开始呈现出一副新面貌。我们或许从来没有像在伟大喜剧作家的作品中那样更为接近人生，例如塞万提斯的《堂·吉诃德》，斯特恩的《商第传》，或者狄更斯的《匹克威克外传》。我们成为最微不足道的琐事的敏锐观察者，我们从这个世界的全部偏狭、琐碎和愚蠢的方面来看待这个世界。我们生活在这个受限制的世界中，但是我们不再被它所束缚了。这就是喜剧的卡塔西斯作用的独特性。事物和事件失去了它们的物质重压，轻蔑溶化在笑声中，而笑，就是解放。①

卡西尔在这里提到的"同情"是感同身受的意思。喜剧艺术家的喜剧人生观深深地感染了我们，使我们能够勇敢地接受生活、接近人生、正视现实世界的限制性。这样一来，我们就不必为挫折所烦扰，不必为此而生出冷漠了。所以，还应该在卡西尔的话后面加上一句：冷漠之情也溶化在笑声之中。

卡西尔提到，笑就是解放。这里的解放可以理解为旧习惯的放弃、新习惯的形成。因为处于笑声之中的人是大脑机能最兴奋的人，而巴甫洛夫曾经说，"在大脑两半球的兴奋性最优越的区域内，新的条件反射容易被形成，而且分化相也能有效地养成"②。这就表明，在笑声中，人们最容易形成新的行为-反应习惯。

这里有一个关键的术语"分化相"尚需做些解释。只有从心理学上弄清它的含义，我们才能理解喜剧欣赏何以能够对已形成习惯的冷漠加以破除，何以能够形成新的情感反应习惯。请先看心理学家杨清的解释：

如果我们把每秒钟振动一千次的声音和其他的声音反复交替地加以应用，对于每秒钟振动一千次的声音每次都加以强化，而对于其他的声音则每次都不加以强化，那么，这样经过若干次实验之后，其他

---

① 恩斯特·卡西尔：《人论》，甘阳译，上海译文出版社 1985 年版，第 191～192 页。
② 转引自杨清《心理学概论》，吉林人民出版社 1981 年版，第 578 页。

的声音就会完全失掉条件性的作用,而只有每秒钟振动一千次的声音才能够引起条件反射。这种现象就叫作条件刺激物的"分化"。及至被分化的动因所引起的效果成为零的时候,这个动因的完全的"分化相"就算形成了。①

在喜剧欣赏中,刺激的动因只有一个,这就是卡西尔提到的、构成喜剧情境的"人类生活的全部缺陷和弱点、愚蠢和恶习"。这些动因在现实生活中对具体的每个人有着不同的刺激意义。在有喜剧意识的人那里,它只是喜剧性而已,而在那些社会适应不良的人那里,这就成为超限刺激的根源。现在,当这些动因经过艺术家的加工搬演到喜剧情境中去的时候,无论是对于谁,它都只能起到喜剧性的刺激作用,也就是只能引起人们的笑声。从这个意义上讲,对那些社会适应不良的人而言,在喜剧欣赏中,那些曾经作为引起过度冷漠反应的动因正在或者已经被"分化",而且,在充满笑声的高度兴奋中,这个动因的"分化相"迅速形成,剩下的就只有成为喜剧反应——笑的动因了。只要一个人经常欣赏喜剧,情境与反应之间的这种暂时联系就会逐渐地得到强化,并形成牢固的动力定型。这样,当冷漠的人回到实际生活中去的时候,一旦面对着那些生活中的失意之事时,他就会自然而然地放弃过去那种超限抑制的反应,而只是恰如其分地做出喜剧性的反应。这就是喜剧欣赏中宣泄有害情感的习惯化作用过程。

冷漠是由超限刺激引起的,而一般人的刺激感受性的阈限因其在生理-心理结构上的差异以及社会适应水平的不同而迥然相异。正如上面所提到的,对某人构成超限反应的动因在另一人那里则可能仅仅是引起喜剧性的反应。喜剧欣赏中的习惯化的作用就在于通过预定条件下的刺激-反应模式的重新建构来提高那些适应水平低下的人的感受阈限。正如美国心理学家克雷奇及其同事在《心理学纲要》一书中所说的,所谓习惯化,就是"对一个特殊的刺激的反应的减少"②。

---

① 杨清:《心理学概论》,吉林人民出版社1981年版,第77页。
② 克雷奇等:《心理学纲要》下册,周先庚等译,文化教育出版社1981年版,第240页。

第十三章 促进社会化的喜剧笑

任何人都有社会生活的需要，这包括归属与爱的需要、尊重需要、认知需要、审美需要和自我实现的需要。人只有投身到社会中，在社会中扮演恰当的角色，并得到社会的接纳和认可，成为社会的一员，他才有可能满足这些社会生活的需要。换言之，人的各种潜能的充分发挥只有在社会的氛围里才能实现。这样，每一个人的面前都有一个社会化的任务。

第一节 作为社会化机制的喜剧笑

人生之初，只有成为社会人的潜能，并不是真正的社会人。为了成为社会人，为了适应社会生活环境，每一个人都有一个社会化的过程。所谓社会化，就是"发展和培养一套适应社会环境的人格特质、生活方式和行为模式，以便进入社会、参与社会并成为社会的一员。这种让个人成为社会人的历程便叫作社会化"[①]。或者说，社会化就是"社会将一个自然人转化成一个能适应一定的社会文化、参与社会生活、履行一定角色行为的社会人"[②]。这也就是说，社会化是个人向社会学习的过程，是个人逐渐适应社会的需要，以社会的规范和价值观来评估自我、决定自我的社会态度及型铸自我的人格与行为的历程。社会化的目的就是使社会的或群体的成员彼此间达成某种一致——即使他们按照同样的规范，在追求的目标和为达到这一目标而采取的手段上取得一致。[③] 其最终目的就是使个人获得自身的生活目标和价值观，使行为符合社会的规范，使个人见容于社会，使个人与社会环境相协调，以社会的一分子在其中扮演恰当的角色，也就是使个人成为社会人。人的一生中，社会化任重而道远。不仅初生的

[①] 马起华：《现代心理学》，台湾黎明文化事业公司1978年版，第317页。
[②] 孔令智等：《社会心理学新编》，辽宁人民出版社1987年版，第63页。
[③] 参见黄育馥《人与社会——社会化问题在美国》，辽宁人民出版社1986年版，第6页。

婴儿必经社会化才能成为真正意义上的人，经过严格社会教育的成年人也有一个继续社会化的问题。喜剧笑的心理功能之一就是促进人的社会化，使之成为一个完善的社会人。

与个体社会化的其他途径相比，喜剧欣赏中的笑起作用的方式有其独特的地方。它一方面是社会的教化，另一方面又是个体的内化，是两者的统一。但是，喜剧笑的社会化作用特点主要还是体现在潜移默化这一点上。一般来说，从社会化的方式着眼，可以把社会化分为两类，一类是有意识的自觉的社会化，即参与社会化过程的个人对社会规范、价值观念的学习和掌握是主动的、自觉的、有计划的；另一类是无意识的不自觉的社会化，即参与社会化过程的个人对社会规范、价值观念的学习与掌握是无计划、无意识的，是在潜移默化中实现的。从喜剧笑作用于人的心理过程的特点看，作为社会化机制的喜剧笑当属后一类。

从一般美学原理看来，喜剧欣赏是一种自觉与非自觉、理性与情感、意识与无意识高度统一的审美过程。但是，从欣赏主体的审美动机看，则他们不是为接受社会化而欣赏喜剧的，他们的目的主要还是获取笑的愉悦。社会化效果是欣赏者在喜剧笑的过程中无意识地实现的。作为欣赏者的个体在社会化的学习过程中，其对社会规范的遵从、对社会价值观念的皈依往往都是在社会赏罚机制下实现，更多的情况是在惩罚作用下实现的。根据快乐选择原则，人人都有趋乐避苦的本能。接受惩罚当然是一件痛苦的事，所以，社会个体在可能的情况下都极力避开惩罚。尤其是被人嘲弃的痛苦，更为社会成员所忌讳。但是，嘲笑别人却是一件乐事，不仅获得身心的愉悦，还有自我的陶醉。欣赏者在喜剧欣赏中所追求的就是这一乐事。殊不知这种对人的嘲笑也暗含着对自己的嘲笑，惩罚别人的同时也无意识地接受了别人的惩罚，并且在惩罚中无意识地学到了社会的行为规范，不自觉地接受了社会的价值观念。所以，喜剧笑是一种无意识的不自觉的社会化过程。

这种不自觉、无意识的特点体现在喜剧笑发挥社会化机制效能的两个过程上。一方面，喜剧笑通过向欣赏者提供社会镜子而增强了他的客观自我意识；另一方面，喜剧笑通过发挥社会赏罚功能而培养个体的社会价值观念，学会社会的行为规范。

第二节 客观自我意识

要成为社会人,就要有自我意识,对自己以及自己和周围事物的关系有一个正确的认识。这种认识来源于过去社会化的经验。人们在以往生活经历的基础上,大体已经形成了一定的自我意识,但社会生活总是处在不断的变化中,为了适应新的社会环境的需要,人们的自我意识也得有所调整,而自我意识的形成与发展都会推动个体的社会化。个人对自己是否有一个恰当而正确的自我意识,这对于他是否能在社会中扮演恰当的角色具有十分重要的意义。因为个人在社会中如何活动、他的活动的内容都是以他自己与外部世界作为参照系的。个人对外部世界的反映总是相对于自身存在的状态而言的,所以,一旦对自我的认识失去正确的把握,他也就失去了对社会的正确把握,从而无法把握好其在社会中的行为。

再则,"自我作为个体活动的觉察者是使个体知道他在干什么,干得如何,并随时进行修正。而某一活动干得是否恰当,自我会对它做出评价,提供反馈信息,从而保持或改变活动的内容、方向和程度,这是自我的调节者"[①]。所以,自我意识的正确与否也影响着人的行为的调节正确与否。有正确的自我意识,就能使人的行为向着社会化的方向进行调节,从而促进个人的社会化。

我们认为,作为社会化机制的喜剧笑,其心理学途径之一就是帮助人们自觉地形成和调整自我意识,加速社会化进程。

美国人本主义心理学家罗杰斯对自我意识的定义是:"那些有结构的、和谐一致的概念完形,其组成是对主格我或受格我的特征的知觉和对主格我或受格我与他人和生活的各个方面的关系的知觉,以及与这些知觉有关的价值观念。"[②] 罗杰斯在这里提出的"主格我"与"受格我"其实就是观察自我的两个视角,是在人的自我之中进行内向交流的两个立面,即自我意识的两个基本特征:个体制约性与社会决定性。所谓个体制约性,是指个体自身的客观化的信息,即他的生理特征和心理特征等自身因

[①] 全国八院校编写组:《社会心理学教程》,兰州大学出版社1986年版,第121页。
[②] 转引自查普林等《心理学的体系和理论》下册,林方译,商务印书馆1984年版,第286页。

素制约着个体的自我意识。就群体中的个体而言，这种制约性是因人而异的。但就确定的个体而言，则这方面是恒常的。所以，我们研究影响个体自我意识发生变化的原因，主要应该着眼于自我的另一方面，即自我意识的社会决定性，也就是客观的自我意识。客观的自我意识是通过他人对本人的反映而发展起来的。马克思曾经从哲学的角度论述过自我的社会制约性。他写道："人起初是以别人来反映自己的，名叫彼得的人把自己当作人，只是由于他把名叫保罗的人看作是和自己相同的。"[1] 美国社会心理学家库利也曾从社会心理学的角度提出了"镜我"的理论。所谓"镜我"，是指人们通过观察别人对自己的行为的反应而形成的自我意识。库利认为，每个人对别人来说都是一面镜子，反射出从它面前走过的别的人。人们就是根据他人对自己的态度、评价上来了解自己的，从而得出对自己的看法和感觉，形成自我概念。

社会心理学家盖根曾做过这样一次实验研究。在实验中，他为一些女学生安排了一次会见，问一些关于她们自己的问题。每当学生在回答中对自己做肯定的估价时，主试就以微笑或点头的方式表示同意。如果学生在回答中做了自我批评，主试则保持沉默或者摇头表示不同意。经过会见之后，被试开始对自己做出越来越肯定的估价。这一实验证明，人的自我意识有很大的随机性，社会环境的影响对自我意识的改变有重大的决定性。

美国社会心理学家弗里德曼等人著的《社会心理学》一书引用了威克伦德和杜瓦尔通过实验证实而提出的"客观自我意识理论"：

> 这种理论认为，人们有时是把自己当作客体来认识的。也就是说，在某些条件下，我们像观察其他人那样观察自己，采取一种局外人的观点。"退一步"来观察我们自己的行为。我们这样做了，一般就会变得更能自我意识，更能想到如何观察和如何活动，特别是更关心把事情干得"正确"。[2]

---

[1] 转引自中共中央马克思恩格斯列宁斯大林著作编译局《马克思恩格斯全集》第23卷，人民出版社1972年版，第67页。

[2] J. L. 弗里德曼、D. O. 希尔斯：《社会心理学》，高地、高佳等译，黑龙江人民出版社1986年版，第114页。

这种客观地观察自己以形成自我意识的过程也就是人们的社会化过程。所谓"干得'正确'"，实质上就是使个体的行为及其结果符合社会的规范。但问题是在什么条件下我们才能客观地观察自己，才能"退一步"，才能形成或增加客观自我意识。弗里德曼等人认为，最有效的方法是让人感到他正在受到别人的注意。例如，一群人正安静地待在一间屋子里，某人拿出照相机，几乎所有的人都突然感到一种自我意识，都关心着自己在别人的眼中是什么样的形象。此外，增加客观自我意识最简单、最使人惊奇的方式就是照镜子。"当然，镜子给自己一种实际的形象，你可以很实在地看到自己的样子和所作所为。而且这也没有必要想象你如何出现在某人面前，因为在某种意义上，你就是其他人看着你自己的形象。"[①] 其实，这样的照镜子不仅"简单"，还因为它缺乏真实的客观社会性，缺乏一种社会性的"参照系"，因而无法使人形成客观的社会的自我意识。"在社会生活中，个体的自我认知，并非只是个体对自身的简单的认知过程，还是一个通过社会比较进行的过程。"[②] 我们认为，引起笑的喜剧人物就是人们"退一步"来观察自己的"社会镜子"。喜剧引起的笑足以创造条件来使人们"像观察其他人那样观察自己"，从而形成客观自我意识，使他看到自己的真我。

　　如所周知，喜剧矛盾往往都源自人物与环境的不协调。无论是歌颂性喜剧还是讽刺性喜剧，其喜剧性人物都必然在特定的情景中表现出与环境的格格不入。《五朵金花》中的阿鹏以一连串的找错对象引起一连串的喜剧矛盾。虽然我们并不对阿鹏持批判态度，但我们的笑却是由于他的行为与环境不协调所致。《小二黑结婚》中的三仙姑之所以使人忍俊不禁，之所以受到人们的嘲笑，不外乎她处处都要做出违情悖理的事：人老珠黄却偏要涂脂抹粉，恰如"在驴粪蛋上下满了霜"；表面上诚心求佛，心里却记挂着"米烂了"。喜剧人物之所以引人发笑，之所以与环境不协调，根本原因就在于他们不能很好地调整自我意识并使之与社会环境相融合。假如三仙姑清楚地意识到自己青春已去，假如她意识到社会已今非昔比，那么她就不会闹出如此笑话。所以，喜剧矛盾不仅是社会阶级矛盾发展到一

[①] J. L. 弗里德曼、D. O. 希尔斯：《社会心理学》，高地、高佳等译，黑龙江人民出版社1986年版，第115页。

[②] 全国八院校编写组：《社会心理学教程》，兰州大学出版社1986年版，第129页。

定阶段的产物，也是人物缺乏客观自我意识和社会化不足的结果。

诺斯洛普·弗莱认为："喜剧是一种计谋，不是对邪恶的谴责，而是对缺乏自知意识的嘲弄。"① 因而，喜剧欣赏的意义之一就在于从反面为我们提供一种社会化经验，提供一面观察自我形象的社会镜子，使我们对自己以及自己与周围环境的关系的认识有所调整。听过相声《妙手成患》，谁也不想当那种"妙手成患"的马大哈式的人，那人们就得反省自己是否也有这种马虎的毛病。看过电影《阿混新传》，大概人们也就不会再去"混"日子了。要知道，时代不欢迎那种人物。

不可否认，无论是怎么样的欣赏者，不管他与被嘲笑的喜剧人物有多么大的相似，他之所以能笑得起来，先决条件就是在他与喜剧人物之间拉开了一段心理距离。在发笑的瞬间，他一方面接受了社会对这种陋习的嘲笑态度，另一方面还没有意识到自己也存在着应该受嘲笑的陋习，甚至还自以为优越。然而，在他笑过之后，一旦进入审美的再评价阶段，他就看到自己所嘲笑的恰好就是自己身上也存在着的陋习。这样，他就通过那些受到人们嘲笑的喜剧人物看到了自己的毛病，并明确地意识到这些毛病在社会价值体系中所处的地位。

狄德罗曾经这样描述喜剧欣赏对那些坏人所能产生的影响：

> 应该谴责的是那些败坏人们的可恶成规，而不是人类的本性。事实上有什么能像一个慷慨的行动那样使我们感动？何处找得出这样一个冥顽不灵的人，竟会冷冷地听一个好人的申诉而无动于衷？
>
> 只有在戏院的池座里，好人和坏人的眼泪才融汇在一起。在这里，坏人会对自己犯过的恶行感到不安，会对自己曾给别人造成的痛苦产生同情，会对一个正是具有他那种品性的人表示气愤。当我们有所感的时候，不管我们愿意不愿意，这个感触总是会铭刻在我们心头的；那个坏人走出包厢，已经比较不那么倾向于作恶了，这比被一个严厉而生硬的说教者痛斥一顿要有效得多。②

---

① 转引自埃里克·本特莱《关于"黑色"喜剧的若干阐述》，赵耀民译，载《剧影月报》1986年第5期，第50页。
② 狄德罗：《狄德罗美学论文选》，张冠尧、桂裕芳译，人民文学出版社1984年版，第137页。

所以，尽管是某些缺乏德行的人，在喜剧人物这面社会镜子前照见自己的丑陋，他也不会因为难堪而拒绝接受社会的价值倾向。他在愉快的笑声中看到自己的不足，就能愉快地调整自己的形象。这也就是说，喜剧笑使他通过认识他人而认识了自己，形成或调整了自我意识。

第三节 社会赏罚功能

喜剧笑的社会化机制不仅体现在唤起客观自我意识，还体现在笑本身所具有的社会赏罚功能。

在普通心理学看来，人的社会化过程，实即是社会学习的过程。"学习"在心理学中指的是人及动物在生活过程中获得个体的行为经验的过程。[①] 社会学习即是人在社会生活过程中习得社会规范及社会行为方式的过程。

在现代心理学中首创学习论的美国心理学家桑代克认为，学习就是情境与反应之间的联结，是一种渐进的、盲目的、尝试的与错误的过程。桑代克根据对动物的研究，提出很多学习的规律，其中一条是有名的效果律：

> 任何动作在特定的情境下产生了满足，它就与该情境联系了起来，因而当该情境再次出现时，那个动作也就比以前更容易出现。反之，任何动作在特定的情境下产生了痛苦，它就与该情境失却了联系，因而该情境再次出现时，那个动作就比已往更难出现。[②]

这就表明，奖赏与惩罚对建立情境与反应之间的联结有关键的作用。奖赏倾向于通过鼓励来加强反应的重复，把反应定型化，惩罚则削弱这种行为反应的倾向，使之寻求其他的反应。另一位研究学习论的心理学家斯金纳也认为，当某些行为得到别人赞同并因此而受到强化时，个人才学到那些可接受的社会行为方式。在个体的社会化过程中，社会就是通过奖赏或惩罚来达到个体对社会行为方式的学习的。《笑的心理学》作者皮丁顿

---

① 参见潘菽主编《教育心理学》，人民教育出版社1983年版，第45页。
② 转引自舒尔茨《现代心理学史》，沈德灿等译，人民教育出版社1981年版，第196页。

认为：

> 在所有的社会中，人们都可以或多或少地找到与时行的是非法则相联系的社会赏罚的组织系统。这种赏罚可以是赞许的，即它被社会用于鼓励合乎社会需要的行为（例如军人的勋章）；它也可以是否定的，即被用于消除反社会的行为。后者比前者更为重要。①

惩罚之所以能消除反社会的行为，是因为自我肯定的需要乃是人的基本需要之一。个体的行为受到社会的惩罚，亦即他的欲望、要求等不能得到实现。这必然引起苦恼、不满等消极的情绪。所以，谁都喜欢酬赏，讨厌惩罚。为争得奖赏之乐，避免惩罚之苦，个体就得依照社会的规范去生活，改正不合乎社会规范的行为。因而，我们把赏、罚看作训练个体成为社会人的两大法宝。这种通过奖赏而促进社会所希望的行为，通过惩罚而消除不合乎社会规范的行为的机制就是所谓的"差别强化"，这是一种对人的行为的直接强化的方式。

此外，还有一种间接的强化方式，"那就是看到他人受到赏罚，有所借鉴参考，因而让自己的行为亦取向于得赏免罚的途径"，这就是替代强化。② 这种替代强化之所以得以生效，是因为人的行为相同或类似者很多。在同一个社会中，如果相同或类似的行为受到大体相同的赏罚，则罚一可以儆百。如果说喜剧不能对欣赏者施加直接的赏罚，则它通过替代强化而给欣赏者以鉴戒是完全胜任的。

喜剧欣赏中执行赏罚机制的是喜剧笑。笑的背后体现着社会对个人行为方式的态度，体现着社会的规范和价值观，人们可以从中找到调整自我行为方式的社会参照系。柏格森对笑的研究的贡献不仅在于他见出了笑的社会性，而且也在于他强调了笑的社会功用。这种社会功用就是笑的惩罚作用。他认为：

> 在大社会当中的一切小社会都由于一种模糊的本能，想出一套办法来纠正和软化它的成员从别处带来的僵硬的习惯。真正的社会也不

---

① 皮丁顿：《笑的心理学》，潘智彪译，中山大学出版社1988年版，第68页。
② 参见马起华《现代心理学》，台湾黎明文化事业公司1978年版，第321～322页。

例外。必须使每一个成员经常注意他的周围，仿效他周围的人行事，避免他顽固自守或关在象牙塔里。因此，社会在每个成员头顶笼罩上一层东西——即使不叫惩罚的威胁，至少也可说是遭到羞辱的前景。这种羞辱尽管轻微，却也一样可怕。笑的功用就应该是这样的。对被笑的对象来说，笑多少总有点羞辱的意味，它的确是一种社会制裁的手段。①

皮丁顿在谈到笑的这种惩罚作用时也指出：

> 正如惩罚犯罪行为可以毫无疑问地附带起到威慑作用，笑也可以起到惩罚的社会性功用。但是，在这两种情况下，惩罚是社会对那些使社会赖以存在的社会价值体系遭到伤害的行为的直接反应。同样，在这两种情况下，当个人要为惩罚的起因负责的时候，他在实际上会感到自卑，因为他已经触犯了社会。但是，如果他犯了滑稽的过错，他会感到格外羞愧。因为，他所招致的这种惩罚（笑）意味着他的行为不值得被严肃地对待，他因为无法使他的社会群体生气而不可能感到满足。正如阿德勒所言，很多犯罪的原因都可以从中找到解释。正因为如此，滑稽虽貌似浮浅，但在所有的社会惩罚中是最令人畏惧的。②

这说的仅仅是笑的差别强化作用，即惩罚机制对当事人所起的作用。喜剧笑的社会化作用主要的并不在此，而在于替代强化，即通过对当事人的惩罚处理而引起旁观者（喜剧欣赏者）的警觉。当然，如果谁在喜剧中看到自己的身影，则可以说这喜剧笑的锋芒是直接地指向他们的。在笑的这种强化作用下，他也许可以收敛或改正自己的陋习。不过，"即使莫里哀的《悭吝人》也从未改善一个吝啬鬼。雷雅尔的《赌徒》从未改善一个赌徒"。可见，喜剧笑通过差别强化所能起的作用还是有限的。但替代强化就不同了，它使喜剧笑可以在不同的欣赏者之间发挥作用，也可以在不同的喜剧类型中起作用。

---

① 柏格森：《笑》，徐继曾译，中国戏剧出版社1980年版，第82~83页。
② 皮丁顿：《笑的心理学》，潘智彪译，中山大学出版社1988年版，第81页。

先看欣赏者。

一般来说，大多数欣赏者都是按社会规范的要求来行动的，即使在个别人身上存在着这样或那样的缺点，但总的说来，他们仍然是社会化的人，或者说，他们本身就是社会规范的体现。我们姑且按狄德罗的说法，把他们称为好人，或称有德行的人。除此以外，也有个别的欣赏者属于社会化不良的人，他们的行为总是与社会规范的要求不相符。按狄德罗的说法，这部分人可称为坏人，或称为缺乏德行的人。

再看喜剧类型。

我们在这里区分的标准是赏罚的性质，是艺术家的情感意向。这也可分为两种，一种是对喜剧人物备加赞许或予以肯定的，我们称之为歌颂性喜剧，它的功能在于通过奖赏来鼓励社会所欢迎的行为方式；另一种对喜剧人物大加鞭挞、予以否定的则是讽刺性喜剧，其功能在于运用惩罚机制来达到削弱或调整人们的不符合社会规范的行为。在歌颂性喜剧引起的笑声中，对于大多数欣赏者而言，这实际上是对他们自己的行为的肯定。通过笑马天民（喜剧电影《今天我休息》的主人公）的种种误会，肯定和赞扬了他乐于助人的崇高风格；通过笑李逵（中国古典喜剧《李逵负荆》的主人公）的鲁莽，肯定了他见义勇为、爽直痛快的品性。其实，这两个人的行为是大多数欣赏者在社会生活中已经肯定的行为，现在经过喜剧笑的奖赏的强化，他们便进一步把这种行为方式在情境-反应的联结上固定下来。如果面对着这种笑的是一小部分的坏人，则替代强化的作用也丝毫没有减弱。正面喜剧人物的行为在喜剧的笑声中以社会肯定的方式为他们树立行为的规范，使他们从正面知道该如何塑造自己的社会行为方式。

替代强化的最显著效果体现在讽刺喜剧的惩罚性笑声中。对于大多数欣赏者而言，这些喜剧人物的丑行能为他们的社会化提供反面的经验，使他们知道什么东西是不为社会规范所容许的。正如莱辛所言：

> 它的真正的具有普遍意义的裨益在于笑的本身；在于训练我们发现可笑的事物的本领；在各种热情和时尚的掩盖之下，在五花八门的恶劣的或者善良的本性之中，甚至在庄严肃穆之中，轻易而敏捷地发现可笑的事物。……假如喜剧无法医好那些绝症，能使健康人保持健康状况也就满足了。对于慷慨的人来说，《悭吝人》也是有教益的；对于从来不赌钱的人来说，《赌徒》也有教育意义；他们没有的愚

行，跟他们共同生活的其他人却有；认识那些可能与自己发生冲突的人是有益的；防止发生那些列举的印象是有益的，预防也是一帖良药，而全部劝化也抵不上笑声更有力量，更有效果。①

这就表明，尽管是有德行的人，当他见到种种丑行在喜剧中遭到笑的惩罚时，他也能"见不贤而内自省"，从而预防了不符合社会规范的行为的出现。

最能受到讽刺喜剧的笑的震动的是那些缺乏德行的人。尽管这笑声本不是对他自身的直接惩罚，但当他看到自己的同类在喜剧情境中受到了笑的最严厉的惩罚时，便能从旁人的教训中吸取行为的经验。莫里哀说：

> 恶习变成人人的笑柄，对恶习就是重大的致命打击。责备两句，人容易受下去的，可是人受不了揶揄。人宁可做恶人，也不要做滑稽人。②

为了不做滑稽人，他就得对自己的行为方式做出调整。讽刺的笑是一种群体的笑，是表现和维持群体标准的手段，是群体对某一行为方式表明惩罚意向的标志。社会不能容留被笑的对象，所以用惩罚的笑来表示对这种行为的反对态度，为的是把它们从社会中清除出去。缺乏德行的人可以从这种群体一致的情感态度中学习到社会的行为方式。因为他周围观众的笑声为他提供了一个重要的社会行为方式的参照系，其中体现着社会的行为规范和价值观。透过这笑声，他能知道社会欢迎什么、反对什么。"当你看出自己在所爱者的眼中显得有点可笑时，你能根据他们对你的印象加以改正。"③ 所以，莫里哀的《悭吝人》虽不能使阿巴贡变为慷慨大度的人，但它能够使千千万万个准阿巴贡们在笑声中知道自己的尴尬地位。如果他们不想把自己排除在社会之外，他的行为就得有别于舞台上的阿巴贡。所以，在观众对着喜剧人物哈哈大笑时，他们不仅增加了客观自我意

---

① 莱辛：《汉堡剧评》，张黎译，上海译文出版社1981年版，第152页。
② 莫里哀：《"达尔杜弗"的序言》，载《文艺理论译丛》1958年第4期，第122页。
③ 梅瑞狄斯：《喜剧的观念及喜剧精神的效用》，见伍蠡甫等编《西方文论选》下卷，上海译文出版社1979年版，第84页。

识，而且还通过体验其中所体现出来的不同的情感意向，找到了调整自我行为的社会参照系。

按行为主义心理学派的观点，社会化是行为及其结果之间的一种持续的反馈过程。当喜剧人物以其反社会的行为或一般的与社会环境不协调的行为出现在舞台上的时候，社会（观众）就以笑来作出反应，这也是对一种行为的反馈。这种反馈的接收者不是喜剧人物而是喜剧欣赏者。喜剧人物不会因为受到观众的嘲笑就改正自己的行为，而欣赏者接到社会的反馈信息后，他就得根据社会的定向来决定自我的定向，使之相互一致。这实质上也就是皮亚杰的认知-发展理论中的"同化"。个人完全接纳了社会对某一行为的情感态度，完全同化于社会，而社会又毫无保留地接纳了他，这就是喜剧所具有的社会化作用。

第十四章　作为道德教谕的喜剧笑

艺术的功用不仅在于娱乐身心、补充生活，也不仅在于认识社会人生、增进知识，还在于提高人的自我、完善道德人格，以求在社会实践中顺利地实现自我价值。就喜剧艺术而言，它的道德教谕作用是通过笑来实现的。

关于艺术的道德提高即道德教育作用，以前的理论虽多有涉及，但大多是从社会学、伦理学的角度立论，很少从心理学的视角着眼。我们认为，既然道德观念、道德情感都是人的总体心理结构的一部分，它们的形成与改变实际上是人的一种心理过程，那么，考察艺术的道德作用就不能离开人的心理活动。其实，艺术的道德作用主要还是通过心理途径才能诉诸人的心灵。《国语·周语下》曰：

> 夫乐不过以听耳，而美不过以观目。若听乐而震，观目而眩，患莫甚焉。夫耳目，心之枢机也，故必听和而视正。听和则聪，视正则明。聪则言听，明则德昭。听言昭德，则能思虑纯固。以言德于民，民歆而德之，则归心焉。

可见，古人不仅深知艺术欣赏对道德风范的重要影响，还懂得实施道德教育必经的心理途径。显然，他们已经初步从心理学的角度来理解艺术的道德教育功能。当然，彻底阐明艺术实现道德教育功能的心理途径还得借助于现代心理学的研究成果。

第一节　道德心理结构

道德教育，实际上就是按社会的要求对个体的道德心理结构进行规范和调整。所以，我们首先要明了道德心理的内在构成。在人的总体心理结构中，道德心理诸成分是一个自成体系的相对独立的子结构，它们的相互协调运动就构成个人的道德品质。道德品质的基本心理结构包含道德认识、道德情感、道德意志和道德行动4种成分。弄清这些成分的意义和性质,对进行道德教育有重要的意义。道德认识是对行为准则中的善恶及其意义的认识。这些认识的系统化就会使人形成有关的观点,达到坚信不移的程度并能指导自己的行动时,这就会成为信念。道德感情是伴随道德认识出现的一种内心体验,是由人的道德需要是否得到实现而引起的,也是人们在心理上对某种道德义务所产生的爱慕或憎恨、喜爱或嫌恶等情绪体验。当道德认识和道德情感成为推动个人产生道德行动的内部动力时,它们便成为道德动机。道德行为是在一定道德意识支配下所采取的各种行动,是一个人道德认识的外部表现。道德意志是人们自觉克服履行道德义务过程中的困难和障碍的能力和毅力,是为达到既定的道德规范而自觉努力的心理过程。

道德教育的目的在于使受教育者的行为符合社会的道德规范,而人们的道德行为则受到其道德观念的指引。只有有了一定的道德观念,才会有一定的道德行为。从心理活动的生理机制上看,道德观念是一种复杂的动力定型,来源于人脑对社会环境刺激的条件性反应,是由社会集体行为标准的制约而逐渐形成的暂时神经联系。道德观念支配着人们的道德行为,但任何观念的确立都要有相应的情感态度做支柱。没有人的感情,就从来没有也不可能有人对真理的追求。[①] 道德观念要有相应的道德情感作为支柱,没有情感的支柱,这种观念便是虚假的,便不能变为相应的行为。所谓道德情感,是与一个人对别人以及对社会集体所持的态度相联系着的各种情感,是人对自己与他人道德行动所引起的内心体验。一个人对别人以及对社会集体所持的态度与他的道德观念具有极密切的联系。一方面,道德观念是道德情感形成的基础,另一方面,道德情感又影响着道德观念的倾向。在一般情况下,道德观念与道德情感是协调的,但道德观念的提高又必须经由从它与道德情感的协调到不协调,再由不协调到协调这样一个过程才能实现。道德观念与道德情感的不协调就是所谓的"认知不平衡",只有产生了这种"认知不平衡",才能引起道德思维的重新组织,唤起改良、提高的欲念。所以,道德观念的改变总是从道德情感的改变开

---

① 参见中共中央马克思恩格斯列宁斯大林著作编译局《列宁全集》第20卷,人民出版社1989年版,第255页。

始的。当某一道德情感多次被激发后,这种道德情感就在人的大脑中强化,从而改变了原有的动力定型——道德观念,使之形成新的暂时联系。现实生活中的无数事实说明,改变一种旧的道德情感比改变一种旧的道德观念要困难得多,而一旦新的道德情感出现并得到强化之后,它就能使相应的道德观念趋向稳定。① 这就是人的道德发展的一般心理过程。

第二节 美感与道德感相通 认识与情感相一致

一般的道德教育仅限于以理服人,主要是使人在理智上对善恶、好坏的原则界限加深理解,并要求人们用一系列的道德规范要求自己、约束自己,所以,道德教育一般都具有约束性,甚至带有强制性。它要用新的观念直接作用于旧观念,但由于离开了情感的支撑,因而无法找到一条轻易进入受教育者道德心理内部结构的渠道。其实,道德心理结构调整的规律也服从于人的总体认识结构调整的规律。根据瑞士心理学家皮亚杰的发生认识论,人认识事物、接受事物是一种将客体纳入主体已有的认知结构之中的过程。这种结构包括心理生活各元素之间的相互关系,是一种存在于主体之中、附着在由遗传素质决定的脑结构与脑机能之上,能加工、整合信息,形成人的经验、表象、观念和知识的多级机能系统。它在人的认识活动中充当中介。

根据皮亚杰的解释,人的认知发展过程中其实包含着两个孪生的过程,即同化过程与顺应过程。

同化是指认知主体在反应和作用于外来刺激时用已经形成的心理图式即认知结构来解释和说明对象。顺应是指认知主体继续和刺激物进行相互作用,并改变心理活动和各种心理图式以适应对象。

一方面,人只有建立了一定的认知结构,才能同化相应的客体。这也就是说,人在认识、同化相应的客体之前,便已建立了一定的认知结构。另一方面,人的认知结构不是一块被动的海绵,不会无选择地吸收新的信息。认知活动是一种主动的、有选择的接受过程和建构过程。如果认知图式的现存结构不能吸收新的信息,顺应过程便取而代之,从而引起原有结构图式的改变。就主体而言,当已有的认知结构不足以同化新客体时,就

---

① 参见唐凯麟等编《伦理学纲要》,湖南人民出版社1985年版,第315页。

必须用一个连续不断的自身调节作用来调节其建构过程，创立新结构来同化新客体。但就客体而言，人的心理结构存在一个对输入的中枢控制系统，它的受纳机制预先就这样安排好，使某些输入成为刺激而另一些输入被忽视。[①] 因此，客体要成为对主体的有效刺激，就必须穿越主体心理结构的中枢控制系统，进入其受纳机制。在这里，情感的认同是顺应过程的关键。一定的道德规范、原则只有取得了主体心理上的情感认同，才能同化于主体的心理结构，成为主体的道德观念。强制性的道德说教收效甚微，原因正在于此。理想的道德教育应该首先是情感的教育。

我们认为，最能打动人们情感的莫过于艺术。托尔斯泰认为："艺术活动的基础就是人们用感情来感染别人。"我国古代诗人白居易对这一点看得最为透彻。他在《与元九书》中说："感人心者，莫先乎情，莫始乎言，莫切乎声，莫深乎义。诗者：根情、苗言、华声、实义。上自贤圣，下至愚骏，……未有声入而不应，情交而不感者。"艺术作品不仅是艺术家审美意识的形象显现，还是社会道德观念的客观载体，其对欣赏者所起的道德教育作用远非一般的道德说教所能比拟。

首先，艺术欣赏所引起的美感总是与道德感相通的。心理学家认为：

> 人的艺术观点和美的观念能在头脑中形成和存在的生理机制，乃是某种以第二信号为基础的动力定型。凡是足以维持、加强或进而发展一个人的这种动力定型的事物，就会使他发生不同程度的美感。一个人的美感常常是和他的道德感密切联系着的，就是说，一个人评价事物的"美"和"善"的标准常常是彼此统一的；因为一个人的美的观念和道德观念都是他的世界观的必要的组成部分。[②]

可见，激发了相应的美感，就能激发出相应的道德感，这就是艺术能够发挥道德教育功能的心理学依据。

有人曾经问国际著名的反法西斯战士季米特洛夫："是什么东西影响了你的作为战士的性格？"他的回答是："应该直率地说，是车尔尼雪夫斯基的书《怎么办》。我在参加保加利亚工人运动时所具有的坚韧不屈的

---

① 参见皮亚杰《发生认识论原理》，王宪钿等译，商务印书馆1981年版，第61页。
② 杨清：《心理学概论》，吉林人民出版社1981年版，第460页。

精神和我在莱比锡审判时期所具有的那种坚定不移、有信心和坚持到底的精神，无疑的，都与我在青年时代所读过的车尔尼雪夫斯基的艺术作品有关系。"① 这就表明，艺术的美感影响了共产主义战士季米特洛夫的世界观的形成，并且具有久远的作用。苏联小说《钢铁是怎样炼成的》曾经塑造了整整一代人甚至两代人的人生观，保尔·柯察金成为人们行为的楷模，这更是美感与道德感相通的证明。

艺术的美感和道德感相通，除了有心理学的基础外，还有着客观的物质基础，即艺术作品中的美总是与善统一起来的。苏联美育专家德米特里耶娃认为："对世界的审美态度反映在道德和伦理原则上的程度，也许比反映在劳动和科学中更有过之而无不及。"② 这实际上就是说，美与善的关系比美与真的关系更为密切。美的艺术容许无视事物的逻辑，但不能越社会规范半步，不然就是大逆不道，人们必群起而攻之。美的艺术作品必然是美与善的统一。真正的美必定是对正义、善良与和谐的理想的肯定。正是在这个意义上，高尔基才认为"美学就是未来的伦理学"。优秀作品中的人物形象通常都体现着某种社会理想，体现着社会的道德行为规范。人们从这些人物形象身上不仅可以学会分清美与丑，而且也同时学会分清善与恶、是与非：

> 被深刻领悟的、并符合于内心信念的艺术形象对人的主观世界产生极大的影响，引起多方面的和复杂的感受。而且，这种感受过程本身不是一种单纯的理性过程。它在人的机体中引起了伴有快乐或悲伤，敬仰或愤怒，爱或恨之类的情感的某种现象。因此，人们不仅意识到，同时也深刻感受到作品所具有的、并得到人的反响的客观涵义。随着机体变化而体验的复杂情感，会促进美好信念的形成，激励着人们去同一切妨碍其实现的因素进行积极的斗争。③

所以，人们的审美体验总是参与人的道德形成过程的，美感的形成与道德感的形成在审美中是同时发生的。

---

① 转引自黄京尧《意志的锻炼》，上海人民出版社1984年版，第109页。
② 德米特里耶娃：《审美教育问题》，冯湘一译，知识出版社1983年版，第25页。
③ 德廖莫夫等编：《美育原理》，吴式颖等译，人民教育出版社1984年版，第299页。

其次，在艺术审美的过程中，由于艺术本身的情感-形象因素，欣赏者对某种具体艺术情境的感知必然激发出相应的道德情感。由于这是一种直觉的情感体验，对人的行为具有迅速定向的作用，所以，在艺术形象的作用下，欣赏者能直觉地发自内心地体验到社会道德行为准则的正确性，并把它变为自己的内在心理欲求。这就是说，艺术欣赏既是情感过程，也是认识过程。在这过程中，概念、观念、判断，即全部思维的这个方面与体验和情感的另一方面是紧密相联的，欣赏者的好恶爱憎的道德情感与其对好坏、善恶的道德行为准则的认识达到了和谐的统一。他在感觉、情感上所热爱的东西是完全合乎道德的东西，他在理智上认为是合乎道德的东西也正是他在感觉、情感上热爱的东西。

我国著名的教育心理学家潘菽曾这样分析艺术形象的道德教育意义，他认为：

> 道德形象之所以能引起人们的道德体验，首先是由于这些形象本身是作为社会道德规范的体现者而存在的，通过这些形象可以使人们更好地认识到道德要求及其社会意义，扩大个人的道德经验；其次，由于形象的生动性与感染性，可以引起人们情绪上的共鸣，具体的道德形象常常使人毕生难忘，因而与这种形象相联系的情感便成为一个人经常产生类似道德行动的强大动力。[①]

这里所论述的其实也包括了艺术所提供的道德形象如何将道德情感与道德认识统一起来的问题。诵读屈原的《橘颂》，既是一次爱国主义情感的唤起，也是一次爱国主义精神的教育。这两方面是同时出现在欣赏过程中的。美感与道德感的相通，认识与情感的一致，这是艺术审美所具有的道德教育作用的独特之处，也是它优于一般道德教育的地方。就我们所要论述的对象——喜剧笑而言，道德教育的这一特点表现得比其他样式的审美活动更加充分，具有更多的层次、更多的立面。

喜剧笑的内里是充溢的喜剧美感。这种美感体现着艺术家也体现着发笑者对喜剧对象的美学评价。一方面显示着对人生的肯定的价值的赞美，流露出审美主体对美的向往、倾慕与追求。另一方面表现出审美主体对丑

[①] 潘菽主编：《教育心理学》，人民教育出版社1983年版，第168页。

的、不体面的、不光彩的事物的否定与非议。所以，喜剧美感是在多方面的层次上展现着审美主体的道德好恶情感的。既有正面的唤起，也有反面的警醒。

同样，喜剧欣赏过程也是道德情感的唤起与道德认识的加深相统一的过程。喜剧欣赏以引起笑为指归，这就表明，喜剧是一种感召力极强的艺术。它所设计的情境能把欣赏者的全部心理功能都作毫无保留的投入。在情境的指引下，喜剧人物所引发的笑不仅体现了发笑者或赞美或揶揄的道德好恶情感，也表明了发笑者对喜剧情境中所蕴含的社会道德准则的认识。经过情境的定向指引，这种认识必能在笑声中进一步深化。

第三节　寓教于乐与暗示机制

当然，在审美欣赏中经常出现艺术作品与欣赏者原有动力定型的倾向相抵牾的现象。在这种情况下，艺术家在艺术作品中所希望达到的道德教育作用就将受到心理学上的异质同构规律的制约。

现代心理学发现，每个人都因不同的社会环境、社会经历以及不同的性格特质而形成不同的心理结构，而所有的外界刺激物也都各自具有特定的结构形式。外界刺激要进入人的心灵，便须首先与主体的心理结构相协调，方能越过其心理上的防线。这就是心物关系上的异质同构规律。

我们知道，根据巴甫洛夫的学说，当外来刺激对已形成的动力定型发生干扰或破坏作用时，人的主观方面就会产生否定性的情感。这就是说，动力定型的改变是一件痛苦的事。出于自我保护的本能，主体会在刺激的面前退缩甚至避让。所以，如果艺术作品的结构与欣赏者的心理结构即动力定型不相容，欣赏者心理上原有的结构不是对外来的刺激产生推拒作用，就是对作品所搬演的一切不动情感。这样，作品就无法进入欣赏者的心灵，当然也就无法激发欣赏者的道德情感并改变他的道德观念。所以，艺术要取得预期的道德教育作用，只能对欣赏者的心理结构进行顺向的调节。一方面，其所蕴含的道德倾向必须与欣赏者的道德动力定型的倾向大体相顺应，另一方面，作品必须能够在情感上打动欣赏者，是欣赏者情感上能够接受的东西。这样才能使欣赏者在喜闻乐见之间不知不觉地接受了作品的影响，进而激发出相应的道德情感，然后才有可能逐渐改变其道德观念。这种不知不觉的逐渐改变，即所谓"潜移默化"，其在心理学上的前提就是寓教于乐。与其他样式的艺术相比较，喜剧艺术最为充分地具备了对欣赏者进行顺向调节的条件，也最能体现艺术作品寓教于乐的道德教育功能。

当欣赏者被喜剧情境逗乐的时候，他的各种心理机制正处于一种积极的兴奋状态，而各种感官机能的适度兴奋又是人体接受外界刺激的最佳状态。尤其当人忘情大笑的时候，他实际上已经撤掉了心理上的防线，受纳机制全部开启，无阻拦地接受一切外来的刺激。接受美学家姚斯认为，"审美愉悦包含两个因素。第一个因素适用于一切愉悦，其中自我不具调节地向客体投降。第二个因素仅限于审美愉悦，其中包括开始对客体加括号，因而使其成为审美对象"[1]。喜剧的笑是审美愉悦的极致表现，其中第一个因素的作用更为突出。当笑声冲口而出之际，欣赏者首先是向客体做拥抱，然后才能在笑声中"对客体加括号"，即识别发笑对象的审美价值。笑在本来的意义上就是友好、安全与受接纳的表示。因此，在这种不设防的情况下，心灵极易接受外界的影响。所谓"知之者不如好之者，好之者不如乐之者"，就是因为人们在接受新事物时，他的心理状态如果处于积极的情感色彩中，就很容易同化于新事物，改变其原有的动力定型。

巴甫洛夫曾经证明，在生活过程中形成的高级神经活动的一定的动力定型受到破坏、损毁，便构成消极情感体验的基础；而有准备地改变定型乃是积极情感色彩产生的基础。我们认为，反过来也一样，积极的情感色彩也是改变动力定型的有利的心理氛围。欣赏者在乐不可支的情况下，显然是已经做好了改变动力定型的准备，而喜剧审美引起的快感——笑则作为一种积极的情感色彩又为动力定型的改变添加了催化剂。所以，就接受外界刺激而言，理智上的"知之者"不如情感上的"好之者"，而"乐之者"则是实施教育的极致境界。

当然，一般艺术也具有寓教于乐的条件，但同样是寓教于乐，一般艺术所引起的乐只是一种美感性质上的审美快感，它比一般生理-心理快感的乐要高。这种审美快感的产生是有前提的，即审美主体的审美心境和审美能力。只有假定欣赏者都具有了必备的审美条件时，他才可能产生审美快感。而喜剧快感则不同，它一方面是一种审美快感，另一方面又是生

---

[1] 姚斯等：《接受美学与接受理论》，周宁等译，辽宁人民出版社1987年版，第357页。

理-心理快感因素非常突出的审美快感。它的产生所要求的条件只是游戏心境。另外，喜剧本身所包含的非审美因素或者辅助性快感因素对主体发笑的心理准备水平的要求是很低的。类似于观念的搔痒，一般的在无意中出现的轻松就可以引起这种笑。所以，喜剧快感产生的起点较一般美感低，因而其实现的可能性也大。即使是没有审美心境甚至没有审美能力的人，也可能在喜剧的笑声中受到道德的感染、熏陶，并逐渐培养出初级的审美能力。

苏联社会心理学家谢苗诺夫在他主编的《个性道德教育中的社会心理学问题》一书中曾这样谈到艺术的道德教育功能：

> 艺术具有聚集作用，具有积累人生经验的能力，从而能影响个性的某些见解、情绪和行动的形成，有时甚至能影响人的思想方法、处世态度和生活方式。这种作用犹如质的飞跃，可能产生于不知不觉之中。艺术往往不仅以逻辑和理性方法，而且以感情手段产生影响，它还带有暗示的性质，运用人的感情体验和丰富联想，不时触发人的种种激情和向往，也就是经常利用心理感染和暗示的机制。①

关于喜剧艺术以情感和逻辑相并重的手段对人产生影响这一特征，我们在前面已经作了论述，这里要展开讨论的是喜剧艺术的暗示作用。

我们知道，喜剧艺术不仅能向人们提供具体的道德行为的范例人物，还能提供实现这些行为的具体道德情境。这种情境对人的道德经验的积累有着极其重要的意义。苏联教育家亚欣科曾经研究过在复杂情境作用下学生的道德经验形成过程的问题。结果证明，学生的行为在新的复杂情境下直接取决于他们有没有处理类似情境的经验。这一结论是符合人的心理活动的规律的。

从心理学的角度看，人们总是把新问题以这种或那种方式同过去的经验相比较，这种经验属于自己的成分越多，其对解决新问题的影响就越大。喜剧欣赏向人们提供的就是这样一种可作用于随后行为的道德经验。喜剧艺术中的人物及情境其实都是一种直观的社会道德标准的化身，可以

---

① 谢苗诺夫主编：《个性道德教育中的社会心理学问题》，常富英等译，社会科学文献出版社1986年版，第139页。

使人们更好地认识到道德要求及其深刻的社会意义。人们通过对这些标准化身的模仿,便获得了许多形成道德判断的方式。心理学中的社会学习理论的首倡者班图拉认为,在观察学习中,人们不用什么奖励或强化,甚至也不用实践的机会,只是通过对模式的观察,就能学习到新的行为方式。他提出的一个重要概念是"替代强化",即通过观察他人的行为和行为的结果以及理解那些结果如何能适用于自己而进行的学习。儿童可以展望有关自己行为的结果,而没有任何直接的动作。替代过程能产生大量的行为效果。如果班图拉的"替代"概念能够成立的话,则艺术欣赏便是产生这种替代的极佳场合。

从艺术的特点来看,喜剧情境所负载的道德意义当然不是明白晓畅地向欣赏者灌输的。它唤起欣赏者的道德情感、形成欣赏者的道德经验、进入欣赏者的道德心理结构等一系列过程都是以心理学上的暗示机制为先导的。曾经对喜剧笑进行过系统研究的法国哲学家柏格森对艺术的暗示作用是这样论述的:

> 艺术的目的在于麻痹我们人格的活动能力或不妨说抵抗能力,从而使我们进入一种完全准备接受外来影响的状态;我们在这种状态中就会体会那暗示出来的意点,就会同情那表达出来的情感。……美感并非什么特别的情感,我们所感到的任何一种情感都会具有审美的性质,只要这情感是通过暗示引起的,而不是通过因果关系产生的。①

柏格森在这里把暗示作为美感的本质特征显然说了过头话,这其实是他的直觉,即美感说的延伸。但他的这段论述也确实能引起我们对审美情感的暗示唤起形式给予更多的注意。

暗示机制作为一种特殊的客观存在的心理现象,很早就引起了心理学家的关注。其中,俄国著名学者别赫捷列夫的意见很值得注意。他认为,暗示性是每一个人固有的一种普遍的心理现象,是人类精神方面的正常特性。暗示与说服不同,不是"从正门,而是从后门"进入意识的,这就回避了看守人——批判作用。美国心理学家康克林也认为,暗示是认识作用的不加批判的接受,所谓不加批判的接受,即是一种信仰或准备动作的

---

① 转引自卡西尔《人论》,甘阳译,上海译文出版社1985年版,第205页。

态度。① 我国社会心理学研究者认为:

> 暗示是在无对抗的条件下,通过语言、行动、表情或某种符号,对他人的心理和行为发生影响,使他人接受暗示者的某一观点、意见,或按暗示的一定方式活动。暗示只要求受暗示者接受现成的信息,并以无批判的接受为基础。②

这就表明,暗示机制是人的潜意识活动的机制,因为只有在潜意识的范围内,才能取消认识的批判作用,从而简单地接受以现成结论为依据的信息。暗示以联想过程中产生的心理活动的直接影响为基础。人的高级神经系统暂时联系的接通可以由于多次反复强化而得到巩固。在这一心理规律的作用下,暗示中刺激的意义和主体的反应之间已经存在着牢固的联系。当具体的刺激物——艺术情境出现在欣赏者的视野之中时,欣赏者就会直接地、自动地按着情境所指引的方向产生相应的反应。

由此可见,艺术之所以具有强大的感染和召唤作用,是因为它通过利用暗示机制,向欣赏者展现出蕴含着艺术家道德倾向的艺术情境,从而避开了看守人——认识批判作用的阻拦,使欣赏者不加批判便欣然接受了作品的道德定向。

当然,我们在这里强调的并不是把艺术欣赏看作一种纯粹被动的接受。其实,受暗示者也并非是完全被动的。正如前面提到的,由于先前的多次强化,刺激的意义与反应之间形成的暂时联系是这种不完全被动性的基础。况且,不加批判的接受暗示还有赖于对暗示者的一定程度上的信赖和期望,中间甚至介入了受暗示者的理性选择。所以,有时候尽管喜剧演员演得很卖力,但观众就是不笑,因为它不符合观众的理性选择标准,因而无法进入主体的心理之中。但是,我们也看到,一旦欣赏者被喜剧情境引得哈哈大笑,这便说明了他已经在某种程度上对暗示者——艺术家投了信任票,接下来,他就会无保留地接受暗示。所以,喜剧艺术对人的道德心理结构的影响作用除了体现在寓教于乐这一特点上之外,还体现在暗示即潜移默化这一特征上。

---

① 参见张伯源等《变态心理学》,北京科学技术出版社1986年版,第290页。
② 全国八院校编写组:《社会心理学教程》,兰州大学出版社1986年版,第394页。

第四节 顺向调节与逆向调节

无论是歌颂性喜剧还是讽刺性喜剧，笑都是观众道德情感的自然流露，它不是赞美就是鞭挞，它的背后体现着社会的是非善恶的道德准则。

当欣赏者被喜剧人物的滑稽行为或喜剧丑角的愚蠢行径惹得忍俊不禁哈哈大笑，他无意中就激发起特定的道德情感。如果引起笑的是正面人物，或者说，如果这喜剧人物是真正美的，是投合了欣赏主体的审美标准和审美需要的，那么，它就在观众心理上引起道德情感的共鸣，使其不自觉间受到感染，从而更加强化了他原有的道德动力定型。余秋雨描述过戏剧审美中出现的这种物我相融的场面：

> 他们因理解戏剧舞台上含蓄的隐语而兴奋地环顾左右，看看是不是大家都能像自己一样获得理解；他们因痛恨舞台上可笑的丑恶而发出嘲笑，验证自己与这些人的界限；他们还因为同情戏中的主人公而热泪涔涔，悲痛中又包含着对正常情感做自我肯定的兴奋……这一切，实际上都是对自己既定审美心理结构的验证和强化。在这种情况下，心理结构和戏剧作品处于一种"同化"状态之中，在"同化"的前提下进一步强化，更有力地肯定在内心业已处于肯定状态的一切，使心理结构更加豁朗而坚定。①

这就是说，歌颂性喜剧对观众实行心理结构的顺向调节是显而易见的。

如果引起笑的是反面人物，或者说，如果这喜剧人物是丑的，与观众原有的道德观念是格格不入的，那么，由于新的刺激物与原有的心理结构相矛盾，他就在情感上产生推拒的作用。这时候，讽刺喜剧对人的道德心理结构所实行的就是逆向调节。但是，讽刺喜剧所特有的道德教育功能恰恰就体现在这里。

首先，与欣赏者的道德情感相排斥的仅仅是丑角本身的反道德的行为。喜剧作家在这一行为的描述过程中所蕴含的社会意义在道德取向上却

---

① 余秋雨：《戏剧审美心理学》，四川人民出版社1985年版，第85页。

与欣赏者心理结构中的内蕴层是大体相顺应的,否则,便不可能引起欣赏者的笑声。果戈理曾经解释过讽刺喜剧中对丑恶人物的笑的本质。他说:

> 这个笑不是那种出于一时的冲动和喜怒无常的性格的笑,同样也不是那种专门供人消遣的轻松的笑;这是另一种笑,它完全出于人的明朗的本性。之所以如此,是因为在人的本性的最深处蕴藏着一个永远活跃的笑的源泉。它能够使事物深化,使可能被人疏忽的东西鲜明地表现出来,没有笑的源泉的渗透力,生活的无聊和空虚便不能发聋振聩。①

这个"笑的源泉"就是人性中的"善",是道德观念中被疏忽了的"良知"。正是由于讽刺喜剧中所蕴含的道德倾向恰好契合了这种良知,人们才会发出笑声;也正因为这种契合,也就把这种良知从潜意识状态中激活,使之成为喜剧中的真正的正面人物。这样,欣赏者就在直觉的情绪体验中诱发出内在的善的倾向,不知不觉间不但消除掉不健康的道德情感,而且使道德水平向上提高了一步。由此可见,由于艺术家在讽刺喜剧中对丑的对象做了严格的调整,从而使逆向的调节转变为顺向的调节。

其次,任何人都不是完人,缺点与陋习固不可免。人的潜意识中有良知,也有不为社会所容的邪念。

再次,作为群体的欣赏者,其成员的道德修养水平不可能是整齐划一的。内中有君子,也有小人。但无论个人修养如何,优秀的讽刺喜剧总会涉及人生世态的阴暗方面。作为社会的一员,每个观众都可以在里面多少见出自己的影子。每一个人的身上都有某些可能被讽刺的锋芒刺中的痛疽。这就是说,讽刺喜剧也有可能是对观众的道德心理结构进行逆向的调节。但是,这并不阻碍人们与喜剧的亲近。即令欣赏者本身是一个道德不高尚的人,在喜剧艺术的强大感染力作用下,他也不是轻易能够逃脱笑的作用力范围的。英国文艺复兴时期戏剧理论的代表人物锡德尼在《为诗一辩》这篇文章中,对喜剧的这种作用也曾做过阐述,他指出:

> 喜剧是模仿生活中的平常错误的:它表现这种错误中的最可笑、

---

① 果戈理:《剧场门口》,载《春风》文艺丛刊 1979 年第 3 期,第 18 页。

最可气的,以至使任何见到它的人不可能甘愿做这样一个人。犹如在几何里斜角与直角同样需要知道;在数学里单数和双数也是如此;所以在人生的行为中,瞧不见罪恶的肮脏就缺乏陪衬来看清德行的美好。喜剧如此处理这一点,以致只要听到了它,我们就好像得到了经验,不但知道从一个吝啬的弟米亚那里,从一个老奸巨滑的台弗斯那里,从一个善于谄媚的格纳托那里,从一个虚荣的塞莱索那里,我们可以预料点什么;而且,凭那喜剧作者所给予的标志还知道什么后果必须预料到谁就是这种人。而任何人没有多大理由可说,看了恶行如此揭露出来,人家就会学到罪恶;因为,犹如我前面已经说过,没有一个人,凭真理在本性中的力量,会见到了人家表现那些角色而还不愿他们在监狱里的;虽然,很可能,自己错误的包袱还压在背上而见不到自己是在跟着同一个调子跳舞;——但是关于这一点没有什么东西能比发现自己的行为被揶揄地揭露出来更能打开自己的眼睛了。①

这段话不仅再次印证了我们在前面提出的喜剧向人们提供道德经验的看法,而且,他还进一步揭示出,即使是这种道德经验与欣赏者的定型相颃颉,欣赏者因其德行中的瑕疵被展现在舞台上而引起难堪,但由于这种展现经过了艺术家的调整并做了定向的处理,这些影射着欣赏者陋习的喜剧人物的可笑行为是"被揶揄地揭露出来"的,它必然引起包括被影射者本人在内的所有欣赏者的笑声。这样,欣赏者就在观众的笑声中悟出了社会的道德规范所在,意识到自己的弊端,并激发起改良的愿望。

这里最重要的是,在笑声中,欣赏者接受了新的道德观念。也就是说,他仍然是处于积极的肯定的情感反应过程中。这种状态构成了最佳的认知情调:道德认识与道德情绪体验相互一致,内在的心理结构与外在的刺激同步同构。在这样的情况下,外界的刺激最容易进入主体的心灵。

从社会心理学角度看,讽刺喜剧对观众道德情感的这种强劲穿透力是"个体对某种心理状态的无意识的、不自主的屈从"。这种屈从是通过传播笑——这样一种特殊的情感状态,通过在笑的过程中的心理调整表现出来的。主体在顺应环境的同时把客体与自身的结构加以同化。这也就是说,喜剧作品中所体现出来的道德倾向已经在主体心理不设防的情况下悄

---

① 锡德尼:《为诗辩护》,钱学熙译,人民文学出版社 1964 年版,第 36~37 页。

然影响了观众原有的道德观念的动力定型,使其在心理上加以调整,唤起自我完善的需求。由于这种情感的状态是在剧场众多欣赏者中间产生的,情感的相互交往也就不断地对这种状态加以强化。强化的结果就是新的道德情感的进一步内化。观众在欣赏中所产生的道德情感并没有随欣赏的结束而结束。它们沉淀在观众的内心,融入观众的总体心理结构,内化为自我的道德观念的新的成分,这就是新的道德观念的形成。由此可见,作为道德教谕的喜剧笑具有何等强大的心理穿透力和感召力。

结语　喜剧人生观

　　喜剧欣赏的极致境界，或者说喜剧心理学的最终目的，是喜剧人生观的型铸。真正能领略喜剧艺术的、真正能体味生活中的喜剧情趣的唯有那些在心胸中装填着喜剧人生观的人。可以说，任何人都有笑的生理-心理本能，都可以被那些调侃打闹的把戏逗乐，但只有真正进入了喜剧人生观的境界，才有机缘进入喜剧审美的圣洁殿堂。

第一节　什么是喜剧人生观

　　何为人生观？人生观是对人生总的看法，是对人的生活目的和意义的比较一贯的根本看法和根本态度。

　　人生活在世界上，生活在社会中，既要与周围的环境发生这样那样的联系，又要与自己的内心打交道。人们在物质生活与精神生活的过程中，在对待各种事物和处理各种关系的过程中，逐步形成对整个自然和社会的一个总的根本看法，这就是世界观。当人们用这种世界观来观察、对待人生问题时，其所表现出来的对生活的根本看法和根本态度，就形成了人生观。这就是说，人生观是世界观的组成部分，是世界观在处世、待人等人生问题上的表现。从另一方面看，人生观又是个人在大量认识和行为经验的基础上所产生的概括物，是人的心理结构的最高层次。它是通过不断克服内外冲突的过程对人的行为进行调节的心理机制。

　　在对人生的看法这一问题上，西方近现代哲学论坛充满了一片哀怜、绝望、悲观、厌世的感叹，悲剧人生观占据了整个哲学人生观的阵地。我现在要提倡的，就是与之相反对的一种新的人生观，或曰喜剧人生观。也许，悲剧人生观在批判肤浅的乐观主义方面是卓有成效、颇具见地的，但我这里提出的喜剧人生观并非纯粹的乐观主义，它是建立在对人生本质既包含快乐也包含痛苦的基本看法之上的一种乐观主义人生观。英国数学家、哲学家罗素说过："从科学观点看来，乐观论和悲观论同样都是要不得的：乐观论假定，或者打算证明，宇宙存在是为了让我们高兴，悲观论说是为了惹我们不高兴。从科学上讲，认为宇宙跟我们有前一种关系或后一种关系都没有证据。"① 喜剧人生观并不忌讳人生道路上的命途多舛，也不回避生活中的痛楚与苦恼，但它更把眼光放在人生未来的光明前景上，它把人生的快乐寄托在社会人对环境的制胜力量的充分信任之上，把快乐理解为对挫折的克服，把幸福理解为与命运的抗争，把乐观的基点放在人类理解力终将把握世界这一根本点上。

我们现在所说的喜剧人生观，并不是指把人生看作为一场喜剧，也并不是指以游戏嬉闹或盲目乐观的态度来对待人生问题。所谓喜剧人生观，乃是指在面对生活中的不幸与苦恼时，个体在其意识及情感倾向性上对生活的目的和意义都持乐观的看法和态度。换言之，喜剧人生观包括两个方面，一是喜剧的看法，一是喜剧的态度。

喜剧的看法就是对生活事件的观察全凭喜剧的眼光。其要义在于，能从洞察幽微之处发见生活的喜剧性，也就是见出恶之将除，善之将至，见出生活的美好与欢乐。这是一种喜剧的直觉，也是一种审美倾向的直觉。它不一定在意识深处通晓欢乐之所由来，但能直截地见出生活的欢乐本质。

生活本身是一个客观存在的事实，但它在不同的眼睛中体现出不同的色调、不同的意义、不同的价值。人们在观察世界时，也可能有各种各样的观察方法，有各不相同的观察角度。观察的方法与角度不同，所摄取的景象也大相径庭。在悲剧眼光看来，人生的一切都被蒙上厚厚的一层灰，人不过是任由命运摆布的一群可怜的动物。在喜剧眼光中，世界的一切都被添上一层亮色，人生充满欢乐。即使是面对苦难时，这些苦难也被看作为幸福的前导，是快乐的前奏曲。

在一般心理学看来，态度是主体对对象反应的一种具有内在结构的稳定的心理准备状况，它对人的反应具有指导性和动力性的影响，形成人们一定的情感和行为倾向。在喜剧心理学中，喜剧态度则是指面对生存及各种生活事件时，主体所具有的既宽厚又仁爱、心胸博大又善于自省、富于同情的情感-行为倾向。

我国著名戏剧理论家陈瘦竹先生写道：

---

① 罗素：《西方哲学史》下卷，李约瑟、何兆武译，商务印书馆1976年版，第310页。

幽默是一种人生态度，幽默的人在观察世界时虽从理性出发，但更带着丰富的感情，他遇事都要设身处地，在严肃中蕴藏着宽厚仁爱；心胸博大，处逆境而泰然自若；在嘲笑别人的荒谬愚蠢的言行时，同时嘲笑自己的缺点错误；常存悲天悯人的心情，又有积极乐观的精神。[1]

这里谈的虽然是作为人生态度的幽默，但推而广之，却也是对喜剧人生态度的相当恰当的说明。这里指出了喜剧人生态度所包含的3个方面：

（1）有丰富的情感。不但在观察生活时带着情感色彩，使生活变为人生情采的客观外化，而且在待人处世方面，也是以感情取胜。不但在自身有丰富的情感体验的需要，而且能以情度人，体验别人身上的情感。所谓悲天悯人者，乃普遍的同情心，既对自己也对他人施以最大的同情和慈爱。这也就是马斯洛所说的那种"海洋感情"，"以丰富的感觉去洞察"生活中的一切。

（2）对自我的深刻反省。对自己的人格及自己的力量有明晰清醒的认识，有客观而又真实的评估。正是出于对自身的充分认识，才不忌讳在人前暴露自身的弱点，甚至可以随别人一道嘲笑自己的弱点。

（3）积极乐观的精神。因为乐观，所以才能心胸博大，才有精神的自由超脱和豪放。

此外，还应补充一个方面，就是灵活而机智的策略。当困难或不幸袭来之际，喜剧态度是采取回避和绕开的对策，为的是避开敌人的锋芒，从侧面对敌人施加更为有效的杀伤，同时也能更好地保护自己。这种态度虽不及悲剧精神来得英勇，但它更讲究的是实效。

概而言之，喜剧人生观就是以乐观的眼光看世界，以豁达宽容的态度对待人生。

第二节 喜剧人生观与悲剧人生观

面对着同一个世界，生活在同样的社会环境中，有的人得出的是悲剧人生观，而有的人则看出世界的喜剧精神。原因何在？如果把喜剧人生观

---

[1] 陈瘦竹等：《论悲剧与喜剧》，上海文艺出版社1983年版，第87页。

与悲剧人生观做一对比，则我们可以对喜剧人生观有更加全面的体认。

众所周知，在西方哲学史上，对人生作悲观主义解释的哲学家当首推意志主义的创始人——叔本华。

叔本华认为，生存意志是整个宇宙万物的本质，是世界得以产生和存在的基础。人的本质就是人的生存意志的客观化。但由于人的生存意志是永无满足罢休的可能的，所以，人永远处在匮乏的痛苦之中。在生存意志的冲动下，尽管人也与命运进行了抗争，但根本无法弃除痛苦之源，因为他无法消除自己的本质。所以，人生就好比是在痛苦和无聊之间来回摆动的"钟摆"。①

在当代欧美悲剧理论中，最先提出悲剧人生观的是西班牙哲学家乌纳穆诺。他在写于1913年的专著《生命的悲剧意识》中指出：

> 生存是一回事，而认知又是另一回事；并且在二者之间可能有一种折衷的位置：凡是属于生命的事物都是反理性，而不只是非理性的；同样的，凡是理性的事物都是反生命的。这就是生命悲剧的来源。②

在乌纳穆诺看来，人生悲剧感的根源就在于人有了理性，有了对永恒理性的思考。因此，"所有哲学与所有宗教的个人的与情感的起点，就是在于这一种生命的悲剧意识"。

也许，对悲剧人生观做出最完整阐述的应该是美国当代艺术理论家柯列根。他在《悲剧与悲剧精神》一文中指出：

> 悲剧人生观的显著特征的依据，在于我们深知人类状况的基本事实，就是我们总是力不从心终于失败。事实就是，不管我们怎样努力，我们的意志，我们的体力，我们的仁爱，我们的想象到头来都没有用处。事实就是我们的生活受到矛盾和怪异的限制，就是我们的经验排斥我们运用任何合理手段以驾驭和控制这一事物的一切企图。事实就是我们要生活下去，必须承认这一现实。生活是粗暴的、失败

---

① 参见叔本华《作为意志和表象的世界》，石冲白译，商务印书馆1982年版，第427页。
② 乌纳穆诺：《生命的悲剧意识》，北方文艺出版社1987年版，第38页。

的、不正直的和不公平的,而每一个转折都以让步为标志。最后,事实就是要生活下去,必须面对这一荒谬的矛盾:最能充分肯定的却是死亡。①

荒诞派戏剧家阿达莫夫说得更为简单明了:

一切人类的命运同样徒劳无益。无论断然拒绝生活或欣然接受生活,都要通过同一条路走向必然的失败,彻底的毁灭。②

通过上面的简单介绍,我们已经可以看出,悲剧人生观无论是在对生活的看法上还是在对生活所取的态度上,都与喜剧人生观截然相反。究其原因,大概主要在于下列两点:

(1) 世界观所使然。

我们已经知道,人生观是世界观的组成部分。悲剧人生观的形成与唯心主义的不可知论、非理性主义和虚无主义有着息息相关的直接联系。在思维与存在同一性这一世界观的根本问题上,悲剧人生观的鼓吹者们无一例外地都持否定的态度。在他们看来,人生的悲剧就在于,在人的本质之外存在着一种神秘的力量,这是人的理性所不可能把握的。人的痛苦就在于他面对着一个不可理解、无法把握的世界。柯列根说:"归根到底,人类的中心任务,就是对付生活的神秘……在人类生活中,时常有些神秘的事物,不管我们怎样竭尽全力,我们实在无法运用合理的词语完全解释清楚。"③ 海德格尔则把畏惧与不可认识的"真实存在"、与"无"联系起来,把"畏"看作一种无所指向的茫然失措的心态:"我说不出我对什么感到茫然失措。我就是感到整个是这样的。万物与我们本身都深入一种麻木不仁的境界。"④ 既然世界是不可知的,既然人在社会中只能忍受恐惧绝望的煎熬,那么,只有面对死亡的生活,才是展示人生意义的"真实

---

① 转引自陈瘦竹等《论悲剧与喜剧》,上海文艺出版社1983年版,第36页。
② 转引自陈瘦竹等《论悲剧与喜剧》,上海文艺出版社1983年版,第36页。
③ 转引自陈瘦竹等《论悲剧与喜剧》,上海文艺出版社1983年版,第36页。
④ 海德格尔:《形而上学是什么》,见洪谦主编《西方现代资产阶级哲学选辑》,商务印书馆1963年版,第350~351页。

的"存在，是个人存在"最本真的可能性"，"死是亲在最本己的可能性"。① 正是出于对世界的绝对无望的理解，悲剧人生观不可能找到一条有效的解脱之路，他们只能在黑暗的苦海中挣扎。

即使如尼采这样的"酒神精神"鼓吹者，在号召人们像酒神那样，以笑来对待一切悲剧的时候，他的前提仍然是认定"人生就是劳苦和不安"。尽管尼采并不甘心于悲观厌世，但他的理论出发点是人生本无意义，世界对于人来说是残酷的。所以，尼采的乐观主义只能是悲剧性的乐观主义。

另一位悲剧人生观的鼓吹者、荒诞派戏剧大师加缪也是由于世界观的错误而导致了悲观主义。尽管加缪与尼采一样，也看到人生中的反抗本身就是一种欢乐，人生存在的价值就在于对痛苦的反抗，并在反抗中体现出人的价值，但加缪的世界观前提却是错误的。在他看来，世界是荒诞的，人生也是荒诞的，荒诞与人类相共存，所以人类的苦难是永无穷尽的，人生就是虚无一片，世界根本没有出路。因此，加缪与其他悲观主义者一样，始终只能在迷茫中徘徊、在失望中挣扎。他的荒诞戏剧尽管能引起人们一时的苦笑，但最终还是因为洞察了生命的荒谬与无意义而归于悲哀。

（2）对人的本质的偏狭看法。

悲剧人生观不但曲解了世界的本质，而且对人的本质的理解也是偏狭的。

乌纳穆诺认为："再没有什么能比个体更具普遍意义，因为每一项个体的质性就是整体的质性。每一个都比所有的人类更具有价值，而且，不能把单个的个体奉献给全体，除非是全体能够把他们的生命奉献给个体。"② 美国评论家西华尔在谈到"悲剧的眼光"时也认为："悲剧眼光将人看作寻根究底的探索者，赤裸裸的，无依无靠，孤零零的，面对着他自己天性中和来自外界的各种神秘的和恶魔的势力，还面对着受难和死亡这些无可回避的事实。"③

总之，悲剧人生观正是出于把人的本性看作一群孤零零地挣扎在荒郊原野上的单个动物，他们只"看到自己暴露在这个世界上，孤独无依，

---

① 参见徐崇温编《存在主义哲学》，商务印书馆1963年版，第67页。
② 乌纳穆诺：《生命的悲剧意识》，北方文艺出版社1987年版，第49页。
③ 转引自陈瘦竹等《论悲剧与喜剧》，上海文艺出版社1983年版，第35页。

没有救助,没有躲避"①。所以,他们根本不理解人的本质绝不是单个人所具有的抽象的东西,根本看不到作为社会群体成员的人与作为自然动物的单个人在本质上的差别,因而,也就根本无法理解人类在面对环境方面具有其他一切动物所不可比拟的本质力量。看不到人类的本质力量,当然也就看不到人类在恶劣的自然环境中的光明的出路。

第三节 喜剧人生观与共产主义人生观

我们提倡树立喜剧人生观,在对待生活的事件时多持喜剧的眼光和喜剧的态度,这与共产主义人生观并不相悖。非但不相悖,两者还是融洽的、互补的。它们既有相通之处,也有不尽相同的地方。

两者相通的地方在于:

(1) 共产主义人生观体现着社会发展的客观规律,确信未来社会的光明前景。

在这一光明前景的照耀下,它摆脱了现实条件的局限,不为眼前的困难所吓倒;它促使人们站在现实的基础上,不畏艰险,不怕牺牲,为实现人类的远大目标而努力奋斗;在面对困难时,它表现出来的是百折不挠、坚韧不拔的英雄主义气概,满腔热忱地致力于未来社会的伟大事业。在这方面,喜剧人生观同样确信人类社会的光明前景。当然,它不一定有明确的关于未来社会的理想,但它知道光明的未来是属于人类的,只要努力奋斗,幸福一定能到来。因此,在面对当前的厄运时,它同样充满着必胜的信心。也许,它不能如共产主义人生观那样充满着英雄主义的气概,它有时甚至对困难采取回避的策略,但这一策略仅仅作为手段,作为最后战胜困难、达到目的的手段,所以,就对未来的追求而言,两者其实是一致的。

(2) 共产主义人生观强调人的价值,强调人的全面和谐的发展。

共产主义的目的在于人的彻底解放,在人的本性达到完善,精神获得最大限度的自由和满足,充分发挥人的创造性。同样,我们提倡喜剧人生观,最根本的也在于保证人的诸心理功能的全面和谐的发展。喜剧人生观强调,"活动,由于其自身的缘故,本身可能就固有受欢迎的东西",即

---

① 西华尔:《存在主义简史》,商务印书馆1962年版,第9页。

使活动本身不能成功，也可以从中享受到人生的乐趣。具有喜剧人生观的人一般都喜爱生活，喜爱生活的各个方面，而不仅仅是胜利、成功。关键的一点在于，他要把"作为手段的活动转变为目的体验"①。喜剧人生观之所以如此强调过程而不注重于目的，根本原因就在于，它注重的是人的各种潜能的充分发挥，也就是使人的各方面才能都得到充分的发展。所以，就人的全面和谐的发展而言，共产主义人生观与喜剧人生观是共同的。

（3）革命乐观主义是共产主义人生观的必有内涵。

共产主义者出于对美好未来的憧憬和坚定不移的信仰，在为未来而斗争时，总是充满着信心，充满着乐观主义的精神。他们明确地意识到自己的历史使命，意识到自己的人生价值。生活对他们而言是充实而又明朗的，他们能在斗争的过程中体验着积极、健康的人生乐趣。喜剧人生观的最大特点也在于对乐观情趣的追求。它之所以要在面对难以克服的困难时采取迂回躲避的策略，为的就是不失去这点生活的乐趣，不让痛苦的阴影遮住了生活的明媚阳光。所以，就乐观主义这一特质而言，共产主义人生观与喜剧人生观是相通的。

两者不尽相同而又可以互补的地方在于：

（1）共产主义人生观有明确的价值目标。

在实现这一目标的奋斗过程中，共产主义人生观不仅有系统的理论指导，还强调勇往直前不作妥协的斗争精神。喜剧人生观则往往缺乏系统的理论指导，没有关于未来社会的明确认识，它只求幸福美满、充满乐趣的人生。它把喜剧眼光与喜剧态度内化为人的直觉的本能，内化为人的个性的有机成分。在面对生活现实时，当不幸袭来，一旦个体人格有崩溃的危险，尽管它不与困难妥协，但也并非一往无前，而是绕开敌人，以便从失望中出逃。从某种角度看，这也不失为一种对困难的超越。它的出发点是不幸，目的地却是快乐。所以，它在走向目标时所强调的身心健康与愉快却是共产主义人生观不一定必然具备的。

（2）共产主义人生观强调人生的伦理价值，它主要是从社会的角度对人生价值进行定向调节。

共产主义人生观要求社会成员按社会的标准把社会的价值观念内化为

---

① 马斯洛：《存在心理学探索》，李文湉译，云南人民出版社1987年版，第27页。

个体内在的需要。人生的最高理想就是获得伦理的善。喜剧人生观则把审美的价值放在其他一切价值之上,认为美超越于善恶之外,人生的最高理想在于享受心灵的自由和生命的欢乐。当然,喜剧人生观强调的这种从个人情感质调上进行价值定向的态度并不是一种非科学、非功利的人生态度。它可以而且应该与伦理的社会定向协调起来。生活本身的发展趋势是指向伦理与审美、认知与善的统一。所以,共产主义人生观与喜剧人生观是可以互补的,真、善、美三者都可以完美无缺地在人生的价值取向上统一起来。

第四节 喜剧人生观的心理学意义

在现代心理学史上,最为重视人的心灵自由及人的各种潜能充分发挥的是以马斯洛为代表的人本心理学,其所强调的心理发展的极致境界是自我的实现。马斯洛认为,人的需要有多种层次,其中自我实现需要居于最高层。自我实现需要是"人对自我发挥和完成的欲望,也就是一种使它的潜力得以实现的倾向"[1]。"一个人能够成为什么,他就必须成为什么,他必忠实于他自己的本性"[2],这就是自我实现的需要。

从自我实现的概念我们可以知道,喜剧人生观的心理学意义就在于它是走向自我实现的最接近的一步。虽然在喜剧人生观内含的对待生活的态度中,有一些与马斯洛所揭示的自我实现者的特征不尽相同,但是,在两个最根本的问题上,喜剧人生态度与自我实现者的态度是一致的,这就为喜剧人生观通向自我实现提供了根本保证。这两个问题是:①对自我、他人与自然的接受;②精神的自由与超越。

先谈对自我、他人与自然的接受。

在马斯洛的自我实现心理学中,趋向自我实现共有8条途径,其中第一条,也是最根本的一条,就是无我地体验生活。"自我实现者倾向于接受自然的作用而不是因自然的作用不合意而愤愤不平"[3],他们是"用毫不挑剔和纯真无邪的眼光看待世界的,他们只是注意和观察事实是什么,

---

[1] 马斯洛:《动机与人格》,许金声等译,华夏出版社1987年版,第53、182~183页。
[2] 马斯洛:《动机与人格》,许金声等译,华夏出版社1987年版,第53、182~183页。
[3] 马斯洛:《动机与人格》,许金声等译,华夏出版社1987年版,第53、182~183页。

对它并无争论或者要求"①。

当然，这并不意味着自我实现者无意认识世界。恰恰相反，他们把现实看得很清楚，并且他们"看见的是人性的本来面目而不是他们希望中的人性。他们的眼睛并不为各种眼镜所累，从而歪曲、改变、或者粉饰所见事实的真象"②。那么，他们之所以能敞开胸怀，坦然接受自我，接受他人与自然，这全然是因为"他们对自己的冲动、欲望、见解、以及主观反应的一种优越的觉悟"③。这就是说，他们对自己的人格、自己的能力有充分的自信，并且把发展个性、表现个性看作生活的主要动机，因此，即使在面对难题、焦虑时，也仍然能够超然独立、谈笑风生。

在我们看来，持喜剧人生观的人对待自我、他人和自然的态度也是虚怀若谷、无我地体验的。喜剧人生观是一种审美态度，它的最高境界就是审美的人生化和人生的审美化。在审美的态度中，他当然可以达到无我的境界。在喜剧人生观看来，生活的一切都显得那么富有情趣、富有人情味，生活本身就是一件很有欣赏价值的玩味无穷的艺术品。所以，他无需畏惧生活，而是热情地拥抱生活，饱享生活的乐趣。由此观之，喜剧人生观也是自我实现者必有的素质，是自我实现心理学题内必有之义。因而，马斯洛在谈到自我实现者的心理能力时也指出：

> 自我实现者具有奇妙的反复欣赏的能力，他们带着敬畏、兴奋、好奇、甚至狂喜，精神饱满地、天真无邪地体验人生的天伦之乐，……对于自我实现者，每一次日落都像第一次看见的那样美妙，每一朵花都温馨馥郁，……④

所以，在对人生所持的审美态度上，在对自我、他人与自然坦诚接受的态度上，喜剧人生观与自我实现是一脉相通的。有了这种喜剧人生观，

---

① 马斯洛：《动机与人格》，许金声等译，华夏出版社1987年版，第53、182～183页。
② 马斯洛：《动机与人格》，许金声等译，华夏出版社1987年版，第182～183、186、190～191页。
③ 马斯洛：《动机与人格》，许金声等译，华夏出版社1987年版，第182～183、186、190～191页。
④ 马斯洛：《动机与人格》，许金声等译，华夏出版社1987年版，第182～183、186、190～191页。

也就等于有了自我实现者的最根本素质。

再谈精神的自由与超越。

审美的态度其实是追求精神自由与超越的态度。持喜剧人生观的人在面对世间琐事的时候，不为实际利益的得失取与所约束，而是超乎自然界的规律。在厄运与不幸的面前，持的是超脱的态度。他们对社会、人生有真切的理解，对生活的悲剧性有极其深刻的认识。"自由是对规律的把握"，因此，他们在自己手中把握着自己的命运，不为环境所左右，不为命运所摆布。他们把自己、自己的精神从不可知论中解放出来，回复到生生不息的人的生命力中去。所以，喜剧人生观所获得的快乐是瑰丽无比、激动人心的超越性快乐，是把黑暗蒸馏为光明的快乐。

马斯洛在谈到自我实现者的超越性动机时，也谈到了精神自由与超越的价值。他认为，追求自我实现的人是"无动机的"，是超越于追求、超越于欲望和需要的。马斯洛在这里所指的动机和需要是低层次的基本需要和基本动机。从另一角度看，则自我实现者是有动机、有需要的，这就是超越性需要和超越性动机，是对于存在价值的超越性激励。它们所体现的是生命的内在价值，是最充分的人性或成长。马斯洛还认为："存在价值，作为超越性需要的满足来看，因而也是我们所知的最高的快乐或幸福。"① 这就是所谓的"超越性欢乐主义"。由此看来，自我实现者的行动动机便是纯粹出于精神发展的自由，目标是超越性的快乐。所以，从这一方面看，喜剧人生观也是与自我实现心理学站在同一个角度上强调超越的价值，强调人的精神自由，强调超越的快乐。

总之，喜剧人生观的心理学意义就在于强调了人格的完整，强调了人的各方面心理能力的和谐发展，强调宇宙的目的乃在于人，而不是在人的本质之外。

我们的时代是一个充满竞争的时代，在这时刻尤要注意保持人格的完善、保持人生的乐趣、保持丰富健康的情感体验。切不能为竞争而竞争，而是应该为了人的全面丰富、全面发展而竞争，其中包含着丰富和发展人的感性欢愉能力、丰富和发展人的领略生活乐趣的才具。物质的膨胀永远无法满足人的所有欲望，也永远不能取代人的幸福快乐的真正之源。我们在高扬物质文明的时候，如果不注意精神文明的建设，尤其是如果不注意

---

① 马斯洛：《人性能达的境界》，林方译，云南人民出版社1987年版，第325页。

人的全面素质的充分发展，那这物质文明总有一天是要异化的，总有一天会反过来成为剥夺人性而凌驾于人之上的"吃人机器"。从这方面看，倡导喜剧人生观无疑是具有重大的心理学意义的。

第五节　喜剧人生观的培养

喜剧人生观认为，生活本无烦恼，烦恼都是人自寻的，是人的心理无法适应环境而自生出来的。正因为这样，喜剧人生观强调，培养人的环境适应能力乃是保证人生快乐的根本之源。

罗素认为，人生的苦闷或痛苦来源于两个方面，一是外部环境，二是人自身的心理素质，[①] 这话说得一点不假。从心理学上看，也是这样的。情感的发生是根源于外部环境的刺激和主体的认知评价。环境对于我们来说是共同的，但个体的认知却因人而异。尽管个人的心理主要是社会外部环境的产物，但反映到个人的身上，却有不同的表现，因而形成不同的心理素质。同样的刺激，在不同的认知主体中便有不同的情感体验。现在我们且撇开环境方面的因素不谈，因为外部环境中最大的因素当推社会制度，而社会制度的改造是实践的任务。社会主义制度的建立为我们创造幸福快乐的生活提供了根本的条件。当然，我们不能躺在先进的社会制度里安享幸福，静待快乐的降临。何况我们目前仍处在社会主义初级阶段，社会制度中还有很多不尽人意之处，还需要我们全体人民不断的艰苦奋斗，才能使之完善。但是，同样是生活在社会主义的今日中国，共处于同一社会环境中，却有一些人无端生出许多孤独感、失落感、迷惑感甚至绝望感之类。这些人是与喜剧精神无缘的。显而易见，要寻找培养喜剧人生观的途径，就不能不专从个人的心理因素方面着手进行分析，从个人认识世界、体验人生的不同方式入手进行研究。

第一，喜剧人生观之所以能使人省却诸多烦恼、痛苦的困扰，根本原因在于价值观的恰当取向。

所谓价值观，乃是形成人生观的关键因素。它是指人对周围事物的是非、美丑、善恶的评价，是对客体在与主体发生关系时所显示出来的重要性的评价，也包括对人的价值的看法、对生活的意义的评价。简言之，价

[①] 参见罗素《快乐的心理》，于熙俭译，商务印书馆1932年版，第3页。

值观就是人凭以取物的标准尺度。

大千世界，林林总总，各种事物对人生的价值是各不相同的。同一事物，在不同的人那里看来，也体现出不同的价值意义。就人的生理-心理特点而言，他必须在广袤的世界中根据对事物价值和意义大小的评估而决定取舍。囿于心理容量的限制，为保证心理的健康，他不可能芝麻绿豆一把抓，把所有的事物不分轻重都放在价值天平上做同一的称量。悲观主义的症结，恰好就是在价值的取向上做了错误的选择。他们往往把一己私利看作人生的根本，把个人的生存视若宇宙的本体。尼采就持有这样的看法，他认为："一个生命体首先想要发泄其力量——生命本身就是权力意志——自我保存是它的间接的通常的结果之一。"① 既然宇宙存在的意义仅在自我的意志，那么，一旦自我的欲望不能实现时，则宇宙也就没有存在的价值和意义了。所以，难怪他们把人生看得如此暗淡，把个人的得失悲欢看得如此重要。

与悲剧人生观的狭隘价值观相反，喜剧人生观的价值定向直捷地指向社会、指向历史。凡具有喜剧人生观的人，无不具备宽广的胸怀，容纳得下万千的苦难和不幸。究其原因，乃在于这个价值是以人类大社会、人类社会的幽深历史为参照系的。正如马斯洛所说的：

> 这些人习惯生活在最广泛的合理的参照系里，他们似乎绝不会见树不见林。他们在价值的框架里工作，这种价值是伟大的，而不是渺小的，是宇宙性的，而不是区域性的，是从长远出发的，而不是从一时出发的。②

这就是说，喜剧人生观考虑问题、权衡得失的价值标准是以社会为根据的，是放在历史的框架中来观察的。当在生活道路上遇到困难甚至不幸时，他能把这些个人的得失放在社会的大价值中去比照权衡，从而也就不会局缩在自我的小圈子里悲天怨地了。罗素对如何确定价值的取向是非常重视的，他说：

---

① 尼采：《瞧！这个人·前言》，刘崎译，中国和平出版社1986年版，第5页。
② 马斯洛：《动机与人格》，许金声等译，华夏出版社1987年版，第187页。

知大小轻重之权衡，对于自身是很有价值的，有时也很能使人得到安慰的。每每我们所受的刺激过多，神经过于紧张，把我们这每日生活的小小范围以及这短促的生命看得过于重要。对于我们自身这样的惊动，这样的看得过于太重，实在是没有好结果。固然，这种态度可以使我们加劲工作，但是并不能使我们的工作有良好的效果。少量的工作达到一种好的目的，实在要胜于多量的工作达到一种不好的目的，虽则有些主张发奋努力的人所见者适与此相反。对于自己的工作太过于重视的，就容易陷入轻重颠置之途，只看到眼前追求的一两件事，而对其他的一切事物完全蒙蔽，认为只要对于一两件事物顺利，其他偶然的损害都是无关重要的。要预防这种轻重失衡的毛病，唯一的办法就是要对于人生以及我们在宇宙的地位有一种阔大的观念。①

这种阔大的观念就是把自己的活动置于全体人类的大参考系中去观察，把当前的失败与挫折放在人类进化的历史长途中衡量。这样一来，我们就能获得一种宽广的胸襟、开阔的视野，就能够超越琐事、超越失败。即使面对不幸，也不觉得有任何焦虑、不觉得孤单、不觉得无价值，反而能够在抗争中体验到一种深长隽永的快乐，使自己的生活变得轻松。

第二，勇敢地接受自我是培养喜剧人生观的另一重要途径。

烦恼的产生，不但在主体囿于价值观的局限而与外部环境不相融洽，也在于主体对自我的认知不足，不能泰然接受现实的自我。

我们每一个人都是以一个现实的自我与外部世界打交道的。不管他对理想的自我如何看待，在与环境相接触时，影响其实践效果的仍然是现实自我的状况。喜剧人生观意味着"充分地、活跃地、无我地体验生活，全神贯注，忘怀一切"②。"相对地不受令人难以抬头的罪恶感、使人严重自卑的羞耻心，以及极为强烈的焦虑的影响。"③ 尽管他自己的人性有种种缺点，与理想有诸多差距，并可能由此而造成实际的失误，但他们在接受自己以及自己的本质时并无半点懊悔、抱怨。正如马斯洛所指出的：

---

① 罗素：《快乐的心理》，于熙俭译，商务印书馆1932年版，第182～183页。
② 马斯洛：《人性能达的境界》，林方译，云南人民出版社1987年版，第52页。
③ 马斯洛：《动机与人格》，许金声等译，华夏出版社1987年版，第182页。

他们能够以一个在接受自然的特性时所持的那种毫不置疑的态度来接受脆弱、过失、弱点，以及人性的罪恶方面。一个人不会由于水的滑湿，岩石的坚硬或者树的翠绿而抱怨它们。①

除非一个人敢于倾听他自己，他自己的自我，而且时时刻刻都能如此，并镇静自若地说"不，我不喜欢如此这般"，他就不能为自己的一生做出聪明的抉择。②

当然，这里所强调的倾听自我并不等于任由欲望无止境地横流。接受自我，指的是对自己的能力有充分而清醒的估计，在现实的面前知道凭自己的能力可以达到的目标和不可以达到的目标。对经过努力可以达到的目标必须锲而不舍，而对不可以达到的目标则不可异想天开，作非分的妄想，尤其不可以因此而怨天尤人或自怨自艾。诸多烦恼皆起因于对自我的错误估计而生出许多非分之想。

喜剧人生观强调的是既要充分发挥自己的能力，也要安分守己，不做非分之想。其实，只要能把自己分内的力量发挥出来，我们就能获取莫大的人生乐趣。心理学家威廉·詹姆斯说过：

跟我们应该做到的程度来比较，我们等于只醒了一半，对我们身心两方面的能力，我们只使用了很小的一部分。再扩大一点来说，一个人等于只活在他体内有限空间的一小部分。他具有各种各样的能力，却习惯性地不懂得怎么去利用。③

人生的悲剧正在于他既不充分地利用自己实际拥有的空间，却又异想天开地妄想获取分外的收益。

勇敢地接受自我吧！

---

① 马斯洛：《动机与人格》，许金声等译，华夏出版社1987年版，第182页。
② 马斯洛：《人性能达的境界》，林方译，云南人民出版社1987年版，第54页。
③ 转引自卡耐基《美好的人生 快乐的人生》，肖云闲等编译，中国文联出版公司1987年版，第229页。

"当命运交给我们一个柠檬的时候,让我们试着去做一杯柠檬水。"[1]这就是培养喜剧人生观的一条有效途径。

第三,广泛的生活兴趣是建立喜剧人生观的重要途径。

我们倡导喜剧人生观,原因之一在于它能给人们以生活的热情,使人热爱人生,在遭遇不幸之际也能保持着与生活拥抱的态度。悲剧人生观之不可取就在于其缺乏生活的热情,仅仅是以冷峻的眼光剖视生活,这就必然要与生活拉开一段长长的距离。

热情也就是积极性的情感体验,它来源于兴趣。从心理学上说,兴趣就是一个人对事物所抱的积极的态度,也就是一个人对一定的事物优先发生注意的倾向。如果一个人对某种事物发生兴趣,那么他在接触这种事物的过程中就必然会体验到一种积极性的情感,他就会在与这种事物发生关系的时候保持热情。生活的热情来源于广泛的兴趣,因为兴趣可以激励一个人积极地去获取知识,开拓眼界,丰富情感生活,充分地体验生活的乐趣。

我们曾经说到,喜剧人生观强调的是人的各种心理能力的自由和谐的发展,广泛的兴趣正好是达到这一目标的重要途径。

在我们的现实生活中,由于社会生产力水平的限制,在目前的情况下,我们所从事的职业还远未达到共产主义社会的水平,还没有使职业劳动本身完全成为发展人的本质力量的手段,劳动还没有真正成为"通过人而且为着人,来真正占有人的本质"的劳动。正因为这样,当人们从事他的职业劳动时,他主要的出发点还是谋生。出于实际利益的考虑,他必须把自己的大部分注意力投向工作,保持高度的神经紧张,这就不可避免地限制或减少了他对职业工作以外的其他事物的兴趣,并且局限了他的其他方面心理能力的发展。

当然,社会主义制度的建立为通向共产主义搭了一座桥梁,人们的职业劳动已开始逐渐脱离"异化"的境地,并且有可能在其中舒展和发展自己的本质力量。劳动者在利益一致的前提下所付予劳动的兴趣已远非资本主义时代所能比拟。但无论如何,生产力水平的约束始终使人们在劳动中发展其各方面的潜能受到限制。这样一来,那些平时在职业工作中不得

---

[1] 卡耐基:《美好的人生 快乐的人生》,肖云闲等编译,中国文联出版公司1987年版,第244页。

运用和舒展的心理能力就只有通过广泛的业余兴趣所专注的业余活动来满足。

当人们纯粹出于兴趣从事职业以外的业余活动时，他无需保持那种高度的注意，并且可以放弃实际利益的考虑，不为活动的成败得失所牵引，目的只在于锻炼他的生理-心理机能，使他的全部心智获得普遍的运用，丰富他的情感生活，满足他的成长性动机，从而获得一种"高级"的愉快，激励他更强烈、更高的生活欲望。

我们还曾说过，喜剧人生观对待不幸是采取一种从失望中出逃的策略。当不幸袭来之际，明知无力与之抗争而要勉力为之，这只能加深个人的痛楚。我们所采取的策略是绕道而行，从失望中逃跑出来，这就是说，我们需要一个躲避不幸和失望的藏身之所。广泛的兴趣所在，正是可以为我们提供众多的从失望中出逃后借以藏身避难的居所。

我们知道，忧伤的情感在大脑两半球中会造成普遍性的抑制状态。排除这种忧伤情感的纷扰，就需要在大脑两半球其他区域制造新的兴奋点，通过负诱导的作用阻止忧伤情感的广泛性扩散。如果我们在平时已经养成对外界广泛的兴趣，则从心理学上说，就是已经培养了众多抵御忧伤情感扩散的兴奋优势。待到忧伤袭来，我们便可以逃到另一种情绪中去，从而免受痛苦的困扰。

第四，快乐原则优先也是培养喜剧人生观不可或缺的手段之一。

我们知道，人的情感是有倾向性的。不同的人，出于不同的情感倾向性，其情感的发生常指向不同的事物，对同一事物也可以产生不同的情感体验。一事当前，我们可以从不同的角度起情感反应。所谓快乐原则优先，就是把对于事物的愉快体验放在首位。

弗洛伊德说过：

> 幽默态度存在于什么之中呢？借助于这种态度，一个人拒绝受痛苦，强调他的自我对现实世界是所向无敌的，胜利地坚持快乐原则。[①]

这种拒绝接受痛苦的幽默其实就是喜剧人生观所包含的喜剧态度。

---

① 弗洛伊德：《弗洛伊德论美文选》，张唤民等译，知识出版社1987年版，第144页。

当然，这不是说我们对所有困难都用习惯性的乐天态度去看待。没有经过现实实践的努力，困难仍然是困难，不管我们在内心坚持什么原则，它都一样。

快乐原则优先是指我们必须关切现实问题，但是不要忧虑。忧虑不过是发疯似地围绕着问题团团转，不仅丝毫无助于问题的解决，相反，它通过侵蚀人们的心灵，还削弱人们战胜困难所必需的心力。快乐原则不过是换了一种眼光看世界，深信心灵的健康畅快是对付人生难题的资本，确信对自身幸福的熟视无睹是痛苦的起因之一。所以，它在忧虑与快乐之间选择了后者，它把快乐的心境视为生活勇气的来源。

只要我们优先考虑快乐原则，我们就能时时保持良好的心境、时时体验到生活的快乐。美国成人教育专家戴尔·卡耐基说得很好："生活的快乐与否完全决定了个人对人、事、物的看法如何；因为，生活是由思想造成的。"[①] 这里所说的"生活"不是作为客观实在的生活，而是作为情感体验对象反映在主体心中的生活，当然可以染上人的情绪色彩。卡耐基这一说法是有心理学依据的。行为主义大师威廉·詹姆斯就曾说过：

> 行动似乎是随着感觉而来，可是实际上，行动和感觉是同时发生的。如果我们使我们意志力控制下的行动规律化，也能够间接地使不在意志力控制下的感觉规律化。
>
> 于是，如果你感到不快乐，那么唯一能找到快乐的方法，就是振奋精神，使行动和言词好像已经感觉到快乐的样子。[②]

这就表明，我们可以用行为来改变我们的心情，可以用意志来支配情感。有了快乐的思想和行为，我们就能感到快乐，从而使生活染上快乐的色彩。这正如卡耐基说的：

> 不错，如果我们想的都是快乐的念头，我们就能快乐；如果我们

---

① 卡耐基：《美好的人生 快乐的人生》，肖云闲等编译，中国文联出版公司1987年版，第187页。

② 卡耐基：《美好的人生 快乐的人生》，肖云闲等编译，中国文联出版公司1987年版，第188、195页。

想的都是悲伤的事情,我们就会悲伤;如果我们想到一些可怕的情况,我们就会害怕。①

所以,即使是处于困难的境地,只要我们把心境的愉快放在重要的位置上,我们就能获得战胜困难、勇敢地生活下去的愉快体验。只要我们在生活中坚持了快乐原则,笑对人生,我们就能树立喜剧人生观,从而使生活处处显得欢乐,使人生充满乐趣。

---

① 卡耐基:《美好的人生 快乐的人生》,肖云闲等编译,中国文联出版公司1987年版,第188、195页。

参考文献

[1] A. B. 彼德罗夫斯基，B. B. 施巴林斯基. 集体的社会心理学［M］. 卢盛忠，龚浩然，张世臣，译. 北京：人民教育出版社，1984.

[2] A. H. 鲁克. 情绪与个性［M］. 李师钊，译. 上海：上海人民出版社，1987.

[3] A. H. 马斯洛. 存在心理学探索［M］. 李文湉，译. 昆明：云南人民出版社，1987.

[4] A. H. 马斯洛. 动机与人格［M］. 许金声，程朝翔，译. 北京：华夏出版社，1987.

[5] A. 齐斯. 马克思主义美学基础［M］. 彭吉象，译. 北京：中国文联出版公司，1985.

[6] B. A. 克鲁捷茨基. 心理学［M］. 赵璧如，译. 北京：人民教育出版社，1984.

[7] B. E. 谢苗诺夫. 个性道德教育中的社会心理学问题［M］. 常富英，方为文，译. 北京：社会科学文献出版社，1986.

[8] C. G. 荣格. 探索心灵奥秘的现代人［M］. 黄奇铭，译. 北京：社会科学文献出版社，1987.

[9] E. 阿伦森. 社会心理学入门［M］. 郑口昌，张珠江，译. 北京：群众出版社，1985.

[10] G. 墨菲，J. 柯瓦奇. 近代心理学历史导引［M］. 林方，王景和，译. 北京：商务印书馆，1982.

[11] H. R. 姚斯，R. C. 霍拉勃. 接受美学与接受理论［M］. 周宁，金元浦，译. 沈阳：辽宁人民出版社，1987.

[12] H.－G. 伽达默尔. 真理与方法［M］. 王才勇，译. 沈阳：辽宁人民出版社，1987.

[13] J. L. 弗里德曼，D. O. 希尔斯. 社会心理学［M］. 高地，高佳，等，译. 哈尔滨：黑龙江人民出版社，1984.

［14］J. M. 索里，C. W. 特尔福德. 教育心理学［M］. 高觉敷，译. 北京：人民教育出版社，1982.

［15］J. P. 查普林，T. S. 克拉威克. 心理学的体系和理论：上册［M］. 林方，译. 北京：商务印书馆，1983.

［16］J. P. 查普林，T. S. 克拉威克. 心理学的体系和理论：下册［M］. 林方，译. 北京：商务印书馆，1984.

［17］K. T. 斯托曼. 情绪心理学［M］. 张燕云，译. 沈阳：辽宁人民出版社，1986.

［18］O. N. 尼季伏洛娃. 文艺创作心理学［M］. 魏庆安，译. 兰州：甘肃人民出版社，1984.

［19］R. M. 利伯特，等. 发展心理学［M］. 刘范，等，译. 北京：人民教育出版社，1983.

［20］S. 阿瑞提. 创造的秘密［M］. 钱岗南，译. 沈阳：辽宁人民出版社，1987.

［21］Ф. B. 拉札列夫，M. K. 特里伏诺娃. 认识结构和科学革命［M］. 王鹏令，陈道馥，译. 北京：中国社会科学出版社，1985.

［22］阿·尼柯尔. 西欧戏剧理论［M］. 徐士瑚，译. 北京：中国戏剧出版社，1985.

［23］阿尔温·托夫勒. 未来的震荡［M］. 任小明，译. 成都：四川人民出版社，1985.

［24］埃·弗洛姆. 爱的艺术［M］. 刘福堂，译. 合肥：安徽文艺出版社，1986.

［25］埃里希·弗洛姆. 逃避自由［M］. 李学明，译. 北京：工人出版社，1987.

［26］艾·威尔逊，等. 论观众［M］. 李醒，等，译. 北京：文化艺术出版社，1986.

［27］安德列耶娃. 社会心理学［M］. 南开大学社会学系，译. 天津：南开大学出版社，1984.

［28］亨利·柏格森. 笑［M］. 徐继曾，译. 北京：中国戏剧出版社，1980.

［29］柏西·布克. 音乐家心理学［M］. 金士铭，译. 北京：人民音乐出版社，1985.

[30] 班尼，约翰逊．教育社会心理学［M］．邵瑞珍，孙名之，张世富，等，译．昆明：云南教育出版社，1986．

[31] 鲍列夫．美学［M］．乔修业，常谢枫，译．北京：中国文联出版公司，1986．

[32] 鲍桑葵．美学史［M］．张今，译．北京：商务印书馆，1985．

[33] 彼得罗夫斯基．普通心理学［M］．朱智贤，伍棠棣，卢盛忠，等，译．北京：人民教育出版社，1981．

[34] 曹日昌．普通心理学［M］．北京：人民教育出版社，1980．

[35] 曾钊新．道德心理论［M］．长沙：中南工业大学出版社，1987．

[36] 车尔尼雪夫斯基．车尔尼雪夫斯基论文学：中卷［M］．辛未艾，译．上海：上海译文出版社，1979．

[37] 陈瘦竹，沈蔚德．论悲剧与喜剧［M］．上海：上海文艺出版社，1983．

[38] 陈孝英．幽默理论在当代世界［M］．乌鲁木齐：新疆人民出版社，1987．

[39] 陈仲庚，张雨新．人格心理学［M］．沈阳：辽宁人民出版社，1986．

[40] 达阿尼·P·舒尔兹．心理学应用［M］．李德伟，金盛华，宋合义，译．南宁：广西人民出版社，1987．

[41] 达尔文．人类和动物的表情［M］．周邦立，译．北京：科学出版社，1958．

[42] 戴尔·卡耐基．美好的人生　快乐的人生［M］．肖云闲，冯明，译．北京：中国文联出版公司，1987．

[43] 德廖莫夫，等．美育原理［M］．吴式颖，臧仲伦，方苹，译．北京：人民教育出版社，1984．

[44] 杜·舒尔茨．现代心理学史［M］．沈德灿，等，译．北京：人民教育出版社，1981．

[45] 恩斯特·卡西尔．人论［M］．甘阳，译．上海：上海译文出版社，1985．

[46] 方成．笑的艺术［M］．沈阳：春风文艺出版社，1984．

[47] 方成．幽默·讽刺·漫画［M］．北京：生活·读书·新知三联书店，1984．

[48] 弗兰克·戈布尔. 第三思潮:马斯洛心理学 [M]. 吕明,陈红雯,译. 上海:上海译文出版社,1987.

[49] 弗洛伊德. 精神分析引论 [M]. 高觉敷,译. 北京:商务印书馆,1984.

[50] 弗洛伊德. 日常生活的心理分析 [M]. 林克明,译. 台北:台湾志文出版社,1981.

[51] 高觉敷. 西方近代心理学史 [M]. 北京:人民教育出版社,1982.

[52] 高楠. 艺术心理学 [M]. 沈阳:辽宁人民出版社,1988.

[53] 古典文艺理论译丛编辑委员会. 古典文艺理论译丛:第七册 [M]. 北京:人民文学出版社,1964.

[54] 古畑和孝. 人际关系社会心理学 [M]. 王康乐,译. 天津:南开大学出版社,1986.

[55] 赫伯特·马尔库塞. 爱欲与文明 [M]. 黄勇,薛民,译. 上海:上海译文出版社,1987.

[56] 赫诺德·柏特. 应用心理学 [M]. 张肖松,译. 台北:中华文化出版事业委员会,1974.

[57] 黑格尔. 美学:第三卷下册 [M]. 朱光潜,译. 北京:商务印书馆,1981.

[58] 黄仁发. 心理学漫话 [M]. 北京:科学普及出版社,1986.

[59] 井上惠美子,平出彦仁. 现代社会心理学 [M]. 林秉贤,译. 北京:群众出版社,1987.

[60] 卡尔·赫希特. 心理卫生 [M]. 黄一卿,译. 北京:科学普及出版社,1984.

[61] 康罗·洛伦兹. 攻击与人性 [M]. 王守珍,吴雪娇,译. 北京:作家出版社,1987.

[62] A. 科瓦廖夫. 文学创作心理学 [M]. 程正民,译. 福州:福建人民出版社,1983.

[63] 克雷奇,克拉奇菲尔德,利维森. 心理学纲要:上册 [M]. 周先庚,林传鼎,张述祖,译. 北京:文化教育出版社,1980.

[64] 克雷奇,克拉奇菲尔德,利维森. 心理学纲要:下册 [M]. 周先庚,林传鼎,张述祖,译. 北京:文化教育出版社,1981.

[65] 克特·W·巴克. 社会心理学 [M]. 南开大学社会学系,译. 天

津：南开大学出版社，1984．

[66] 孔令智，汪建新，周晓虹．社会心理学新编［M］．沈阳：辽宁人民出版社，1987．

[67] 拉尔夫·皮丁顿．笑的心理学［M］．潘智彪，译．广州：中山大学出版社，1988．

[68] 劳承万．审美中介论［M］．上海：上海文艺出版社，1986．

[69] 列·谢·维戈茨基．艺术心理学［M］．周新，译．上海：上海文艺出叛社，1985．

[70] 林秉贤．社会心理学［M］．北京：群众出版社，1985．

[71] 刘东．西方的丑学［M］．成都：四川人民出版社，1986．

[72] 卢隐．情绪心理学［M］．台北：台湾五州出版社，1978．

[73] 陆一帆．文艺心理学［M］．南京：江苏人民出版社，1985．

[74] 陆一帆．新美学原理［M］．南宁：广西人民出版社，1983．

[75] 罗宾·乔治·科林伍德．艺术原理［M］．王至元，陈华中，译．北京：中国社会科学出版社，1985．

[76] 罗洛·梅．爱与意志［M］．冯川，译．北京：国际文化出版公司，1987．

[77] 罗念生．论古希腊戏剧［M］．北京：中国戏剧出版社，1985．

[78] 罗素．快乐的心理［M］．于熙俭，译．上海：商务印书馆，1932．

[79] 骆沙舟，王宇．人生的思辨：现代西方人生哲学述评［M］．厦门：鹭江出版社，1987．

[80] 马超华．现代心理学［M］．台北：台湾黎明文化事业公司，1978．

[81] 马斯洛．人的潜能和价值［M］．北京：华夏出版社，1987．

[82] 马斯洛．人性能达的境界［M］．林方，译．昆明：云南人民出版社，1987．

[83] 马斯洛．自我实现的人［M］．许金声，刘锋，译．北京：生活·读书·新知三联书店，1987．

[84] 尼·阿·德米特里耶娃．审美教育问题［M］．冯湘一，译．上海：知识出版社，1983．

[85] 尼采．悲剧的诞生［M］．周国平，译．北京：生活·读书·新知三联书店，1986．

[86] 欧阳光伟．现代哲学人类学［M］．沈阳：辽宁人民出版社，1984．

[87] 潘菽. 教育心理学 [M]. 北京：人民教育出版社，1983.

[88] 彭立勋. 美感心理研究 [M]. 长沙：湖南人民出版社，1985.

[89] 皮亚杰. 发生认识论原理 [M]. 王宪钿，等，译. 北京：商务印书馆，1981.

[90] 皮亚杰. 结构主义 [M]. 倪连生，王琳，译. 北京：商务印书馆，1984.

[91] 钱信忠. 精神卫生 [M]. 天津：天津科学技术出版社，1985.

[92] 钱信忠. 医学心理 [M]. 天津：天津科学技术出版社，1985.

[93] 乔治·桑塔耶纳. 美感 [M]. 缪灵珠，译. 北京：中国社会科学出版社，1982.

[94] 全国八院校编写组. 社会心理学教程 [M]. 兰州：兰州大学出版社，1986.

[95] 让·诺安. 笑的历史 [M]. 果永毅，许崇山，译. 北京：生活·读书·新知三联书店，1986.

[96] 上海文艺出版社. 中国古典悲剧喜剧论集 [M]. 上海：上海文艺出版社，1983.

[97] 施昌东. "美"的探索 [M]. 上海：上海文艺出版社，1980.

[98] 时蓉华. 社会心理学 [M]. 上海：上海人民出版社，1986.

[99] 苏珊·朗格. 情感与形式 [M]. 刘大基，傅志强，周发祥，译. 北京：中国社会科学出版社，1986.

[100] 谭霈生. 论戏剧性 [M]. 北京：北京大学出版社，1981.

[101] 滕守尧. 审美心理描述 [M]. 北京：中国社会科学出版社，1985.

[102] 王极盛，李春荣. 心理与健康 [M]. 北京：科学普及出版社，1984.

[103] 王极盛. 应用心理学 [M]. 郑州：河南人民出版社，1986.

[104] 王季思. 中国十大古典喜剧集 [M]. 上海：上海文艺出版社，1982.

[105] 王林. 心理健康的钥匙 [M]. 济南：山东科技出版社，1987.

[106] 威廉·C·格莱因. 儿童心理发展的理论 [M]. 计文莹，江美常，孙名之，等，译. 长沙：湖南教育出版社，1983.

[107] 乌纳穆诺. 生命的悲剧意识 [M]. 哈尔滨：北方文艺出版

社，1987.

[108] 西格蒙德·弗洛伊德. 精神分析引论新讲［M］. 苏晓离，刘福堂，译. 合肥：安徽文艺出版社，1987.

[109] 西格蒙德·弗洛伊德. 弗洛伊德论美文选［M］. 张唤民，陈伟奇，译. 上海：知识出版社，1987.

[110] 肖·阿·纳奇拉什维里. 宣传心理学［M］. 金初高，译. 北京：新华出版社，1984.

[111] 徐复观. 中国艺术精神［M］. 沈阳：春风文艺出版社，1987.

[112] 薛宝琨. 笑的艺术［M］. 天津：百花文艺出版社，1984.

[113] 严和骏. 医学心理学概论［M］. 上海：上海科技出版社，1983.

[114] 杨清. 心理学概论［M］. 长春：吉林人民出版社，1981.

[115] 余秋雨. 戏剧审美心理学［M］. 成都：四川人民出版社，1985.

[116] 约翰·里克曼. 弗洛伊德著作选［M］. 贺明明，译. 成都：四川人民出版社，1986.

[117] 张伯源，陈仲庚. 变态心理学［M］. 北京：北京科学技术出版社，1986.

[118] 张春兴，杨国枢. 心理学［M］. 台北：台湾三民书局，1980.

[119] 张殿国. 情绪的控制和调节［M］. 上海：上海人民出版社，1985.

[120] 张述祖. 西方心理学家文选［M］. 北京：人民教育出版社，1983.

[121] 赵乐甡，车成安，王林. 西方现代派文学与艺术［M］. 长春：时代文艺出版社，1986.

[122] 中国戏曲现代戏研究会. 荒诞与真实［M］. 长沙：湖南文艺出版社，1986.

[123] 朱光潜. 悲剧心理学［M］. 张隆溪，译. 北京：人民文学出版社，1983.

[124] 朱光潜. 朱光潜美学文集：第一卷［M］. 上海：上海文艺出版社，1982.

[125] 朱立元. 黑格尔戏剧美学思想初探［M］. 上海：学林出版社，1986.

[126] Boris, Sidis. The Psychology of Laughter［M］. New York：Appleton

and Company, 1913.
[127] D. Hayworth. The Social Origin and Function of Laughter [J]. Psychology Review, 1928, 35 (5): 367-384.
[128] Martin, Grotjahn. Beyond Laughter [M]. New York: Blakiston Division, 1957.
[129] J. C. Gregory. The Nature of Laughter [M]. London: Kegan Paul, Trench, Trubner & Co. Ltd.; New York: Harcourt, Brace & Company, Inc., 1924.
[130] J. Y. T. Greig, M. A.. The Psychology of Laughter and Comedy [M]. London: George Allen and Unwin Ltd., 1923.
[131] Swabey, Marie Taylor Collins. Comic Laughter [M]. London: Archon Books, 1961.

后　记

　　拙作《喜剧心理学》是本人在求学道路上写下的第一部专著，成书于30年前，作为陆一帆教授主编的《文艺心理学丛书》之一种由三环出版社出版。本书出版后，获得一定的社会反响及不错的学界评价。

　　恩师陆一帆教授曾在《中山大学学报》撰文《喜剧心理学研究的新突破》评价本书"在广泛分析、吸取前人研究成果的基础上，运用现代心理学中的正确观点和原理，去全面研究喜剧心理这一新领域，初步建立了一个喜剧心理学体系"。"本书是喜剧心理学而不是喜剧学，心理方面写得如何关系到本书的成败。我觉得这方面是写得相当精彩的。""本书在内容上有如下三个可喜的收获：一、完善了喜剧笑的客观情境。二、系统地论述了喜剧的心理情势。三、全面地论述了喜剧心理功能。"

　　由中国社会科学院副院长、国务院学位委员会副主席、中华美学学会会长汝信先生主编的《美学的历史：20世纪中国美学学术进展》一书中提到，20世纪80年代以后，国内"陆续出版了一批努力开拓、各具特色、自成体系、影响较大的审美心理学或文艺心理学的专著"，其中具代表性的有王朝闻《审美谈》、陆一帆《文艺心理学》等共10部著作，当中也包括了拙著《喜剧心理学》。

　　由北京大学出版社出版、乔默主编的《中国二十世纪文学研究论著提要》单列有《文艺心理学研究》一项，共提到包括朱光潜《文艺心理学》《悲剧心理学》等17部在整个20世纪中出版的较有影响的文艺心理学著作，本书也忝列其中。

　　由鲁枢元、童庆炳主编的《文艺心理学大辞典》为本书单列了一个条目，对本书内容作了详尽介绍，并且指出，本书是国内第一部专门研究喜剧心理的学术专著。此外，辞典中所列"喜剧心理"条目，用的也是本书的独有见解。

　　本书出版后，先后获得广东省哲学社会科学研究优秀成果奖二等奖、广东省高等教育厅首次评选的广东省哲学社会科学优秀成果奖三等奖、广东省第二届青年社会科学优秀成果二等奖、全国优秀教育图书三等奖、中南地区优秀教育图书一等奖。

时光荏苒，30年倏忽已过。

感谢中山大学中文系学术委员会诸位昔日同事，竟然将本人旧作列入《中山大学中国语言文学文库·典藏文库》重新出版，使其得以与中文系历史上一班泰山北斗级大师们的经典名作同列。

倍觉惶恐汗颜之余，实感不胜荣幸之至！